iHuman
新民説

成为更好的人

海外中国学

从《非攻》到《墨攻》

鲁迅史实文本辨正及其现实意义探微

张钊贻 著

GUANGXI NORMAL UNIVERSITY PRESS
广西师范大学出版社
·桂林·

Cong Feigong Dao Mogong

图书在版编目（CIP）数据

从《非攻》到《墨攻》：鲁迅史实文本辨正及其现实意义探微 / 张钊贻著. —桂林：广西师范大学出版社，2017.11

（海外中国学丛书）

ISBN 978-7-5598-0336-8

Ⅰ. ①从… Ⅱ. ①张… Ⅲ. ①鲁迅研究 Ⅳ. ①I210

中国版本图书馆 CIP 数据核字（2017）第 233339 号

广西师范大学出版社出版发行

（广西桂林市中华路 22 号 邮政编码：541001
网址：http://www.bbtpress.com）

出版人：张艺兵

全国新华书店经销

衡阳顺地印务有限公司印刷

（湖南省衡阳市雁峰区园艺村 9 号 邮政编码：421008）

开本：880 mm × 1 240 mm 1/32

印张：11.75 字数：360 千字

2017 年 11 月第 1 版 2017 年 11 月第 1 次印刷

定价：58. 00 元

丛书总序

什么是“中国学”？这不是一个可以简单说清楚的问题。中国学与海外学术界常见的三个名称——Sinology、Chinese Studies、China Studies——有着密切的关系。Sinology 一般被翻译为“汉学”，是指中国以外的学者对有关中国传统学术的研究，其中尤以欧洲学术界对中国研究数百年的悠久历史，奠定了“汉学”研究的地位。过去的重点在传统的语、文、史、哲学问，“汉学”所牵涉的是传统经史诠释、文字训诂一类的研究。

在亚洲地区或汉字文化圈，“汉学”同样是历史悠久的研究领域，其界定也有地域和国情之别。在日本，他们将研究中国传统学术的称为“汉学”（Kangaku），而将自己本国的语言称为“国语”，研究自己母语的学系称“国文系”。在越南，历史上有一段颇长的时间使用汉字，中国的语文被称为“汉文”，河内的汉喃研究院便收藏了大量古代中国输入的汉籍及越南知识分子研究中国文献的汉文著作。而在大陆，对于中国传统学问之研究，则称为“国学”；在台湾，中文系也称“国文系”，道理是同样的。有些人认为汉学

(Sinology)是近年大陆流行的“国学”的前身，这其实是误解。“国学”是有关自己国家的学问，正如“国语”是指自己国家的语言，“国文”是指自己国家的文学，所以在中国本土，“国学”便指中国的传统学问。

但近年因受到种种因素的影响，被称为“汉学”(Sinology)的传统学术研究，开始发生变化，甚至被质疑其实用价值。为了摆脱其传统训诂考据的形象，海外有些学术机构开始舍弃带有古典意义的“Sinology”而改用范围更广和更具有现代意义的名称——“Chinese Studies”，虽然仍然以语、文、史、哲为主，但同时涉及近现代中国和海外华人的研究。针对汉学的现代发展，海外有些学者提出“新汉学”或“后汉学”的概念，颇有新意，但并未得到广泛的接受。

面对中国的崛起和西方学术潮流的冲击，学术界近年兴起“中国学”(China Studies)的研究，有些学者甚至提出让“中国学”成为一门独立的学科，建立自己的一套研究方法。“中国学”是“汉学”式微以后在学术界日渐受到重视的领域，范围比“Sinology”“Chinese Studies”更为广泛。除了传统文字、文本的研究，中国学也包括政治、社会、经济、文化、出版、信仰、性别研究或周边关系等领域，举凡与中国有关的课题，纵及古今，横跨中外，都可以是中国学的范围。有些学者认为中国学只限于当代研究，其实并不尽然。从“汉学”到“中国学”，其转变关键，可谓有迹可循。海外对中国的研究，从传统的语、文、史、哲，到走出传统，延伸到现当代的研究，并以社会科学及多元学科的研究方法去探讨中国课题，反映中国研究的新趋势，也突显人文学科面对时代变迁的挑战而迈向更多元的发展。

《海外中国学丛书》的出版，在于联络、组织海外研究中国问题的学者，推介他们的研究成果与方法，作为中外学术交流的平台。同时，在中文已经成为国际上重要的语言的当下，《海外中国学丛书》采用直接用中文书写的著作，以避免文字翻译的障碍。丛书的作者拥有不同的学术背景，他们在国外所接受的学术训练和熏陶，他们进行研究时所采用的视角和所利用的材料，反映了海外学者研究中国课题的方法和心得。过去学术界常面对学科分类的局限，相关研究往往被割裂出互不相干的成果。《海外中国学丛书》鼓励多元视角和跨领域的研究，突破人文学科和社会科学的传统界限，从宏观的视野、崭新的角度去探讨中国研究，希望假以时日，集腋成裘，为中国学的建立贡献绵薄的力量。

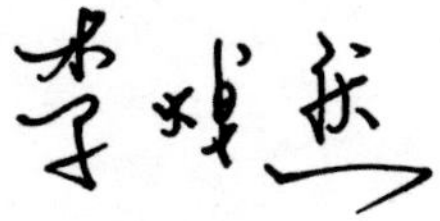

新加坡国立大学
雲茂潮中华文化研究中心

目　录

自　序 / 1

引文凡例 / 1

缩略语 / 1

选择反抗的浮萍:鲁迅漂泊精神探源 / 1

鲁迅的现代与“反现代”:“掊物质而张灵明,任个人而排众数”别解 / 14

附录一:鲁迅后期对民众觉醒信心质疑 / 24

附录二:鲁迅“反民主”的问题 / 28

鲁迅思想杂谈三篇 / 31

鲁迅、周作人与东林党 / 31

“偏狭”的鲁迅两件“反常”的事 / 34

鲁迅的“硬译”与赵景深的“牛奶路” / 38

超越中西文化论的鲁迅
——《中国意识的危机》中鲁迅论引发的思考 / 42
打倒“孔家店”的“摩登”圣人
——鲁迅对孔子和儒家的复杂态度 / 63
附录三:“未完成”的鲁迅与当代世界 / 80
附录四:鲁迅思想精神的正能量 / 90
冯雪峰“神化”鲁迅的努力、困境和贡献 / 99
《辱骂和恐吓决不是战斗》背后的几个问题
——“左联”的矛盾、“第三种人”论战与鲁迅“同路人”立场 / 144
从《非攻》到《墨攻》
——谈鲁迅与张之亮的反战及中日友好的前途 / 163
重读《出关》的现实寓意 / 183
《伤逝》是悼念兄弟之作?
——周作人强解真意揣测 / 199
附录五:羽太信子可信乎?——日本当代女权主义者对中岛长文质疑的疑义 / 211
“折射”成黑色的“超人”
——鲁迅作品中的尼采“超人”形象 / 214

《尼采与华文文学论文集》序 / 233

鲁迅赴港讲演经过与香港中文报章检查制度 / 242

赵今声邀请鲁迅访港一说的若干佐证

——兼答林曼叔先生的质疑并分析黄之栋的辩解 / 299

附录六:关于黄新彦:一位被卷进中国现代文学史的化学家/ 311

“鲁迅在广东”研究八十年 / 315

海阔天空,以尼采始终

——记广东鲁迅研究专家李育中老师 / 328

澳洲鲁迅研究概观 / 332

德国鲁迅研究见闻点滴 / 347

附录七: 邬可贤《谁是竹内好的鲁迅?》简介 / 355

自　序

本书是笔者研究鲁迅及有关文章的结集，其中有公开演讲的讲稿，也有授课讲义，全都在学术刊物或研讨会论文集上刊登过，这次结集时有不少增补和修订。

笔者虽然在香港长大，在内地度过四年大学本科，后来澳洲留学任教十多年，再到新加坡待了几年，最后又回到澳洲，经历简单，但离开中国的时间更长。每次回到香港或广州，总觉得又隔了一层。自己在变，中国更在变，前者慢慢吞吞恍惚依然故我，后者则日新月异令人眼花缭乱。这"变的二重奏"印象最深的一次，是到红磡怀旧。昔日夕阳看垂钓、荒地玩踏青的地方，已被"填海"填到不知道什么地方。过去的一切已归想象。在现在好些人的眼里，我的生物钟大概已经和现实有了很大的时差，文集大部分文章竟然还在谈鲁迅，就是另一明证。因此本书当初考虑用副题"鲁调子还没有唱完"，其中用了个粤语的 pun。粤语"老""鲁"同音，以回应鲁迅"老调子还没有唱完"，算是留点自嘲。但考虑到读者大多数都不懂粤语，最后还是决定割爱。为突出本书主旨，改用了直截了当的副题："鲁迅史实文本辨正及其现实意义探微"，省得大家花时间去想象。

尽管很多人都认为鲁迅已经过时，但我每次重读鲁迅，总觉得他超越他的时代，也超越我们的时代。我们还没有跳出他早已看透的"五指山"。"未完成"的鲁迅，仍是中国知识分子的"紧箍咒"之一。尊重他，树立他，吹捧他，歌颂他，神化他，固然不能叫他"转变"，使他符合我们的需要；污蔑他，诋毁他，歪曲他，丑化他，亵渎他，不管他，也不能令他过时，叫他在我们面前消失。他已经成了一个徘徊的幽灵，至少我以为是这样，当然这也许只是我的想象。

我是中国改革开放的受益者之一，而且是在开放初期的黄金时代：在开放与未开放之间，尽得开放与未开放的好处。思维还是崇高的事业，学问也值得舍命追求。当时还不是市场社会，GDP 还不是最高价值，还不是什么都可以用金钱来衡量、来摆平。出路还相当宽，机会也比较多，阴差阳错，也总算让我赶上了"婴儿潮"的几趟末班车。从现在个人利益上说，例如今天能够写这篇序，出这本书，我是十分感谢那些给我机会的人们的。我也可以说是个"既得利益者"。我想以这本书，我的宝贵青春和生命凝成的文字，献给让我受益的人们。可惜，这并非"发财秘笈"，也不是"青云捷径"，没有黄金屋，更无颜如玉；与"现实"无关，仿佛来自外星，来自另一个想象的世界。所有都是书生之见，以前的理念和今后的幻想，恰恰没有抓住眼前，这又是一个时间落后的明证。但我希望这只是我的想象。

书中《从〈非攻〉到〈墨攻〉》一文，不幸使我回到现实，当时写完后对存在的危机还将信将疑，自己是不是有点过于敏感，夸大其辞了，发表后事情戏剧性的发展和变化，如波涛汹涌，才更感危机的确重重，所以拿来当书名，以见鲁迅清醒的现实主义眼光，还有他冷酷的预言。鲁迅的确没有过时，这不是我的想象。

书中关于"鲁迅在广东"和香港新闻检查的文章，是本书主要部分之一，是整理已故李伟江教授鲁迅研究的副产品，也是对李伟江研究的延续、补充和辨正。对于香港历史，港英当局讳莫如深，似乎希望人们对过去所知越少越好，理由不难理解，香港回归后情况才慢慢改变。现在好多了，但当时我几乎从零开始挖掘一手档案材料，其艰辛与乐趣，实令人难以想象。

关于冯雪峰等与鲁迅传统转变的一组文章，也是本书的主要部分之一、本意之一，是要解决自己多年的困惑。不少人都说过，鲁迅的文章与研究鲁迅的著述之间，总给人一种距离之感，如果鲁迅是以他的著作文本为依据，这种距离感的含义显然是很值得深思的。后来发现，中国新文化的方向有些人就设法另定一个，虽然没有完全成功。原来如此，这不再需要更多的想象。

书中关于《故事新编》和《伤逝》等鲁迅作品的几篇，是探索作品的背景及作者写作的动因。这几篇原来都是上课的讲稿，后来修改成研讨会论文发表。在星洲"南大"跟学生讨论鲁迅作品，的确是"教学相长"，他们的提问常常使我又挖掘出一些新的题目，值得一写。时常碰到一些学生不敢碰鲁迅，认为已经做到顶了，没什么好写。个别学生上过我的课后改变观念，对我实在是很大的欣慰。其实我们对鲁迅及其背景所知非常有限，还有很多问题可以研究。这些文章就是证据，并不是我的想象。然而"南大"是加引号的，是现在的南洋理工大学，并非以前的南洋大学；改变想法的学生亦非星洲本地，而是来自中国。情况并非完全如我想象。

文集关于鲁迅思想正能量的一篇，谈及"狼奶"和改造"中国国民性"，自觉还有点意思，而且问题也颇令人慨叹。事情本来是很清楚的，"文革"的人性扭曲，是中国现代史的大悲剧，大概没有人会不同意，但这跟鲁迅无关。若将这归咎鲁迅，并因此排斥鲁迅，反过来要把中国国民性拉回以前遇事无不温驯的状态，后果如何，实在令人不敢想象。

胡思乱想之余，补充说明几点。《澳洲鲁迅研究概观》一篇初次发表时与张梦阳联署，有关鲁迅赴港讲演文章的一些部分，初次发表时与李桃联署。过去三十多年，我的研究都是围绕着鲁迅与尼采的问题，这本文集自然也不能完全脱离这个主题，部分文章可以说是拙著《鲁迅：中国“温和”的尼采》中一些观点的进一步演绎，论述的进一步扩展，因此难免与书中一些段落略有重复，敬希读者谅察。

此书的完成，也是笔者人生的一个转折点。很多事，不过原来如此。

最后，感谢鲁研界及现代文学研究界诸旧雨新知提供各种交流机会，使笔者的一些观感和想法，得以形成具体的文字，并修改得更好。在某种意义上，本书也是回报几位已经去世的广东鲁研界师友对笔者的鼓励和帮助。如果这也算有意义的成果，也就可以于心无愧了。但愿如此。

2014年11月22日完稿

2016年6月8日修订

引文凡例

（一）本书引述鲁迅的文字主要出自16卷本《鲁迅全集》（北京：人民文学出版社，1981）。除标明卷、页数外，还列出文集或著作略语和文章题目。例如：《南·经验》，IV：539—540，即出自《南腔北调集》所载《经验》一文，见《鲁迅全集》第4卷第539至540页。

（二）本书外文著述引文的中译，除注明外，均为笔者所译。

（三）所引期刊卷、期或年、期标示如下：V：10即第5卷第10期；1988：3即1988年第3期。

（四）引文有省略号者，如是本书引述时所做之省略，均加方括号以资区别：[……]。

缩略语

鲁迅著译全集：

《全 18》：《鲁迅全集》，18 卷，北京：人民文学出版社（2005）。

《全 20》：《鲁迅全集》，20 卷，北京：人民文学出版社（1973）。

《译文》：《鲁迅译文全集》，8 卷，福州：福建教育出版社（2008）。

鲁迅著作：

《坟》：《坟》

《热》：《热风》

《呐》：《呐喊》

《彷》：《彷徨》

《野》：《野草》

《朝》：《朝花夕拾》

《故》：《故事新编》

《华》：《华盖集》

《华续》：《华盖集续编》

《而》：《而已集》

《二》：《二心集》

《三》：《三闲集》

《南》：《南腔北调集》

《伪》：《伪自由书》

《准》：《准风月谈》

《花》：《花边文学》

《且》：《且介亭杂文》

《且二》：《且介亭杂文二集》

《且末》:《且介亭杂文末编》

《集》:《集外集》　　《集拾》:《集外集拾遗》

《集补》:《集外集拾遗补编》

《史略》:《中国小说史略》　　《汉》:《汉文学史纲要》

《古》:《古籍序跋集》　　《译》:《译文序跋集》

《两》:《两地书》　　《信》:《书信》

《日》:《日记》

鲁迅研究期刊:

《动态》:《鲁迅研究动态》(1980—1985,后改为《鲁迅研究月刊》)

《复印》:《复印报刊资料 J31:鲁迅研究》

《纪念》:《纪念与研究》, 1—9(1979—1986,后改为《上海鲁迅研究》)

《年刊》:《鲁迅研究年刊》(1974—1984,有间断)

《上研》:《上海鲁迅研究》, 1— (1988—)

《学刊》:《鲁迅学刊》, 1—8 (1981—1989)

《研究》:《鲁迅研究》, 1—14 (1980—1989,1983—1984 为双月刊)

《文丛》:《鲁迅研究文丛》, 1—4(1980—1983)

《月刊》:《鲁迅研究月刊》(1985—)

《资料》:《鲁迅研究资料》, 1—24(1976—1991)

其他学报、汇编及丛刊:

《生平史料》: 薛绥之主编《鲁迅生平史料汇编》,5 卷,天津:天津人民出版社(1981—1983)

《论著汇编》: 中国社会科学院文学研究所鲁迅研究室编:《1913—1983 鲁迅研究学术论著资料汇编》,5 卷,北京:中国文联出版社(1985—1989)

《文评》:《文学评论》

《文评丛刊》:《文学评论丛刊》

《史料》:《新文学史料》

《研究丛刊》:《中国现代文学研究丛刊》(1979 年创刊)

选择反抗的浮萍：鲁迅漂泊精神探源

纵观鲁迅一生，弃科举，入学堂，到日本留学，参加光复会，“弃医从文”，为“五四”新文化运动呐喊，参加“左联”，等等，从中国社会发展的角度看，鲁迅不愧走在时代的前头，是个先进的革命者。然而，鲁迅到南京是“走异路”，在日本“弃医从文”无人响应，辛亥革命的理念得不到民众理解和支持，“五四”听将令不久便“荷戟独彷徨”，在“左联”最后成了个“横站的士兵”，从这个角度看，鲁迅却是个寂寞孤独的战士，而所谓走在时代前面，更像是寻寻觅觅的漂泊的过客。不过，这并不矛盾，其实只是同一枚钱币的两面。鲁迅的“革命”，更确切地说，他走在时代前面的反抗，必然是漂泊；他的漂泊，也必然是他前进的反抗，互为因果，互为表里。

鲁迅的抗争自然有它具体而特定的历史、社会、政治等原因。然而，这些具体特定的因素有相当一部分会随着事件和形势的改变而成为过去，虽然仍可以用来解释鲁迅抗争的原因，却很难用来解释鲁迅的漂泊。当我们——不管赞成还是反对，高兴抑或不满——仍然为他的反抗所感动或震动的时候，显然需要有超越那些暂时因素的解读，才能同时理解他反抗的另一面的漂泊。换言之，鲁迅的反抗有具体的历史原因，还有非历史的精神根源。本文试图以浮萍和泥土的比喻，提供一种超越历史和时代的解读，一种思想上的解读。当然，所谓“思想”实际上只是文本中体现的“思想”。

“土地”的消失：漂泊的开始

漂泊是无处安身，生活无法安定。安身立命首先要“落地生根”，要落地生根自然要有土地。所以漂泊的主要原因是没有或失去土地，无法扎根。精神文化的漂泊，也就是失去或离去精神文化的“土地”。但没有“土地”的原因有多种，外在的原因，有消极被迫的，有主动抛开的；内在的，有因为思想的逻辑，有因为本性如此。事实上，有些漂泊就并非无根，浮萍就有根。浮萍的漂泊固然是因为无法落地生根，但主要还是因为浮萍的根其实不可能生在泥土中，只能生在不固定的水中，这是它的本性使然，也就只好永远随水漂泊。鲁迅的漂泊兼有外在与内在的原因：没有“土地”，即使有，也不能生根。

鲁迅幼时接受的是传统教育，但很小的时候便开始逐渐离开当时中国传统文化的“土地”。在《朝花夕拾·〈二十四孝图〉》中，鲁迅说他也想过当孝子，但读了《二十四孝图》后，态度改变了，他对当时——我要强调“当时”——鼓吹孝的事例，如“哭竹生笋”和“卧冰求鲤”等，产生极大的怀疑，对“老莱娱亲”很反感，对“郭巨埋儿”甚至恐惧。他说：

> 我最初实在替这孩子捏一把汗，待到掘出黄金一釜，这才觉得轻松。然而我已经不但自己不敢再想做孝子，并且怕我父亲去做孝子了。家景正在坏下去，常听到父母愁柴米；祖母又老了，倘使我的父亲竟学了郭巨，那么，该埋的不正是我么？

> [……]我从此总怕听到我的父母愁穷，怕看见我的白发的祖母，总觉得她是和我不两立，至少，也是一个和我的生命有些妨碍的人。[……]这大概是送给《二十四孝图》的儒者所万料不到的罢。①

传统文化“土地”的主要成分之一的“孝”已经违反常理与人情，正在崩塌；另一个主要成分也岌岌可危。随着晚清革命潮流的高涨，鲁迅接触到以光复会为主的革命思想。光复会的种族主义强调“华夷之辨”，以清朝为异族入主中夏，根本否定其统治的“合法性”。在汉民族主义的语境中，传统的“忠”也因此连根拔起。在中国现实的传统文化中，鲁迅的精神无法生根，开始了精神漂泊。1902 年到日本留学，更实现了事实上的漂泊。

鲁迅 1902 年 2 月到日本留学，1909 年 8 月回中国，在日本生活了七年左右。这段时期鲁迅学了日语和德语，大量接触了西方和日本文化。鲁迅留学日本对他有什么影响呢？细野浩二（HOSONO Koji）用“边缘人”（marginal man）的概念，提出了一些很有趣的观点。“边缘人”是社会学概念，指游离于两种文化之间，两者都不完全认同的人。“边缘人”产生于两种文化交汇的地方，如移民社群。细野浩二提出这个问题其实很值得进一步探讨，但所谓“灭满灭汉”的结论②，却显然忽略了鲁迅当时靠近光复会的民族主义立场，鲁迅这个立场在 1927 年还记忆犹新，鲜明可见。

鲁迅在《略谈香港》中对“金制军”引《汉风杂志》集《文选》句，感到非常诧异，说：

---

① 《朝·〈二十四孝图〉》，Ⅱ：256—257。

② 细野浩二：《鲁迅的境界》，童斌译，《国外社会科学》1978：3，第 65—85 页。“边缘人”又译“边际人”，童斌则译作“境界人”。可能由于翻译的问题，唐弢对此并不理解（《鲁迅论集》，北京：文化艺术出版社，1991 年，第 455—459 页）。

> 前清光绪末年，我在日本东京留学，亲自看见的。那时的留学生中，很有一部分抱着革命的思想，而所谓革命者，其实是种族革命，要将土地从异族的手里取得，归还旧主人。除实行的之外，有些人是办报，有些人是钞旧书。所钞的大抵是中国所没有的禁书，所讲的大概是明末清初的情形，可以使青年猛省的。久之印成了一本书，因为是《湖北学生界》的特刊，所以名曰《汉声》，那封面上就题着四句古语：摅怀旧之蓄念，发思古之幽情，光祖宗之玄灵，振大汉之天声！这是明明白白，叫我们想想汉族繁荣时代，和现状比较一下，看是如何，——必须"光复旧物"。说得露骨些，就是"排满"；推而广之，就是"排外"。①

在这种民族主义的视野和眼光下，鲁迅显然不可能采取"灭满灭汉"的立场。当然，细野浩二的意思也可能是把当时的日本当成现代的象征，而"汉"则代表中国传统，所以两种文化的激荡，也可以理解为现代与传统之间的冲突。然而这种理解也不符合鲁迅在章太炎影响下的复古倾向。他在《文化偏至论》中认为：

> 明哲之士，必洞达世界之大势，权衡校量，去其偏颇，得其神明，施之国中，翕合无间。外之既不后于世界之思潮，内之仍弗失固有之血脉，取今复古，别立新宗。

并抨击了当时青年"大都归罪恶于古之文物，甚或斥言文为蛮野"。他在引进摩罗诗人以促成"国民精神之发扬"时，"其因即动于怀古"；"时时上征，时时反顾[……]，故其新者日新，而其古亦不

① 《而·略谈香港》，Ⅲ：432—433。

死”。[1] 在这种民族主义视野和复古取向之下，鲁迅留日期间的“边缘人”漂泊游离的处境和感受应该是怎样的呢？我认为，我们可以从鲁迅眼中同道中人的反应，窥见他的内心。清末的南社可以说是鲁迅的同道，事实上鲁迅是南社的一支——越社——的社员。[2] 在鲁迅眼中：

> 清末的南社，便是鼓吹革命的文学团体，他们叹汉族的被压制，愤满人的凶横，渴望着“光复旧物”。但民国成立以后，倒寂然无声了。我想，这是因为他们的理想，是在革命以后，“重见汉官威仪”，峨冠博带。而事实并不这样，所以反而索然无味，不想执笔了。[3]

他还说：

> 属于“南社”的人们，开初大抵是很革命的，但他们抱着一种幻想，以为只要将满洲人赶出去，便一切都恢复了“汉官威仪”，人们都穿大袖的衣服，峨冠博带，大步地在街上走。谁知赶走满清皇帝以后，民国成立，情形却全不同，所以他们便失望，以后有些人甚至成为新的运动的反动者。[4]

怀着这种心态的人遇到日本文化会怎样反应呢？鲁迅回忆了这样一件事：

---

① 《坟·文化偏至论》，Ⅰ：56；《坟·摩罗诗力说》，Ⅰ：65。

② 关于鲁迅与越社及南社，见张能耿《鲁迅与越社》，载《鲁迅亲友寻访录》，北京：党建读物出版社，2005 年，第 382—388 页。

③ 《二·现今的新文学的概观》，Ⅳ：134—135。

④ 《二·对于左翼作家联盟的意见》，Ⅳ：234。

> 清朝末年，带些革命色采的英雄不但恨辫子，也恨马褂和袍子，因为这是满洲服。一位老先生到日本去游历，看见那边的服装，高兴的了不得，做了一篇文章登在杂志上，叫作《不图今日重见汉官仪》。①

所以鲁迅既可能把日本看作现代的象征，也可把日本文化看作中国古代文化的保存。然而，鲁迅的复古取向，会不会跟前面所谈关于《二十四孝图》否定传统文化的态度相矛盾呢？笔者认为不会。这就是笔者前面强调"当时"的原因。鲁迅并不认为"当时"的传统文化真的代表中国传统，证据很多。例如在《看镜有感》中，鲁迅一方面赞扬了汉、唐自信和宏大的气度，"人民具有不至于为异族奴隶的自信心，或者竟毫未想到，凡取用外来事物的时候，就如将彼俘来一样，自由驱使，绝不介怀"；另一方面批评宋朝的懦弱，"每遇外国东西，便觉仿佛彼来俘我一样，推拒、惶恐、退缩、逃避，抖成一团"。② 表明鲁迅对中国传统有一个历史的看法，笔者已另文分析，在此不再重复。③ 总之，鲁迅并不认为当时的文化传统真正代表了中国的文化传统，他甚至认为当时的"传统"是对真正的传统的亵渎。

然而，鲁迅所认为的真正传统，显然主要存在于文字之中，或者说他的想象之中，而不是当时的现实当中。其实，鲁迅到了日本之后，便陷入理想人性（包括传统中国和现代西方）的苦思冥想④，后来弃医从文，更堕入文学的想象世界，希望通过文学运动，以理想的人性和想象的文学来改造当时中国的"国民性"和社会现实。从另

---

① 《花·洋服的没落》，V：454。

② 《坟·看镜有感》，I：183。

③ 张钊贻：《鲁迅：中国"温和"的尼采》，北京：北京大学出版社，2011 年，第 213—230 页。

④ 许寿裳：《回忆鲁迅》，载《我所认识的鲁迅》，北京：人民文学出版社，1981 年，第 59—60 页。

一个角度来看,鲁迅是以虚幻之根为根,或追求无有之土,都注定鲁迅在反抗现实的同时,只能以漂泊为命运。

呼吁“泥土”：反抗漂泊

鲁迅与其他漂泊者和流亡者的不同之处,在于面对虚幻的根和无有之土时,选择了激情的反抗,反抗不符合理想的现实,反抗现实给他造成的绝望。因为是无根无土的抗争,所以表现得最激烈、最“彻底”。

如果鲁迅在日本部署他的文学运动时还对改变现实存有幻想,那么辛亥革命实质的失败带给他的是彻底的失望。无论是改革者还是改革的对象,都没有给他丝毫的希望。结局是反现实的自毁性的“狂”。这种毫无希望的局面,对鲁迅有非常深刻的影响,流露在他“五四”时期写出的《狂人日记》《阿Q正传》《药》《在酒楼上》《长明灯》《孤独者》等一系列短篇小说中。然而,“五四”毕竟还是给他带来了一点希望,或者更确切地说,鲁迅毕竟无法否定“五四”可能带来希望。所以在被迫漂泊的同时,鲁迅选择了进行改变现实的战斗。他继续推行文艺运动,通过创作、翻译、评论,设法改变中国人的灵魂,改造中国人的“国民性”,将现实的奴隶改造成“真”的人。①这“真”的人其实是他所追求更理想的人(即天才)的妥协,是退而求其次。然而即使是退而求其次,鲁迅实际上是想将现实的沙漠改造成理想的“土地”:

> 我想,在要求天才的产生之前,应该先要求可以使天才生长的民众。——譬如想有乔木,想看好花,一定要有好土;没有土,便没有花木了;所以土实在较花木还重要。花木非有土不

① 《呐·狂人日记》,Ⅰ:429。

> 可[……]然而[……]不但产生天才难，单是有培养天才的泥土也难。我想，天才大半是天赋的；独有这培养天才的泥土，似乎大家都可以做。做土的功效，比要求天才还切近；否则，纵有成千成百的天才，也因为没有泥土，不能发达，要像一碟子绿豆芽。①

鲁迅做“泥土”的呼吁和努力，似乎仅在《莽原》、未名社、《语丝》等零星的小团体中得到实现。可惜，“五四”时代的启蒙努力遭到两方面的挫折，一方面在1926年的“三一八”惨案中遭受挫折，军阀屠杀北京示威学生，死者中包括他颇赏识的学生运动活跃分子；另一方面，他用文艺运动培养出来的青年却发生内讧，尤其是其中积极的“青年叛徒”高长虹(1902—1956?)，反倒把鲁迅当成文化批判的目标。鲁迅发动文艺运动进行思想革命的种种努力，亦即他鼓吹人们做“泥土”的努力，可以说是完全失败了。

但鲁迅没有放弃培植“泥土”。他在“革命策源地”广州遇到的一些共产党人给他留下了很好的印象，其中对毕磊(1902—1927)的积极献身精神印象尤深，毕磊却惨死于1927年国民党在广州进行“四一二”政变之中。② 虽然“四一二”对鲁迅是很大的震撼，令他目瞪口呆，但惊魂甫定之后，他还是继续投身文艺运动③，继续培植“泥土”。他也知道这很难。在一些文章中，鲁迅的“泥土”也叫“愚人”。在《中国人失掉自信力了吗》中，他就激情洋溢地谈到这种“愚人”：

> 我们从古以来，就有埋头苦干的人，有拼命硬干的人，有为

---

① 《坟·未有天才之前》，Ⅰ：166—167。

② 《三·怎么写》，Ⅳ：21。关于鲁迅与毕磊，见李伟江《鲁迅粤港时期史实考述》，广州：中山大学出版社，2007年，第50—73页。

③ 《二·对于左翼作家联盟的意见》，Ⅳ：235—236。

> 民请命的人，有舍身求法的人……虽是等于为帝王将相作家谱的所谓"正史"，也往往掩不住他们的光耀，这是中国的脊梁。这一类人们，就是现在也何尝少呢，他们有确信，不自欺，他们在前仆后继的战斗。①

我们可以在鲁迅笔下找到这种人物的具体例子：柔石和韦素园(1902—1932)，他们都是"有确信"和"拼命硬干"的年轻作家，鲁迅特别表彰了他们由此而表现出的诚实和认真。② 然而，这表面的热情背后，其实充满着悲凉的绝望。鲁迅认为，那种对"老实""认真""有确信"的人尽管其精神传统一直不断，迄今依然存在，但在数量上已大大减少，在算历史的总账时，只残余成一个数字中的"小数"，"与中国历史，仍不相干"了。③ 所以，即使鲁迅投身左翼文艺运动，他其实仍在连"泥土"都无法保存的地面上进行"虚无"的反抗。

虚幻之根：命中注定的漂泊

鲁迅培植的"泥土"以及剩下微不足道的"泥土"，在血腥屠戮的洪流冲击下，根本不能安下任何的根，鲁迅只好漂泊。但其实鲁迅的漂泊，不光欠缺"泥土"，还因为鲁迅的"根"是虚幻之"根"，或者说是特殊的"根"，并非要寻找"泥土"的"根"。

在鲁迅文学运动的卑微成就之中，其实已暗藏了他永远流浪的命运：这现实的"泥土"虽然可以培养理想的天才，但并非理想的天才本身，鲁迅还有更高的追求。他在1930年参加"自由运动大同

① 《且·中国人失掉自信力了吗》，Ⅵ：117—118。
② 《南·为了忘却的纪念》，Ⅳ：482—483；《且·忆韦素园君》，Ⅵ：64—68。
③ 《热·随感录五十九"圣武"》，Ⅰ：355。

盟”和“左联”，除了制造“泥土”，还“愿有英俊出于中国之心”，甘愿当他们的“梯子”去帮助他们。① 在“泥土”还没有培植出来的同时，鲁迅已经希望长出花木。鲁迅的“根”仍然在寻找，只能在寻找，不断地向前寻找。因为当理想变成现实，现实便要产生另一个理想。或者我们可以说，鲁迅的“根”不在于寻找“泥土”，而是在寻找一种并不固定的东西，或者说，在寻找一种同时也在向前发展的东西，像浮萍之于水，又或者，那根本不是“根”，只是一种想象，鲁迅的想象。

这看似偶然，但也并不意外。前面提到，鲁迅选择文艺的道路，陷入这样一种境地，使他与现实保持距离，不能和光同尘。作为艺术想象的文学，即使它的生成来自现实，从来都要超越现实，因为文学其实是理想的另一种表现形式，是一种想象。它超越现实，同时也就是不满现实，要跟现实对抗，而后者显然是鲁迅的选择。在《文艺与政治的歧途》的讲演中，鲁迅谈到文艺、革命与政治的矛盾，认为文艺与革命要求改变现状，政治要维持现状，所以“文艺和政治时时在冲突之中”：

> 文艺和革命原不是相反的，两者之间，倒有不安于现状的同一。惟政治是要维持现状，自然和不安于现状的文艺处在不同的方向。[……]政治想维系现状使它统一，文艺催促社会进化使它渐渐分离；文艺虽使社会分裂，但是社会这样才进步起来。文艺既然是政治家的眼中钉，那就不免被挤出去。

这文艺与革命，其实可以换成“理想”；政治与现状，也可以换成“现实”。由于文学这种不断要求改进的性质，作家和艺术家的这种不断寻求创新的本性，他们总是为现实社会所痛恨：

① 致章廷谦（1927.3.27.），《信》，Ⅻ：8。

> 文艺家的话其实还是社会的话，他不过感觉灵敏，早感到早说出来（有时，他说得太早，连社会也反对他，也排轧他）。[……]文艺家在社会上正是这样；他说得早一点，大家都讨厌他。政治家认定文学家是社会扰乱的煽动者，心想杀掉他，社会就可平安。殊不知杀了文学家，社会还是要革命。

文学与政治的冲突，实际上是理想与现实不可调和的冲突，是一种根本性质的因而是永恒的冲突。鲁迅知道即使在革命胜利之后，这种冲突仍然会存在：

> 革命成功以后，[……]有感觉灵敏的文学家，又感到现状的不满意，又要出来开口。从前文艺家的话，政治革命家原是赞同过；直到革命成功，政治家把从前所反对那些人用过的老法子重新采用起来，在文艺家仍不免于不满意，又非被排轧出去不可，或是割掉他的头。[……]文学家的命运并不因自己参加过革命而有一样改变，还是处处碰钉子。①

这篇一度被研究者忽视的讲话，现在已经成为代表鲁迅思想和精神的重要文章。② 这篇文章标志着鲁迅新的自觉，从渺茫的进化论，从模糊的“虚无”与反抗“虚无”，达到自我本质认识的更高境界。从事文艺是一种永远不满现状的表现。浮萍的漂流原来并非寻找“泥土”，漂泊就是它的本质，因为它的“根”只适合生活在并不凝固的水中，完全的死水会使它腐烂，它也不可能扎根在“泥土”之中，因为它在凝固的“泥土”中会失去生命。它根本不可能在土地上站得住脚。它只能漂泊，它必须漂泊；只能反抗，必须反抗；一面

---

① 《集拾·文艺与政治的歧途》，Ⅶ：113—119。

② 此文英译收入 Kirk A. Denton (ed.), *Modern Chinese Literary Thought. Writings on Literature*, 1893—1945, Stanford: Stanford University Press (1996), pp. 328—334。

要培育可以长出花木的“泥土”，一面要挣扎超越会让自己窒息的土壤。反抗没有“泥土”的沙漠，反抗有了“泥土”的田野，永远反抗，像夸父那样，直到自己的灭亡。他反抗的对象，其实是“现实”。现实不可能没有缺陷，只有想象的理想才会完满。

结束语：永远的漂泊与反抗

鲁迅的反抗，从清末的反满，民国时期的反军阀、反国民党，虽然旗帜鲜明，可惜都被当时的政治现实问题所掩盖，没有显露反抗的实质。到了21世纪初“如果鲁迅还活着”的讨论，固然摆脱了鲁迅的政治神话，但仍没有跳出政治的话语。[①] 当然，笔者并不否定鲁迅与清末革命党人，乃至后来的共产主义者在一定阶段上有共同的目标和方向。鲁迅认为，中国“当务之急，是：一要生存，二要温饱，三要发展”[②]，推翻清政府、北伐、社会主义革命，都朝向这个方向。政治改革对第一和第二点最有效，但在第三点却往往跟革命者和文学家的目标相距很大。

鲁迅后来虽倾向共产主义，但矛盾似乎仍未解决。如果说，马克思主义有三个非常不同的来源，其中从法国空想社会主义继承过来的理想和浪漫激进主义，实与文化现代性相通，而从英国经济学继承过来的理性实用主义，则与实用现当代性相通，德国哲学则只是这两种现代性倾向的混合物。所以，两种现代性的冲突依然存在。恩斯特·布洛赫（Ernst Bloch, 1885—1977）所谓的“暖流”和“寒流”，[③]多少是这种矛盾的反映，也可以借用来解释鲁迅及很多

---

① 有关讨论的主要文章，见葛涛编《鲁迅的五大未解之谜》，北京：东方出版社，2003年，第409—483页。

② 《华·忽然想到（六）》，Ⅲ：45。

③ 布洛赫的“暖流”和“寒流”，转引自 David Bathrick u. Pau Breines, “Marx und/oder Nietzsche. Anmerkungen zur Krise des Marxismus,” in Reihold Grimm und Jost Hermand (Hrsg.), Karl Marx und Friedrich Nietzsche. Achte Beiträge, Königstein/Ts: Athenäum Verlag, 1978, p. 125。

知识分子“同路人”，在受到共产主义理念及其部分革命者感召的同时，仍未能完全认同和融入革命组织之中。布洛赫强调“希望”的革命性，而这“希望”也是鲁迅的理想。

鲁迅无休止的反抗，笔者并不认为是托派的“不断革命论”的影响，或毛泽东“继续革命”的先声，因为鲁迅尽管同情和欣赏托洛茨基的一些观点，但认为他的政治理论过于理想；鲁迅尽管可能从冯雪峰那里知道毛泽东令人欣赏的一面，但他不可能支持“文化大革命”。[①] 笔者认为，鲁迅的不断反抗背后，体现的是两种现代性的矛盾斗争[②]，而这斗争背后，是文艺复兴以来的人文主义的理念，以及启蒙时代以来理性化的矛盾冲突。但这是一场不可能取胜的斗争。

鲁迅追求这样的理想，并不存在（或比较稳定地实现）在现实中，大抵只存在于文学的想象之中。文学既出于对现实的不满，要坚持文学和理想，则鲁迅只能自我放逐，并且反抗现实，而且是永远的反抗。

① 在“五四”运动期间，鲁迅对示威学生攻击那些亲日部长子女一事，感到非常不安，为免火上浇油，他决定不发表一篇关于爱罗先珂在日本受迫害和侮辱的文章（《坟·杂忆》，Ⅰ：223—224，《华·忽然想到 七》及《华·后记》，Ⅲ：60，178），因此鲁迅是不可能赞成“文革”那些残暴的批斗运动的。

② 张钊贻：《鲁迅：中国“温和”的尼采》，第255—257、342—345页。

鲁迅的现代与“反现代”：“掊物质而张灵明，任个人而排众数”别解

鲁迅在《文化偏至论》中提出“掊物质而张灵明，任个人而排众数”①，若从一般的社会发展观点来看，把这句话理解为反对物质与科技进步和反对民主，并非没有道理，但要说作为先进知识分子代表的鲁迅反进步和反民主，似乎不好理解。首先，我们要注意鲁迅文章的题目是《文化偏至论》，是评论文化发展走到极端的片面性，也就是说，鲁迅批评物质与科技进步和反对民主的片面性，而不是从根本上反对进步与民主。但物质、科技进步和民主如何会“偏至”，又为什么会成为先进者批判的对象，还需要进一步解释。

本文认为，这个问题可以从三个层次来分析，但这里重点只能讲两个：(1)现代化的内部斗争（两种“现代性”），(2)中国现代化的特殊进程。

① 《坟·文化偏至论》，Ⅰ：55、46。

现代化的内部斗争（两种“现代性”）

何谓“现代”，可谓众说纷纭，但不管怎样解释，“现代”涉及时间和社会，所以归根到底是个社会发展的概念。简单地说，“现代”也就是“现代化”的时代。所谓“现代化”，首先是工业革命引起生产手段和生产方式的变革，在意识形态上经过启蒙与“理性”的洗礼，产生了血腥野蛮并且非理性的资本主义，后来发展到更血腥野蛮的帝国主义，其间引发各种民粹主义、保守主义、社会主义的反弹，其中固然有要求退回传统的反动，但也有要求变革改善，然后选择不同方式继续走向未来，或甚至走向不同未来的战斗。要之，“现代”并非铁板一块，在其发生不久，便产生了“反现代”的另一种“现代”抉择。

这“现代”的反“现代”，据马泰·卡林内斯库的说法①，是两种“现代性”的矛盾斗争。一种是由资本主义带来的科技进步、工业革命以及它们所引起的席卷一切经济社会变革的产物，亦称为“实用现代性”（practical modernity）；另一种，则是“美学现代性”（aesthetic modernity），旨在追求文艺的创新和进步。“美学现代性”与浪漫主义思潮有密切关系。浪漫主义思潮的崛起，在于反对古典主义所设下的种种神圣不可侵犯的、僵死不变的框框，进而反对一切既成的社会规范。浪漫主义这种“叛逆”性质，可以说体现了“美学现代性”的特点。卡林内斯库是在研究文艺历史的基础上提出这两种“现代性”的，所以着重美学的方面，但实际上这种美学的“现代性”还有更广阔的思想文化基础，把它称为“文化现代性”会更加贴切，论述起来也更为方便。所谓“文化现代性”其实代表了“现代性”的另一个传统，即文艺复兴的传统，这一传统跟启蒙主义传统有联系也有侧重的不同，其中科学理性精神与主观价值及人文关怀，

① Matei Calinescu, *Five Faces of Modernity*, Durham: Duke University Press (1987), p. 41.

原本共同分享、互相补充，后来却分道扬镳，甚至发展到互相对立。西方其他一些研究"现代性"的专著，如图海纳的《现代性批判》和卡思卡迪的《现代性的主体》①，虽然没有那么简明扼要地提出两种"现代性"，但也都指出现代性中的理性化与主体之间矛盾的问题，从不同的角度补充了卡林内斯库的观点。

现代化的过程原来包含着要把人和社会从王权与神权中解放出来的目标，但启蒙主义所标榜的工具理性和功利主义，到头来将人视为物，将原来王权与神权的约束，换成"理性"（要求划一的法律、规章、教育）的控制，个性及其主体（"灵明"）不但未获解放，实际上还因为现代化更严密的控制，而遭受进一步的压抑和扭曲。这种"现代"效果，显然并非以文艺复兴为代表的传统所追求的个性解放的目标。鲁迅"掊物质而张灵明"的主张，是针对这种"现代"，因此并非保守倒退而一般地反对"现代"，而是以一个"现代"理想反对或平衡另一个"现代"的现实，或者说，是以原来现代化的目标去补救和纠正当时现代性的偏颇，实反映了两种"现代性"的矛盾斗争，实质仍是追求现代化的理想。"掊物质而张灵明"的目标，归根到底是要挣脱王权、神权枷锁，实现现代的"人国"。

"掊物质而张灵明"除了体现"文化现代性"的理念，还跟鲁迅"改造国民性"的主张有极其密切的关系，与"任个人而排众数"一样，其进步性还可以从中国现代化的特殊进程中体现出来。

中国现代化的特殊进程

中国的现代化并非在本土自然生成的变革，而是被迫对外来现代化势力做出的反应。中国的反应大概可依次分成三个阶段：第

① Alain Touraine, *Critique of Modernity*, tr. David Macey, Oxford: Blackwell (1995); Anthony J. Cascardi, *The Subject of Modernity*, Cambridge: Cambridge University Press (1992).

一,武器和机器的生产;第二,政治制度的改革;第三,文化与精神的改造。这三个阶段也大体符合布莱克从比较历史的角度对现代化五个方面的分析。[①] 鲁迅思想发展的第一阶段,亦即甲午战争及戊戌维新失败之后,正是中国现代史的一个转捩点。洋务运动误以为西方国家之所以强大,是因为船坚炮利,所以重点追求军事现代化。虽然后来注意到发展实业,但也主要是工矿企业,还是为军事现代化服务,而且目的是维护当时社会政治制度,并不对政制提出挑战。甲午战败宣告洋务运动破产,单单是船坚炮利不能救中国,中国需要一个更好的社会政治制度。维新就是当时政治讨论提出的"典范转移"(paradigm shift),但维新百日而败,其失败使革命主张得到更广泛的支持。当时所谓革命,无论是追求自由平等的法国式,或争取独立民主的美国式,或推翻清王朝统治这个意思上的民族解放式,都属于政治制度的改革,所以仍属于中国对现代化反应的第二阶段。而鲁迅对"国民性"问题的探索却属于将要来临的第三阶段。

当然,三阶段的划分,并不是说中国人对现代化五个方面的认识,完全是按照线性发展的次序,而且所谓阶段也不是截然划分,只是指出现代化话语发展过程中,不同方面在不同时段占主导地位。鲁迅就并非发现中国"国民性"问题的第一人,梁启超早在 1898 年已经提出[②];鲁迅也不是唯一注意到国民精神重要性的人,即使是热衷于议会制度的宋教仁,在 1906 年也非常关注国民的心理素质,并赞成"自我扩张"的"唯我主义"[③],与鲁迅的观点态度几乎一样。但宋教仁终究没有能够投身这个问题的论辩和探讨。这里也许存

---

① C. E. Black, *The Dynamics of Modernization: A Study in Comparative History*, New York: Harper & Row, New York (1975), pp. 9—26. 三阶段参考 Ssu-yü Teng and John K. Fairbank, *China's Response to the West: A Documentary Survey* 1839—1923, Cambridge Mass.: Harvard University Press (1954), p. 85ff。

② 郑云山:《辛亥前夕的国民性问题探讨》,《近代史研究》1992:1,第 23—36 页。另参考郑欣淼《文化批判与国民性改造》,西安:陕西人民出版社,1988 年,第 23—39 页。

③ 《宋教仁日记》,长沙:湖南人民出版社,1980 年,第 251—257、275—276 页。

在着时代的分工。梁启超也只认为“国民性”问题关乎道德风俗的改革，而道德风俗的改革只是他政制改革的从属部分，并未跳出他政治制度改革的时代话语的局限。鲁迅则从心理文化的角度出发，提出以文艺改造人的精神，进而改造社会的主张，这是他的独特性和贡献，也是他跟同时代人的重要区别。

在“文化现代性”理念的基础上，鲁迅提出了表面“反民主”的“任个人而排众数”。在《文化偏至论》中，鲁迅甚至抨击了当时的社会民主潮流：

> 社会民主之倾向，势亦大张，凡个人者，即社会之一分子，夷隆实陷，是为指归，使天下人人归于一致，社会之内，荡无高卑。此其为理想诚美矣，顾于个人特殊之性，视之蔑如，既不加之别分，且欲致之灭绝。①

鲁迅反对的理由，是因为社会民主主义把“不一样”的人变成一律，消灭个人差异。鲁迅批评了议会民主以平庸的多数压制个人天才的专制特性，这种批评在“文化现代性”传统中并不罕见。归根到底，他们的批评是针对“实用现代性”的社会政治后果，即社会“理性化”和官僚化的结果。② 在这一点上，鲁迅批评社会民主主义似乎是受了“反动”的尼采的影响，但正如尼采研究专家也是意共党员的蒙蒂纳利(Mazzino Montinari)指出，尼采抨击的很可能是他间接接触过的拉萨尔派的理论。拉萨尔那些不顾每个人能力不同而一律平等的主张，其实是中国所说的绝对平均主义，也被马克思

① 《坟·文化偏至论》，Ⅰ：50。尼采类似的议论见《超越善恶之外》(Ⅴ:202 & Ⅶ:228)。

② 关于社会“理性化”的压迫，见 Peter L. Berger, Brigitte Berger and Hansfried Kellner, *The Homeless Mind*, Harmondsworth: Penguin Books (1977), pp. 163—165。

批判为“庸俗社会主义”。[1] 这一社会主义运动内部的思想斗争，其实一直都存在，其后的发展，甚至可以说导致欧洲社会民主党分裂成改良派和革命派，前者成了修正主义的代名词。马克思、尼采和鲁迅都看出这一民主弊端。

鲁迅表面上“反民主”的“任个人而排众数”，直接关系到“改造国民性”的问题。鲁迅主张以文艺运动改造国民性，所以这个问题在他的文学创作中有很充分的体现，而最鲜明突出的就是鲁迅笔下的狂人形象。

鲁迅小说中的“狂人”可说有一个“家族”。除了较明显的《狂人日记》和《长明灯》，《孤独者》的魏连殳也很“狂”，《药》里面的夏瑜也是其中一个“狂人”。夏瑜设法向牢头说明“大清的天下是我们大家的”，他的话却被认为不是“人话”。夏瑜为了大家牺牲性命，为牢头的奴性感到可怜，而大家无法理解，只认为他是疯子。[2] 从历史的角度看，鲁迅的“狂人”反映了中国现代化的特殊处境。跟其他殖民地和半殖民地的情况一样，现代化是列强强加在中国身上，而不是中国社会自然发展的结果。因此，觉醒者往往是受外国影响启蒙的少数先觉之士，因而是零星分散的。他们要引入人们不认识的新观念、新东西，必然受到抵制而变得孤立。他们跟群众之间有不可逾越的鸿沟，使他们好像说两种不同的语言。《长明灯》的狂人就跟《狂人日记》中的狂人一样，同样有“受迫害狂”的症状，对所有人都怀戒心，既孤独又恐惧。他想把庙里代表衰落传统的长明灯吹熄，但无法说服村民。《狂人日记》与《长明灯》用不同的视角去叙述，前者从狂人看民众，后者从民众看狂人，所以鲁迅把后一狂人的话变得毫无意义：

---

① Mazzino Montinari, “Nietzsche zwischen Alfred Bäumler und Georg Lukács”, *Nietzsche lesen*, Berlin: Walter de Gruyter, 1982, pp. 164—166；马克思：《哥达纲领批判》，载《马克思恩格斯选集》，Ⅲ：11—13。

② 《呐·药》，Ⅰ：445—446。

> 那一盏灯必须吹熄。你看，三头六臂的蓝脸，三只眼睛，长帽，半个的头，牛头和猪牙齿，都应该吹熄……吹熄。吹熄，我们就不会有蝗虫，不会有猪嘴瘟……。①

这些莫名其妙的话象征了觉醒者（狂人）和未受启蒙的大众（村民）之间无法沟通。而无法沟通的悲剧造成了蒙昧的大众与觉醒者之间紧张的对立。他们很难推行任何改革，却容易为大众所痛恨，为大众所压迫。觉醒的少数人患上“受迫害狂”简直是不可避免的。这既有现代性的通病，也有中国现代化过程的必然悲剧因素。

最重要的是，中国的现代化在这样的历史条件下，无论是政制改革也好，“改造国民性”也好，都是被迫进行，缺乏自然生成的社会基础，使得改革是由少数觉醒者发起而“强加于”多数蒙昧的大众，于是只能是“任个人而排众数”。夏瑜设法向牢头说明“大清的天下是我们大家的”，这个民主理想却被认为不是“人话”。当民主不为大众所接受时，实行民主可能得出反民主的后果，而反民主才能真正推行民主。这是中国现代化的一个悖论。但从夏瑜的话可以看出，鲁迅并不反对民主的理想。

其实，在当时的中国，并非只有鲁迅认识到这一矛盾的情势，孙中山提出军政、训政和宪政三阶段，也包含了移风易俗、改变国民观念和精神的意思，但孙中山仅仅期以九年，便以为可以将中国人从奴隶变成主人，未免过于乐观，把传统和习惯的威力看得太小，把精神的改变看得太容易。② 而后来他的继承者延长训政，推迟宪政，固然不能排除维持独裁统治的主观意愿，但客观上也一定有可以说

① 《彷·长明灯》，Ⅱ：60。

② 参考《建国方略》（1917—1919）及《建国大纲》（1924），载《孙中山选集》，香港：中华书局，1973年，上，第156—157页；下，第569—571页。

服民众的理由，此即其一。但当训政主要依靠镇压来体现，其意图之可信度自然大打折扣，变成赤裸裸的并不开明的专制，于是逐渐沦为谎言而破产。

这里不妨引用一句关于民主的名言，来帮助我们理解鲁迅及其他先觉者面对的中国民主发展的困境："民主是一种生活方式。"① 民主既然是一种生活方式，若要实现，显然不能仅仅靠政治制度的改革，例如通过选举制度的建立，因为制度的运作到底是人的行为，而人的行为受习惯影响和控制，所以还需要移风易俗；而风俗背后还有思想、精神的习惯势力，所以要移风易俗还需要思想革命，但这必将违背当时大多数人的行为和思维习惯，要面对重重阻力。

结束语：第三个层次？

然而，民主的困境还不止这些。由夏瑜体现的民主，是人人当家做主，是一种理想，与当时设法实现这一理想的各种制度和手段，似乎还有距离，或者可以说，手段和理念之间似乎并非因果关系，至于是否条件关系，而这些条件究竟是否必要，能否充分，也难以确定。

而且，在笔者看来，现在西方流行的民主制度其实更像是一种权力斗争和利益分配的机制，虽然在一定的情况下可以避免血腥暴力和社会动荡，但也不见得就能真正代表全民的"民意"，代表整体人民的利益，尤其是长远利益。首先，多数的对面还有少数，顺了多数的意见，就意味着违背少数的意愿。其次，数目的大小并非正确与错误的标准，真理可以是掌握在少数人手里，这已经是我们耳熟

① 这句话曾被误认为杜威所说，其实是他引述并加以发挥，见 John Dewey，"Creative Democracy：The Task Before Us"，(1939)，in J. Boydston (Ed.)，*John Dewey*：*The Later Works*，1925—1953，Carbondale：Southern Illinois University Press (1967—1987)，XⅣ：224—230。

能详的论断。还有，“民意”是可以制造出来的，有钱有势的人可以操纵“民意”，这也不是什么秘密或新闻。法利德·萨卡利亚（Fareed Zakaria）考查了从冷战结束后世界民主的发展，发现绝大多数新兴国家民主制度的运作，其实离民主真谛甚为遥远，即出现一种欠缺法治和基本公民宪法权力的“民主”社会制度，并称之为“非自由主义的民主”（illiberal democracy）。① 即使在发达国家，目前的民主制度其实还需要教育、法律、传媒等的监督、制衡、辅助，而法律、传媒这些东西本身也需要监督制衡，监督来制衡去，毛病还是不断出现。就以美国总统选举为例，已多次表明这种制度并不保证“选贤与能”，到头来恐怕只不过是一种“必要的恶”（necessary evil），一种无可奈何的最佳选择而已。这多少又回到两种现代性的矛盾，以及为“实用现代性”所经常避开或忽略的“人”的主体性和主观等问题。

反观鲁迅，即使在“五四”时期，他仍甚感觉醒者与大众的“不一样”：

> 民众要看皇帝何在，太妃安否，而《第一小报》却向他们去讲“常识”，岂非悖谬。［……］我想，现在没奈何，也只好从智识阶级［……］一面先行设法，民众俟将来再谈。②

现在，皇帝与太妃是没有了，但这不妨碍大众关心某明星何在、某歌星安否。鲁迅对民众表示怀疑，自然包含他对民主制度更深层次的怀疑：大众获得解放、掌握“天下”之后，并不一定就愿意当自己的“主人”，把“天下”建设成一个理性、公平、自由、繁荣的社会。夏瑜“天下是我们大家的”，说来简单，真正实现却并不容易；除了

① “The Rise of Illiberal Democracy.” *Foreign Affairs*. 31 Aug. 2014. Web. 31 Aug. 2014. <http://www.foreignaffairs.com/articles/53577/fareed-zakaria/the-rise-of-illiberal-democracy>.

② 《华·通讯》，Ⅲ：24。

社会制度的客观条件,鲁迅还考虑了大众的主观精神。所以鲁迅坚持“改造国民性”的“思想革命”。然而他也知道“思想革命”还须以社会革命为前提。最重要的是,“改造国民性”能否成功、能否根本解决民主的缺陷,鲁迅也没有给出一个肯定的答案。这里实际牵涉民主制度本身的问题,一个后现代的热门课题。笔者并非研究政治理论的,只设法从鲁迅的思路去提出一些值得大家思考的问题。

从鲁迅研究的角度看,鲁迅的这些主张和疑问,抓住了西方现代思潮的一些要害和脉络,不但并未过时,实际还很超前,仍有参考价值。鲁迅不愧是中国现代先觉之士。

原载《学术月刊》2011 年 11 月号

附录一

鲁迅后期对民众觉醒信心质疑①

1927年之前，鲁迅对中国“国民性”有严酷的批评，对民众也流露出怀疑的态度，但自国民党“四一二”大屠杀之后，他逐渐向左转，偶对民众有好评。例如，鲁迅宣称中国民众在1932年的“一·二八”事变中已经觉醒。② 其中说得更明白的，是1935年他引述明魏忠贤派缇骑捕周顺昌，被苏州民众击散一事。鲁迅不无感慨地说：

> 诚然，老百姓虽然不读诗书，不明史法，不解在瑜中求瑕，屎里觅道，但能从大概上看，明黑白，辨是非，往往有决非清高通达的士大夫所可几及之处的。

接着，他借古喻今，转而评论当时学生抗日示威，遭到国民政府镇压，却得到民众支持。他说：

> 谁说中国的老百姓是庸愚的呢，被愚弄诓骗压迫到现在，还明白如此。张岱又说：“忠臣义士多见于国破家亡之际，如敲石出火，一闪即灭，人主不急起收之，则火种绝矣。”（《越绝诗小序》）他所指的“人主”是明太祖，和现在的情景不相符。
>
> 石在，火种是不会绝的。③

鲁迅对民众的这些正面评论，在20世纪80年代经常为论者引

① 这是拙文“Lu Xun’s View of the Awakening of the Chinese People—Was There Really an ‘Epistemological Break’?”（*Frontiers of Literary Studies in China*, VI:3, 2012, pp. 410—425）其中一个片断改写而成。

② 《且末·立此存照（六）》，Ⅵ：633。对照Ⅲ：105—106。

③ 《且二·题未定草（六至九）》，Ⅵ：434—435。

述，作为他思想转变的证据。① 然而，也有学者认为鲁迅思想基本上前后一致，尤其是对所谓"国民性"问题也是前后一贯②，并无所谓"认识论上的决裂"（epistemological break）。上述鲁迅后期对民众觉醒表面上的乐观议论，只是个别的例子，仔细阅读之后，背后其实难掩他对中国未来深刻的悲观看法。首先，民众觉醒的"火种"必须"人主""收"之，否则"火种"就会熄灭。鲁迅心目中当时的"人主"即中国共产党人，在20世纪30年代中期受国民党的镇压，组织受到严重破坏，对中国政治局势其实没有太大的左右能力。所以，中国的前景在鲁迅心目中仍非常暗淡，他的悲观在于他所了解的中国"国民性"以及改造"国民性"才是改革根本的认识。"国民性"问题仍是他思想的关键。③ 换言之，这个表面乐观的异例，其实还是体现了他思想的一贯性，并没有所谓前后的决裂。

鲁迅对中国人表面上自相矛盾的看法，若考虑到下面两点，可能就不会造成他思想太大的冲突。第一，他所谓中国人已经觉醒的话，看来是类似《药》结尾在夏瑜坟头添加的花圈，是以免读者堕入绝望深渊而扭曲自己对中国黯淡前途的真实看法。④ 第二，我们不妨对照一下1925年鲁迅给许广平信中的一段：

> 说起民元的事来，那时确是光明得多［……］一到二年二次革命失败之后，即渐渐坏下去，坏而又坏，遂成了现在的情形。其实这不是新添的坏，乃是涂饰的新漆剥落已尽，于是旧相又显了出

---

① 例如，李永寿：《鲁迅思想的发展》，西安：陕西人民出版社，1976年修订版，第122—126页；张琢：《鲁迅哲学思想研究》，武汉：湖北人民出版社，1981年，第159—170页。不过，张琢同时指出鲁迅研究"国民性"的成果，"决不能轻易地简单否定"，"必须有分析地吸收"，是当时突破性的观点。王晓明则认为鲁迅自相矛盾，见《无法直面的人生：鲁迅传》，台北：业强出版社，1992年，第202—204页。

② 这种观点主要依据为鲁迅对"国民性"问题的观点，参考鲍晶编《鲁迅"国民性思想"讨论集》，天津：天津人民出版社，1982年。

③ 张钊贻：《鲁迅：中国"温和"的尼采》，第282—303页。

④ 《呐·药》，Ⅰ：283—284、419—420；Cf Ⅵ：486—488。

来。使奴才主持家政，那里会有好样子。最初的革命是排满，容易做到的，其次的改革是要国民改革自己的坏根性，于是就不肯了。所以此后最要紧的是改革国民性，否则，无论是专制，是共和，是什么什么，招牌照旧，全不行的。①

尽管中国"国民性"受到长期压迫而严重扭曲，人们面对民族解放问题时仍会"觉醒"，起来斗争。若对照鲁迅所谓中国人在日本侵略面前所产生的"觉醒"，我们可以看到，这种"觉醒"并非真正意义上的觉醒，或者说，这种"觉醒"对中国的改革只能起非常有限的作用。按照鲁迅的意见，中国任何的社会政治改革都必须以"国民性"的改革为根本。没有改变人们的思想、心态、价值观和生活态度，所有改革都是徒劳的。因此，这种"觉醒"并不一定导致"国民性"的改进。

总之，鲁迅后期虽然表示对民众觉醒的信心，但并不会跟他对中国前途的悲观忧虑相矛盾，因为问题的根本是中国"国民性"的改造。鲁迅改造"国民性"的思想也表明他的思想发展并没有"认识论的决裂"。如果他后期更看重社会政治改革，那是因为这些改革能够提供一个有利的改造"国民性"的环境，并不保证中国改革一定成功，改革必须进入更深层次的文化和心理问题，才能有效。

按照鲁迅的观点，在中国人恢复原来的精神活力并克服长期以来发展而成的奴隶心态之前，中国任何改革都不会达到真正或完全意义上的成功。原因很简单。中国人受奴役时间太长，以致作为人们精神表现的中国文化，亦已打上人们奴性的烙印，非经多代的努力，不能改变。据美国记者埃德加·斯诺回忆1933年左右与鲁迅的一段谈话：

---

① 《两》，Ⅺ：31。

鲁迅说:"民国前,人民是奴隶。民国后,我们变成先前奴隶的奴隶。"

我问他:"你们现在有了二次革命或民族革命,你觉得阿 Q 还跟以前一样多吗?"

鲁迅笑了:"更糟,他们在管理国家呢!" ①

这段谈话明显呼应前引致许广平信的看法。在外敌入侵面前的"觉醒",并没有触及国民自己的劣根性,也就是没有触及中国改革的根本问题。

① Edgar Snow, *Journey to the Beginning*, New York: Vintage Books (1972), p. 132. 斯诺称他与姚克在上海多次拜访鲁迅(p. 131),但查《鲁迅日记》只在 1933 年有一次斯诺来访的记录(XV: 65)。

附录二

谈鲁迅"反民主"问题①

承蒙陈圣屏博士赐寄即将发表的力作《柏杨眼中的鲁迅》，受益匪浅。我对柏杨没有研究，只有一些粗浅的印象。

陈圣屏博士知道我研究鲁迅与尼采，涉及他文中探讨的批判"国民性"和民主问题，希望我能就鲁迅与这些问题发表意见。我不是研究政治的，本来对作为政治制度的民主没有发言权，但这种回应交流的方式很好，再加上陈圣屏博士及主编的盛情难却，只好效"犬耕"之劳。

其实，我的《鲁迅的现代与"反现代"》，就有针对鲁迅《文化偏至论》中的"反民主"观点提出解释。为什么需要解释呢？因为《文化偏至论》中的"掊物质而张灵明，任个人而排众数"，表面上可以理解成"反动"的传统主义思想，跟鲁迅作为知识分子先驱的历史定位显然是矛盾的。所以我设法从两种现代性的矛盾出发，去说明鲁迅"反民主"主张的历史先进性。简而言之，现代民主制度本身，其实践并不代表民主终极理念的实现，即每个人的独立与自主，甚至可能是其终极理念的障碍。这种认识，正是比启蒙主义更现代的认识，而尼采即其代表思想家之一，鲁迅在这方面可以说是继承了尼采的衣钵。以上是第一点，从西方思潮发展的角度来看这个问题。

第二，从中国社会历史来看，民主制度与民主理念的矛盾尤其严峻，因为民主制度作为一种现代的政治制度，跟现代化、现代性一样，都不是在中国本土自然生成的，而是外来强加的。当时在中国推行民主，恰恰是最不民主的做法。鲁迅多篇小说如《狂人日记》《长明灯》《药》《孤独者》等，都可以解读为这个冷酷现实的反映，其

① 原载台湾《国际鲁迅研究学报》第2辑，是陈圣屏《柏杨眼中的鲁迅》论文的延伸讨论。

表现即为大众与孤独的“先觉者”的敌对。在《药》里夏瑜设法向牢头说明“大清的天下是我们大家的”，这个民主理想就被认为不是“人话”。

第三，随着对“国民性”问题的深入探讨，鲁迅显然对民主制度与民主理念之间的矛盾，有了更甚一层的认识。这一认识，可以说是上面两点的综合，即人的主体性的历史考察。中国要现代化，要实行现代的民主制度，还需要改造国民的精神。鲁迅并非唯一看到这个问题的人，孙中山《建国方略》提出军政、训政和宪政三阶段，也包含了移风易俗和改变国民观念和精神的意思，但仅期以九年，未免过于乐观，把精神的改变看得太容易了。

最后，我还想指出，从第一点中提到的民主手段和民主理念之间存在矛盾，再加上对大众心态的认识，我们还可以看到鲁迅对“民主”更深层次的怀疑。他在“五四”时代说过这么一段话：“民众要看皇帝何在，太妃安否，而《第一小报》却向他们去讲‘常识’，岂非悖谬。[……]我想，现在没奈何，也只好从智识阶级[……]一面先行设法，民众俟将来再谈。”我们只要把里面的“皇帝”和“太妃”，换成“影帝”“歌后”，就会发现这个问题已经并非当时中国“国民性”的问题，它已经超越了历史，超越了国界。

就民主的问题，鲁迅跟以胡适为代表的知识分子有明显的不同。但我不会像陈圣屏博士那样用“资产阶级民主”这个词去说明他们的差别，因为它意味着有“无产阶级民主”。而且鲁迅早期没有把“民主”当成救国的万应灵丹，但后来也没有继续抨击，原因也许是中国人当时连自由都没有多少，遑论民主？民主到底需要有自由做基础。鲁迅没有生活在“民主”的时代，但若假设“鲁迅还活着”，就活在民主的时代，我认为他肯定还会对那个“民主”政府及其政策有很多猛烈的抨击，一如他对专制制度有猛烈的抨击一样。理由除了“民主”制度并不保证民主理念的实现之外，还有一个重要原因，鲁迅对中国改革的认识已经从政治体制的改革进入国民精神改革的层次，他选择了以文艺为改造“国民性”的手段，并认为文艺与政治是永远对立的，而“民主”毕竟只是政治制度的一种，也就无可避免与文艺对立，跟鲁迅的立场对立。从这里我们也可以看出来，鲁迅“反民主”的真正意义，恰恰就是反专制。在这一方面，鲁迅跟尼采的“反政治”立场又是一致的。不过，“反民主”只是反，不等于要推翻民主制度，因为他们大概也无法否定，民主制度是和平时期无可奈何的最佳选择。

外行人语，不揣浅陋，就教于陈圣屏博士及各位鲁研专家。

2013 年 9 月

鲁迅思想杂谈三篇

鲁迅、周作人与东林党

鲁迅与周作人本来“兄弟怡怡”,1923 年突然反目,表面上断绝交往,十分彻底,但仍注意对方的言论动向,多次隐晦地相互抨击。他们有关东林党截然相反的评论,就是其中一例。1935 年 4 月,周作人发表《关于命运》,援引明季张岱(1597—1679)的话,批评东林党虽多君子,但窜入不少小人,虽说救国,终究祸国殃民。几个月后,张岱的引文几乎原封不动出现在鲁迅的《“题未定”草》之九,但引发出截然不同的看法。两文表面上虽泛泛而谈,貌似读书随笔,其实引张岱时都特有所指,是借古喻今,指桑骂槐。对周作人来说,那是对左翼文坛的指责,也是对鲁迅的嘲讽,我们可以从他当时的思想和文艺主张,清楚看出其用意。①

在文艺问题上,周作人主张“言志”而反对“有用”和“载道”,他认为:“我是不相信文章有用的”,“关于社会上某一件事写了一篇

① 本文所引周作人的文字,均出自《苦茶随笔》,上海:北新书局,1936 年。内收 1934 年至 1935 年的杂文。

文章，以文章论是不会写得好的”。（《关于写文章之二》）①表面看来，周作人主张文章无用，反对为社会而写，似不会介入与社会有关的论争，但事实却并非如此。“无用”毕竟仍是一种主张，一经发表于社会也还是“有为”。例如他说：“文章不能改变社会”，“那一种不积极而无益于社会都是‘小摆设’，其有用的呢，没有名字不好叫，我想或者称作‘祭器’罢，祭器放在祭坛上，在与祭者看去实在颇庄严的，不过其祝或诅的功效是别一问题。祭器这东西到底还是一种摆设，只是大一点罢了”。（《关于写文章》）熟悉鲁迅作品的读者都知道，这段话是针对鲁迅而发，鲁迅在《关于小品文的危机》中认为小品文应是“匕首”“投枪”，是战斗的工具，而反对把它变成逃避现实、抒写性灵的小摆设。周作人却反称之为祭器，比诸祝诅，可谓刻薄。事实上，他在30年代中期所写的许多文章，都针对鲁迅和左翼文艺②，并非只是“言志”。

另一方面，周作人感到当时很像明季乱世（《弃文就武》），所谓像，不仅仅是国内政治腐败、强邻窥伺，也包括他自己在文坛中的处境。周作人因为主张“言志”，每每觉得自己的文学见解与晚明公安派很相近，而且还有相似的敌手、相同的困境。他在《重刊袁中郎集序》中说，“公安派反抗正统派的复古运动，自然更引起我们的同感”，因为他认为当时文坛也有所谓“正统派”，这一派对待政治学说犹如古人之“读经”，并且专做“八股时文”，提倡“载道”，明显影射左翼文坛。他在《阿Q的旧账》中明确指出左翼文艺是“新兴正统的文学”，还把“骂人家读庄子文选”的人也归入这种“正统”之列

① 周作人将“言志”与“载道”对立，似乎是“五四”流行的观点，但其实歪曲了儒家“言志”的意思。“言志”跟“载道”关系密切。见朱自清《诗言志辨》，台北：五洲出版社，1964年，第1—48页；胡晓明《正人君、变今俗与文学话语权》，《文评》2011：6，第1—12页。

② 有关周作人对鲁迅的指责，可参看舒芜《周作人的是非功过》，北京：人民文学出版社，1993年，第338—354页。新近更详尽的研究，见王锡荣《周作人生平疑案》，桂林：广西师范大学出版社，2002年，第78—136页。

而加以抨击,也明显包括批评过施蛰存的鲁迅在内。其实,早在《中国新文学的源流》,周作人便引鲁迅“遵命文学”一语为“载道”派代表。[①] 由于他主张“言志”,又认为鲁迅和左翼文艺提倡“载道”,在自比“公安派”之余,自然以“正统派”比附鲁迅和左翼文艺。换言之,他谈“公安派”与“正统派”的对立时,处处着眼的是他与鲁迅和左翼文艺界的对立,而明末也就是“当时”的代名词。明白了“明末”借古喻今的意义,我们就可以进一步了解周作人借张岱的话来评东林党的用意了。

周作人在《关于命运》中说,“明季士大夫结党以讲道学,结社以作八股,举世推重,却不知其于国家有何用处,如许氏说,则其害反是很大”,接着便引张岱的话,评东林党虽多君子,但“窜入者”和“拥戴者”实多小人,结果还是祸国殃民。(东林党属于他所谓的“正统派”。)值得注意的是,周作人此处指桑骂槐抨击左派文人,已不再是文艺思想之争。如果说,他在《重刊袁中郎集序》还只是着重文艺问题,说彼此都对时局无益,言下之意,不外是为袁枚和自己对时局的消极和冷淡态度辩护,但到了《关于命运》便不再是消极辩护了,笔锋一转,重点已变成当时政局,不仅指责左派“讲道学”“作八股”对时局无益,还指里面也有坏人,实际上要他们负起“亡国”之罪。

周作人的责难虽然拐弯抹角,但鲁迅不可能不知道,也不会不作反应。事实上,鲁迅在 1935 年发表了不少涉及“京派”文人的评论,对周作人的文章自然不会错过,何况《关于命运》是针对他本人和左翼文艺的。鲁迅在《“题未定”草》之九复述并批评张岱的话,表面上也是泛泛之谈,但文末举出民众对学生爱国运动的支援为

---

① 详见陶明志编《周作人论》,上海:北新书局,1934 年,第 154—176 页。鲁迅其实也知道文艺对社会的“无用”,也知道“载道”式的“用”的不行,他更没有简单地反对“言志”。把鲁迅划为“正统派”,显然不符合鲁迅更为复杂的理论。可参看《而·革命时代的文学》,Ⅲ:417—423。

例，也归结到现实政治状况，显然也是借古喻今。其实，鲁迅和周作人都觉得当时很像明季。鲁迅对张岱的反批评，也就是对《关于命运》的反驳。张岱对东林党的苛评、周作人对进步团体的挑剔，在鲁迅看来只是“瑜中求瑕，屎里觅道”，“苛求君子，宽纵小人，自以为明察秋毫，而实则反助小人张目”，糊涂得很。与此相反，民众却比他们清楚是非。东林党（或进步团体）里面虽然不是纯而又纯，但他们之中的确有人为了国家民族而不懈战斗牺牲，是得到人民支持的。鲁迅在反驳张岱、周作人的同时，从大处着眼，维护过去的东林党，也维护了当时的进步团体。

把周作人和鲁迅评东林党两文一对照，不但显出原来批判现实的锋芒，也显示了他们思想性格上的差别。鲁迅认真热烈，爱憎分明，这注定他身处“乱世”时，即使明知能力有限，情况艰难，也要使尽“无用之用”，“知其不可为而为之”，为国为民，奋起战斗，像过去真正的东林党人那样。反观周作人，知其不可为便不为，明哲保身，回避现实，苟且偷安，假装糊涂，自以为得计，到头来形格势禁，委身事敌，自取其辱，贻谤后人。对东林党的一褒一贬，不仅反映他们思想性情之别，亦多少透露了周作人未来糊涂抉择的端倪，而鲁迅所谓“瑜中求瑕”忘掉大是大非的批评，亦不幸一语成谶。

原载《鲁迅研究月刊》1990 年第 6 期

“偏狭”的鲁迅两件“反常”的事

——兼谈鲁迅的“骂人”

鲁迅并非完人，处事太认真，有点“洁癖”，因此对人可能会“苛”，有时难免被人看成喜欢“骂人”，至今仍是他被骂的主要原因之一。虽然，他所“骂”的究竟是什么人的什么事，究竟那些人和事值不值得“骂”，有些已经被各种各样的回忆录弄得模糊不清，也已很少有人有兴趣进行认真的考订和追究。总之，“骂人”是不好的，心胸狭隘，人品和性格都有问题，更不符合“政治正确”（political correct）的 MBA 企业管理和公关处事原则，以及后现代一切付诸嘻嘻哈哈的“时代精神”。

如若说鲁迅只顾“骂人”，这并不符合笔者阅读鲁迅的印象和感受。对于这种企图对鲁迅进行“性格刺杀”（character assassination）的责难，我并不想在烦琐的史实考订和枯燥的思想分析中，为鲁迅辩护，篇幅也不允许，这里只举出些鲁迅“一反常态”和“前后矛盾”的事例，向那些想继续这样指责鲁迅的人们，请教请教。

鲁迅平生有好几件小事，处理得无声无息，很容易忽略，但很值得我们深思，也很令人感动。只说其中两件事，都发生在他后期“横站”时的艰难处境之中，其一是他不计前嫌，推介到处批评他的丘东平（1901—1941）的小说，其二是他先是坚决拒绝，后来却主动捐钱给徐懋庸办“左联”机关刊物。

鲁迅与丘东平应该没有交往，但曾经参加过大革命和“一·二八”战役的丘东平，却对鲁迅很有看法。1933 年，芸生（邱九如，？—？）在“左联”机关刊物《文学月报》上发表长诗《汉奸的供状》谩骂胡秋原（1910—2004），鲁迅“从公意”以个人名义写信给《文学月报》提出批评，即著名的《辱骂和恐吓决不是战斗》一文，立即招来四位党员盟员联名发表文章反驳，批判鲁迅右倾，是“戴白手套革命论”，其中就包括丘东平，而且直署真名，“赤膊上阵”，可见他对自己观点立场鲜明的态度。据聂绀弩回忆，丘东平当时还因此起草质问信到处要求朋友签名，虽然质问信后来好像没有发表。丘东平可以说是左翼青年作家中，少有的、公然不以鲁迅为然的一位。

鲁迅自然知道丘东平的态度，而且对他参与联署的反驳非常不满和反感，并曾就此向实际主持“左联”的人们提出质问，却“不得要领”，不了了之。

按照一些人认为“偏狭”的鲁迅的惯常做法，应该会对此事“怀恨在心”，“骂”丘东平他们一辈子，有机会的话，说不定还会“打落水狗”，至少死也不宽恕。然而就在《汉奸的供状》事件翌年即1934年，鲁迅向伊罗生推荐丘东平的作品，希望他的作品收进伊罗生编译的中国现代短篇小说集《草鞋脚》。鲁迅为什么会“一反常态”，给丘东平“扬名海外”的机会？丘东平从未向鲁迅道歉，也肯定没有走鲁迅后门，带上茅台人参，送礼疏通，请求鲁迅推介自己。鲁迅介绍丘东平的原因，只能是丘东平写出有水平的作品，为左翼文艺作出了实际的贡献，值得推介。因而鲁迅向伊罗生推荐时，是从共同事业的利益着眼，没有计较个人恩怨与前嫌。我不知道认为鲁迅性格偏狭的论者，对此能有什么别样的解释。

至于徐懋庸，鲁迅是“骂”过的。在“骂”之前，两人的关系不算密切，从他们的通信中可以看出，有点公事公办的味道，在后期尤其明显。徐懋庸虽然尊敬鲁迅，但因为周扬代表党，所以跟着周扬走，鲁迅应该是能够觉察出来的。鲁迅对周扬有看法，其中可能有性格上的冲突。鲁迅对一些类型的人物就是不喜欢，例如徐志摩与田汉，合不来，没有办法。不过，鲁迅对周扬还有一条具体意见（看法是否属实，姑且不论），他认为周扬只会发号施令而不做实事。

1935年，“左联”经过两年多没有办内部刊物之后，终于决定恢复出版刊物。出刊物要钱，徐懋庸想尽办法筹款，包括向知名作家募捐。然而，鲁迅两次当面拒绝徐懋庸，有一次还是在募捐宴会上当众拒绝，其坚决可想而知。但是，令徐懋庸大惑不解的是，经过重重困难之后，刊物终于印出，在他把刊物《文艺群众》寄给鲁迅之后三天，竟然立即收到鲁迅寄来的二十元。

徐懋庸后来从鲁迅口中知悉，尽管“左联”已有两年多不出刊物，但口头上还是常常说要出，每月还向鲁迅收盟费二十元，说是办刊物之用，而刊物则不见踪影，所以鲁迅已不相信周扬他们，对捐款办刊物自然断然拒绝。现在看到刊物，证明徐懋庸没有欺骗他，所以就寄钱支持他们。

从断然拒捐，到主动寄款，而且是支持一帮自己不喜欢的人物。毋庸讳言，其中世故与多疑自然起了微妙的作用。鲁迅并非“神”，他也有常人的弱点；但鲁迅到底也不是一般人，因为他能够克服常人很难克服的弱点。所以，在刊物印出的实事面前，鲁迅立即改变态度，从共同事业的利益着眼，慷慨给予支持。鲁迅并没有停留在“多疑”，终日对人疑神疑鬼，而是按事实和实际行动做出判断。鲁迅更没有按照自己的好恶画线，根据自己是否喜欢对方，而决定支不支持“左联”的事业。这一拒一捐之间，实在看不出鲁迅如何“偏狭”，反觉得他心胸开阔，非常实事求是。

以前读《答徐懋庸并关于抗日统一战线问题》，读到“例如我和茅盾，郭沫若两位，或相识，或未尝一面，或未冲突，或曾用笔墨相讥，但大战斗却都为着同一的目标，决不日夜记着个人的恩怨”这一段，也许是因为提到郭沫若，遂“以小人之心度君子之腹”，只觉得鲁迅这些话是门面文章，世故之言，所以没有认真对待，现在重读，才有另一番感想。还有，“周起应也许别有他的优点。也许后来不复如此，仍将成为一个真的革命者”，应该也不是政策“背书”，或出于人事“策略”。能够在火气上头说出这样的话，实需要很广阔的胸襟。

其实，责难鲁迅喜欢“骂人”，并得出他性格“偏狭”的论者，通常都选择回避事情的真伪，与道理的对错，而且还愿意忽略一个事实：鲁迅通常是被迫“骂人”的。徐懋庸是“打上门来”，已不用说；“创造社”等以鲁迅为批判目标，也是众所周知的事实；梁实秋是有

意识地找出鲁迅来开刀，新近亦已经考证出来……①

鲁迅在该骂的时代被迫“骂人”，成了他日后被骂的原因，这事情本身，很耐人寻味。当然，把鲁迅针对具体事情的批评，当作对某人全面的盖棺定论，这种做法也确能令人愤懑不平，骂声四起，但跟实事求是的鲁迅又有什么关系呢？

原载《文艺报》2011年9月16日

鲁迅的“硬译”与赵景深的“牛奶路”

鲁迅曾经给弄得“几近神明”，他的话差不多“句句是真理”，尤其是那些批评别人（或曰“骂”人）的话，简直与棍子无异。但“好景”不长，物极必反。随着造神者的没落，他的言行主张自然引来种种质疑和商榷，如果还不算非议的话。这其实是在“重估一切价值”，有积极意义，但有时难免用心太过，有点“偏至”。其中有关“牛奶路”的讨论多少是这种“偏至”的余波。② 把本来很清楚的乱译，通过一些理论术语的重新包装，竟变成“无可厚非”甚至更符鲁迅精神的“硬译”，实令人甚感糊涂。

就笔者理解，重评“牛奶路”隐约还另有针对的目标，那就是鲁迅“硬译”说。如果笔者没理解错，那么有关的讨论牵涉两个问题：一是鲁迅“硬译”说对翻译是否合理可行；二是 Milky Way 该怎么译才算对、才算好。然而，这两个问题其实并无必然联系。

鲁迅主张“硬译”（为讨论方便起见，这里把一些自称直译的例

① 刘炎生：《梁实秋和鲁迅争论的起因及翻译问题的是非》，《广东鲁迅研究》1995：2，第26—30页。

② 参阅《月刊》1995年第3、8、12期。另1996年第7期。

子也包括在内),旨在借外来表达方式,以求改进中文的精密程度,达到思想改造,也就是“改造国民性”,可谓用心良苦。如果我们将翻译的视野扩大一点,不限于文学,则有其不得已之处。举例言之,德国的哲学著作、法语的律例条文,皆凭语法复杂,曲折离奇,遂有严密的结构、精确的所指。碰上这种文体,为求把握个中奥妙,或免于错手杀人,有时也得动用“硬译”来解围,即使弄出“我洗我的手”之类为人诟病的译文,恐怕也在所不惜,或是毫无办法的。牟宗三译康德的道德哲学两文,就自称用的是直译法,而且用上了为林语堂嘲笑过的“地”“底”“的”来区分副词、前置词、形容词。[①] 可见这种译法有一定需要,并非鲁迅的专利。

当然,“硬译”若施诸文学作品,其效果和准确性如何,是十分可疑的,因为“硬译”太拘执于原文语法结构和字面意思,只顾“所译的语言”(source language),而少管“译出的语言”(target language),肯定不能充分传情达意,更不用说什么“文化意象”了。举个简单的例子,译“laugh off one's head”为“笑掉了头”,总不及“笑掉了牙”好,大概是没有争议的;译“lying on his back”为“仰卧着”,便已足够,再忠心的鲁迅信徒,现在大概也不好坚持译作“卧着在他的背上”吧,虽然后者似乎更符合鲁迅“山的背后太阳落下了”的原则。[②] 有关论例还有很多,无须笔者在此多言。总之,就文学翻译而言,“硬译”之路不通,在文学译界也没有多大市场,可算是过时之论。[③]

然而,质疑或批评鲁迅的“硬译”论,却似乎并不能(或并不是要)延伸到他对赵景深误译的批评。细读《风马牛》一文,鲁迅评赵

① 见牟译《康德的道德哲学》之《译者之言》,台北:学生书局,1982 年;另参考陈康《论信达雅与哲学著作翻译》,载罗新璋编《翻译论集》,商务印书馆,1984 年,第 443—446 页。

② 鲁迅虽然也反对“跪在膝上”之类的译法,但在一般情况下,这类译文跟“山的背后太阳落下了”实无多少差异。按周作人的见解,鲁迅这种“硬译”其实是“死译”。参考周作人《〈陀螺〉序》,见上引《翻译论集》,第 398—399 页。

③ 参考上引《翻译论集》中有关文学翻译的文章。

译不在于赵教授没有把 Milky Way 译成“银河”或“天河”，而在于赵教授“爱牛成性”，硬把牛奶代替英语的 milk，而典故中的 milk 根本不是牛的奶，把 Milky Way 译成“牛奶路”明明是粗心的错误；而一个明显的粗心错误，反而能“传递”更多原文的“文化意象”，实叫笔者百思不得其解。

“路”跟“河”固然可有不同的文化讯息，但又岂能从“牛奶路”中单独割裂出来示范呢？因“路”较佳而认为“牛奶路”“无可厚非”，这种议论本身就有问题。且不谈“文化”那么复杂，单以“意象”而论，“牛奶”对一个旧俄农村小孩来说，是否更能引起另一种想象呢？例如，他会不会因此感到饿？如果会，一些神经过敏的中国读者，会不会因此以为契诃夫通过小孩的下意识或潜意识，暗示小孩是贫农出身呢？笔者不想妄加猜测，但对于我这类读者，在广告充斥、物质至上的现代社会，只会联想到西洋早餐或营养食品。这也可算是一种“错位”，时代的“错位”。但这也说明“牛奶路”可能“传递”更多不同于原文的“文化意象”：错误的意象，比起“银河”“天河”，实在得不偿失，可非之至。（后有一些论者指出，赵译“牛奶路”是设法反映旧俄农村小孩的视角，其前提是旧俄农村小孩无知无识，不会懂得希腊神话典故。但这种说法没有提供上下文或语境的支持，未免有点想当然——从中国人看旧俄农村小孩的视角，甚至有文饰之嫌。希腊神话在旧俄农村并不见得一定是学究才知道的典故。①）

那么，在鲁迅看来，Milky Way 该怎么译才好呢？有位论者认为，“牛奶路”的译法更符合鲁迅“硬译”的原则。鲁迅在九泉之下，大概会大呼冤枉。他在《风马牛》中其实说得很清楚，“牛奶路”貌似直译，而“其实却不然”，是“无缘无故‘牛’了进去”的乱译。另一方面，正如另一位论者所指出，鲁迅也没有认为 Milky Way 非译成

① 赵易林、许仲钦：《“牛奶路公案”对话》，《史料》2004：1，第 110—111 页。

"银河"或"天河"不可,他批评的焦点在"奶"不在"路"。鲁迅其实提供了另一"直译":"神奶路"(不是其中一位论者所说的"仙奶路"。西洋刚烈的"神"跟中土飘逸之"仙",其实带有非常不同的"文化意象",不能轻率互换。)此译能否"传递"更多"文化意象",也许见仁见智,但至少不能算误译,而且也不会叫人联想到食品,应当是没有疑问的罢。

原载《鲁迅研究月刊》1996年第7期

超越中西文化论的鲁迅
——《中国意识的危机》中鲁迅论引发的思考

鲁迅是“五四”新文化运动的思想领袖之一,“五四”以反传统闻名,人们顺理成章地把鲁迅当成一个激烈的反传统主义者,涉及中西文化对立与冲突的论题时,尤其如此。所谓中西文化冲突论,是中国近现代思想史研究的老问题,可以上溯至鸦片战争,“五四”时自然是沸沸扬扬,在五六十年代的台湾也闹得热火朝天,到了八十年代的大陆,亦死灰复燃,至今香火不断。这是生命力的表现呢,还是争议之处太多?暂且不论,但以此模式加诸鲁迅,骤看虽言之成理,细读鲁迅作品,又发觉其实不然。问题没有那么简单。因此,笔者在探讨鲁迅与中国传统文化时,实际上不得不质疑中西文化冲突论,也不得不澄清由此而惹起的争议和误会。本文主旨即在通过质疑中西文化冲突论,以探讨鲁迅对中国传统文化困境的认识和态度。

以中西冲突论来品评鲁迅者,现不乏其人,诸家之中,仍以林毓生《中国意识的危机》(*The Crisis of Chinese Consciousness*)一书最系统而具体(此书以下简称《危机》)①,至今仍不失为经典之作,因此问题也更突出。要澄清问题,莫如以此入手。

《危机》认为,"五四"企图以"整体反传统主义"(totalistic iconoclasm)来解决中国面对西方文化入侵所产生的难题,鲁迅"五四"时期的激进态度属于这种"反传统的整体主义",尽管鲁迅有意识地采取这种立场,内心却欣赏着部分的传统文化。② 此一矛盾冲突,形成了所谓鲁迅的"大痛苦"。③ 然而,《危机》所举鲁迅"冲突痛苦"的例子都十分可疑,书中主要是根据鲁迅《狂人日记》和《在酒楼上》这两篇短篇小说,认为前者体现所谓鲁迅的"整体反传统主义",后者体现所谓鲁迅对传统价值的承担。

《在酒楼上》如何体现鲁迅对传统价值的承担?《危机》认为,主角吕纬甫的行动,反映了"传统中国道德价值"——"念旧"。④ 但何以"念旧"是非西方而独特的中国道德呢?就吕纬甫对死去幼弟及邻居一位姑娘的怀念感情,无分古今,各处皆有。唯一可以算真正有关中国传统的,可能只是吕纬甫的"孝",尤其是他对母亲的无条件顺从。就此而言,鲁迅本人确与吕纬甫相似。鲁迅算得上孝子,也确爱他母亲。⑤ 然而,鲁迅的孝顺有三个方面须加区别:一、鲁迅对他母亲的爱;二、他对孝顺这种传统道德的承担;三、他对这种传统价值的态度。《危机》对此不加区别地用上"思想与道德的承担"(intellectual and moral commitment)以及"感情依恋"(emotional attachment)来描述,又不解释这两个用语的关系,似乎两者是不可分割的一体。然而,对上述"孝"的三个方面,鲁迅的态

---

① Lin Yü-sheng, *The Crisis of Chinese Consciousness*, Madison: University of Wisconsin Press, (1979).

② 关于"整体反传统主义",史华兹(B. I. Schwartz)在前言中下定义为:"实质上设计两个假设——第一,把过去的社会—文化—政治秩序必须当成一个整体,第二,而且必须全盘否定"(p. x)。

③ *The Crisis of Chinese Consciousness*, p. 105.

④ *The Crisis of Chinese Consciousness*, p. 148.

⑤ 王得后:《〈两地书〉研究》,第353—361页。

度并非一样的。

鲁迅爱他的母亲，即“感情依恋”母亲，并且行动上“承担”孝道，但并不就表示鲁迅也“感情依恋”这种传统道德。孝道至少有两个组成部分，一是子女对双亲的自然感情，另一则是在这种感情上发展而成的社会规范。前者属于自然人性，后者则是社会产物，因而被不同文化和时代所塑造而具有不同特色。在中国伦理道德主流中，孝道的重要特征之一，即在于子女对双亲无条件的顺从，包括父母为他们安排的婚姻。鲁迅在《我们现在怎样做父亲》一文中表达了上述把孝道分成两个组成部分的观点。① 就旧式婚姻而言，鲁迅恰恰就是“孝”的受害者。

在留日期间，鲁迅奉母亲之命回乡结婚，此事违背他的意愿，令他极伤心。② 鲁迅在《随感录四十》中表达了内心的痛苦，并提出废除这种旧式婚姻。③ 排斥旧式婚姻必然与作为中国传统道德的“孝”发生冲突。鲁迅虽然提倡废除旧式婚姻，但他却不主张由当时的受害者（包括他自己）开始实行，因为女方也是受害人，并非她的错。他决定维持这种关系而牺牲自己。也就是说，他继续他的“承担”，但这种“承担”自然不存在任何对这种道德的“感情依恋”。他只“依恋”他母亲。鲁迅这些观念，如果不是说明吕纬甫的例子并不证明鲁迅欣赏中国的传统价值观念，那就得认为鲁迅还有另一个自相矛盾的冲突。

《危机》又认为，吕纬甫教古书反映了鲁迅对传统的“依恋”。④ 这又增添鲁迅作品中的新冲突。如果我们对照一下《朝花夕拾》中的《范爱农》（他与吕纬甫有相同的历史背景和遭遇，某种程度上是吕纬甫的人物原型），我们就会发现鲁迅因范为生活所迫而教古书

① 《坟·我们现在怎样做父亲》，Ⅰ：131—140。

② 王得后：《〈两地书〉研究》，第353—369页。

③ 《热·随感录四十》，Ⅰ：321—323。

④ *The Crisis of Chinese Consciousness*, p. 147.

不教新知识，感到十分失望；范的潦倒反映了辛亥革命的失败：只推翻了帝制而不能改革社会和人们的思想[1]，这正与鲁迅所期待的截然相反，一点“依恋”也没有。

《危机》还认为，《孔乙己》表达了鲁迅对“道德上安之若素”的儒家价值观的两可态度。[2] 且不说“道德上安之若素”究竟是不是儒家价值观，如果鲁迅同情这个读过点书却无谋生技能的孔乙己，只是因为孔乙己的一生已被他所经常抨击的传统教育和传统知识分子的价值观念与生活态度所糟踏。[3] 鲁迅同情孔乙己悲惨的一生，却愤怒于他的麻木不争气。如果鲁迅有所谓“两可”态度的话，那是他对孔乙己本人，而不是孔乙己所遵循的价值规范。况且，鲁迅对中国人无论对己对人所遭受的痛苦和压迫所表现的沉默与冷漠，极为不满，常加批评。[4] 如果孔乙己的消极和逆来顺受体现了所谓“道德上的安之若素”，那正是鲁迅所抨击的。而《危机》却认为是鲁迅可能欣赏的儒家道德。

既然这些例子为鲁迅增加了那么多自相矛盾的冲突，弄得“鲁迅究竟欣赏什么”的问题模模糊糊，那么《危机》所谓鲁迅的激进主义和他对中国传统的欣赏造成他内心的“大痛苦”，也就言之过早了。如果我们再研究一下鲁迅思想发展的轨迹，则《危机》的论断将碰到鲁迅作品本身更多的诘难。鲁迅思想发展一般分为三个阶段：“五四”前、“五四”至 1927 年，及 1927 以后。就笔者看来，这三阶段虽有不同，但鲁迅思想态度却是颇一致的，[5]他对传统文化的态度亦然。在《文化偏至论》中，他说：

---

① 《朝・范爱农》，Ⅱ：313—316。

② *The Crisis of Chinese Consciousness*, p. 154.

③ 参考《呐・孔乙己》，Ⅰ：435—438；对照鲁迅三味书屋的先生，《朝・从百草园到三味书屋》，Ⅱ：280—281。

④ 《集补・破恶声论》，Ⅷ：23—26；《三・无声的中国》，Ⅳ：11—15；《且・病后杂谈》及《且・田军作〈八月的乡村〉序》，Ⅵ：169—173、286—287。

⑤ 参看张钊贻《鲁迅：中国“温和”的尼采》，第 249—348 页。由于笔者认为鲁迅思想是颇一贯的，他各阶段的言论均可互相参照发明，因此本文引语不限于“五四”时期。

> 明哲之士，必洞达世界之大势，权衡校量，去其偏颇，得其神明，施之国中，翕合无间，外之不后于世界之思潮，内之仍弗失固有之血脉。①

文中亦抨击了某些中国传统的缺失。他显然并不属于什么“整体主义”。而且，他在此文中提出的复古还须与他的民族主义一并加以理解。当他留日之时，鲁迅与光复会领袖章太炎等过往甚密。光复会的特点，在于主张推翻清朝统治，光复旧物，即恢复汉族典章文物。鲁迅承认他曾跟随过这种有点狭隘的民族主义。② 辛亥革命之后，他也确曾对自己的言论有所调节，因为他发觉自己理解的所谓“旧物”竟与大多数人所理解的不同。很多糊涂的爱国志士，否认自己原来的文化传统，而接受了异族征服者所建立的东西。他们中有人甚至讴歌汉人备受蹂躏的元朝的伟大。③ 这种盲目的“光复旧物”当然跟他的民族主义相冲突。另一方面，有些人只爱唱挽歌，不求光复，仿佛被征服才过瘾，否则就没有机会诉亡国之苦了。鲁迅称这种人为“爱亡国者”。④ 这种情境可能就是促使鲁迅在辛亥之后少谈复古的原因。

显然，《危机》断言鲁迅改变态度是由于“普遍王权”的崩溃（即清朝帝制被推翻），正跟鲁迅的民族主义相矛盾。在鲁迅看来，推翻清朝正等同于“光复旧物”⑤，正是他所梦寐以求的，当然不会导致他对传统失望而转向“反传统主义”。

《危机》的立论，可以说是基于两个理论架构。第一个是中西

① 《坟·文化偏至论》，Ⅰ：56。

② 冯雪峰：《回忆鲁迅》，载《雪峰文集》，Ⅳ：314—315；增田涉：《鲁迅的印象》，龙翔译，香港：天地图书有限公司，1980 年，第 117—118 页。

③ 《坟·说胡须》，Ⅰ：173。

④ 《集补·随感录》，Ⅷ：79—80。

⑤ 《而·略谈香港》，Ⅲ：432—433。

文化的冲突和对立，第二个是近代史的两个阶段。《危机》认为，辛亥革命是中国近代思想史上的分水岭，它推翻了帝制，破坏了维系着中国政治、社会、文化及道德秩序的“必要环节”，标志了中国传统观念和价值解体的开始。[①] 这种崩溃的后果，在“五四”时期达到了顶峰。因此，《危机》认为，“五四”文化革命的特色是以恶性反传统观念和价值的。这个革命“根据如下的假设：具有意义的政治和社会改革，以全盘改造价值观念和人们的精神为先决条件，这样的改革进一步假设，需要根本排斥普遍盛行的中国传统”[②]。然而，就鲁迅思想而言，《危机》的这个架构不过是“普罗克拉斯提斯之床”(The Procrustean bed)而已。

至于第二个架构，即他对中国近代史的分析，尤其是他所强调鲁迅早期与“五四”时期之间的决裂，虽也见诸一两位学者的文章，却并不为人们所接受，理由很简单，因为与鲁迅本人说法不符。虽然，一个人也可能自相矛盾，正如《危机》用鲁迅的例子设法向我们说明的那样。可是，如果矛盾太多就会太痛苦，《危机》似乎太夸大了鲁迅的忍受能力。然而，就笔者研读鲁迅作品时发现，他的作品贯串着一个万变不离其宗的主题，只要我们接着这个主题去思考，那么，鲁迅对传统文化的言论，就会表现得合情合理，而且始终如一。

在本文中，笔者将指出《危机》在鲁迅身上制造了太多的矛盾。笔者将从鲁迅作品，尤其是杂文中，指出两个策略上和两个理论上的原因，说明鲁迅表面的“整体反传统主义”并不令他产生“大痛苦”。这些原因归根到底表明鲁迅对中国存在的难题，与《危机》的理解迥然不同。换句话说，他们有不同的“提问法”。鲁迅独有的“提问法”，长期以来为学者们所忽视，但这正是他思想的核心。他

---

① *The Crisis of Chinese Consciousness*, p. 7.

② *The Crisis of Chinese Consciousness*, p. 4.

对中国问题的分析，不但可能对中国文化思想史研究有所裨益，而且很遗憾地对现实可能还有意义。

鲁迅太多“痛苦”

即使在“五四”时代，鲁迅也公开对中国古文化表示仰慕。他极欣赏汉唐时代人采纳外物时的自信心。① 鲁迅举出汉唐人的例子，本来用到中西文化冲突论上来也很贴切，但《危机》却否认鲁迅对他们的赞赏，只提两个问题：

> 鲁迅究竟在何种意义上——如果有的话，认为这些原因(即国家力量强弱和“蛮族”入侵)改变了中国人的本性呢，又或者，在他看来，外在的盛衰改变了中国人对外界环境反应的方式，但又并不必然改变他们的根本本性呢？

《危机》感到难于解释，而宁愿鲁迅“会肯定自己对中国人本性的本质存在的(essentialistic)、一体性的(holistic)概念，而采纳第二种观点”②。遗憾的是，鲁迅对中国人本性的看法既非“一体性的”，而《危机》提出的第一问题，亦已由鲁迅本人所解答。本文下半部将对此详加分析。现在且看鲁迅思想的第三阶段。

《危机》的推论前提之一，是认为中共的文化政策是“五四”的延续，并在“文化大革命”中达到高潮。然而，后期鲁迅虽然被认为是左翼文化领袖，但他仍公然表示欣赏中国某些传统文化。他赞颂有骨气的古人③；他极力保存传统版画艺术，并鼓励青年艺术家向

---

① 《坟·看镜有感》，Ⅰ：197。

② *The Crisis of Chinese Consciousness*, pp. 122—123.

③ 例如《且·中国人失掉自信力了吗》，Ⅵ：117—118。

传统学习[1]。虽然《危机》贬低鲁迅推广版画的意义，把这些活动只当成鲁迅意识中的个人的、审美的层面，并认为鲁迅并没有把版画推广为社会活动："鲁迅对中国版画看似内行的兴趣，虽非个人，但其公开的性质只是学术的、感情的而非道德的。"[2]然而，如果我们仍记得《危机》对"整体主义"所下的定义，即并非独有道德，还包括文化方面，则这番话实在十分费解。况且，这种说法显然有违鲁迅文艺为人生的信念，鲁迅把文艺当作启蒙及改造社会的手段。[3] 当鲁迅呼吁年轻艺术家学习传统之际，实际上已把传统版画推向社会，把它们用作启蒙和改造社会的工具。[4]

不管怎样，恰恰就在文化遗产的问题上，鲁迅跟左翼分子刚好意见一致。他们都认为有必要继承及改良传统文化。[5] 他们均非"整体的反传统主义者"。

总之，在《危机》的两个理论框框之中，鲁迅的复杂意识显得益加复杂，矛盾冲突多如牛毛，他内心一定痛无比。在这些冲突折磨下，鲁迅该觅路奔逃。

鲁迅并无"痛苦"

鲁迅"五四"时期的一些作品，如《狂人日记》，表面上确实很激进。在《呐喊》的自序中，他提过是遵文化革命领袖之命而写作。[6] 似乎他认同了那个"整体反传统"的运动，而他的作品，尤其是那些激烈的言辞，可能并不代表他的本心。即使如此，也并不意味鲁迅

---

① 例如《集拾·〈北平笺谱〉序》，Ⅶ：405—406；《南·"连环图画"辩护》，Ⅳ：448—449。

② *The Crisis of Chinese Consciousness*, p. 142.

③ 《南·我怎么做起小说来》，Ⅳ：512。

④ 《南·〈木刻创作法〉序》，Ⅳ：609；《且二·〈全国木刻联合展览会专辑〉序》，Ⅵ：338—339；《且末·记苏联版画展览会》，Ⅵ：481—482。

⑤ 《且·论"旧形式的采用"》，Ⅵ：22—24。

⑥ 《呐·自序》，Ⅰ：419。

会因此感到歉疚而内心痛苦。这里至少有两个策略上的原因。第一，鲁迅认为中国人爱调和，而激烈的言论能取得更佳的效果。他说：

> 中国人的性情是总喜欢调和，折中的，譬如你说，这屋子太暗，须在这里开一个窗，大家一定是不允许的。但如果你主张拆掉屋顶，他们就会来调和，愿意开窗了。①

以此类推，他的某些激烈措辞有时不过是故作惊人之语而已。第二，中国当时的危急处境，急需全面的社会改革。一些“国粹”虽值得留存，但民族生死存亡更重要。在《随感录三十五》中，他说：

> 保存我们，的确是第一义。只要问他有无保存我们的力量，不管他是否国粹。②

他又在《忽然想到（五至六）》中提到：

> 我们目下的当务之急，是：一要生存，二要温饱，三要发展。苟有阻碍这前途者，无论是古是今，［……］全都踏倒他。③

鲁迅排斥“国粹”只是因为它无力保存中国本身；中国既沦亡，所谓“国粹”亦自然毁灭。换句话说，排斥正是为了保存。此种“悖论”下文还会遇到。另一方面，第二段引文分明指出鲁迅所作的抉择，并非传统与现代之间。即使“现在”的东西而不能解中国之厄，他也同样排斥；反过来说，“国粹”若于自强有效的话，自然亦予采纳。

---

① 《三·无声的中国》，Ⅳ：13—14。
② 《热·随感录三十五》，Ⅰ：306。
③ 《华·忽然想到（五至六）》，Ⅲ：43—45。

这里半点“整体”反传统的影子也没有。

除了这些策略上的原因，鲁迅的言论还须按照当时的历史处境来理解。比如他提倡青年少读中国书，就是一例。[1] 他后来解释说：

〔当时〕正是许多人大叫要作白话文，也非读古书不可之际，所以那几句话是针对他们而发的，犹言即使恰如他们所说，也不过不能作文，而去读古书，却比不能作文的害处更大。[2]

而且，他曾向一个准备读中国古典文学的学生推荐了一张长长的古书书单，他又在《华盖集》的后记中解释自己的真正意思：

讲话和写文章，似乎都是失败者的征象。正在和运命恶战的人，顾不到这些；真有实力的胜利者也多不做声。譬如鹰攫兔子，叫喊的是兔子不是鹰；猫捕老鼠，啼呼的是老鼠不是猫……。又好像楚霸王……追奔逐北的时候，他并不说什么，等到摆出诗人的面孔，饮酒唱歌，那已经兵败势穷，死日临头了。[3]

换言之，鲁迅提出的抉择亦非什么中西文化，而是反抗的行动抑或喊苦的哀鸣。当他提倡少读中国书时，实际上已讲明青年人最重要的是“行”而非“言”。[4] 这些言论与中西文化冲突论其实是无关的。

他对中国武术的批评也是一个好例子。在《随感录三十七》中，他指出中国拳术不能救国，并批评当时一些教育家诋毁西洋体

---

① 《华·青年必读书》，III：12。
② 《准·答“兼示”》，Ⅳ：359。
③ 《华·后记》，Ⅲ：177。
④ 《热·随感录五十八“人心很古”》，Ⅰ：351—352。

操为无用。[①] 鲁迅因此而备受攻击。他于是在《拳术与拳匪》一文中答辩说，他并不完全排斥中国功夫，有人要练，亦无不可。他只是抨击一种社会现象：一些教育家不谈枪炮的威力，而宣扬功夫的重要，好像中国非此不行，非此不强，非此不足以赶走入侵者。而且，他们多少仍把功夫当成巫术似的东西。一如拳匪所为，这是非常危险的。[②] 所以，如果我们把鲁迅的言论放回当时的环境，则他显然并非"整体的反传统"。既非"整体的反传统"，则他对某些传统的欣赏，自然不会给他带来"大痛苦"了。

除了上述两个原因，还有另两个理论上的原因，令鲁迅攻击中国传统而毫不介怀。鲁迅对"古""文化""传统"等概念的理解，跟《危机》的观点完全不同。《危机》把"价值"和"精神"都包括在"文化"之中，而在鲁迅的著作中，它们却不能随便互换，它们的重要性至少是不相等的。至于"传统"，《危机》把它跟"古""文化遗产""传统价值和观念""文化传统"等当成同义词。但鲁迅对中国的"古"也有极其不同的理解。这些概念和理解的不同，归根到底，表明鲁迅对中国文化传统的困境有完全不同的认识，也是构成鲁迅思想跟《危机》诠释分歧的两个理论原因：第一，鲁迅并没有把当时的中国传统当成原本如此，他认为那是历史的产物，经过不断的改变。鲁迅曾就此向那些传统主义者提出一个颇有意思的问题：

> 古可是要复到像清（即所谓"本朝"）、元、金、唐、汉、禹汤文武周公、无怀氏、葛天氏？他们其实都没有定见。他们也知不清颜回以至曹锟为人怎样，"本朝"以至葛天氏情形如何；不过像苍蝇们失掉垃圾堆，自不免嗡嗡地叫。[③]

---

① 《热·随感录三十七》，Ⅰ：309—310。

② 《集补·拳术与拳匪》，Ⅷ：81—83；《集补·〈这回是第三次〉按语》，Ⅷ：234。

③ 《华·十四年的"读经"》，Ⅲ：128；比照《坟·说胡须》，Ⅰ：174—178。

中国确有一段很长的“古”，各阶段又自有特色，一概排斥或恢复所谓“古”，实在空洞之极。鲁迅还指出，那些传统主义者之所谓复古，并非禹、夏、商、周，而只是他们所能记忆的若干年前而已。[①] 这跟文化遗产其实是毫无关系的。我们稍后会发现，它甚至是对传统的亵渎。既然这个“古”如此复杂，则鲁迅自然可以既排斥而又欣赏。他的标准就是下面的第二个理论原因。

由于文化是历史的产物，鲁迅并没有把它视为一个不可分割的整体。在《文化偏至论》中，他试图分析它的结构：

> 欧美之强，莫不以是炫天下者，则根柢在人，而此特现象之末。末源深而难见，荣华昭而易识也。[②]

而这“现象”的“本源”，则是人的精神。人的精神是文化的重要部分，因为这里所谓人的精神，是保存在历史文献和文艺作品中的人的精神。鲁迅认为，在中国文明之始，中国人的精神和其他文明的人一样，是充满活力的，他称这种活力为“内曜”。[③] 但由于长期遭本国及外来征服者的压迫，尤其被蒙古人及满人所征服，中国人的精神便逐渐而又普遍地被摧残了。中国人精神的衰败，表现为对外来事物的恐惧，和过分强调“国粹”的重要性。他在《看镜有感》中指出：

> 遥想汉人多少闳放，新来的动植物，即毫不拘忌，来充装饰的花纹。唐人也不算弱，[……]宋的文艺，现在似的国粹气味就熏人。然而辽、金、元陆续进来了，这消息很耐人寻味。汉、唐虽然也有边患，但魄力究竟雄大，人民具有不至于为异族奴

① 《而·小杂感》，Ⅲ：531。
② 《坟·文化偏至论》，Ⅰ：56—57。
③ 《集补·破恶声论》，Ⅷ：23、25。

隶的自信心，或者竟毫未想到，凡取用外来事物的时候，就如将彼俘来一样，自由驱使，绝不介怀。一到衰弊陵夷之际，神经可就衰弱过敏了。每遇外国东西，便觉仿佛彼来俘我一样，推拒、惶恐、退缩、逃避，抖成一团，又必想一篇道理来掩饰，而国粹遂成孱王及孱奴的宝贝。①

也就是说，鲁迅认为吸收外来事物的魄力原是中国人的固有精神。这是力量的象征，而且也是传统，甚至是更古老的传统之一。极端的传统主义则刚好相反，它既是衰弱的表现，而且也是传统的堕落。就在这种古代精神衰败之时，自欺的心理便发展起来了。因此，中国人精神的衰败，在鲁迅看来，正是外族入侵所促成的。这种自欺心理，也正是鲁迅作品中，如《阿Q正传》等所不断揭露、批判的主题，而这个主题，也就是他所关注的所谓"国民性"问题。换句话说，外族入侵促成中国"国民性"的堕落，而《危机》对此却视若无睹，或无法理解。

鲁迅还提出，中国文化的衰落有另一个副作用：在统治阶层、文化精英中，部分人逐渐变得"聪明"起来。他们说文化传统的好话，实际上只利用它来保护自己或借此谋私。在《十四年的"读经"》一文中，鲁迅批评章士钊提倡学校读经时说：

我总相信现在的阔人都是聪明人，反过来说，就是倘使老实，必不能阔是也。至于所挂的招牌是佛学，是孔道，那倒没有什么关系。总而言之，是读经已经读过了，很悟到一点玩意儿，[……]"学而优则仕"故也。[……]我看不见读经之徒的良心怎样，但我总觉得他们大抵是聪明人，而这聪明，就是从读经和古文得来的。我们曾经文明过而后来奉迎过蒙古人满洲人

① 《坟·看镜有感》，Ⅰ：192—193。

大驾了的国度里，古书实在太多，倘不是笨牛，读一点就可以知道，怎样敷衍，偷生，献媚，弄权，自私，然而能够假借大义，窃取美名。①

这里可以看出鲁迅不主张青年读古书的另一原因：怕他们中了这些“聪明”毒。②

鲁迅主要攻击的是章士钊鼓吹读经的用心，他攻击那些假借儒家美名来谋私的“儒家之徒”。在他看来，儒家已被“聪明”人所利用而腐朽。本来，鲁迅早在热情鼓吹“复古”之时，已看到中国文化的一些缺点。笔者认为，每一文化均非十全十美。但鲁迅指出中国文化的困境，是仅仅只有那些缺点得到了自由的发展，而促成这发展的，是国民精神的堕落。

因此，鲁迅对文化、传统及中国“国民性”的理解，显然并非《危机》所说的“整体的”或“一体性”的。他把文化的“能源”（人的精神）及其“产物”（道德、风俗等）分开对待；把原本未被摧残的文化和后来堕落的混合物分开对待。既然他把它们分开对待，他既攻击又欣赏中国“传统”就并不奇怪了。如果再分析什么是他所真正攻击和欣赏的，就会更了解他的“提问法”。

鲁迅究竟欣赏什么排斥什么

我们已约略知道他抨击“自欺”与“聪明”这两种“传统”，而他欣赏的，也正好是它们的对立面。除了“内曜”，鲁迅还很欣赏古今某种类型的人。在《随感录五十九“圣武”》中，他写道中国人也有肯为主义而牺牲的：

① 《华·十四年的“读经”》，Ⅲ：128—129。
② 参照《集补·“日本研究”之外》，Ⅷ：321；《三·“皇汉医学”》，Ⅳ：141。

> 我们从旧的外来思想说罢，六朝的确有许多焚身的和尚；唐朝也有过砍下臂膊布施无赖的和尚；从新的说罢，自然也有过几个人的。①

后来，他又在《中国人失掉自信力了吗》说：

> 中国人现在是在发展着“自欺力”。“自欺”也并非现在的新东西，现在只不过日见其明显，笼罩了一切罢了。然而，在这笼罩底下，我们有并不失掉自信力的中国人在。我们从古以来，就有埋头苦干的人，有拼命硬干的人，有为民请命的人，有舍身求法的人……虽是等于为帝王将相作家谱的所谓“正史”，也往往掩不住他们的光耀，这是中国的脊梁。这一类人们，就是现在也何尝少呢，他们有确信，不自欺，他们在前仆后继的战斗……②

鲁迅笔下具体人物的例子，我们可以找到柔石和韦素园，他们都是“有确信”和“拼命硬干”的年轻作家，鲁迅特别表彰了他们由此而表现出的诚实和认真。③“认真”是鲁迅作品中经常称赞的美德。而这种全心意工作、不顾个人得失的人，鲁迅常常称之为“愚人”。④这些美德正是自欺与“聪明”的反面。

鲁迅并没有解释“内曜”与上述美德的关系。可能这些美德都是“内曜”的显露，因为“认真”“有确信”“埋头苦干”要付诸行动之时，都需要精神和肉体的很大的力量，而这些力量正包含于“内曜”之中。总而言之，它们都是一些被国内外统治者摧残而日渐丧失的本性。鲁迅在《魏晋风度及文章与药及酒之关系》中解释它们是怎

① 《热·随感录五十九“圣武”》，Ⅰ：355。

② 《且·中国人失掉自信力了吗》，Ⅵ：117—118。

③ 《南·为了忘却的纪念》，Ⅳ：482—488；《且·忆韦素园君》，Ⅵ：65—68。

④ 例如《华·这个与那个》，Ⅲ：141—143。

样被摧残的：

> 例如嵇、阮的罪名，一向说他们破坏礼教。但据我个人的意见，这判断是错的。魏、晋时代，崇奉礼教的看来似乎很不错，而实在是毁坏礼教，不信礼教的。表面上毁坏礼教者，实则倒是承认礼教，太相信礼教。因为，魏、晋时期所谓崇奉礼教，是用以自利，那崇奉也不过是偶然崇奉，如曹操杀孔融，司马懿杀嵇康，是因为他们和不孝有关，但实在曹操、司马懿何尝是著名的孝子，不过将这个名义，加罪于反对自己的人罢了。于是老实人以为如此利用，亵渎了礼教，甚至于反对礼教。——但其实不过是态度，至于他们的本心，恐怕倒是相信礼教，当作宝贝，比曹、司马懿们要迂执得。①

这种情势，实在对"老实""认真""有确信"的人不利。后来的情势则更糟。在《病后杂谈》及《病后杂谈之余》中，鲁迅讲述了元朝汉人受奴役不如畜牲，而明成祖又如何虐杀正直的大臣齐泰、景清、铁铉，并将他们所有女眷关进军妓营里。鲁迅于是很感慨地说：

> 自有历史以来，中国人是一向被同族和异族屠戮，奴隶，敲掠，刑辱，压迫下来的，非人类所能忍受的楚毒，也都身受过，每一考查，真教人觉得不像活在人间。②

认真老实的人是难于生存于这种环境的：

> 认真会是人的致命伤的么？至少，在那时以至现在，可以是的。一认真，便容易趋于激烈，发扬则送掉性命，沉静着，又

① 《而·魏晋风度及文章与药及酒之关系》，Ⅲ：513。
② 《且·病后杂谈之余》，Ⅵ：180—181。

啮碎了自己的心。①

那些不愿“啮碎”自己心的人，只好在自欺中寻求避难所；而那些坚守原则者，则趋于激进而为统治者所杀戮。② 可以想见，认真老实的人将日见其少，自欺或“聪明”的人日见其多。看来，这就是鲁迅所认为的中国文明没落的悲剧图景。而他也可能是中国近代思想史上唯一重视这种恶性发展的人。

在前引《十四年的“读经”》一文中，鲁迅已表明他攻击的真正目标不是儒家（因为那只是招牌，换成其他主义亦无不可），而是那些借此谋私的“聪明”人。如果他抨击了传统，那也只是腐朽了的部分而已。当我们分析到他在攻击虚伪的传统主义分子的同时，竟盛赞另一真正的保守主义学者，鲁迅的立场就会更鲜明清楚。

1921年，北京出了一本杂志《学衡》，大力攻击新文化运动并鼓吹复古。然而杂志的撰稿人多是留美学生，鲁迅怀疑他们对传统文化的修养和维护的动机。在嘲笑了他们古文都写不通之后，鲁迅说，他们哪里是保存“国粹”，简直是在糟蹋它。③ 还有商场利用，就更不足道。④ 其实，鲁迅批评章士钊，并非因为他是个真的传统主义者。章氏鼓吹古文，而自己的古文却不行，甚至普通典故都解错。⑤ 既然如此鲁迅自然就怀疑到章氏的真正目的。他认为章氏正是“聪明”的阔人之一。

然而，就在一篇评论真假国学家的文章中，鲁迅大赞传统主义者王国维，赞他认真埋头研究中国历史文化。⑥ 因此，他所抨击与赞扬的，并非传统主义者或非传统主义者，而是“聪明”人与“愚

① 《且·忆韦素园君》，Ⅵ：64—65。
② 《且·中国人失掉自信力了吗》，Ⅵ：117—118。
③ 《热·估〈学衡〉》，Ⅰ：377—379；对照《热·“以震其艰深”》，Ⅰ：384—386。
④ 《热·所谓“国学”》，Ⅰ：388—389。
⑤ 《华·答KS君》及《华续·再来一次》，Ⅲ：111—113、297—300。
⑥ 《热·不懂的音译》，Ⅰ：398。

人”。即使是他支持的共产党，他也没有对其成员一律看待，而他不同的态度，亦是基于上面的立场。这都属于他所谓“国民性”的范畴，并非中西文冲突的概念。

为了更清楚说明鲁迅的言论是基于“国民性”问题而他只是攻击“传统”中的腐朽部分，再举两个例子。很多学者都指出，鲁迅对中医有偏见，至少早期如此。① 他们却忽略了鲁迅也抨击中国的西医：

> 新的本国的西医又大抵模模糊糊，[……]总之，西方的医学在中国还未萌芽，便已近于腐败。我虽然只相信西医，近来也颇有些望而却步了。②

如果如他们所说，鲁迅攻击中医只是攻击其中的庸医，那么他也攻击西医中的庸医，这样一来，就不是中与西的问题了。另一方面，鲁迅后期盛赞《本草纲目》，一向被认为他对祖国医药有了正确的认识，是他态度转变的一项证据。但若细读这篇杂文《经验》，他其实不是谈医药，而是赞古人的认真精神，赞那些“舍身求法”的“脊梁”。③ 这仍然是“国民性”的问题。其实，他多次谈及中国像个黑染缸，一切外来的东西都会被糟蹋。④ 因此，在他看来，中国的困境并不是单单采纳西方文明就能解决。首先得改造“国民性”，否则一切都不行。⑤

人们对鲁迅“五四”时的激烈反传统言论，或鼓掌称庆，或恨之入骨。但他们都忽略了中国的传统实际上正毁在所谓传统主义者手上。让我们以中国文化传统的主流为例，以说明鲁迅所攻击的是

---

① 余凤高：《鲁迅杂文与科学史》，杭州：浙江文艺出版社，1986 年，第 89 页起。
② 《华续·马上日记》，Ⅲ：311。参考余凤高《鲁迅杂文与科学史》，第 82—89 页。
③ 《南·经验》，Ⅳ：539—540。
④ 《两》，Ⅰ：4，Ⅺ：20。对照《且二·漫画而又漫画》，Ⅵ：236。
⑤ 《两》，Ⅰ：8，Ⅺ：31。

腐朽了的“传统”。儒家本质上可以说是保守的。它主张复古，孔子就说过“吾从周”，要重建西周文化。[①] 但这种保守主义也起了团结维系整个社会的作用，就如现代的民族主义一样。孔子赞扬过管仲，他使人民免除“披发左衽”亦即被外族征服的灾难。[②] 然而，占中国人口绝大多数的汉人，却被少数民族满人所征服。汉人被迫剃发易服留辫子，作为投降的象征。这些耻辱，深深地伤了明儒的心。[③]鲁迅显然跟他们有同感。[④] 但那时的所谓“儒家”之徒，却完全忘记这些奇耻大辱，提倡所谓“复古”，实际上只是“复”到受满人奴役的时代[⑤]，其中一些人如郑孝胥，甚至投向日寇，为新的征服者高唱孟子的“王道”[⑥]，简直是对儒家的最大亵渎。因此，鲁迅攻击的，和那些所谓传统主义者所保护的，其实并非原本的文化传统，或只是其中遭歪曲破坏了的部分而已。如果鲁迅看似激进，也只是因为这种假传统的势力太大。他尖刻地批评这种假传统，又怎能会感到“痛苦”呢？

跋　语

根据上述分析，鲁迅跟《危机》的“提问法”完全不同。他关心的是“国民性”的问题，中西文化冲突对他来说并非关键问题。鲁迅之所以跟《危机》的理论框框有异，可能因为他曾在日本留学，目睹一个新世界霸权的兴起，而这个霸权在长期受中国文化的影响之后，仍能采纳外物而不失自己的传统。就如何在西方强权称霸下求存的问题而言，日本的例子无疑是“中西文化冲突论”的致命伤。

---

① 《论语·八佾》14，《论语·阳货》5，见《四书章句集注》，北京：中华书局，1983 年，第 65、177 页。

② 《论语·宪问》17，见《四书章句集注》，第 153 页。

③ 例如黄宗羲《黄宗羲南雷杂著稿真迹》，杭州：浙江古籍出版社，1987 年，第 240 页。

④ 《坟·杂忆》，Ⅰ：220—223；《且末·因太炎先生而想起的二三事》，Ⅵ：556—557。

⑤ 《集补·“生降死不降”》，Ⅷ：97。

⑥ 《且·中国语文的新生》，Ⅵ：114。

在鲁迅看来，日本的兴起正是由于日本的“国民性”。他认为日本的“国民性”是好的。① 为免误会，这里必须指出，鲁迅并非说中国的“国民性”本质上不如日本，或如日本学者细野浩二所称，是因为鲁迅曾留学日本而成了“边缘人”。鲁迅认为日本“国民性”之所以好，只是因为到当时为止，日本尚未被任何外人征服过而已。

再者，鲁迅“国民性”这个甚难界定的概念，又是基于另一更含糊的“人的精神”。他认为各文明之初，人的精神俱一样。此所以鲁迅亦提倡向英国人学习。② 因为鲁迅认为，某些被他们同时代人当成“洋”的脾性，实为古人所共有。③ 总之，他鼓励人们向外国学习的，实际上正是自己曾经拥有，而后来不幸丧失的东西。在这个意义上，他的“西化”和“复古”的主张，貌似水火不相容，实际同是一回事。正因为他关注“国民性”的问题，所以“全盘西化”或拼命“复古”之论，都难得他苟同。文化的根本在于人的精神，如果精神已受摧残，却不加救治，只求自外移植新枝，那还是救不了它灭亡的命运的。

最后，我还想指出，尽管鲁迅在实践上，特别是创作活动中，会同意《危机》“中西观念和价值的相互作用”作为中国文化发展的方向。④ 其实按照接受美学及读者反映批评理论，不管你愿不愿意，这都是必然的过程。但鲁迅却对所谓“彻底了解和精确分析”甚为怀疑。试问，谁又能做得到呢？到什么时候才做得到呢？他曾经预测：

> 照例是永远论不定，至多不过是“中虽有坏的，而亦有好的，西虽有好的，而亦有坏的”之类的微温说而已。⑤

---

① 《信·致尤炳圻》，Ⅷ：682—683。
② 《华·忽然想到(十至十一)》，Ⅲ：89。
③ 《且·从孩子的照相说起》，Ⅵ：82。
④ 《而·当陶元庆君的绘画展览时》，Ⅲ：549—550。
⑤ 《集拾·报“奇哉所谓……”》，Ⅶ：254。

所以，他认为卷入这种争论实在愚蠢。他的预言，大概可以说明他对“中西文化折中论”的态度吧。

后　记：

这篇是笔者比较早的学术论文。《危机》表面上在国内学界没有得到多少认同，但它是随着国内“文化热”而引进，从这个角度看，《危机》有助鲁研界开发文化领域的新天地，倒是功不可没，相对而言，其论述所产生种种不为人苟同的看法，反而成为次要。不过，笔者受20世纪60年代台湾中西文化论战震撼后才接触鲁迅，已经从鲁迅中得出超越中西文化框框的思想。到了80年代末《危机》帮助笔者再梳理了自己的心路历程，也值得感激。文章英文版在澳洲发表[①]，中文版几乎同时在香港和台湾刊出[②]，英文版后来在国内有中文节译。[③] 本文原来的中文版现在看来，起码在文笔上未免有点生硬，因此本次收录在文字上做了不少修订。其中的观点，可以说是笔者鲁迅研究和鲁迅尼采比较研究的基础之一，也是笔者认为鲁迅之所以伟大以及他目前仍有价值的根本原因之一，因此特意收录在此，非仅为敝帚自珍也。

2014年9月8日中秋

---

① Chiu-yee Cheung, “Beyond East and West: Lu Xun's Apparent ‘Iconoclasm’ and His Understanding of the Problem of Chinese Traditional Culture,” *The Journal of the Oriental Society of Australia*, XX/XXI (1988—89), pp. 1—20.

② 《既非“整体”何须“受苦”——评林毓生〈中国意识危机〉中所论鲁迅与传统文化》，《八方》Ⅺ(1989.2)，第269—284页；李敖编：《老蒋 小蒋 疯》，台北：天元图书公司，1989年，第1—28页。

③ 《全盘性反传统主义及其痛苦——关于鲁迅与中国传统文化之态度的重估》，《动态》1989：7，第55—64页。

打倒“孔家店”的“摩登”圣人
——鲁迅对孔子和儒家的复杂态度

毛泽东曾说:“鲁迅在中国的价值,据我看要算是中国的第一等圣人。孔夫子是封建社会的圣人,鲁迅则是现代中国的圣人。”①评价不可谓不高。鲁迅是以“打倒孔家店”为旗帜的“五四”新文化运动的精神领袖之一。在 20 世纪 70 年代,鲁迅更一度被奉为彻底反封建即激烈批判孔子和儒家的代表人物。“打倒孔家店”的反儒先锋竟然是与孔子一样的圣人,不能不说是个很大的反差。当然,我们可以把毛泽东的比喻,理解为说明鲁迅在当代中国的重要性,并非要探求他跟孔子的共同性。但鲁迅究竟怎样看孔子?——为方便起见,本文把孔子和儒家等同起来,而所谓儒家,为避免无谓的争议,仅以宋儒理学以前的理念为限——对于这个问题,“现代中国的圣人”的说法,却可以引起研究者的思考。其实,对这个问题的探讨,在鲁迅思想发展的研究中,早就应该引起研究者的注意:鲁迅从晚清参加带着鲜明“国粹主义”倾向的光复会,到“五四”却积极参与“打倒孔家店”,在孔子和儒家的问题上,究竟是怎样的转变?究

① 《论鲁迅》(1937),见《毛泽东文集》,北京:人民出版社,1993 年,Ⅱ:42—44。

竟有没有转变？这些问题直接关系到鲁迅批判孔子/儒家的实质问题，就笔者所见，我们似乎还没有对鲁迅这方面的"转变"，从简单的"决裂"中，探求其更具体的原因。

一

首先，鲁迅对孔子及儒家评论，并没有像20世纪70年代普遍认为的那样，完全彻底地加以否定。鲁迅文章中有不少地方，表达了他对孔子及其学说的某种好感。例如，他对孔子虽然删《诗》使之"温柔敦厚"，却保留"时日曷丧，予及汝皆亡！"这样并不"纯厚"的句子，甚为赞赏①；对孔子"知其不可为而为之"的精神也很佩服，认为"一定要有这种人，世界才不寂寞"②。

这些明显的赞誉也许可以当作个别孤立的言辞，不足以改变人们既定的看法。但鲁迅有些主张和价值取向，虽然没有明言，其实有着深厚的儒家基础，更值得我们注意。例如，他一贯提倡的"认真"精神与赞赏拥有这种精神的"愚人"，与儒家核心价值之一的"诚"，实质上是一致的。我们把鲁迅的"认真"跟儒家的"诚"等同起来有一定根据：(一)鲁迅说过"真的声音"，也就是至诚之声，能动人，是以文艺改造"国民性"的重要工具；③(二)《中庸》所谓"诚之者，择善而固执之者也"，正是鲁迅所欣赏的那些"认真"的"愚人"的品德，也是前面所说的"知其不可为而为之"精神的体现；(三)我们也可以从鲁迅品评的历史人物取得佐证，例如，鲁迅对子路的认真④，对明儒顾献成、方孝孺、袁宏道以及东林党人，对清末

① 《花·古人并不纯厚》，Ⅴ：448。此句实出《尚书》，鲁迅误记。

② 《而·反"漫谈"》，Ⅲ：464。这句评孔子的话见《论语·宪问》，《四书章句集注》，北京：中华书局，1983年，第158页。

③ "诚"也是鲁迅早期作品中的一个重要词语，见《坟·摩罗诗力说》，Ⅰ：100。

④ 《两》，Ⅺ：21；《且·在现代中国的孔夫子》，Ⅵ：315—316。

一些真诚的维新派，对他们的社会责任感，对他们“择善固执，疾恶如仇”的态度，无疑是欣赏的。他们的“方巾气”“道学气”成了“认真”的同义语。①

儒家的“诚”并非一种神秘的超自然力量，而是具有入世的社会政治意义。《中庸》有一段话：

> 唯天下至诚，为能尽其性；能尽其性，则能尽人之性；能尽人之性，则能尽万物之性；能尽物之性，则可以赞天地之化育，可以赞天地之化育，则可以与天地参矣。

可见“诚”不单是一种纯粹的道德品质，也是改造社会和建设理想的手段，而这个社会作用跟鲁迅文艺运动的目标不谋而合。鲁迅在《无声的中国》中不知道是有意识还是无意识，也习用了上面《中庸》非常相似的意思：

> 只有真的声音，才能感动中国的人和世界的人；必须有了真的声音，才能和世界的人同在世界上生活。②

这“真的声音”，也是“诚”的体现，同样是感化人，改造人的灵魂，以致改革和建设新社会的手段，并打破国界与种族的藩篱。

鲁迅的“认真”与儒家思想的契合，有一点需要说明。孔子和儒家是保守的，这点应该没有疑问，这跟鲁迅一生鼓吹改革表面上相反，不过鲁迅似乎并不认为这是个问题。以王国维为例，王国维是真正的国学家，研究和发扬国粹。然而，由于他保守，不用新式标点，结果整理出来的东西很难懂，也就不能达到弘扬国学的目的。

---

① 《南·为了忘却的纪念》，Ⅳ：482。《且二·“招贴即扯”》；《且二·题未定草（6—9）》，Ⅵ：227—228、434—444。《准·重三感旧》，Ⅴ：324—325。

② 《三·无声的中国》，Ⅳ：15。

鲁迅指出，要认真发扬国粹还须用新式标点，也就是改革。[①] 按照这样的思路，只要"认真"为中国的生存和发展着想，即使再保守的儒家，面对中国当时的情况也会实施改革，会变成维新派，甚至会变成革命党[②]，争民主自由，支持共产主义革命。"认真"也是促成变革的动力。此处的关键是孔子入世的精神和人文关怀。

事实上，对国家民族前途的忧虑，对社会民生的关怀，这种入世的精神也是鲁迅精神很重要的一面。鲁迅在思考中国"国民性"的改造时便强调过"诚"。他前期反对退隐书斋，只讲问题不谈主义；后期反对抒写性灵，提倡匕首投枪，都是由"诚"到改造人们精神的这一儒家传统的表现。就此而言，若说鲁迅继承了孔子的教导或儒家的理念，也不为过。当然，鲁迅也对孔子和儒家做了尖锐的批评。对这些批评的具体分析，有助于我们了解鲁迅对孔子和儒家的态度。本文集中讨论鲁迅以下的几篇文章：《二十四孝图》，包括《朝花夕拾》的《后记》、《十四年的"读经"》和《在现在中国的孔夫子》。[③]

二

应该说，鲁迅对《二十四孝图》这本元代编成的宣传儒家孝道的小册子，虽然猛烈抨击，但对里面的故事，还是有具体分析，并没有全盘否定。例如，他认为其中"子路负米""黄香扇枕"等例子，是可以勉力而行的：

---

① 《热·不懂的音译》，Ⅰ：398。

② 《准·重三感旧》，Ⅴ：324—325。

③ 《朝·〈二十四孝图〉》，Ⅱ：251—257；《朝·后记》，Ⅱ：321—335；《华·十四年的"读经"》，Ⅲ：127—130；《且二·在现在中国的孔夫子》，Ⅵ：313—319。为省篇幅，以上四篇的引文不再注出。

"陆绩怀桔"也并不难，只要有阔人请我吃饭。"鲁迅先生作宾客而怀橘乎?"我便跪答云:"吾母性之所爱，欲归以遗母。"阔人大佩服，于是孝子就做稳了，也非常省事。

鲁迅虽然语带调侃，但他显然认为儒家的孝行，原来是可以出自真情，并且可以体现在日常正常生活行为当中，并非什么不近人情或超自然的神力。这没有什么不好或不对。然而，这本"孝子教科书"里面的另外几个故事"哭竹生笋""卧冰求鲤""老莱娱亲""郭巨埋儿"等则不一样。鲁迅狠狠批判的正是这几个故事，跟"黄香扇枕"等其他故事成鲜明对比。

鲁迅基于科学和现实生活的常识，指出"哭竹生笋"的真实性很可疑，而"卧冰求鲤"更有"性命之虞"，从根本上否定了这两个"孝感动天"的故事。还有一点值得注意，在这两个故事里，"孝"遇到困难时虽以"诚"感动天，但这个"诚"只是借"哭"或不切实际的行动来体现，所以《二十四孝图》实际上也标榜了无能。也就是说，鲁迅否定了那种遇到困难，毫无办法，只会"哭"，希望上天感动拯救的无能的孝子模范。① 还有一点，即使《二十四孝图》标榜了"孝"与"诚"，由于这两个故事脱离现实生活与科学，根本行不通，其教育效果只能是"瞒"和"骗"，只会教人虚伪。

对于"老莱娱亲"和"郭巨埋儿"，鲁迅对其中的虚伪的批判更严厉，认为其贻祸后人的影响更为严重。在鲁迅看来，"老莱娱亲"中"简直是装佯，侮辱了孩子"，因为老莱子"应该扶一枝拐杖"，而不是"摇咕咚"，但问题的关键是，故事中的老莱子不单假，而且诈伪:

"行年七十，言不称老，常著五色斑斓之衣，为婴儿戏于亲

① 《朝·后记》，Ⅱ：324—335。

> 侧。又常取水上堂，诈跌仆地，作婴儿啼，以娱亲意。”[……]而招我反感的便是“诈跌”。无论忤逆，无论孝顺，小孩子多不愿意“诈”作，听故事也不喜欢是谣言，这是凡有稍稍留心儿童心理的都知道的。

还有一点值得强调的是，对于这个“诈”，鲁迅认为本非如此，是后来才演变而成的。他比较了一些新旧的版本，指出老莱子原来并不如此“诈”：

> 然而在较古的书上一查，却还不至于如此虚伪。师觉授《孝子传》云，“老莱子……常衣斑斓之衣，为亲取饮，上堂脚跌，恐伤父母之心，僵仆为婴儿啼。”（《太平御览》四百十三引）较之今说，似稍近于人情。不知怎地，后之君子却一定要改得他“诈”起来，心里才能舒服。

出于同样的心态，邓伯道弃子救侄，原不过“弃”而已矣，昏妄之人却说他将儿子捆在树上，使追不上来。这种“以不情为伦纪，诬蔑了古人，教坏了后人”。“古人”与“后之君子”的对比、“诚”与“诈”的明显对立，透露出鲁迅对孔子和儒家的看法。

且不说“郭巨埋儿”违反人性和常理，其实连《孝经》“教民亲爱，莫善于孝”的原则也违背了，鲁迅以自己年幼时读这个故事的感受，道出了孔子和儒家“孝”的教育的失败：

> 我已经不但自己不敢再想做孝子，并且怕我父亲去做孝子了。家境正在坏下去，常听到父母愁柴米；祖母又老了，倘使我的父亲竟学了郭巨，那么，该埋的不正是我么？如果一丝不走样，也掘出一釜黄金来，那自然是如天之福，但是，那时我虽然年纪小，似乎也明白天下未必有这样的巧事。[……]我从此

> 总怕听到我的父母愁穷，怕看见我的白发的祖母，总觉得她是和我不两立，至少，也是一个和我的生命有些妨碍的人。[……]这大概是送给《二十四孝图》的儒者所万料不到的罢。

这样的“孝”的教育不单失败，还“教坏了后人”。这些故事“以不情为伦纪”，是些无法实行的道德模范，然而这些无法实行的道德模范，却必须在口头和笔端上加以赞颂和推广，其结果只有一个，就是虚伪：

> 这些老玩意，本来谁也不实行。整饬伦纪的文电是常有的，却很少见绅士赤条条地躺在冰上面，将军跳下汽车去负米。

孔子推崇的“诚”也就从根本上遭到那些“昏妄人”或“后之君子”的破坏；而鲁迅批判他们的虚伪，反过来看，可以认为是拥护儒家的“诚”。

总之，鲁迅一方面隐约继承儒家的“诚”，另一方面又看到儒家的“诚”已蜕变成“伪”，这个矛盾值得深思。从另一个角度看，由原来是见诸行动的入世的“诚”，演变成面对困难无能为力只能求助于天的“诚”；古人合乎人情的伦理，被“后之君子”扭曲成诈伪的行为，这些变化是否也值得认真探究？可惜这个问题已超出本文的范围以及本人的专业训练，只好留待研究儒家的学者解决。

但这些对孔子和儒家教导的破坏者，还不只是“妄人”和“后之君子”，还有更广阔的社会基础：那些“太平无事”时的“闲人”。在《朝花夕拾·后记》中，鲁迅通过曹娥投江觅父的故事叙述历史，从曹娥原本淹死后抱尸而出，变成要沉下去再浮上来的负尸而出，揭露那些“礼仪之邦”旁观的众多“闲人”，以己度人，将“百善为先”之孝扯到男女上去，做出种种闲言闲语。这些“闲人”显然跟鲁迅笔下的“庸众”和“看客”一脉相承，都是些无处不在、飘忽不定、没有脸孔的鬼影。他们属于什么时代？什么阶级？实在说不清楚，似乎古今中外都有他们的存在。但他们不负责任的闲言闲语有很大的杀伤力和影响力，在孝的问题上，它们的影响力可以说已经超过孔子的教诲。孔子和真正的儒家之徒为什么会丧失了道德阐释的话语权？不妨看看《十四年的"读经"》和《在现在中国的孔夫子》。

三

鲁迅在1925年针对北洋政府的教育总长章士钊的读经主张，写了《十四年的"读经"》；在1935年针对正在加紧侵略中国的日本推行尊孔活动，写了《在现在中国的孔夫子》。过去很长一段时间，人们就拿这两篇文章作为有力证据，把鲁迅当成现代反孔批儒的先锋。[①] 然而，鲁迅的批判是经过历史分析的。首先，在《在现在中国的孔夫子》中，鲁迅认为：

> 孔夫子在本国的不遇，也并不是始于二十世纪的。孟子批评他为"圣之时者也"，倘翻成现代语，除了"摩登圣人"，实在也没有别的法。[……]孔夫子的做定了"摩登圣人"是死了以后的事，活着的时候却是颇吃苦头的。[……]孔夫子到死了以后，我以为可以说是运气比较的好一点。因为他不会噜苏了，种种的权势者便用种种的白粉给他来化妆，一直抬到吓人的高度。[……]总而言之，孔夫子之在中国，是权势者们捧起来的。

① 参考北京师范学院中文系编写组《〈鲁迅批判孔孟之道的言论摘录〉试解》，见《鲁迅研究年刊》(1974)，第16—32页。比较实事求是的分析有，郑欣淼：《文化批判与国民性改造》，西安：陕西人民出版社，1988年，第190—226页。

为什么权势者或想获权势者要捧孔子呢？鲁迅认为：

> 在三四十年以前，凡有企图获得权势的人，就是希望做官的人，都是读“四书”和“五经”，做“八股”，别一些人就将这些书籍和文章，统名之为“敲门砖”。这就是说，文官考试一及第，这些东西也就同时被忘却，恰如敲门时所用的砖头一样，门一开，这砖头也就被抛掉了。孔子这人，其实是自从死了以后，也总是当着“敲门砖”的差使的。

简而言之，吹捧孔子的人只是利用孔子作为谋取权势利益的“敲门砖”。这些权势的尊孔者既然把孔子儒家当“敲门砖”，用完即抛，与孔子儒家的理念自然没有关系。但之所以造成这种弊病，孔子和儒家是否也有责任？在《十四年的“读经”》中，鲁迅早已指出，当时主张尊孔读经者都是聪明的阔人，而孔儒为他们提供了有利的指导：

> 总而言之，是读经已经读过了，很悟到一点玩意儿，这种玩意儿，是孔二先生的先生老聃的大著作里就有的，[……]曰：“学而优则仕”故也。

儒家原本的理念是通过读书，入世当官，然后经国济民，最终实现儒家的社会理想。鲁迅指出，这个理念在后来的实践却变了样，“想获权势者”或“聪明的阔人”利用读书可以当官的机会，把当官变成了谋私利的手段。这显然并非孔子原来的教导，而是歪曲，我们可以认为这是个儒家可以被坏人利用的漏洞。至于这个漏洞是否可以避免，能否堵塞，本文不作深究。但鲁迅批判的目标明显是针对利用这个漏洞而谋私的人。鲁迅抨击这些人：

> 孔子岂不是“圣之时者也”么，而况“之徒”呢？现在是主张“读经”的时候了。武则天做皇帝，谁敢说“男尊女卑”？多数主义虽然现称过激派，如果在列宁治下，则共产之合于葛天氏，一定可以考据出来的。[……]我看不见读经之徒的良心怎样，但我觉得他们大抵是聪明人，而这聪明，就是从读经和古文得来的。我们这曾经文明过而后来奉迎过蒙古人满洲人大驾了的国度里，古书实在太多，倘不是笨牛，读一点就可以知道，怎样敷衍，偷生，献媚，弄权，自私，然而能够假借大义，窃取美名。

因此，他还进一步指出：对于这些人，“至于所挂的招牌是佛学，是孔道，那倒没有什么关系”，也就是说，鲁迅表明他攻击的真正目标不是儒家，因为那只是招牌，换成其他什么主义亦无不可。他真正目标是那些借此谋私的“聪明”人。如果他抨击了孔子，那也只是被利用的孔子而已。鲁迅接着批判了当时那些尊孔者的虚伪：

> 一看最近的例子，就更加明白[……]盘据着江苏和浙江，在路上随便砍杀百姓的孙传芳将军，一面复兴了投壶之礼；钻进山东，连自己也数不清金钱和兵丁和姨太太的数目了的张宗昌将军，则重刻了《十三经》，而且把圣道看作可以由肉体关系来传染的花柳病一样的东西，拿一个孔子后裔的谁来做了自己的女婿。[……]他们都是连字也不大认识的人物，然而偏要大谈什么《十三经》之类，所以使人们觉得滑稽；言行也太不一致了，就更加令人讨厌。

有意思的是，鲁迅还谈到人们批评孔子的部分原因，是因为“既已厌恶和尚，恨及袈裟”，是由于孔子遭到假的尊孔者的亵渎，因此惹人反感，故必批之而后快，类似魏晋时期那些真正崇尚礼教者，因礼教遭到亵渎，反而要抨击礼教的心态一样。语气颇像是个真正卫道的儒家之徒。鲁迅还慨叹说："如果孔丘[……]还活着，那些教徒们难免要恐慌。对于他们的行为，真不知道教主先生要怎样慨叹。"①总之，鲁迅把"教主"及后来只是利用"教主"谋私利的教徒区别开来。那些把孔子当成"敲门砖"的"聪明"人，跟前面鲁迅所指责将"诚"变"伪"的"后之君子"，其间有没有关系，是什么关系，还不是很清楚，暂且不管。但相对于那些真诚实行孔子理念的人物如子路，鲁迅并没有太多的批评。

四

当然，鲁迅也没有完全赞同儒家学说，就正如在现实中，很难找到一个信徒或什么主义者，即使是原教旨主义者，也不会百分之百接受和实践他们的信仰或主义，且不说意识形态问题从来摆脱不了各种诠释的派别和争论。鲁迅肯定也批评了儒家，但他对儒家并非一概而论，而是具体分析。

儒家礼教在鲁迅当时的中国，诚然是"吃人"的制度。前面已经提过，鲁迅抨击《二十四孝图》中违反人性和常理的"郭巨埋儿"，其实连《孝经》"教民亲爱"的原则也违背。鲁迅谈到老莱子及邓伯道弃子救侄那段，直斥"后之君子"加以篡改，"以不情为伦纪，诬蔑了古人，教坏了后人"。② 显然，这些"后之君子"才是儒家的破坏者，才是真正"反传统"，至于那些把孔子当成"敲门砖"的"阔人"就更不用说了。若循着上面的分析和思路，我们可能会提出这样的疑问：这"吃人"的制度是儒家礼教原来的宗旨和效果，还是别人假借这块招牌来"吃人"？对于一些我们经常接触到的对儒家的批评，

① 《华续·无花的蔷薇》，Ⅲ：256；《且二·在现代中国的孔夫子》，Ⅵ：317—318。

② 《朝·〈二十四孝图〉》，Ⅱ：254—257。对照《孝经·广要道章》。

也可以循着这种思路去重新审察。例如所谓“三纲五常”，夫为妻纲，把妇女当奴隶，大多数男人乐于执行，但《左传》所赞的夫妻“相待如宾”，就没有多少人听了。孔子所说的“君君，臣臣，父父，子子”，历来为人诟病，认为是要维持一种对统治者有利的僵化的等级制度。① 然而同是《论语》中，孔子补充说“君使臣以礼，臣事君以忠”②，表明“君君，臣臣”应是一种相互尊重相互负责的关系，这段话却很少“君”提。后来孟子再进一步提出：“君之视臣如手足，则臣视君如腹心；君之视臣如犬马，则臣视君如国人；君之视臣如土芥，则臣视君如寇仇。”③鲁迅是知道这种君臣关系的，把有关的故事编入《会稽郡故书杂说》，供后人景仰。④ 总之，这“君君臣臣父父子子”的关系，体现了儒家严格的礼制，不管这个礼制有什么缺点，君权及夫权在其中并非可以任意妄为。后世声称儒家的遵循者和实践者，究竟其中有多少是儒家原本的理念，恐怕还有待分辨。

另一方面，儒家也不是那么死板僵化。例如，推翻一个皇帝，即不忠，原是违反儒家最基本的伦理的严重罪行，但这可以因为皇帝不行仁政，丧失天命，而得到解释和接受；孟子为了推行“王道”，面对《书经》“血流漂杵”的记载和诘难，干脆就说“尽信《书》不如无《书》”⑤，“霸道”得很。所以儒家并非教条主义，并不一定是改革的障碍。“维新”一词见于《诗经》和《书经》。《中庸》早就批评过食古不化的保守主义者：“愚而好自用……，生乎今之世，反古之道。如此者灾及其身者也。”与鲁迅“五四”时期对保守传统的批评，不相伯仲。⑥ 虽然，鲁迅认为儒家“中庸”所体现出来的灵活性常常为

① 例如陈瑛等《中国伦理思想史》，贵阳：贵州人民出版社，1985 年，第 70 页。
② 《论语·八佾》，见《四书章句集注》，北京：中华书局，1983 年，第 66 页。
③ 《孟子·离娄篇下》，见《四书章句集注》，第 290 页。
④ 《鲁迅全集》第 8 卷，北京：人民文学出版社，1973 年，第 13 页。
⑤ 《孟子·梁惠王下》《尽心下》，见《四书章句集注》，第 221、364—365 页。
⑥ 例如《热·随感录五十七“现代的屠杀者”》，Ⅰ：350。

"聪明"人利用来谋私利,但这只是工具,若用于改革,鲁迅还是支持的。[1] 可惜鲁迅所欣赏的"愚人",已没有足够的社会力量去利用儒家的灵活性来进行改革创新。所以,如果我们同意社会责任、"择善固执,疾恶如仇"以及"认真"态度都是儒家的核心精神,那么鲁迅可能比一些儒家信徒更体现原本的儒家精神。

鲁迅对孔子和儒家的批评,例如他认为孔子对妇女和儿童的轻蔑态度,又认为儒家属于过去,与民众无关,[2]也值得我们重新思考。鲁迅把"小人"解释为"儿童",有歪曲孔子原意之嫌;至于孔子所谓女子,是否包括人们的母亲?似乎不包括,但不包括的话,这里的女子是指什么地位的人?与小人并举,是否佣人?不是很清楚。总之,孔子认为女子难养,关键问题是"养"。但这个问题是否可以推演出不止一种的后果和选择?例如,是继续让女子被"养"而遭到轻蔑呢,还是让女子自"养"而得到解放,争得尊严呢?也许历史已经做出了选择,但究竟什么形势和力量决定了这种历史选择?然而,逻辑上,"女子难养"的问题可以有其他的选择,其实现也并非不可能。而且,这些不符合现代社会要求的态度和价值标准,看来并非不可改变。

另外,鲁迅在谈论中国神话时,同意儒家"实用为教"造成古代神话散亡的观点[3],如果对照《破恶声论》和《文化偏至论》,则鲁迅早期主张宗教和抨击物质主义,实际上是针对儒家传统,认为儒家窒息了中国人精神的发展。这个批评比较严重,涉及儒家根本缺陷的问题。《毛诗序》说:"情动于中,而形于言;言之不足,故嗟叹之;

---

① 《华·通讯》及《华·十四年的"读经"》,Ⅲ:26,129。对照《且·运命》,Ⅵ:130—132。

② 《南·关于妇女解放》,Ⅳ:567;《伪·保留》,Ⅴ:141;《且二·在现代中国的孔夫子》,Ⅵ:313—319。参照《南·论"赴难"和逃难》,Ⅳ:474。

③ 《史略》,Ⅸ:21—23。鲁迅引述盐谷温的观点,认为儒家"实用为教",所以排斥神话,虽然鲁迅"详案之"认为是"人神淆杂",袁珂进一步发挥为"神话转化为历史",但总之是经后世文人"过滤",其实仍是儒家"实用为教"的结果。参考降云《鲁迅论我国古代神话的散亡》,见《鲁迅研究百题》,长沙:湖南人民出版社,1981年,第306—310页。

嗟叹之不足，故咏歌之；咏歌之不足，不知手之舞之足之蹈之也。”虽然“手舞足蹈”并非专指神话，但也可以包含其中，都是人们正常自然的感情反应和活动，与《破恶声论》所述能够培养民众“心声”和“内曜”之类的活动没有根本的不同，而儒家似乎并没有要铲除那些活动的意思。因此，我们对“实用为教”这个缺陷也可以理解为“独尊儒术”后（尤其是发展到理学后）走了极端即“偏至”的结果，并非儒家原来的主张。

还有一个很根本的批评，鲁迅认为孔子“太聪明了”。[①] 这个批评表达了鲁迅对儒家理念和实践的失望，倒是值得深思。儒家是入世哲学，但入世是以参与“建制”来实现其理念，说白了就是当官（讲学与归隐只是不得已的退路），这就给“聪明”人谋私利提供了方便和借口。虽然，利之所趋，不管是什么思想和制度，都不可避免地会引来谋私利的“聪明”人，而儒家只依靠道德修养来控制，缺乏实在制度的制衡，比起其他制度更难避免“聪明”人的利用。不过，鲁迅似乎没有兴趣进一步探讨这个问题，也许他认为当时已经是“聪明”人占主导，任何制度的改革已不能根本解决问题。表面看来，鲁迅在中国文化兴衰和社会进步的问题上，跟儒家一样，重视道德修养，其实不然。鲁迅探索的是“国民性”问题，其心理精神的内涵，比道德修养范围要广。若从奴性的角度看，鲁迅抨击的“聪明人”其实是丧失“内曜”等精神力量，以“瞒”“骗”苟活的奴才，并非儒家道德修养所能解决；他所厌恶的“闲人”，亦非道德教化所能改变。

也许因为儒家为“聪明”人掌握，鲁迅晚年推崇墨家，以大禹和墨子脚踏实地苦干的形象来代表“中国的脊梁”。但鲁迅弘扬的墨家并未超出“诚”和“入世”精神，其根本还是原来儒家的精神。[②] 所

---

① 《坟·再论雷峰塔的倒掉》，Ⅰ：192。

② 对照廖诗忠论鲁迅与儒、墨问题，见其《回归经典——鲁迅与先秦文化的深层关系》，上海：上海三联书店，2005 年，第 124—154、178—200 页。

以鲁迅并非以墨代儒，而是引墨入儒，只是形象更新，并非理念转换。这样的理解还有一个根据。鲁迅的儒、墨并非“聪明人”与“愚人”的对立，因为他认为墨侠与孔儒都有相同的历史命运：“老实”的侠死完，剩下“取巧的侠”当权贵的奴才①，跟“聪明”的儒取代老实的儒一样。问题的症结显然并非两家的理念，而是造成中国人奴性的历史。而且墨家这个“显学”后来衰微，从未成为社会主流，若成主流，从《理水》结尾的处理可以推断，鲁迅估计墨家被利用的命运跟儒家一样。再者，他对墨家过于理想的“兼爱”以及严密的等级组织，恐怕会比儒家思想各种弊端更有保留。

鲁迅对儒家及其信徒的失望，除了因为“聪明”人已成儒家的主流，还因为“聪明”人的对立面“愚人”，即“诚”的人格体现，无力成为社会的支柱，无力带动文化传统的自我更新，实现符合时代需要的“创造性转化”，使民族精神“时时上征”。尤其是在异族入主的时节，“聪明”的儒者“虽则被俘，犹能为人师，居一切别的俘虏之上”，变成侍奉外来主子的奴才了。② 对此，儒家学说及其门徒亦多少难辞其咎，第一，他们的治国方案没有重视培养国家实力，因此无力对付外患；第二，他们也没有具体行之有效的治国办法。儒家以礼教治国，皇帝原本只是儒家礼、道之器，也在礼教约束和管治之下。然而对不遵从礼教的皇帝来说，例如在明代，真诚的儒家之徒除死谏之外，便无能为力。他们的社会责任变成空言。如果要继续坚持“诚”，继续社会责任的承担，那么儒家之徒就只好对儒家学说和策略手段作重大修改（收徒讲学就是对辅助朝廷替天行道的一种改变），甚至将儒家主张修订得面目全非。明末清初王夫之历史进

---

① 《三·流氓的变迁》，Ⅳ：115。正如鲁迅所说，儒、墨初期分别不大，古有漆雕氏之儒，子路就很有侠气。鲁迅扬墨是否可以看成是复归原儒？参考章太炎《儒墨》及《儒侠》，见《章太炎全集》，上海人民出版社，1984 年，Ⅲ：8、11—12、136—137、140—141、433—434、439。

② 《且·儒术》，Ⅵ：30—33。

化观便非常反传统，黄宗羲的民主思想更影响到后来的维新运动①，及至当代新儒家提出一些民主政治的观点和主张，其实都是儒家这种内在矛盾的逻辑发展。所以，儒家思想实际上也在不断演变和调整。如果鲁迅因对“诚”以及对知识分子社会责任的执着，也称得上或者算得上是坚持儒家理念的话，则他对儒家和孔子的批判，并不妨碍他为儒家的发展开辟另一条道路和选择。但那是怎样的一条道路呢？笔者无意在此回答，却认为值得思考。对传统批判最深刻的思想家，其深刻就是因为没有离开传统。

结束语

鲁迅的“拿来主义”，论者多注重外国文学与思想，而鲁迅其实也从传统中挑选、“拿来”。在鲁迅的筛选与“拿来”之间，似乎抓住了孔子的主要精神，而他对儒家的激烈批判，可以看成是儒家“创造性转化”的一种努力。虽然，中国当时的形势使得自强自救的首要任务，是学西方的现代知识，鲁迅“创造性转化”的论辩被“全盘西化”或“全盘现代化”的时代话语所遮蔽，其中继承传统儒家的“诚”并符合现代科学“实事求是”的“认真”精神，即使被尊为“现代中国的圣人”之后，也没有得到应有的重视和发扬。

不过，鲁迅对孔子和儒家的批评，除了因为他们已经被“聪明”的阔人所歪曲和利用，还有一个很重要的原因。鲁迅到底已经是现代人，不可能追求过去的“王道”，因而有更大更远的理想，所以他主张打倒当时的“偶像”。鲁迅虽然说过，“与其崇拜孔丘、关羽，还不如崇拜达尔文、易卜生”②，但那只是退而求其次，最理想的情况当然是任何偶像都不崇拜。为什么要反对偶像崇拜？因为鲁迅改

① 参考侯外庐《中国思想通史》第五卷，北京：人民出版社，1963 年。

② 《热·随感录四十六》，Ⅰ：333。

造“国民性”的最终目标是克服奴性的“个性解放”，“个性解放”最终是要培养独立的个性、自由的思想，虽然并非人人都可以做到，人人都想要达到。而偶像崇拜的后果，已有孔子的前车之鉴，有可能被“聪明”的阔人利用为“敲门砖”，被“后之君子”歪曲，被众多“闲人”糟蹋。偶像崇拜实际上只是培养奴隶精神，扼杀个人的发展。看来鲁迅深明此理，他本人拒绝接受青年当门徒，也就并不奇怪了。[①] 他绝不想当“聪明”人的“敲门砖”，绝不想当“摩登圣人”。

① 《华·导师》，Ⅲ：55—56。

附录三

“未完成”的鲁迅与当代世界

解　题

本文所谓“未完成”的鲁迅，主要是从毛泽东《新民主主义论》中关于鲁迅和中国文化发展问题的论述中引发出来。毛泽东在《新民主主义论》中指出“我们必须尊重自己的历史，决不能割断历史”，并提出“新民主主义的文化”要对中国“灿烂的古代文化”要进行“清理”。① 鲁迅作为“中国中华民族新文化的方向”的代表，其思想自然应该是“清理”传统文化的主要参考之一。《新民主主义论》对西方和古代的文化的态度是，“凡属我们今天用得着的东西，都应该吸收”，剔除糟粕，吸收精华，这也正是鲁迅《拿来主义》的意见。论者对鲁迅《拿来主义》一文的解读，大抵注重其中引进吸收对外来文化的主张，若细读原文，鲁迅其实也将中国文化传统作为“拿来”的对象。他以继承一所大宅为比喻，认为对文化传统应该：

> 占有，挑选。看见鱼翅，并不就抛在路上以显其“平民化”，只要有养料，也和朋友们像萝卜白菜一样的吃掉，只不用它来宴大宾；看见鸦片，也不当众摔在茅厕里，以见其彻底革命，只送到药房里去，以供治病之用，却不弄“出售存膏，售完即止”的玄虚。②

这也应该是《新民主主义论》提出的“清理”传统文化的应有科学态度，也应该是进行“清理”的重要标准。

---

① 《毛泽东选集》，北京：人民出版社，1966 年，Ⅱ:668。毛泽东在《中国共产党在民族战争中的地位》亦已提出“不应该割断历史”，“从孔夫子到孙中山，我们应当给以总结，承继这一份珍贵的遗产”。《毛泽东选集》，Ⅱ:499。

② 《全 18》，Ⅵ:40。

笔者主要想指出的是,《新民主主义论》以鲁迅为方向,亦即在某种意义上以鲁迅的意见为依据,对中国传统文化进行的"清理",但一些问题,尤其是鲁迅所看重的主要问题,实际上遭到有意无意的回避和抵制,或曰尚未完成。这就是题目中"未完成"的意思。

鲁迅与继承中国传统文化

鲁迅在"五四"时期将当时的传统文化概括为"礼教吃人",后来在"文革"期间,鲁迅思想被解释为"彻底反封建"的"农民"或"革命农民"立场①。20世纪80年代"文化热"期间,林毓生《中国的意识危机》被介绍到中国,从文化的角度探讨鲁迅的思想,引起研究者的很大兴趣,但林毓生认为鲁迅"激烈的反传统"即主张"全盘西化"的结论,却未得研究者认同。后来,中国国内的鲁迅研究者也出版过一些探讨鲁迅与传统文化关系的专著②,详细阐述鲁迅对传统文化的比较平衡的态度,但这些努力似乎并未产生应有的影响和效果。原因有很多,笔者认为,我们没有说清楚过去彻底批判传统的鲁迅,与现在我们强调承传传统的鲁迅之间的关系,或曰鲁迅在"五四"时期"激烈反传统"的言论,与我们目前强调鲁迅对文化传统的正面态度之间的关系没有进行辨析,是其中一个重要的因素。

鲁迅对中国文化的承传问题,笔者已有详细的讨论,这里只做简单的概括。首先应该指出,鲁迅"激烈反传统"的言论,有些是误

① 王瑶《学习毛主席论鲁迅》及唐弢《关于鲁迅思想发展的问题》,见西北大学鲁迅研究室编《鲁迅研究年刊》,1975/1976年合刊(1977?),第44-60、247-257页。王瑶的文章后修订为《鲁迅研究的准绳合指针——学习毛主席关于鲁迅的光辉论述》,见上海文艺出版社编《鲁迅研究集刊(一)》,1979年,第1-30页。

② 例如,较受注意的有,林非:《鲁迅与中国文化》,上海:学苑出版社,1990年。正面论述鲁迅与中西文化的有,金宏达:《鲁迅文化思想探索》,北京:北京师范大学出版社,1986年;高旭东:《文化为人与文化冲突——鲁迅在中西文化撞击的漩涡中》,石家庄:河北人民出版社,1994年。不同意林毓生观点的有,王友琴:《鲁迅与中国现代文化震动》,长沙:湖南教育出版社,1989年。

读，如所谓反中医，其实是反庸医，不分中西。他曾指出，中国引进来的西医，还未萌芽就已腐败。① 他“激烈反传统”其实有多个层次的原因，其中有策略的考虑（针对中国人的妥协习惯，要开窗须说成拆屋顶）②，有时势的考虑（先救国才谈得上保传统，而救国先得学西方）③，等等。尽管鲁迅有广为人知的“礼教吃人”的批判，但他其实也有不少的正面论述。最明显的例子，莫如《看镜有感》④指出中国有汉、唐和两宋这两个非常不同的传统。因此鲁迅并没有把文化传统看作一成不变，而是对它做了历史分析。在鲁迅眼中，中国传统的历史演变过程，实际上是个逐步走向衰败的过程。对于衰败的原因，鲁迅有他的看法，此处姑且从略。⑤ 但是，即使鲁迅认为中国传统文化不断衰败，他仍然看到其中积极、有生命力而且仍然有现实意义的一面。不过，鲁迅的确没有将精力放在弘扬传统文化的积极面。为什么他没有这样做呢？这里有一个根本的原因，也跟他历史地看问题有关。

笔者在探讨鲁迅对孔子及儒家得复杂态度时曾做过分析，此处引用一个比较少人注意的例子：《〈二十四孝图〉》。⑥ 过去论者只注意《〈二十四孝图〉》批评传统的孝道，往往忽略了其中重要的一点。鲁迅指出“哭竹生笋”和“卧冰求鲤”违反科学，根本做不到，还要宣扬，只能是虚伪；又比较了老莱子、邓伯道、郭巨等故事的前后版本，违反人性人情，不但不会引导人行孝，实际也只会教人诈伪。鲁迅于是慨叹“后之君子”“以不情为伦纪，诬蔑了古人，教坏了后人”⑦。显然，鲁迅眼里的“古人”及其训诲，跟他当时保守主义者的所谓传

① 《华续·马上日记》，《全18》，Ⅲ：328。
② 《三·无声的中国》，《全18》，Ⅳ：14。
③ 《热·随感录三十五》，《全18》，Ⅰ：322。
④ 《坟·看镜有感》，《全18》，Ⅰ：208—209。
⑤ 有兴趣的读者，可参考张钊贻《鲁迅：中国“温和”的尼采》，第213—230页。
⑥ 《打倒“孔家店”的“摩登圣人”》，《汉语言文学研究》2013：1，第32—39页。
⑦ 《朝·二十四孝图》，《全18》，Ⅱ：262。

统，已经并不是一回事；鲁迅当时面对的所谓传统，并非原本的传统，是扭曲糟蹋过的传统。所以鲁迅的首要的任务，是批判当时这个伪传统。

特别值得一提的是儒家及孔子，仔细重读鲁迅的反孔批儒"战斗檄文"《十四年的"读经"》和《在现在中国的孔夫子》，鲁迅针对的其实是把孔子和儒家经典当成官场"敲门砖"的"聪明人"即"后之君子"。鲁迅对孔子本人并不完全排斥，认为孔子有值得欣赏和学习的品质，如"知其不可为而为之"的精神就很佩服，认为"一定要有这种人，世界才不寂寞"。[①] 面对后世权势者捧起来的"大成至圣文宣王"，鲁迅不无慨叹地说："如果孔丘，释迦，耶稣基督还活着，那些教徒们难免要恐慌。对于他们的行为，真不知道教主先生要怎样慨叹。"[②]跟教人诈伪的"后之君子"相反，鲁迅对真诚的儒家之徒，其实也有好感，例如对子路的认真[③]，对满纸"方巾气"的顾宪成和"关心世道，佩服'方巾气'"的袁宏道[④]，充满"硬气"的方孝孺[⑤]，为民请命的东林党人[⑥]，甚至清末一些真诚的维新派[⑦]，对他们的社会责任感，对他们"择善固执，疾恶如仇"的态度，无疑是欣赏的。他们的"方巾气""道学气"也是鲁迅从当时的革命者身上看到的"认真"精神的同义语。鲁迅所欣赏的这些人的品质，若用儒家的术语来说，就是"诚"。鲁迅的确从包括孔子及过去儒家人物中，看到传统文化的光辉，或更确切地说，看到过去中国"国民性"的光辉。

---

① 《而・反"漫谈"》，Ⅲ:484。这句评孔子的话见《论语・宪问》。
② 《华续・无花的蔷薇》，《全18》，Ⅲ:272。
③ 《两》，《全18》，Ⅺ:21；《且二・在现代中国的孔夫子》，《全18》，Ⅵ:327。
④ 《且二・"招贴即扯"》，《全18》，Ⅵ:235—236。
⑤ 《南・为了忘却的纪念》，《全18》，Ⅳ:496。
⑥ 《且二・题未定草(6-9)》，《全18》，Ⅵ:448—449。
⑦ 《准・重三感旧》，《全18》，Ⅴ: 342—343。

传统的再生在于改造“国民性”

对于文化问题，鲁迅有他自己的看法。他在《文化偏至论》中认为：

> 欧美之强，莫不以是炫天下者，则根柢在人，而此特现象之末。末源深而难见，荣华昭而易识也。①

而所谓人的“根柢”，是人的精神，这就归结到“国民性”的问题。鲁迅改造“国民性”的思想，一直受到冷落，要到1981年以后的思想解放运动，才召开首次有关研讨会。② 此后更出了不少专著。③鲁迅自日本留学时期开始思考“国民性”问题，并以改造“国民性”为其文艺运动的目标，这一事实，殆无疑议。④

对于鲁迅批判中国“国民性”，曾经流行过一种看法，认为鲁迅“国民性”问题是以美国传教士史密斯的《支那人气质》(*Chinese Characteristics*)为主，鲁迅对“国民性”的探索就变成是屈从于后殖民主义理论所谓的西方文化或话语霸权⑤。这种说法不符合鲁迅对“国民性”的论述，已有论者辨正。⑥ 但更重要的是，鲁迅改造“国

---

① 《坟·文化偏至论》，《全18》，I :58。

② 包晶编：《鲁迅“国民性”思想讨论集》，天津：天津人民出版社，1982年。

③ 手头所见，就有郑欣淼《文化批判与国民性改造》，西安：陕西人民出版社，1988年；张梦阳：《悟性与奴性——鲁迅与中国知识分子的“国民性”》，郑州：河南人民出版社，1997年；谭德晶：《鲁迅小说与国民性问题探索》，北京：中国社会科学出版社，2004年；闫玉刚：《改造国民性——走近鲁迅》，北京：中国社会出版社，2005年。

④ 许寿裳：《我所认识的鲁迅·回忆鲁迅》，北京：人民文学出版社，1978年，第59—60页；鲁迅：《呐·自序》，《全18》，I：438-439。

⑤ Lydia H. Liu, *Translingual Practice: Literature, National Culture, and Translated Modernity—China*, 1900—1937, Stanford: Stanford University Press, 1995, pp. 47—48、51—56；冯骥才：《鲁迅的功与“过”》，见陈漱渝主编《谁挑战鲁迅——新时期关于鲁迅的论争》，成都：四川文艺出版社，2002年，第403—408页。

⑥ 见张全之《鲁迅与“东方主义”》、余杰《鲁迅中了传教士的计?》、杨曾宪《沉浮在传统的阿Q主义泥沼》，陈漱渝主编《谁挑战鲁迅——新时期关于鲁迅的论争》，第409—429页。

民性”思想须从中国现代化历史的角度去看,才能明白它的历史意义和现实意义。

关于“国民性”概念的历史考察,李冬木对这个词在中国尤其是日本的产生和发展,做了详细的梳理。其中指出,“国民性”一词出现在1898年的两篇文章中,发表时间相差仅一个月两天,其中一篇是高山林次郎即高山樗牛的《论沃尔特·惠特曼》。① 我们知道,鲁迅很可能读过高山樗牛的文章。② 高山樗牛在东京帝国大学学习时,上过弗罗棱次(Karl A. Florenz)讲授的德国文学课,课中包括两位德国浪漫主义诗人格哈德·哈普特曼(Gerhard Hauptmann)和赫尔曼·苏德曼(Hermann Sudermann)。通过这些浪漫主义诗人,高山樗牛也一定接触到当时德国的思潮。高山樗牛论惠特曼时联系到“国民性”的观念,虽然跟那两位德国诗人有什么联系,尚待考证,但跟高山樗牛接触德国文化思潮,看来有一定的关系。

“国民性”这个从日文借来的词语,源自德国浪漫主义和民族主义的崛起,其实带有鲜明的政治目标,就是要建立现代民族国家。③ 这跟鲁迅关注的问题有密切联系。我们如果从中国现代化的进程来看,鲁迅改造“国民性”的思想,其实是中国现代化进程的必然的一步,如果不是最终一步的话。中国被船坚炮利的西方打开国门,被迫对现代化做出反应。中国的反应大概可依次分成三个阶段:第一,武器和机器的生产;第二,政治制度的改革;第三,文化与精神的改造。这三个阶段也大体符合布莱克(C. E. Black)从比较

---

① 李冬木:《“国民性”一词在日本》,《山东师范大学学报》,2013: 4,第28—29页。

② 参考张钊贻《鲁迅:中国“温和”的尼采》,第168—176页。

③ 参考 Hamilton Fyee, *The Illusion of National Character*, London: Watts & Co. (Revised and Abridged, 1946); Don Martindale, “The Sociology of National Character”, *The ANNALS of the American Academy of Political and Social Science*, 1967, pp. 30—34。

历史的角度对现代化五个方面的分析。① 洋务运动是反应的第一阶段。洋务运动误以为西方国家之所以强大，只是因为武器精良，所以重点追求军事现代化，后来也发展工矿企业，但只是为军事现代化服务，而且目的是维护当时的社会政治制度。甲午战败宣告洋务运动的破产，宣告单单是船坚炮利不能救国，中国需要一个更好的社会政治制度。维新运动于是兴起，但只推行了短短百日便失败。维新的失败使革命主张得到更广泛的支持。当时所谓革命，无论是追求自由平等的法国式，或争取独立民主的美国式，或推翻满族统治这个意思上的民族解放式，都属于政治制度的改革，所以仍属于中国对现代化反应的第二阶段。但政制改革就牵涉移风易俗，移风易俗便促动人的精神、思想，而鲁迅对"国民性"问题的探索，提倡改造"国民性"，正是触到问题的更深层次，如果还不是中国能否自立于世界民族之林的根本性问题的话。改造"国民性"实际属于将要来临的第三阶段。②

人们对鲁迅抨击的"中国国民性"比较熟识，大概可以用"奴性"去概括。对于鲁迅追求"不失血脉"的理想人性，其实更值得大家重视，但是较少人注意。笔者认为，鲁迅理想中"中国国民性"就概括在这段话里：中国"从古以来，就有埋头苦干的人，有拼命硬干的人，有为民请命的人，有舍身求法的人……，这是中国的脊梁。这一类人们，就是现在也何尝少呢，他们有确信，不自欺，他们在前仆后继的战斗……"③鲁迅这段名言，既是积极的历史回顾，也是激情的前进号召。这些"脊梁"并不限于当时"切切实实，足踏在地上，

---

① C. E. Black, *The Dynamics of Modernization: A Study in Comparative History*, New York: Harper & Row, New York (1975), pp. 9—26. 三阶段参考 Ssu-yü Teng and John K. Fairbank, *China's Response to the West. A Documentary Survey* 1839-1923, Cambridge Mass.: Harvard University Press (1954), p. 85ff.

② 虽然鲁迅并非第一个发现中国"国民性"问题，梁启超早在1898年已经提出，而且两人的观点有不少一致的地方，但梁把问题当成政制改革的从属部分，鲁迅则针对人的精神、心态。

③ 《且·中国人失掉自信力了吗》，《全18》，Ⅵ:122。

为着现在中国人的生存而流血奋斗”的中国共产党人，而是包括古今中外，不分党派阶级的一切“庄严的工作”者。其中“埋头苦干”“拼命硬干”“前仆后继”等等所体现的坚强意志和毅力，是过去长期遭到摧残的古代文化和古人精神的“血脉”的一种表现，也是当时中国人普遍都已丧失的原来“国民性”的特征。

“诚之者，择善而固执之。”这种中国人原有的精神，不必等到社会政治大事件才能表现出来，也体现在日常生活的各个方面；中国人这种原有精神的缺失，也不必等到社会政治大事件才能表现出来，也可见于日常生活的各个方面。新中国经过了六十多年，中国的经济实力有了很大增长，中国人的精神面貌也有很大变化，大家有目共睹。以产业的状况为例，现在中国提倡“工匠”精神①，那种精益求精的严肃认真态度，在美国、德国、日本等等国家都容易遇到，唯独在中国比较少见（不是没有，而是不普遍，否则便无须提倡），而人们普遍的态度则是热衷于“山寨”，出便宜货，赚点短期的蝇头小利。这种心态其实是“诚”和“认真”的对立面，就是鲁迅深恶痛绝中国“国民性”中的马马虎虎。“不诚无物。”不肯精益求精追求品质的完美，一个社会的发展必然受到影响。而不肯精益求精，其实也是失去古人原有精神力量的表现之一。

鲁迅从古人品德中剔除糟粕，吸收精华，为我们“拿来”了“不失血脉”的“诚”，即“认真”。财富是重要的，但金钱不能解决一切。如果人们有了钱之后只会一窝蜂地出去抢购名牌或马桶盖；如果处事马马虎虎的现象依然普遍存在，而锲而不舍、拼命硬干的精神还没有成为人们理所当然的生活态度，则不管是为了大事还是小事，鲁迅改造“国民性”似乎还需要大家继续进行下去。这也是本文“未完成”的鲁迅的意思。虽然，事实上也无所谓“完成”，也无可能

① 新华社：《“工匠精神”写入政府工作报告引发代表委员热议》（2016 年 3 月 27 日），http://news.xinhuanet.com/2016-03/07/c_128778317.htm。

一劳永逸的“完成”。

结束语:当代世界的意义

“剔除”过去内外压迫造成的奴性,“吸收”自古以来人们埋头苦干、拼命硬干的认真精神,应该是鲁迅“清理”中国传统的终极理想和根本目标。但本文的题目是《“未完成”的鲁迅与当代世界》,那么这些“奴性”与“认真”精神有什么当代世界意义?讨论中国尚可,若要延伸到世界,其实已经超出笔者学术研究的专业范围,本来应该就此搁笔,但从鲁迅价值标准的简单逻辑推演,笔者似乎还有点发言权。

鲁迅具体提倡的国民精神素质是否有“普世”价值,姑且不论。但鲁迅认为国民精神是一个民族文化的根本,是社会向前发展的根基,却有“普世”和现实意义。西方民选制度选出来的政府,或全民投票决定的政策,按其理论,自然应该代表选民的“质量”和水平。英国“脱欧”公投,以及美国近年总统选举,结果令有识之士大跌眼镜。背后的原因自然很复杂,但他们的支持者反映出来的现实,似乎只能是这样:美国国民的水平出了问题。这并非纯属推测。从西方大学过去几十年的变革,我们大概可以看到导致这些结果的蛛丝马迹。

鲁迅关注国民精神,认为这是一个民族文化的根本,是社会向前发展的根基,仍有现实意义。根据比尔·理定斯(Bill Readings)的研究,西方大学的理念,原本有维护民族国家的使命,所以一直重视民族文化的发展和培育,而文化的发展和培育离不开精神价值的形成和发展,但自从20世纪六七十年代的经济发展和改革,大学逐步企业化,慢慢变成提供服务、牟取利润的机构。① 这种状况,若换成中国知识界的话语,就是人文精神的丧失。随着苏联的解体和全球化步伐加快(进一步打破民族国家的藩篱),这种趋势已经慢慢将市场经济的原则和价值观念扩展到社会的每个角落,失去了大学的文化价值观念的制衡,我们已经开始进入一个“市场社会”:什么都以利润来衡量,什么都可以用金钱来获取,用金钱来摆平。没有思想,没有个性,没有更高的追求。这已经不是文化的“偏至”的问题,而是没有文化的“偏至”的问题。当人们缺乏文化和精神的培育,失去人文价值观,失去思辨能力,自然只会欣赏政客表演是否精彩,不会考虑所主张政策的利弊;只见个人眼前的物质所得,不顾长远的社会利害。巧言令色的政客信口开河的诺言,便可以占领广大“市场”。

其实,所有社会制度若要行之有效,并非只是起草一份完美的宪法或建立一套完整的选举规则就行,还需要其他很多的“配套设备”,诸如健全的法制、舆论监督,以及不是以眼前金钱利益为根据、而是以民众身心健康全面发展为目标的健全的教育制度,等等。关键还是人,人的素质、人的精神。人民的素质从来都是一个社会甚至仅仅是一项政策行之有效的关键。民众除了要有一定的公民意识和社会责任,还需要有看到超越个人自身眼前物质利益的知识水平和道德水平,才能“选贤与能”,才能保障社会稳定和发展。但这些知识和道德水平,归根到底还需要有坚强的精神力量去支撑,去捍卫,去发扬。所以说,鲁迅认为国民精神是文化的根本,是一个社会繁荣发达的根基和动力,不单在中国没有过时,对当代世界也仍有现实意义。

① Bill Readings, *The University in Ruins*, Cambridge, Mass.: Harvard University Press (1996).

附录四

鲁迅思想精神的正能量

——他眼中亟待继承和发扬的传统文化和精神

绪　言

这个题目，是已故中山大学教授邓国伟老师跟笔者最后一次闲谈中引发的。相对几位广东的鲁迅研究专家，我跟邓老师认识比较晚，主要是策划出版已故李伟江老师《鲁迅粤港史实考述》遗稿时接触比较多。他是我老师辈的学者，但对我却像是同事平辈，平易近人，无话不直言，无事不避谈。某晚，内子与我逛中山大学附近的超市，正好碰上邓老师和老伴也在购物。忘了是什么话题引起，邓老师不无感慨地说，以前热衷研究鲁迅，觉得直接与社会有关，很有意思，现在写鲁迅的文章，感觉已经跟现实没有什么联系了。我当时只能惨然一笑，无法回应。我明白他的慨叹，却不能完全有同感。从学术研究的角度，鲁迅研究跟现实保持距离，应该是件好事。但大多数鲁迅研究者，包括笔者在内，恐怕还是摆脱不了儒家知识分子经世致用的人文传统，何况研究的对象是鲁迅。所以有意识也好，无意识也好，恐怕都在希望自己的鲁迅研究能够和现实挂上钩。他的慨叹令我反复思考，本文就是这些思考的结果之一。

鲁迅是个批判性的思想家，可惜过去由于种种原因，鲁迅批判性的方面强调得过多，加上政治实用主义的选择性宣扬，鲁迅成了一个纯粹的批判家，原来深刻的批判也由于片面过度的宣传，似乎已变成了鲁迅的“负资产”，在人们心目中形成了负面的印象。这可能是鲁迅逐渐受当代人冷落的原因之一。但所谓“不破不立”，“破”和“立”是互相依存的，即使是个批判性的思想家，鲁迅也不可能只是批判，只是“破”，必然有所肯定，必然有“立”。本文即试图从文化传统承传的问题，以及中国国民性改造的问题等两个方面，揭示"立"的鲁迅,建设性的鲁迅,亦即鲁迅思想精神的正能量。这些正能量对我们现在仍有价值和意义。

一

从"五四"的"礼教吃人",到"文革"期间"彻底反封建"即彻底反传统的所谓"革命农民"的立场①,再到海外林毓生所谓"激进的反传统主义者"即主张"全盘西化"的论断②,鲁迅对中国传统的态度长期以来,不分中外,都被看成是负面的、消极的、批判的,甚至是虚无主义的。改革开放后,中国鲁迅研究者出版过一些探讨鲁迅与传统文化关系的专著③,展示了鲁迅继承和发扬传统的一面,带给读者比较平衡的观点。但这些努力似乎对于扭转一般读者对鲁迅彻底反传统的负面印象,并未产生应有的效果。里面的原因很多,笔者认为,研究者没有说清楚过去批判的鲁迅与现在承传传统的鲁迅之间的关系,是其中一个重要的因素。鲁迅没有全盘否定传统文化,虽然是研究者的共识,但鲁迅从中所看到正面的、积极的现实意义,却似乎还没有得到应有的注意。

笔者认为鲁迅没有全盘否定传统文化的主要论据,在于鲁迅并没有把文化传统看成一成不变,而是对它做了历史分析。最明显的

---

① 王瑶《学习毛主席论鲁迅》及唐弢《关于鲁迅思想发展的问题》,见西北大学鲁迅研究室编《鲁迅研究年刊》,1975/1976年合刊(1977?),第44—60、247—257页。王瑶的文章后修订为《鲁迅研究的准绳合指针——学习毛主席关于鲁迅的光辉论述》,见上海文艺出版社编《鲁迅研究集刊(一)》(1979),第1—30页。按:在当时的环境,王瑶和唐弢的文章大概都不是表达个人的观点。

② Lin Yü-sheng, *The Crisis of Chinese Consciousness*, Madison: University of Wisconsin Press, (1979). 中译《中国意识的危机》,穆善培译,贵阳:贵州人民出版社,1986年。

③ 例如,较受注意的有,林非:《鲁迅与中国文化》,上海:学苑出版社,1990年。正面论述鲁迅与中西文化的有,金宏达:《鲁迅文化思想探索》,北京:北京师范大学出版社,1986年;高旭东:《文化为人与文化冲突——鲁迅在中西文化撞击的漩涡中》,石家庄:河北人民出版社,1994年。不同意林毓生观点的有,王友琴:《鲁迅与中国现代文化震动》,长沙:湖南教育出版社,1989年。

例子，莫如他的《看镜有感》，鲁迅显然认为中国文化有正面的汉、唐和反面的两宋这两个传统。① 而汉、唐的传统所展现的自信和吸收外来文化的能力，显然当时还有现实意义，还会为现实放出正能量。不过，鲁迅的确没有将精力放在弘扬传统文化的正能量。这里有一个根本的原因，也跟他历史地看问题有关。笔者在探讨鲁迅对孔子及儒家的复杂态度时曾做过分析。② 当鲁迅尖锐批判中国传统文化时，多数读者似乎只看到那些犀利的批判锋芒，而忽略了鲁迅的矛头。如《〈二十四孝图〉》所示，鲁迅实际上是指向那些把文化传统扭曲成以"以不情为伦纪"的诈伪行为的"后之君子"。原来是出自自然真情而且是人人都可以在日常生活中做得到的孝行，变成扭曲人性或人们根本做不到的道德要求。中国传统文化原来维系社会向上的正面的东西，已经被那些自称继承传统的"后之君子"糟蹋成败坏人心的负面的东西。不先清理这些遭歪曲糟蹋的所谓传统，就不可能恢复弘扬里面的正能量。鲁迅的批判在某种意义上其实是"否定的否定"。当然，这里并非说鲁迅要原封不动地恢复汉、唐盛世，或恢复未被扭曲的传统，因为鲁迅生活在他当时的现代。鲁迅着重要复兴的是这些传统所体现的古人的精神，这些精神对当时还有现实意义。

从逻辑上说，否定了"后之君子"，意味着对"前之君子"有所肯定。鲁迅对孔子本人也并不完全排斥，认为孔子有值得欣赏和学习的品质，如"知其不可为而为之"的精神就很佩服。③ 跟教人诈伪的"后之君子"相反，鲁迅对真诚的儒家之徒，也有好感。例如对子路的认真④，对满纸"方巾气"的顾宪成和"关心世道，佩服'方巾气'"

① 《坟・看镜有感》，I：197—198。

② 《打倒"孔家店"的"摩登圣人"》，《汉语言文学研究》，2013：1，第 32—39 页。

③ 《而・反"漫谈"》，《全 18》，Ⅲ：484。这句评孔子的话见《论语・宪问》。

④ 《两》，《全 18》，Ⅺ：21；《且二・在现代中国的孔夫子》，《全 18》，Ⅵ：327。

的袁宏道①,充满“硬气”的方孝孺②,为民请命的东林党人③,对他们的社会责任感,对他们“择善固执,疾恶如仇”的态度,无疑是欣赏的。鲁迅将他们这些“方巾气”“道学气”等同于当时他所看到的革命者身上的“认真”精神。鲁迅所欣赏这些人的品质,若用儒家的术语,就是“诚”。鲁迅的确从包括孔子及过去儒家人物中,看到传统文化的光辉,或更确切地说,看到过去中国“国民性”的光辉,亦即看到中国传统和古人对中国现实仍有意义和价值的正能量。

二

鲁迅批判中国传统文化,着重人的品质和精神,显然跟他“改造国民性”的思想有密切关系。“国民性”这个从日文借来的词语,源自德国浪漫主义和民族主义的崛起,目标是要建立现代民族国家。④ 因此“国民性”问题在亚洲自然与民族自强和解放的问题联系起来,也跟现代化问题联系起来。在中国现代化问题的讨论中,鲁迅可以说是非常强调“改造国民性”的,或者可以说,“改造国民性”是他改造中国的终极的核心思想。由于这个思想与阶级斗争理论很难衔接,在很长时间受中国研究者的冷落,“文革”之后才重新得到讨论⑤,但很快又成为鲁迅思想的“负资产”。首先,我们先看一下鲁迅的观点。

鲁迅除了历史地看文化,也分析文化的结构。他在《文化偏至论》中探讨西文化新近发展时指出,“欧美之强”“根抵在人”,但人

---

① 《且二·“招贴即扯”》,《全18》,Ⅵ:235—236。

② 《南·为了忘却的纪念》,《全18》,Ⅳ:496。

③ 《且二·题未定草(6–9)》,《全18》,Ⅵ:448—449。

④ 参考 Hamilton Fyee, *The Illusion of National Character*, London: Watts & Co. (Revised and Abridged, 1946); Don Martindale, "The Sociology of National Character", *The ANNALS of the American Academy of Political and Social Science*, 1967, pp. 30—34.。

⑤ 参考包晶编《鲁迅“国民性思想“讨论集》,天津:天津人民出版社,1982年。

只是“现象”，还有更深的“末源”。[①] 这“难见”的“末源”就是人的“精神”。鲁迅认为，文化发展之初，人们具有原始的活力，即《文化偏至论》所谓“内曜”[②]，“内曜”后来在《破恶声论》中有更多的论述。[③] 鲁迅指出，中国文明之始，中国人的精神和其他文明的人一样，也具有这种“内曜”，也是充满活力的。[④] 可惜这种“内曜”跟中国传统文化一道，在反复的内忧外患中被扑灭得差不多了。只要对照一下前引《看镜有感》便可以看出，鲁迅批评得最尖锐的阿Q精神即中国人的奴性，起码在两宋期间便已存在，并非突然冒出来的。

曾经流行过一种看法，认为鲁迅“国民性”问题是以美国传教士史密斯的《支那人气质》(*Chinese Characteristics*)为主。[⑤] 冯骥才进一步夸大史密斯对鲁迅的影响，说“鲁迅国民性批判来源于西方人的东方观”。[⑥] 如此一来，鲁迅对“国民性”的探索，就不是对现代化问题的探究，而是屈从于后殖民主义理论所谓的西方话语霸权。按照20世纪二三十年代非基督教运动的观点，鲁迅简直成了帝国主义文化侵略的代言人。但这种理解并不符合鲁迅对“国民性”的论述。史密斯显然缺乏鲁迅对“国民性”批判的关键：对中国人奴性根源和发展的历史挖掘与分析。更重要的是，这种套用后殖民主义理论的解读，实际上把鲁迅国民性批判的现实性埋没掉，把本来已经饱受忽略的现代化改革的重要一面，变成一个要抗拒的问题，与主张阶级斗争的论者的排斥态度一样。

鲁迅“改造国民性”变成负面的东西，还因为“文革”。

---

① 《坟·文化偏至论》，I：56—57。

② 《坟·文化偏至论》，I：54。

③ VⅢ：23、25、27.

④ 《集外集拾遗补编·破恶声论》，VⅢ：23、25。

⑤ Lydia H. Liu, *Translingual Practice: Literature, National Culture, and Translated Modernity—China*, 1900—1937, Stanford: Stanford University Press, 1995, pp. 47—48、51—60.

⑥ 冯骥才：《鲁迅的功与“过”》，见陈漱渝主编《谁挑战鲁迅——新时期关于鲁迅的论争》，成都：四川文艺出版社，2002年，第403—408页。

鲁迅批判国民性,实际上是批判中国人的奴性。瞿秋白在1933年写的《〈鲁迅杂感选集〉序言》中,借用罗马神话,以鲁迅比拟莱莫斯,谓鲁迅是狼的乳汁养大的。这“狼的乳汁”也就是“狼奶”,在瞿秋白的笔下,是保留在“群众”中的“野兽性”,是被侮辱与被损害者奋起抗争的代名词。“狼奶”养育出来的鲁迅就毫不含糊地主张中国人需要恢复“兽性”。[①] “兽性”自然是个可怕的名词,不过我们不要忽略鲁迅和瞿秋白的语境。他们所说的这“兽性”,是针对“奴才式的家畜性”而言,是针对中国人饱受内外迫害,精神受到严重摧残后形成的奴性。所以,这“兽性”代表弱者的自强,受压迫者的反抗,并非恃强凌弱的凶残暴虐,或以众暴寡的“合群的自大”,而背后其实是卑怯和懦弱。[②] 熟悉鲁迅作品的读者都会知道,从指挥刀下杀出去的群众暴力,跟受压迫而奋起的反抗,两者是并不一样的。[③] 可惜,这本来是正面的“狼奶”及其象征意义,经过“文革”之后,似乎已经成了部分“愤青”精神资源的代名词,成了推行暴力的因由。因对“狼奶”反感而延伸到对“狼奶”养大的精神领袖鲁迅的憎恶,自然不会令人感到吃惊。

离开了鲁迅和瞿秋白的历史语境,“狼奶”和“兽性”自然是可怕的词语,但“兽性”作为鲁迅的语汇,除了反压迫的抗争,其实还有它独特的含义,即心理和精神上的含义。中国人之缺乏“兽性”,在鲁迅看来是种精神上的欠缺,是人们软弱无力的根源。我们不妨以能源来做比喻说明。“兽性”就像火、电、原子能,它们的能量既可以造成巨大的破坏,但适当加以控制,则能造福人类,功德无量。然而在过去,也不光是在中国,只知“兽性”有破坏力就设法把它扑灭,结果造成人们的病态残弱,而在中国更由于内外压迫者的手段高强彻底,于是造成一代一代没有精神,没有力量,随时俯首称臣,

---

① 《而·略论中国人的脸》,Ⅲ:414.

② 《热·随感录三十八》,Ⅰ: 327—328。

③ 《而·革命文学》,Ⅲ:567。

非常听话的奴隶群众，其后果真是惨不忍睹。明代倭寇仅仅数名即可横行千里，官兵望风披靡，民众毫不反抗，由此可见一斑。

当然，这些有点尼采和弗洛伊德意味的观点，从阶级论者看来是没有抓到社会历史的根本问题。这理论上是对的。心理和精神的因素也许并非社会历史根本的决定性因素，然而它们却是文化的关键成分，可以对社会历史产生不可估量的反作用。这其实也是理论常识。抓住根本问题的论者，可以对心理和精神的因素不屑一顾，但抓到了根本的问题而仍然无法根本地解决问题，这事实本身，是否已经证明除此之外，还有其他的问题需要解决呢？心理和精神就是其中非常重要的一个。鲁迅改造"国民性"的思想，因此引起研究者的重新探讨和重视，并非无缘无故。而"狼奶"之于改造中国"国民性"，看来并未"过时"。

有论者认为，鲁迅与"文革"多少有点关系，人们过去学习鲁迅，喝了鲁迅的"狼奶"，但"画虎不成反类犬"，结果造成"文革"的祸害。① 但"画虎不成反类犬"，不就是没有读懂鲁迅、学好鲁迅么？这跟鲁迅有什么关系？不好理解。对于现在还应不应该学习鲁迅，应不应提倡读他的作品这些问题，可以先且不管，但所谓学习某人或某种学说，从来都不保证必定会学得好，学得完全。中国人读四书五经上千年，成就了多少个孔子？西方人读《圣经》两千年，出了几个耶稣？其他的硕学鸿儒、神父教士，还有等而下之的平民信众，是不是都以不同程度"画虎不成反类犬"？

如果我们因为惧怕"狼奶"，不读鲁迅而改读《圣经》或托尔斯泰，效果如何，恐怕还得看读者是什么人。当然，论者对于没读好《圣经》的"犬"，可以用另外一些好听点的词汇去点缀，例如"温蔼"。但历史上没学好《圣经》的"犬"其实也有很多种。在 19 世纪

① 黎湘萍：《是莱谟斯，还是罗谟鲁斯？》，见高旭东编《世纪末的鲁迅论争》，北京：东方出版社，2001 年，第 373—385 页。

以上帝的名义到南美杀人放火,是其中一种;20世纪有所谓解放神学(liberation theology),一些第三世界的神父为贫民解放上山打游击,又是一种。他们都是读《圣经》读出来的,但一点都不"温蔼"。我们现在似乎并不担心子女读了《圣经》会去杀人,究竟是什么原因,不想深究,但似乎跟《圣经》及其必然"画虎不成反类犬"的效果都没有关系。读《圣经》若读出"温蔼"效果,表面上是很中听的,但想深一层,恐怕就叫人不敢恭维。"温蔼"如果作为与"狼奶"抗争相反对的效果,尤其是在中国或华人社会,可能不过是处处低眉顺眼、事事逆来顺受的奴性表现而已。也许,当下的中国还有不少人以为,不乱说乱动、乖乖听话就是好孩子的榜样,但鲁迅肩起黑暗的闸门把他们放出去,恐怕是想他们独立自强,个性解放,活活泼泼,做个敢说"什么爸爸"的有进取心的新人①,而不是要他们继续做驯良听话、任人宰割的羊,或乐于受人奴役的家畜"犬",或死气沉沉,三年仍不敢或无法改进父之道的所谓孝子。

其实,读鲁迅、喝"狼奶",并非只产生好斗别人的某类棍子"愤青"。中国"从古以来,就有埋头苦干的人,有拼命硬干的人,有为民请命的人,有舍身求法的人……,这是中国的脊梁。这一类人们,就是现在也何尝少呢,他们有确信,不自欺,他们在前仆后继的战斗……"鲁迅这段名言,并非怀旧的历史回顾,而是激情的前进号召,代表了他改造"国民性"的目标和理想,充分体现他思想精神的正能量。受这段话感召的人们是否也有"画虎不成反类犬",可以暂且不管,其中"埋头苦干""拼命硬干""前仆后继"等等所体现的坚强意志和毅力,亦即瞿秋白概括出鲁迅精神的其中一点"韧性",就是得到驾驭的"兽性"所转化出来的精神力量的表现。这种经过转化的"兽性",其实不必等到社会政治大事件才能表现出来,也可见于日常生活的各个方面;其缺失,也不必等到社会政治大事件才能

① 致增田涉信(1934.8.7.),XⅢ:592。

表现出来，也可见于日常生活的各个方面。现在我们提倡的“工匠”精神，那种精益求精的严肃认真态度，在美国、德国、日本等等国家都容易遇到，唯独在中国比较少见(不是没有，是较少见。否则便无须提倡)，也就是鲁迅深恶痛绝中国“国民性”中的马马虎虎，也都是这种精神力量缺失的表现之一。

经过了六十多年，中国从国家大事到日常小事都有了很大变化，中国人精神面貌的变化更大，大家有目共睹。但如果处事马马虎虎的现象依然普遍存在，如果锲而不舍、拼命硬干的精神还没有成为人们理所当然的生活态度，则不管是为了大事还是小事，鲁迅改造“国民性”的“狼奶”恐怕还有鼓励大家继续喝下去的必要。无论如何“画虎不成反类犬”，总不至于喝成甘当顺民的奴隶，或只会说“yes sir”的奴才，是可以肯定的。

总之，鲁迅并不“负面”，其实是让太多没有读懂或不想读懂鲁迅的论者的负面评价涂抹得阴鸷暴戾、面目可憎了。他指给我们的正能量，尤其是在继承和发扬传统文化精神方面的正能量，似乎还有待认真的鲁迅研究者从新带回现实，有待我们去发扬。虽然这不一定是件容易的事，因为它本身就考验我们有没有“韧性”，跟最直接的现实有关。

附记：以上附录的两篇文章，是笔者探讨鲁迅承传中国文化传统问题的后续。因是后续，原有不少重复部分，现已尽量删节。

2016 年 8 月

冯雪峰“神化”鲁迅的努力、困境和贡献

所谓“神化”鲁迅

“神化”是把并非“神”的“化”成“神”，具有歪曲和利用的含义，是个贬义词。所谓“神化”鲁迅，意思大约是指夸大鲁迅思想和作品的革命性，夸大鲁迅与共产党的亲密关系，并由此而夸大鲁迅对中国历史、社会和人物评论的准确性与正确性。[①] 就目前研究所知，这种“神化”的议论早在鲁迅逝世后就有人提出批评，最先是陈独秀，后有一个叫梅子的，直指毛泽东在《新民主主义论》中对鲁迅的评价为“神化”。20 世纪 50 年代又有曹聚仁要把鲁迅从“神”还原为“人”，并因此批评了大部分左翼论者的鲁迅论，其中就包括冯雪峰。[②] 但在国共斗争的风口浪尖上，在后来冷战时期，各方对“神化”鲁迅的议论，大抵一贬了之，把“神化”的微妙作用完全淹没在意识形态和政治斗争中，对“神化”鲁迅的背景和动机既不屑分析，

① 有关主要文章，见陈漱渝主编《谁挑战鲁迅——新时期关于鲁迅的论争》，成都：四川文艺出版社，2002 年，第 89—137 页。

② 详见王得后《所谓“神化”鲁迅》，载陈漱渝主编《谁挑战鲁迅——新时期关于鲁迅的论争》，第 116—131 页。曹聚仁：《鲁迅年谱》，香港：三育图书文具公司，1970 年，第 165—170 页。

那么对“神化”鲁迅效果的意义和价值就更谈不上探讨。

1979年，茅盾(沈雁冰)的一篇答记者问，在中国鲁迅研究界引发了一场关于“神化”鲁迅的讨论。① 产生这场争论有特定的时代背景，简而言之，是江青反革命集团倒台后，需要“拨乱反正”，“文革”利用鲁迅打倒一大批文化人，鲁迅好些论断若不予重新评估，自然影响他们的平反。然而，中国文艺界的“拨乱反正”触及20世纪二三十年代以来复杂的人事关系，或所谓“宗派主义”矛盾。事情的真伪是非，常常跟人事的亲疏好恶纠缠不清。还有，鲁迅言论的正确性，还牵涉毛泽东对鲁迅的评价，这在当时还是个非常敏感和严重的问题。

值得注意的是，跟曹聚仁一样，茅盾答记者问中也点名冯雪峰，批评他“感情用事”，要在鲁迅治丧委员会中列名毛泽东，以显示鲁迅的伟大。由于冯雪峰和鲁迅跟周扬等在20世纪30年代众所周知的对立，茅盾的答问自然引起不同的情绪反应，未能立即起到“拨乱反正”的效果，但随着时间的推移，研究者已能够逐步客观、实事求是地看待冯雪峰在鲁迅研究方面存在的问题。

冯雪峰是鲁迅的学生和战友，也是公认重要的鲁迅研究者，对鲁迅研究作出了很大贡献。② 如果说，冯雪峰在他的研究和回忆中，把鲁迅塑造成一个跟共产党员一样的革命战士；那么，他在“神化”鲁迅的过程中显然扮演了一个非常重要的角色，他的“神化”工作也不再为论者所避讳。任何的“神化”肯定都应该否定和批评。然而，他广泛得到承认的贡献，与“神化”即歪曲与利用的否定，两者之间是否互相矛盾？但冯雪峰的矛盾似乎并未引起人们对其“神化”的背景、动机和意义进行探究的兴趣。其实，冯雪峰“神化”鲁

---

① 茅盾：《答〈鲁迅研究年刊〉记者的访问》，见《鲁迅研究年刊》1979年号，第1—3页。最具代表性的回应，除前引王得后《所谓“神化”鲁迅》，还有靳闻《“神化”及其他》，均原载《资料》7(1980)，第17—42页。

② 比较系统又全面的介绍，见刘清《冯雪峰与鲁迅》，《资料》5(1980)，第1—20页。

迅并不顺利,遇到来自鲁迅本人和党内相当一部分人的抵制,使得他的“神化”工作更值得人们思考。如何理解和解释或化解冯雪峰这个两边不讨好的矛盾?笔者认为,解决这个矛盾是理解冯雪峰对鲁迅遗产真正贡献的关键。

从认识了解到共同战斗

冯雪峰并非一开始就认识鲁迅的意义。1925 年春,冯雪峰到北京并在北大旁听,当时鲁迅在中文系讲授中国小说史和文学理论,他虽“听过几次鲁迅先生的讲课”,但更用心的是学日文。他觉得鲁迅是个“很矛盾的人”,很难接近,而他更看重李大钊,认为李才是“真正革命的、理想的人”。① 1928 年,在创造社和太阳社围攻鲁迅的时候,他以“画室”的笔名写了《革命与知识阶级》,虽然意图是维护鲁迅,但把鲁迅归结为“同路人”,亦可见他原来对鲁迅评价不太高。② 后来通过与好友柔石多次倾谈,尤其是跟鲁迅合作编译“科学的艺术论丛书”,冯雪峰才逐渐更深入了解鲁迅,并对鲁迅产生一定影响,在某种意义上说,他的确“成了鲁迅思想发展的见证人”。③

另一方面,鲁迅也不是一开始就跟冯雪峰紧密合作。鲁迅当初把冯当成“创造社一派”的人。④ 他们的合作关系由于中国左翼作家联盟(“左联”)成立才得到进一步的发展。“革命文学”论战批判鲁迅,影响不好,中共高层介入,要创造社和太阳社停止攻击鲁迅,并与鲁迅联合。⑤ 1930 年“左联”在上海成立,冯雪峰属于代表“鲁

① 《回忆鲁迅》,见《雪峰文集》,北京:人民文学出版社,1985 年,Ⅳ:132—133。

② 《雪峰文集》,Ⅱ:287—292。

③ 倪墨炎、陈英九:《本书编辑说明》,见《一九二八至一九三六年的鲁迅:冯雪峰回忆鲁迅全编》,上海:上海文化出版社,2009 年,第 4 页。

④ 《回忆鲁迅》,见《雪峰文集》,Ⅳ:130。

⑤ 参考王锡荣《鲁迅生平疑案》,上海:上海辞书出版社,2002 年,第 155—168 页。

迅方面"的人。[①] 1931年柔石牺牲后，冯雪峰与鲁迅的关系显然更加密切。关于冯雪峰和鲁迅的合作，许广平在《鲁迅和青年们》有一段很生动的回忆：

> 这青年有过多的热血，有勇猛的锐气，几乎样样都想来一下，行不通了，立刻改变，重新再做，从来好象没见他灰心过。有时听听他们谈话，觉得真有趣。F说："先生，你可以这样这样的做。"先生说："不行，这样我办不到。"F又说："先生，你可以做那样。"先生说："似乎也不大好。"F说："先生，你就试试看吧。"先生说："姑且试试也可以。"于是韧的比赛，F目的达到了。

文中的"F"和"这青年"就是冯雪峰。鲁迅还说："有什么办法呢，人手又少，无可推诿。至于他，人很质直，是浙东人的老脾气，没有法子。他对我的态度，站在政治立场上，他是对的。"[②]从中我们可以看到，鲁迅欣赏冯雪峰实干苦干的精神，也因此在政治上信任他、支持他。有意思的是，冯雪峰如何对待和要求鲁迅。冯雪峰也知道自己有点"强迫命令"[③]，简直是以"党外的布尔什维克"来要求鲁迅了。[④] 冯雪峰对鲁迅一点都不"尊重"。但鲁迅显然并不介意，至少在当时如此，在与冯雪峰合作时如此。

---

① 《冯雪峰谈左联》，见《雪峰文集》，Ⅳ：548。

② 许广平：《鲁迅和青年们》（1938），见《许广平忆鲁迅》，广州：广东人民出版社，1979年，第247—248页。

③ 楼适夷：《怀雪峰》（1941），转引自陈早春、万家骥《冯雪峰评传》，北京：人民文学出版社，2003年，第69页。

④ 《论鲁迅》（1937.10.19.），《毛泽东文集》，Ⅱ：43。

鲁迅与共产党的桥梁

对于冯雪峰在鲁迅研究方面的贡献,论者都指出他是鲁迅和共产党的桥梁。① 首先是鲁迅与瞿秋白之间的桥梁。瞿秋白是文学研究会会员。1930年瞿秋白回到上海,翌年5月初在茅盾家中遇见当时任"左联"党团书记的冯雪峰(冯也是文学研究会会员),并开始关注和参与左翼文化战线的工作。瞿秋白在上海时,冯雪峰就是瞿和鲁迅的主要桥梁之一。冯雪峰对此有一段很扼要的回忆:

> 在这时候,两人不但还没有见过面,并且也没有什么通信,来往的只是事务性的条子,大半事情都是经过我在口头上替他们相互传达和商量的;但他们中的友谊却早已很深了。②

两人见面及通信后,合作更加紧密,而冯雪峰已不只是桥梁,而是与他们一起共同战斗。不过他们的合作在内部并非一帆风顺,稍后再论。冯雪峰除了为瞿秋白和鲁迅搭了桥梁,也为鲁迅和另外两位中共领袖张闻天与毛泽东搭了桥梁。鲁迅虽然也见过李立三,但两人似乎没有共同语言。冯雪峰参与安排了会面,却是无从搭桥。③

张闻天早年曾从事新文学运动,较接近文学研究会和《语丝》,

---

① 例如陈早春、万家骥:《冯雪峰评传》,第51—93页。

② 《回忆鲁迅》,见《雪峰文集》,Ⅳ:224。

③ 《在北京鲁迅博物馆的谈话》,《雪峰文集》,Ⅳ:495—496。中共领导人当中重视鲁迅的还有王明。1936年王明得悉鲁迅病重,征得季米特洛夫同意,找潘汉年安排鲁迅到苏联养病,但为鲁迅婉拒。鲁迅逝世时王明发表悼念文章,引用冯雪峰代笔的《答托洛斯基派的信》,所以冯也算为他起了搭桥作用(王明:《中共50年》,徐小英等译,北京:东方出版社,2004年,第279页,英译本:*Mao's Betrayal*, tr. Vic Schneierson, Moscow: Progress Publishers, 1979, p. 261;王明:《中国人民之重大损失》,载新文出版社编《鲁迅新论》,新文出版社,1938年,第1—8页)。

与茅盾有深厚的交谊。1931年2月至1932年12月，张闻天在上海先后担任中共中央宣传部长、中共临时中央政治局常委。不过目前没有张闻天跟鲁迅有过任何接触的资料。虽然如此，正是通过冯雪峰，张闻天跟鲁迅一起为纠正左翼文艺阵营的"关门主义"而合作，稍后我们还要讨论这场斗争。1933年底，冯雪峰由于被特务盯上，离开上海到了中央苏区，又跟张闻天共事，虽然跟鲁迅没有什么关系，但从张闻天就调瞿秋白回苏区一事征询冯雪峰的意见，可见张闻天是很重视冯雪峰的意见的，至少就上海文化战线的事情上是如此。而中共三个悼念鲁迅逝世的文件，即《为追悼鲁迅先生告全国同胞和全世界人士书》《为追悼与纪念鲁迅先生致中国国民党中央委员会与南京国民党政府电》《致许广平女士的唁电》，估计也是张闻天起草，而平津和上海悼念鲁迅的群众运动，也是他具体指示。张闻天制定这三个文件应该参考了冯雪峰的意见，也就是有冯搭桥，虽然中间应该还经过潘汉年。1940年在延安，张闻天积极支持刘雪苇(1912—1998)编辑出版鲁迅文集，并为之作序。1966年"文革"风暴中，鲁迅为革命的远大目标而牺牲自己的言论，显然成了张闻天的精神支柱。这里面也应该有冯雪峰搭桥的作用。①

冯雪峰在瑞金期间，还与毛泽东有一段较密切的交往。当时，毛泽东正被排斥出了中央领导机构。据说，有一天晚上，毛泽东特意到冯雪峰的住处说道："只谈鲁迅。"毛泽东先谈了对鲁迅作品的看法。他说他很早就读了鲁迅的小说，其中重点评价了《阿Q正传》。冯雪峰向毛泽东介绍了鲁迅移居上海后所写的杂文，尤其重点说了几次论争中的文章。当冯雪峰说到自己曾经代表"左联"去请鲁迅写文章时，毛泽东颇惊讶，但说"不出题目岂不比出题目更好吗？"冯雪峰还向毛泽东讲鲁迅对毛泽东诗词的观感，谓有"山大

---

① 关于张闻天与鲁迅联系的史实，根据程中原《没有私交的深情——张闻天与鲁迅》，见《说不尽的张闻天》，北京：中央文献出版社，2008年，第466—479页。

王”的气概。[1] 冯雪峰在讲与毛泽东论鲁迅的故事时，还自称是个“毛派”。[2]

自从柔石和瞿秋白牺牲后，中共内部推崇鲁迅而又能够对鲁迅的意义和价值有深刻了解的人，只有冯雪峰。由于冯在左翼文坛的领导地位，张闻天对他的倚重，以及他跟毛泽东一段密切的关系，所以他所树立的鲁迅比瞿秋白的文章在中共内部更有影响力。1940年毛泽东在《新民主主义论》中称鲁迅是：

> 文化新军的最伟大和最英勇的旗手。鲁迅是中国文化革命的主将，他不但是伟大的文学家，而且是伟大的思想家和伟大的革命家。鲁迅的骨头是最硬的，他没有丝毫的奴颜和媚骨，这是殖民地半殖民地人民最可宝贵的性格。鲁迅是在文化战线上，代表全民族的大多数，向着敌人冲锋陷阵的最正确、最勇敢、最坚决、最忠实、最热忱的空前的民族英雄。鲁迅的方向，就是中华民族新文化的方向。[3]

出自共产党领袖的这样的评价，自然是非常之高；而《新民主主义论》对鲁迅得出“三家”的评价，显然也并非表达毛泽东个人的观点，而是中共领导层的共识[4]，其中应该有冯雪峰的贡献。冯早在《关于鲁迅在文学上的地位》一文中，就说过鲁迅“作为一个思想革命者，文学革命者，参加了那时的革命运动”。[5] 然而冯雪峰推崇鲁迅的事业跟他后来的命运一样，遭遇了各种艰难和曲折。

---

① 陈琼芝：《在两位未谋一面的历史伟人之间——记冯雪峰关于鲁迅与毛泽东关系的一次谈话》，见《研究丛刊》，1980 年，第 207—208 页；另见唐弢《追怀雪峰》，包子衍等编《冯雪峰纪念集》，北京：人民文学出版社，2003 年，第 93—96 页。

② 陈早春、万家骥：《冯雪峰评传》，第 165 页。

③ 《新民主主义论》（1940.1.），《毛泽东选集》，北京：人民出版社，1966 年，Ⅱ：658。

④ 张闻天也采用此说，见其《〈鲁迅论文选集〉序言》（1940.10.），《张闻天文集》，Ⅲ：120。

⑤ 《雪峰文集》，Ⅳ：22—24。

“神化”鲁迅的背景和动机

“左联”成立当初代表“鲁迅方面”的，除鲁迅本人外，就只有冯雪峰和柔石，仅占发起和筹备人数的四分之一。① 多数人其实对鲁迅颇不以为然。有人认为鲁迅的见解都是老生常谈②；有人认为鲁迅对“革命文学”的看法是泼冷水③；也有人因为鲁迅“只会写写文章，不能做实际工作”，便认为“鲁迅茅盾的路，是已经过去了的路，我们不必重复他们的路！”④茅盾在回忆录中指出，“鲁迅是‘左联’的主帅”，“但是他毕竟不是党员，是‘统战对象’，所以‘左联’盟员中的党员同志多数对他是尊敬有余，服从则不足”⑤，可谓点中问题的关键。对于党员与统战对象的区别，究竟只是“左联”内部一些人的态度，还是同样也反映了介入“革命文学”论争的中共领导层人物的想法，我们并不清楚。但冯雪峰则不同，他不作区别，真诚地推举鲁迅为“左联”的“首脑”、“革命文化战线”的“主帅”。⑥

为了维护鲁迅，树立鲁迅的领袖地位，冯雪峰在“左联”做了大量工作。鲁迅在“左联”成立大会上所作的简单讲话，当时其实并无记录，是三四天后冯雪峰根据记忆，并结合平日与鲁迅谈话的有关内容，整理成《对于左翼作家联盟的意见》一文，经鲁迅过目并修订两处后，发表在他主编的《萌芽月刊》。这是冯雪峰为鲁迅起草具有政治意义的重要文章的开始，使鲁迅在政治上更符合党的路线

---

① 《冯雪峰谈左联》，见《雪峰文集》，Ⅳ：548。

② 《一九二八年至一九三六年间上海左翼文艺运动两条路线斗争的一些零碎参考材料》，见《雪峰文集》，Ⅳ：536。

③ Agnes Smedley, *China Correspondent*, London: Pandora Press(1984), p. 63. 按：此书原名 *Battle Hymn of China*。

④ 《鲁迅先生与“左联”》，见《周文文集》，北京：作家出版社，2011 年，Ⅲ：351。

⑤ 茅盾：《我走过的道路》（中），北京：人民文学出版社，1988 年，第 87 页。

⑥ 《回忆鲁迅》，见《雪峰文集》，Ⅳ：164。

政策，也可以说，是他“神化”鲁迅工作的开始。

在1931—1933年间，冯雪峰在党内文化战线上，先后担任过中共“左联”党团书记（1931年2月）、中共中央局文化工作委员会（“文委”）书记（1932年2月）、江苏省委宣传部长（1933年6月）等领导职务①。而且，冯雪峰对鲁迅的看法得到在党内享有威望的瞿秋白的认同和支持，尽管如此，鲁迅在左翼文坛仍然无法摆脱种种敌意，最具代表性的事例，莫如关于《汉奸的供状》之争。

1932年10月“左联”机关刊物《文学月报》刊登芸生的长诗《汉奸的供状》，冯雪峰作为“文委”书记为此批评主编周扬，但周扬不接受他的批评，两人吵了起来。鲁迅“从公意”，也就是应冯雪峰的要求，写成《辱骂和恐吓决不是战斗》一文，不料文章刊登后，立即招至四位党员盟员首甲（祝秀侠）、方萌（田汉）、郭冰若（钱杏邨）、丘东平联名发表文章批判鲁迅右倾，是“戴白手套革命论”，很可以说明鲁迅地位的实况。

从目前已知的事实，鲁迅这篇文章其实是响应中共试图改变党内关门主义状况的努力。1932年11月，当时在上海任临时中央政治局常委、主管宣传的张闻天，在中共中央机关报《斗争》上发表《文艺战线上的关门主义》一文，批评左翼文艺运动排斥“革命的小资产阶级”的“第三种人”，“实际上就是抛弃文艺界的革命的统一战线”，认为对他们不应该“谩骂”，而是“说服与争取”。② 于是发生冯雪峰与周扬为《汉奸的供状》吵架一事。冯除了请鲁迅写文章，还于1933年1月发表两篇文章，其中《并非浪费的论争》一篇由瞿

① 以上年月按包子衍《雪峰年谱》，上海：上海文艺出版社，1985年。

② 《张闻天文集》，北京：中共党史出版社，1995年，Ⅰ：307—312。

秋白代笔①，公开承认并纠正“左翼文坛”的“左倾宗派主义”，改变对“第三种人”的敌对语调，并提出“联合”的期望。瞿秋白也曾设法声援鲁迅，留下了一篇手稿《鬼脸的辩护》（1933），应该也是应冯雪峰的要求而写，但不知何故，文章当时没有发表。② 冯雪峰又介绍国外联合“同路人”的文章，把张闻天的文章稍加处理转载在他主编的《世界文化》。简而言之，冯与周扬争吵，以及鲁迅后来接受批评《汉奸的供状》的“任务”，都是配合落实张闻天改变“左倾关门主义”的政策。奇怪的是，鲁迅的文章竟然随即引起“左联”党员的反对，而冯雪峰亦因此与当时《文学月报》的主编周扬结怨，造成“排斥和攻击鲁迅”的“开始”，也种下日后的祸根。③

夏衍质疑冯雪峰为什么不把张闻天的文章“向‘文委’所属各联的党员传达”。④ 徐庆全设法解释夏衍的疑问，认为由于冯雪峰没有传达张闻天的指示，只是命令周扬执行，周扬思想不通，所以两人吵了起来。⑤ 但这不符合冯雪峰的说法，冯说他向周扬“提出我

① 冯夏熊整理：《冯雪峰谈左联》，见《雪峰文集》，Ⅳ：558；首甲、方萌、郭冰若、丘东平：《对鲁迅先生的〈辱骂和恐吓决不是战斗〉有言》（1933），见《资料汇编》，Ⅰ：767—769。丘东平一向反对鲁迅，当时草拟了质问信到处找人签名（聂绀弩：《东平琐记》，《聂绀弩全集》，武汉：武汉出版社，2004 年，Ⅳ：49）。鲁迅曾提出质问，但“不得要领”（致萧军信，1935.4.28.，《信》，XIII：119—120）。方萌及郭冰若等化名，据巴一熔和黄炜编《黄源楼适夷通信集》上，杭州：浙江人民出版社，2006 年，第 9 页。此说不知何据，但广为研究者接受。另，李何林曾称方萌是钱杏邨，已由钱纠误（《阿英忆左联》，见《史料》，1980：1，第 24 页）。

② 《瞿秋白文集·文学编》，Ⅱ：121—124。鲁迅和瞿所谓“辱骂”并非指“叭儿狗”之类政治用语，而是诗中的粗言秽语：“放屁”“你祖宗托落兹基的话”“当心，你的脑袋一下就会变成剖开的西瓜”。见《文学月报》，Ⅰ：4（1932.11.），第 88 页。首甲他们显然奉行“革命文学”论战中创造社一些成员主张的骂人的“新流氓主义”，见严家炎主编《二十世纪中国文学史》上，北京：高等教育出版社，2010 年，第 300 页。徐庆全称鲁迅“行文中也可偶或发现”有“辱骂和恐吓意味的文笔”（《周扬与冯雪峰》，武汉：湖北人民出版社，2005 年，第 15 页），未知具体所指。

③ 冯雪峰：《一九二八年至一九三六年间上海左翼文艺运动两条路线斗争的一些零碎参考材料》，见《雪峰文集》，Ⅳ：536。徐庆全：《周扬与冯雪峰》，第 12—13 页。

④ 程中原：《张闻天与新文学运动》，南京：江苏文艺出版社，1987 年，第 168—173 页；夏衍：《懒寻旧梦录》（增订本），北京：生活·读书·新知三联书店，2000 年，第 143 页。陈早春和万家骥对夏衍的怀疑解释为“意谓冯雪峰有意封锁了张闻天的文章，心里怀有什么鬼胎”（《冯雪峰评传》，第 136—138 页）。

⑤ 徐庆全：《周扬与冯雪峰》，第 19—28 页。

的看法"而周扬"完全不同意",并非他下令而周扬不执行。"命令"的说法也与周扬自己的回忆不符,周扬说冯"批评"了他,而他不"接受"[①],可见冯雪峰并没有简单的"命令",两人是有过争论,有过观点的交锋的。从冯雪峰后来动员瞿秋白写文章支援,以及转载张闻天的文章来看,他请鲁迅写批评不但没有起到他预期的改正作用,反而导致相反的效果。值得注意的是,首甲他们的文章并非完全用旧有阶级斗争的论述来批评鲁迅,因为文章开始就提到"过去,普洛文化运动犯了左倾关门主义的错误",但认为关门主义的错误是把群众关在门外,而不是对"革命贩卖手斗争太残酷太不客气"。显然,他们并不认为那首诗是张闻天所批评的"谩骂"。且不说这些反批评根本没有回应鲁迅批评辱骂与恐吓的要点,最重要的是,他们知道文艺界要反对"左倾关门主义"。但他们怎么知道呢?既然那是张闻天首次向文艺界提出,那么他们只有两种途径得知此事:(一)他们看到或听到张闻天文章的内容(亦即冯雪峰已经做了某种传达,不管是什么方式),(二)周扬向他们复述了冯雪峰的看法(也就是周扬导致他们写文章,不管是否有意)。[②] 夏衍和徐庆全都否定这两种可能性,但没有提供证据。[③] 事实上,周扬是知道张闻天批评"左倾关门主义"的文章的[④],虽然我们并不知道这是他跟冯雪峰争吵之前还是之后的事情。

回到首甲他们批判鲁迅一事,其实此事反映了"左联"内部问题的关键。1934 年秋当过"左联"组织部长的王尧山(1910—2005),在评论周扬和胡风的矛盾时认为,他们的矛盾"主要是由于

---

① 《周扬自传》,见黎之《文坛风云续录》,北京:人民文学出版社,2010 年,第 412 页。

② 冯雪峰认为"这件事显然是同周扬有关系的"。《一九二八年至一九三六年间上海左翼文艺运动两条路线斗争的一些零碎参考材料》,《雪峰文集》,Ⅳ:540。

③ 夏衍:《懒寻旧梦录》(增订本),第 143 页;徐庆全:《周扬与冯雪峰》,第 17—21 页。

④ 《周扬自传》,见黎之《文坛风云续录》,第 412 页。黎之在《周扬谈自己及其他人》一文中,亦记下周扬说自己犯过关门主义错误,"当时洛甫写过文章批评过他",但黎之"不知是指哪篇文章"(《文坛风云录》,郑州:河南人民出版社,1998 年,第 212 页)。

对鲁迅先生的不同态度而发生的”。[①] 从首甲他们批判鲁迅一事看来，王尧山所察觉的问题显然并不限于周扬与胡风之间的纠葛，实际上是“左联”内部一直以来的主要矛盾。首甲他们批判鲁迅，看来就是这种矛盾和态度的反映。他们对鲁迅有成见，不管鲁迅说什么，也不去分析对不对，只因为是鲁迅说的，就奋起批判。在这样的情况下，为了对抗“左联”内部排斥鲁迅的倾向，冯雪峰想方设法表现鲁迅正确理解和执行党的政策，营造鲁迅与共产党的亲密关系，也就并不奇怪了。这就是冯雪峰“神化”鲁迅的背景和动机。

冯雪峰“神化”鲁迅的工作之一，是为鲁迅起草和修订文章，主要是牵涉政治和党的政策的文章，前面已提过《对于左翼作家联盟的意见》，其他的重要文章和修订，我们知道还有《论“第三种人”》，文中最后一句“怎么办呢？”是冯雪峰加的，冯“引用苏汶的原话，意在给对方留个后路”。[②] 鲁迅的“遗嘱”《死》，也经冯雪峰建议修订两处，包括第五条不做文学家或艺术家之前，加上“空头”的定语[③]，减少原来的偏激。最重要的文章，自然是《答托洛斯基派的信》《论现在我们的文学运动》《答徐懋庸并关于抗日统一战线问题》等三篇，文章借鲁迅之名，阐述党的政策，牵涉很多问题。前两篇是冯雪峰起草，鲁迅大抵没有修改，到底算不算鲁迅的文章，也有争议，稍后再论。

此外，冯雪峰也营造鲁迅与共产党的亲密关系，不过，现已多为研究者所质疑。例如所谓送火腿给毛泽东，其实不是鲁迅主动提出，而是冯雪峰顺便送的[④]；发贺电给中共中央祝贺长征胜利，冯说

---

① 王尧山：《鲁迅・周扬・胡风》，载《“左联”纪念集 1930—1990》，第 100 页。

② 冯夏熊整理：《冯雪峰谈左联》，见《雪峰文集》，Ⅳ：559。

③ 《回忆鲁迅》，见《雪峰文集》，Ⅳ：263—264。

④ 其实鲁迅只是送编好的《海上述林》，因冯手头上有点钱，就顺便以鲁迅的名义送火腿给毛泽东。不过，此事冯应该是征得鲁迅同意。见《在北京鲁迅博物馆的谈话》，载《雪峰文集》，Ⅳ：498。参照朱正《被虚构的鲁迅——鲁迅回忆录正误》，海口：海南出版社，2013 年，第 237—240 页。

得煞有其事,现在已越来越受到研究者质疑[①],虽然事情应该并非冯捏造出来的,因为有当时的文章和电文的记述[②],并不能算在冯个人"神化"鲁迅的账上;又如在鲁迅治丧委员会列名毛泽东,据分析,此为冯雪峰自作主张,并不符合中共中央的意图;[③]等等。而且,冯雪峰塑造鲁迅与共产党亲密关系的一些事例,也前后不一致,或不完全符合事实。例如,他在《回忆鲁迅》记述鲁迅编瞿秋白《海上述林》的感想,只记了"纪念他",但据冯向其他人忆述,当时其实还有"纪念我"一句,因鲁迅知道瞿秋白受共产党内"左"倾宗派主义的打击,终于牺牲,所谓纪念自己,意谓也有可能遭到同样的迫害。但冯在书中故意漏记,以展示鲁迅与共产党亲密无间。又如,冯在1944年《关于知识分子的谈话——回忆片段》中,记述鲁迅说过愿意为民族的社会的革命做一名战卒。这段话到了1952年出版的《回忆鲁迅》,上下文变成了为共产党和毛泽东做一名小兵,意义大大缩小了。[④]

然而,至少在1937年之前,大概由于冯雪峰熟悉上海文坛,以

---

① 冯雪峰:《党给鲁迅以力量》及《回忆鲁迅》,Ⅳ:85,229—230。但所谓"在你们身上,寄托着人类和中国的未来"的电文甚至发贺电此事的真实性,已越来越受到质疑。参考王锡荣《鲁迅给中共中央致过贺电吗》,见《鲁迅生平疑案》,第298—320页;倪墨炎:《此信不应编入新版〈鲁迅全集〉》《关于"鲁迅茅盾致红军信"的探讨》《关于"鲁茅信"的政论及其句号》及《一段争论中有代表性的文字》,见《真假鲁迅辨》,上海:上海人民出版社,2010年,第3—29页。

② 参考程中原《没有私交的深情——张闻天与鲁迅》,见《说不尽的张闻天》,第472—473页。不过,所引杨尚昆当年文章,其中有"就是半身不遂的人也会站起来笑!"这样的句子,很难想象是出自鲁迅之手,也不像萧军的文笔,倒像写天狗吃月那类诗人的文风。而且这种常见基督教表达奇迹的比喻,更像是翻译西方人的文字。所以,鲁迅是否参与起草贺电或贺信,甚至仅仅与闻其事,都值得怀疑。当然,也不能排除史沫特莱取得鲁迅同意,由她草拟,再由她的中文秘书冯达(译音)翻译成中文,然后以鲁迅和茅盾的名义发出。参考茅盾《我和鲁迅的接触》,见《资料》1(1976),第73页;冯雪峰在1972年答上海鲁迅纪念馆问时,也说是史沫特莱拟的。见王锡荣《鲁迅给中共中央致过贺电吗》,见《鲁迅生平疑案》,第302—303页。

③ 《在北京鲁迅博物馆的谈话》,见《雪峰文集》,Ⅳ:497。茅盾说此事是冯"做主"的,并责备冯"感情用事"(《答〈鲁迅研究年刊〉记者的访问》,见《鲁迅研究年刊》1979年号,第2—3页)。不符合中共意图之分析,见周楠本《关于毛泽东列名鲁迅先生治丧委员会的一些情况》,《中华读书报》(2005.1.10.)。

④ 倪墨炎、陈九英:《一九二八至一九三六年的鲁迅·冯雪峰回忆鲁迅全编》,第164、196页。

及在党内担任过重要职务，加上他在长征中的表现，中共领导层对他甚为信任和支持，也明显重视及采纳他的意见。1936 年 7 月张闻天和周恩来给冯雪峰的信就是证明①，此信看来是对冯雪峰工作汇报的回复。不过，冯雪峰所谓张闻天特别嘱咐他要先找鲁迅②，其中恐怕并非完全出自张闻天的决定，而更多的可能是反映了冯雪峰的影响。换言之，中共领导层对"左翼"文化界及鲁迅的态度，主要是以冯雪峰的意见为决策的依据。当冯雪峰回到上海，发生"国防文学"的论争，情况便逐步产生变化。

"两个口号"论争和鲁迅逝世的转折点

关于"国防文学"和"民族革命战争的大众文学"两个口号的论争，论者众说纷纭。前者是周扬他们依据 1935 年发表的《八一宣言》而提出的。"国防文学"这个名词其实早在 1934 年便由周扬在介绍苏联文学时引进。③ 大约在 1935 年秋，夏衍从史沫特莱（Agnes Smedley）处看到发表《八一宣言》的《救国报》，稍后周扬也从共产国际的刊物《国际通讯》中得悉共产国际召开第七次代表大会，中共发出建立抗日统一战线的号召。④《八一宣言》倡议建立"国防政府"，无疑使周扬更相信自己提出"国防文学"的正确性。

《八一宣言》虽然由王明（陈绍禹）主持制定，但得到中共中央认可。1935 年 7 月，共产国际召开第七次代表大会，会后派林育英

---

① 《张闻天、周恩来给冯雪峰的信（1936 年 7 月 6 日）》，见《史料》1992：4，第 4—6 页。

② 《有关一九三六年周扬等人的行动以及鲁迅提出"民族革命战争的大众文学"口号的经过》，见《雪峰文集》，Ⅳ：506。

③ 《"国防文学"》，见《周扬文集》，北京：人民出版社，1984 年，Ⅰ：118—120。

④ 《八一宣言》原题为《中国苏维埃政府、中国共产党中央为抗日救国告全体同胞书》，见中央档案馆编《中共中央文件选集》，Ⅹ（1934—1935），第 518—525 页。关于周扬和夏衍接触到《八一宣言》的过程，见徐庆全《周扬与冯雪峰》，第 58—62 页。很多回忆录都称《救国时报》，《救国时报》前身是《救国报》，因遭禁，遂改名《救国时报》出版，《八一宣言》登在该报改名之前。据夏衍《懒寻旧梦录》（增订本），第 197—198 页。

回国，林育英化名张浩，从蒙古潜回中国，经过月余到达陕北瓦窑堡，找到了与共产国际长期失去电讯联系的中共中央，传达了共产国际代表大会及《八一宣言》的精神。中共中央即于12月召开瓦窑堡会议，倡议建立抗日民族统一战线，其精神即以《八一宣言》为依据。然而，如果我们认为中共的抗日民族统一战线始于《八一宣言》，就忽略了两个重要的事实。首先，中共其实在"九一八"事变后便已提出抗日民族统一战线，虽然并非与《八一宣言》完全一样；其次，抗日民族统一战线政策在面对风云变幻的国际国内政治形势的变化，即使在《八一宣言》之后，实际上还经过不同阶段的调整，并非一直一成不变。

据王建英《中国红军史考评》的研究，"九一八"事变后，中共中央即于1932年春，号召停止内战，共同抗日，进行"民族革命战争"，并愿与各地军队订立停战协议。所以，即使抗日民族统一战线尚未有明文提出，策略与后来的亦有差异，但其政策和精神其实已经出现。1934年10月红军长征，打着"北上抗日先遣队"的旗号，号召全国同胞，不分政治倾向，团结抗日。① 虽然由于种种原因，抗日民族统一战线没能够在1933年11月"福建事变"中得到很好的贯彻实行②，但我们可以认为，在"九一八"事变后开始成为中共的政策，而"民族革命战争"则是这个统一战线的主要组成部分。

---

① 王建英：《中国红军史考评》，广州：广东人民出版社，2000年，第317—338页。胡风在回忆"两个口号论争"时也指出了这一点（《回忆录》，见《胡风全集》，Ⅶ：338）。

② 十九路军拒绝在福建"剿共"，成立人民政府，联络中共准备签订协议，共同反蒋抗日。中共派潘汉年签订协议，但福建人民政府很快就在1934年1月失败了。参考张云《潘汉年》，上海：上海人民出版社，1996年，第111—120页。范艳娥指出，鲁迅对福建人民政府是有保留的，认为那是军阀狗咬狗，而且对他们镇压"意见不同"的人表示了愤慨，并因此规劝一位学木刻的青年不要到那边去。对福建人民政府的怀疑态度跟当时中共的"左"倾关门主义显然很相似。范虽然指出"四一二"清党对鲁迅的影响，但认为鲁迅"偏激"，设法解释之余，也只能引用后来答徐懋庸的信来证明鲁迅是支持统一战线的（《鲁迅与福建事变》，见《上研》，2001年夏，第37—44页）。笔者认为，鲁迅从平民百姓的角度去怀疑，跟中共作为一个拥有军队的政府去怀疑，是性质完全不同的两回事。鲁迅的怀疑不涉及政策的制定和执行，根本与统一战线无关，如果他反对中共派人去谈判和签订协议，那才算是反对统一战线。

中共抗日民族统一战线政策是以“反蒋抗日”为开始的，这里的“蒋”自然并非仅仅是蒋介石个人，而是代表当时的国民党政府，因为“九一八”事变的“不抵抗主义”被认为是卖国行为。在瓦窑堡会议之后，抗日民族统一战线的政策还经历了“逼蒋抗日”“联蒋抗日”（其间还有短暂的“拥蒋抗日”），及1941年“皖南事变”后的不公开的“反蒋抗日”等阶段和变化。“反蒋抗日”“逼蒋抗日”与“联蒋抗日”的差别主要在于对地方军阀反蒋抗日行动的立场和政策。“反蒋抗日”是支持地方军阀反蒋抗日行动，“逼蒋抗日”是对地方军阀的反蒋行动保持中立，“联蒋抗日”则不支持这些行动。“联蒋抗日”显然把蒋介石政权当成主要统战对象。由于政治情势的急速变化，对于统一战线政策的掌握，有时似乎令中共领导层本身也来不及达到一致的认识。[①] 还有一点必须强调的是，《八一宣言》中称“南京卖国政府”以及把蒋介石列为“卖国贼”，可见这个宣言实际上还是号召“反蒋抗日”。[②] 而冯雪峰在1936年4月奉中共中央之命回到上海，时间上属于“反蒋抗日”到“逼蒋抗日”的转折阶段。[③] 1936年7月张闻天和周恩来给冯雪峰的复信，其中认为“目前一切反蒋的发动”，即反对最大汉奸卖国贼，必然在抗日口号下进行[④]，

---

① 各阶段的相关文件依次见《中央关于逼蒋抗日问题的指示》（1936.9.1.）、《中央关于坚持联蒋方针推动全国对日抗战问题给刘少奇的指示》（1937.4.4.），毛泽东：《论新阶段》（1938.10.12—14）、《中央关于目前时局的决定》（1941.1.29），中央档案馆编：《中共中央文件选集》，中共中央党校出版社（1991.3.），XI（1936—1938），第89—91、176—177、560、595—596、606—607页；XIII（1941—1942），第29页。但在张闻天起草“逼蒋抗日”指示之前，毛泽东已于1936年8月26日致电潘汉年，指示“政策重心在联蒋抗日”（文广祖辑录：《毛泽东、周恩来有关国共谈判给潘汉年的电报摘录》，载中共上海市委党史研究室编《潘汉年在上海》，上海：上海人民出版社，1995年，第209页）。共产国际对中共1936年“两广事变”立场的批评，可能促成中共从“反蒋抗日”转到“逼蒋抗日”。

② 《中国苏维埃政府、中国共产党中央为抗日救国告全体同胞书（八一宣言）》，与“反蒋抗日”的相关文件，有《中央关于军事战略问题的决议》（1935.12.23.），见中央档案馆编《中共中央文件选集》，X（1934—1935），第518—519、589—597页。

③ 据说，他在临行前夕与毛泽东彻夜畅谈，可能得悉“联蒋抗日”的精神。见陈琼芝《在两位未谋一面的历史伟人之间——记冯雪峰关于鲁迅与毛泽东关系的一次谈话》，第205页。但冯雪峰在《回忆鲁迅》中只提“逼蒋抗日”（《雪峰文集》，IV：229）。

④ 《张闻天、周恩来给冯雪峰的信（1936.7.6.）》，见《史料》1992：4，第5页。

也正是“反蒋抗日”政策的体现。事实上,1936 年 9 月 8 日中共中央政治局才指示不提“抗日反蒋”,虽然称已于“二月开始改变此口号”①,但明文确定的时间是在九月,离鲁迅逝世不过一个多月。因此,鲁迅逝世前中共的抗日民族统一战线的政策,可以说是属于“反蒋抗日”的阶段。

至于“两个口号”的论争,表面上是两种政治取向的斗争,其影响远超出当时的文坛, 在 20 世纪七八十年代常常被概括成“两条路线斗争”。但从冯雪峰等当初新口号提出的目的,以及当时中共政策演变的过程看,所谓“路线斗争”之说似乎不符合历史事实,也忽略了问题的焦点。要了解论争的实质和焦点,我们似乎应该先分析一下冯雪峰当时面对的问题。

1936 年 4 月 25 日,冯雪峰带着“反蒋抗日”的政策指示从陕北回到上海,翌日即住进鲁迅家中,鲁迅一见到他,便表达对周扬等人强烈的不满,说“这两年我给他们摆布得可以”。② 冯雪峰离开上海前,已发生首甲等批判鲁迅一事,此后令鲁迅不满的事情也真不少,举其大者,1934 年即有廖沫沙(1907—1990)化名批评鲁迅有“买办意识”③,田汉化名批评鲁迅与叛徒“调和”④;胡风当“左联”书记期间,为“左联”向国际革命作家联盟写信汇报,其中高度赞扬鲁迅,周扬等人则认为“不正确”⑤;还有“四条汉子”通知鲁迅胡风不可靠;再就是“左联”解散的问题,鲁迅本不同意,后来接受大家的意见,只要求发个宣言,结果周扬他们连宣言都不发。⑥ 其实,自从冯雪峰离开上海,胡风 1934 年 10 月辞去“左联”书记之后,“左联”基

① 《抗日反蒋不能并提》,见《毛泽东文集》,Ⅰ:438—439。

② 冯雪峰:《有关一九三六年周扬等人的行动以及鲁迅提出“民族革命战争的大众文学”口号的经过》,见《雪峰文集》,Ⅳ:506。

③ 《花·序言》,Ⅴ:417。

④ 《且·答〈戏〉周刊编者信》及《且·附记》,Ⅵ:147—148, 212。

⑤ 胡风:《关于左联及与鲁迅关系的若干回忆》《鲁迅先生》,见《胡风全集》, Ⅶ:9、13。

⑥ 徐懋庸:《徐懋庸回忆录》,北京:人民文学出版社,1982 年,第 86—89 页。

本上已不再联系鲁迅，连刊物都不给他看。[①] 就在冯回到上海的前一天，鲁迅拒绝加入周扬他们发起的作家协会（后改名为文艺家协会）。[②] 冯雪峰是希望他参加的，但劝说无效。[③] 冯开始以为鲁迅对中共新的统一战线政策不理解，于是向鲁迅传达和解释，但问题的关键显然不在于新政策的理解。过了两天，冯雪峰便和胡风、鲁迅商量提出新的口号。

左翼作家中不喜欢"国防文学"口号的人不只鲁迅，他们为什么不喜欢这个口号呢？鲁迅对这个口号的提倡者在执行联合战线政策时不分敌友，接纳"忏悔者"，显然不满[④]；楼适夷（1905—2001）说"国防"使人联想到国民党政权，引起"生理的厌恶"，他们的观感有一定的代表性。[⑤] 事实上，《八一宣言》发起成立"国防政府"，并非共产国际或王明的发明，"九一八"事变后"国家主义派与新月人权派"就提了出来，当时被中共批判为拥护国民党政府的统治。[⑥] 当然，两者有很大的不同，国家主义派等提倡的是国民党政府领导、各地方势力和政治团体一概俯首称臣的"国防政府"；而《八一宣言》则是要联合除卖国的国民政府以外所有抗日力量的"国防政府"，而且中共显然要争取成为主导的统一战线的力量。然而，在没有解释清楚也未有实践表明的情况下，楼适夷他们对此产生"生理的厌恶"，并不奇怪。而且，"国防文学"口号本身也的确有问题。《八一宣言》发起成立"国防政府"，但这个"政府"还远远没有成立，

---

① 关于刊物，见致曹靖华信（1935.1.26.）、致曹靖华信（1935.2.7.）、致徐懋庸信（1936.5.2.），见《信》，XⅢ：31、46、365。对照茅盾：《我走过的道路》中，第 315 页。

② 致何家槐信（1936.4.24.），《信》，XⅢ：363。

③ 茅盾：《我走过的道路》中，第 321—322 页。

④ 致胡风（1935.9.12.）及致曹靖华（1936.4.23.），《信》，XⅢ：211、361。

⑤ 冯雪峰，《回忆鲁迅》，载《雪峰文集》，Ⅳ：239；楼适夷：《为了忘却，为了团结》，载其《话雨录》，第 93 页。据夏衍回忆，"左联"内部有不少人对"国防政府"有疑虑，并引述文章说明在东京的郭沫若当初也不赞成，理由是一样的（《懒寻旧梦录》增订本，第 224 页）。

⑥ 见《中国共产党对于时局的主张》（1932.1.1.），中央档案馆编：《中共中央文件选集》Ⅷ（1932），第 3 页。

便提倡“国防文学”,是否为时过早,引人误会?首先,正如胡风指出,“国”在当时一般人眼中,自然代表国民党的“国”,既不符合东北抗日的现实,也不符合“反蒋抗日”的政策[①];其次,周扬他们提出“国防文学”就是要写“国防”题材,这样的解释也不符合团结抗日作家的目的,因为文艺界统一战线的目标是要把不同风格流派的作家在抗日的旗帜下团结起来[②],周扬他们的解释却把不写“国防”题材的作者排除在外。不过,这些问题本来也可以通过论争和辨正来处理,为什么要提出一个新的口号呢?

楼适夷称,冯雪峰告诉他“民族革命战争的大众文学”(按:原文作“民族解放战争文学”)的口号是冯从陕北带来的[③],如果不是他理解错误,恐怕并不符合事实。我们知道,中共中央派冯雪峰回上海,主要是建立情报网,推行中共抗日统一战线,为重建上海地下党做准备,文艺界只是“附带管一管”,首先是传达统一战线的政策。[④](夏衍质疑冯所说的四个任务,稍后再论。)从冯的回忆可以清楚看到,冯对提新口号其实毫无准备,所以跟鲁迅和胡风商量,如果口号是带回来的话,则只须传达即可。

为什么提“民族革命战争的大众文学”呢?胡风建议用“民族革命战争文学”,因为“一·二八”事变时瞿秋白和冯雪峰写文章都用过这个词语。冯雪峰知道当时的政策与“一·二八”事变时不完全一样,但认为这个词有阶级立场,若再加上“大众”,立场就更鲜

---

① 胡风:《回忆录》,《胡风全集》,Ⅶ:337—338。

② 《且末·答徐懋庸关于抗日统一战线问题》,Ⅵ:526—538。对照茅盾《关于引起纠纷的两个口号》和周扬《与茅盾先生论国防文学的口号》,载《“两个口号”论争资料选编》上,第566—569、570—575页。参见丸山昇《关于“国防文学论战”》,载《鲁迅·革命·历史》,王俊文等译,北京:北京大学出版社,2005年,第138—139页。

③ 巴一熔等编:《黄源楼适夷通信集》上,杭州:浙江人民出版社,2006年,第31页。

④ 《有关一九三六年周扬等人的行动以及鲁迅提出“民族革命战争的大众文学”口号的经过》,载《雪峰文集》,Ⅳ:506。

明，“可以作为左翼作家的创作口号提出来”。[①] “可以作为左翼作家的创作口号提出来”这句话其实点出了问题的关键。冯对上海文艺界的直接或主要任务是传达统一战线的政策，并不是要考虑左翼作家的问题。当然，他也要“附带管一管”。就在他管一管后，却发现鲁迅的处境不妙。当时“左联”已经解散，鲁迅又拒绝与周扬他们合作，被周扬他们指责为破坏联合战线，身心俱疲，考虑“休息”或者另起炉灶。[②] 原来要树立鲁迅为“革命文化战线”的“主帅”的他，自然首先就是要稳住鲁迅，改变鲁迅左翼文坛领袖岌岌可危的地位，于是与鲁迅商量，提出一个他可以接受的口号，也就是设法重新树立遭到周扬他们排斥、以鲁迅为首的左翼文学这面旗帜。所以我们也可以说，提出“民族革命战争的大众文学”这个新口号是冯雪峰为了保住鲁迅这面左翼文化的旗帜、这尊“神”而向鲁迅做的妥协。

正因为“民族革命战争的大众文学”是冯雪峰临时想出来的口号，难免有考虑不周的地方。例如口号中的“大众”，原来在左翼文坛有特指“工农”的含义，但冯雪峰和鲁迅在《论现在我们的文学运动》中并没有及时作出扩大内容的修订解释，以至让周扬在发表这

---

① 《有关一九三六年周扬等人的行动以及鲁迅提出“民族革命战争的大众文学”口号的经过》，见《雪峰文集》，Ⅳ:513—514；胡风：《回忆录》，《胡风全集》，Ⅶ：333。按：胡风回忆中提议的是“民族解放斗争的人民文学”。所谓瞿秋白和冯雪峰都写过文章，大约是指瞿秋白的《上海战争和战争文学》（1932.3.），《瞿秋白文集》，Ⅲ：7—11；冯雪峰的《民族革命战争的五月》（1932.5.），《雪峰文集》，Ⅱ：340—343。按：冯的回忆强调新口号的阶级立场，恐怕是受当时写作环境影响所致。冯知道“一·二八”事变“那时写的文章都有错误”，他指的是什么“错误”？他在《民族革命战争的五月》强调了阶级斗争，如果有错，那就是把本来是统一战线话语的“民族革命战争”变成阶级斗争的话语。不过，这种错其实是共产国际和中共本身政策的混乱，详见后述。所以，冯雪峰此处回忆其实自相矛盾，但他认识到有错误，倒反过来说明了他们的新口号是强调民族统一战线的口号。有关“左联”在“一·二八”事变时的话语混乱，参考秦林芳《左联机关刊物〈北斗〉中的民族话语》，载《研究丛刊》2014:9，第11—19页。

② 致曹靖华（1936.5.3.）、致王冶秋（1936.5.4.）、致曹靖华（1936.5.14.），载《信》，XⅢ：366、370、378。参考茅盾《我走过的道路》中，第319—321页。

篇文章时加编者附记抓住这点,到后来才在答徐懋庸信中补充解释。① 在同一篇文章中阐述"民族革命战争的大众文学"时,冯雪峰和鲁迅又说:

> 民族革命战争的大众文学,正如无产革命文学的口号一样,大概是一个总的口号罢。在总口号之下,再提些随时应变的具体的口号,例如"国防文学""救亡文学""抗日文艺"[……]等等,我以为[……]是有益的,需要的。

虽然对象和目的都说得很清楚,是左翼文学运动在抗日联合战线新形势下的延续和发展,即后来在答徐懋庸信中所谓,"为了推动一向囿于普洛革命文学的左翼作家跑到抗日的民族革命战争的前线上去"。然而,在当时(即七月),也就是胡风在六月提出新口号之后,"国防文学"派已经认为有人要来争"正统"、抢"大旗"的情况下,冯雪峰和鲁迅没有像后来那样强调两个口号的并存,而是将两者关系说成是"总的口号"下"随时应变的具体口号",回顾起来,不能不认为是给对方火上加油,是策略上的失误。支持"国防文学"的郭沫若在《蒐苗的检阅》中,就认为鲁迅他们当初是要以新口号取代旧口号,后来在答徐懋庸信中才说并存,语含讥讽。② 也许,冯雪峰没有料到对方反应如此之大,他大概没有想到论争实际牵涉影响力亦即权力的问题。

---

① 《"两个口号"论争资料选编》上,第 439 页。按:《文学界》主编表面上是徐懋庸,但这篇编者附记的作者,从口气来看,笔者认为只能是周扬。

② 《"两个口号"论争资料选编》下,第 709—719 页。谌宗恕认为"并存"是以退为进的策略,实际只是"附存"(《关于"两个口号"论的一种反向思考》,张国光等编《文学与语言论丛》,武汉:湖北人民出版社,1989 年,第 196 页)。关于《蒐苗的检阅》解读的争论,见叶德浴《郭沫若对鲁迅态度剧变之谜》,《月刊》2004:7,第 51—60 页;廖久明:《也谈"郭沫若对鲁迅态度剧变之谜"》,《月刊》2009:9,第 37—43 页;叶德浴:《关于郭沫若的〈蒐苗的检阅〉》,《月刊》2010:5,第 66—69 页。

然而,冯雪峰以为鲁迅“不太明了”新的统一战线政策①,恐怕并非事实。查1935年王尧山处理周扬和胡风的矛盾时,发现矛盾的症结其实在他们对鲁迅的态度。王尧山设法调解周、胡的矛盾没有成功,便把情况向他的领导邓洁(1902—1979)反映,邓洁是取代遭破坏的“文委”的中共上海临时工作委员会(“临委”)负责人之一,对此很重视,于是约鲁迅会面,得到积极回应。会面主要是邓洁与鲁迅商谈,胡风和王尧山偶有插话,在场的还有王的夫人赵先。按照他们的回忆②,我们知道会面时邓洁向鲁迅传达了《八一宣言》和抗日民族统一战线,并提议由鲁迅出面主持一个文艺工作者协会,又建议鲁迅与周扬面谈,均遭鲁迅拒绝。邓洁早已在冯雪峰之前向鲁迅传达了《八一宣言》的抗日统一战线新政策,但显然对鲁迅没有任何影响。而且既然提出新口号,冯雪峰看来也跟邓洁一样,没有能够说服鲁迅。不过,我们没有理由认为鲁迅反对中共的统一战线政策。早在“左联”成立的前夕,鲁迅就说过,对革命队伍而言,“对于敌人、个人主义者所发的子弹,和集团主义者所发的子弹是一样地能够制其死命”,所以不应该要求队伍全体成员“意识”都十分正确。③ 这一思路和立场,到后来批评张春桥所谓萧军不该早早离开东北的意见④,是一脉相承的,都是在批评那些求全责备,实际是排斥异己的做法,亦即关门主义。从上述他支持张闻天反对“左联”关门主义一事,也可以证明。当然,鲁迅对一些策略和做法恐怕也不以为然。例如解散“左联”,徐懋庸向鲁迅解释时也许表

---

① 《回忆鲁迅》,《雪峰文集》,Ⅳ:237—238。

② 王尧山:《鲁迅·周扬·胡风》,载《“左联”纪念集1930—1990》,第100页;赵先:《缅怀胡风忆往事》,载晓风主编《我与胡风——胡风事件三十七人回忆》,银川:宁夏人民出版社,1993年,第184页。关于“对鲁迅先生的不同态度”,可以从胡风向国际革命作家同盟的报告看出因由。胡风认为“中国革命文学,社会主义现实主义的传统是由鲁迅开创的,他的影响是超过一切作家的”(《若干更正和说明》,《胡风全集》,Ⅶ:43),但这个报告被周扬他们认为不“正确”(致胡风信,1935.5.17.,《信》,XⅢ:129)。

③ 《二·非革命的急进革命论者》,Ⅳ:226—228。

④ 《且末·三月的租界》,Ⅵ:513—515。

达得不是很好很准确，但其中"不应该挂起明显的徽章"，不"以特殊的资格去要求领导权，以至吓跑别的阶层的战友"，其实都有中共中央指示可循。[①] 又如，萧三给"左联"信中提及的"复活岳飞、文天祥"这些"救国英雄"，却是鲁迅反对的。[②] 鲁迅建议"左联"秘密存在，以保护原来的盟员不被"统"过去，但胡乔木指出"左联"只是群众组织，这样做就变成"第二党"，行不通，并非没有道理[③]，而鲁迅却认为自己的意见"被一些'指导家'格杀了"。[④] 不过，这些都不是原则性的大问题，而是做法上和策略性的问题，并非不可以通过解释和说明去解决的，所以不是问题的关键。关键是人的问题。

胡风在回忆邓洁与鲁迅的会面时，有下面一段对话：

> 我们有了现代武器，何必还用原始武器呢？鲁迅马上回答：要看这现代武器是掌握在什么人手里。[⑤]

1936年，茅盾向鲁迅转达夏衍他们对解散"左联"的解释，说解散并非取消左翼的领导，因为有夏衍他们在新组织里面当"核心"，鲁迅听到后"笑了笑道：对他们这般人我早已不信任了"。[⑥] 这段话

---

① 参见《中央为目前反日讨蒋的秘密指示信》(1935.10.)，载中央档案馆编《中共中央文件选集》，X(1934—1935)，第561—571页。在统一战线的组织形式和领导方法中，指示信批评过往中共在群众组织提出跟党一样的口号，通过"革命的党化决议，吓得群众不敢进来"，并给敌人以破坏的口实；又指出"党的领导权是党的主张策略和决议在广大群众中得到了信仰，拥护和执行"，所以要取得领导权，需要与广大群众一起经过长期工作才能达到(第568—570页)。

② 萧三关于解散"左联"的信，见马良春、张大明编《三十年代左翼文艺资料选编》，成都：四川人民出版社，1980年，第203—208页。鲁迅是反对宣扬岳飞与文天祥的，因为他们是失败的武将和亡国的文官，不应是抗敌的楷模(《且末·登错的文章》，Ⅵ：571)；岳飞代表"奉旨不抵抗的忠"(《南·真假堂吉诃德》，Ⅳ：520)。

③ 徐懋庸：《徐懋庸回忆录》，第86—89页。

④ 《且末·答徐懋庸并关于抗日统一战线问题》，Ⅵ：529。

⑤ 胡风：《鲁迅先生》(1984)，载《胡风全集》，Ⅶ：102。据说邓洁在"文革"期间也有回忆此事的文章，原文未见，摘要见吴作桥等编《再读鲁迅：鲁迅私下谈话录》，长春：时代文艺出版社，2005年，第317页。

⑥ 茅盾：《我走过的道路》中，第310页。

可以说是“要看这现代武器是掌握在什么人手里”一条很好的注释。鲁迅后来在《答徐懋庸并关于抗日统一战线问题》更举出不少“不信任”的具体例子。① 冯雪峰后来回忆，“周扬等人只是空谈，唱高调，发命令，不对敌人认真作战，并且还扼杀不同伙的人的革命力量……这些人大抵都是借‘革命’以营私利，…… 他们只长于‘内战’，分裂战线，对敌人却心平气和，并且有意‘取悦’于敌人，同敌人及其叭儿狗们反而常常联成一起……”，不妨说是鲁迅对周扬等人观感的总结。实际上，鲁迅认为周扬他们是借联合战线招降纳叛，意图当官。② 鲁迅甚至质问过杨之华为何不把周扬等人清除出党。③ 这些才是鲁迅不打算加入他们“联合战线”的关键原因。很可能就是因为鲁迅的看法和态度，冯雪峰一度考虑把周扬调走。④

冯雪峰在解散“左联”的问题上也没有能够说服鲁迅。但冯雪峰对“左联”解散的认识和立场，跟萧三和邓洁应该是一致的，即明白“左联”之类的群众组织过去旗帜都太过鲜明，不符合当时统一战线的策略。据王学文回忆，冯雪峰要解散救国会里面的党团，而且没有对党团员进行说服和解释，让王学文他们意见很大。⑤ 冯雪峰的做法似乎跟鲁迅所批评的周扬解散“左联”的做法没有什么区别，不过，冯雪峰这样做看来有他的原因，例如中共上海办事处成立，可直接跟救国会联络，而且“临委”正“自行消亡”，新的江苏省

---

① 《且末·答徐懋庸并关于抗日统一战线问题》，Ⅵ：534—535。

② 参考拙文《重读〈出关〉的现实寓意》，载《研究丛刊》，2012：1，第 174—184 页。已收入本书，略有修订。

③ 见《有关一九三六年周扬等人的行动以及鲁迅提出“民族革命战争的大众文学”口号的经过》，《雪峰文集》，Ⅳ：506—511。

④ 《王学文同志谈有关“两个口号”争论的一些情况》（1978 年 8 月 18 日和 9 月 9 日），载黎之《文坛风云续录》，北京：人民文学出版社，2010 年，第 445 页。

⑤ 《王学文同志谈有关“两个口号”争论的一些情况》，载黎之《文坛风云续录》，第 446 页。

委正在成立,等等。[1] 但更重要的原因是,王学文他们并不知道——冯雪峰当时也不可能让他们知道,共产党对救国会的工作已经更隐蔽,已由一位秘密党员胡愈之[2]负责,也就是夏衍所谓在新组织里面有他们当"核心"。既然如此,我们不禁要问,如果执行解散"左联"的是冯雪峰而不是周扬等,鲁迅的态度会怎么样。

据茅盾的回忆,鲁迅并非不了解"左联"的关门主义和宗派主义很严重,但认为"有人在那里做,不会因为取消'左联'他们就不做了"。还说,"他们实际上把我也关在门外"。[3] 不单是关在门外,周扬他们还要把鲁迅推向敌对的阵营。当时由于鲁迅不支持他们的"国防文学"口号,不参加他们的作家协会,已经背后被他们指责为破坏联合战线。在冯雪峰商量提出"民族革命战争的大众文学"之后,社会上就有流言说鲁迅是托派。这是冯雪峰代笔的两篇文章《答托洛斯基派的信》及《论现在我们的文学运动》的背景。这两篇文章由茅盾分别发给两个口号支持者的刊物,希望双方同时刊登,也就是希望双方表现团结。"国防文学"方面,通过编辑徐懋庸交给《文学界》。然而,周扬他们刊登鲁迅《论现在我们的文学运动》时加编者附记,说托派反对"国防文学",又拒绝刊登《答托洛斯基派的信》,显然要把鲁迅推向托派。[4] 背后的"花样"及小报化名的流言,终于以白纸黑字的形式,公开登在左翼文学阵营自己的刊物上。此举可以看作公然与鲁迅和冯雪峰划清界限,也可见周扬他们

---

① 冯雪峰:《关于一九三六年我到上海工作的任务以及我同文委和"临委"的关系》(1969),倪墨炎、陈九英:《一九二八至一九三六年的鲁迅·冯雪峰回忆鲁迅全编》,第259—267页。

② 胡愈之的党员身份是到了1979年才公开的。见于友《胡愈之传》,北京:新华出版社,1993年,第151页。

③ 茅盾:《我走过的道路》中,第310页。

④ 《文学界》,Ⅰ:2(1936.7.),见《"两个口号"论争资料选编》上,第438—439页。冯雪峰说两篇文章先投给周扬和夏衍"领导"的《光明》,遭到拒绝,才托茅盾转投其他刊物。夏衍则称并无其事,并谓对鲁迅来稿求之不得(冯雪峰:《有关一九三六年周扬等人的行动以及鲁迅提出"民族革命战争的大众文学"口号的经过》,载《雪峰文集》,Ⅳ:518;夏衍:《一些早该忘却而未能忘却的往事》,《文评》1980:1,第93页)。

对新口号以及维护鲁迅的抵触情绪是如何强烈。按照茅盾的说法，他跟冯雪峰设法把两方面拉到一起的努力，让胡风发表的《人民大众向文学要求什么》给破坏了①，到拒绝登载鲁迅反对托派的文章，双方的矛盾可以说是已经公开，及至《答徐懋庸并关于抗日统一战线问题》发表，关系几近决裂，或实际上已与决裂无二。

《答托洛斯基派的信》及《论现在我们的文学运动》，是否真正代表鲁迅的想法和态度，有研究者表示怀疑。② 据胡风回忆，鲁迅只是“点一点头”，恐怕并不是很肯定地表示；鲁迅曾向他表示过代笔文章一点也不像他的东西。不过，胡风批评冯雪峰的态度，却不见得合理。胡风显然不理解当时冯雪峰“神化”鲁迅的迫切性，也不了解鲁迅的心态。鲁迅也许不满冯雪峰在《答托洛斯基派的信》中一些说法，但鲁迅在四个月之后才病逝，其间肯定看过这篇文章而没有进行丝毫修改，信中脱离现实的“高超”批评，也是鲁迅早前对托洛茨基“过于理想”的观感③，恐怕也不好完全否定冯雪峰所谓“按照他的立场、态度和多次谈话中他所表示的意见写成”。④ 而且，从《答徐懋庸并关于抗日统一战线问题》的写作分工来看，政策部分出自冯雪峰，鲁迅没有大改，可见在政治问题上，鲁迅还是依从冯、信任冯的。然而，冯雪峰以“党外布尔什维克”来要求鲁迅，说“鲁迅还是不行，不如高尔基：高尔基那些政论，都是党派的秘书写的，他只签一个名”。⑤ 这样的要求似乎超出了鲁迅可以接受的范

---

① 按：茅盾、冯雪峰和夏衍的回忆录，都是在胡风平反之前所写，他们有关胡风的部分，须对照胡风的回忆录，虽然胡风的回忆录恐怕也不可能完全客观。冯雪峰回忆 1936 年最糟糕的部分，在设法疏远与胡风的关系，好像两人初次见面，其实并不然，已由夏衍指出（《一些早该忘却而未能忘却的往事》，《文评》1980：1，第 93 页）。

② 朱正：《关于〈答托洛斯基派的信〉》，载《鲁迅回忆录正误》，杭州：浙江人民出版社，1999 年，第 209—211 页；张永泉：《关于鲁迅与〈答托洛斯基派的信〉的关系的疑问》，《月刊》1999：3，第 36—39 页。

③ 《集·〈奔流〉编校后记》，Ⅶ：165。

④ 《有关一九三六年周扬等人的行动以及鲁迅提出“民族革命战争的大众文学“口号的经过》（1966），载《雪峰文集》，Ⅳ：517。

⑤ 胡风：《鲁迅先生》（1984.2.），载《胡风全集》，Ⅶ：106—107。

围。但此事如果对照鲁迅和冯雪峰在《答徐懋庸并关于抗日统一战线问题》上的合作,似乎又不一定具有代表性。

其实,尽管鲁迅在政治上信任冯雪峰、依从冯雪峰,但对冯对自己的评价,却认为"和我自己的意思并不相同"。虽然冯的文章主要是"文学上的地位",但也牵涉社会和思想。① 这一点不能不令人联想到瞿秋白对鲁迅的评价,以及鲁迅对瞿秋白评价的反应。瞿秋白在《〈鲁迅杂感选集〉序言》对鲁迅有很高的评价,鲁迅录何瓦琴句,书联一副以赠,视瞿为"知己"。② 瞿的《序言》中虽说鲁迅"从绅士阶级的逆子贰臣进到无产阶级和劳动群众的真正友人,以至战士",但论到革命者与鲁迅的关系时,称他为"诤友",并呼吁"我们应当向他学习,我们应当同着他前进"③,处处隐藏着"我们"和鲁迅的区别,后来更说鲁迅"只能算为同路人"(虽然是狱中受访,恐怕确是他的观点)。④ 从"同路人"到"党外布尔什维克"之间,无疑存在很大的差异。曹聚仁是赞同瞿秋白的看法的,也因此认为冯雪峰是"神化"了鲁迅,不过曹聚仁常常无视鲁迅政治上信任和依从冯雪峰的事实,也没有注意鲁迅愿意为中国的前途做出个人牺牲的立场。

回到"两个口号"论争的问题,由于冯雪峰后来的抉择和遭遇,因此受到不少指责和质疑,有些事情已经解决,如到上海的时间⑤,

---

① 致普实克(1936.7.23.),《信》,XIII:663。冯雪峰的文章《关于鲁迅在文学上的地位》及《附记》,见《雪峰文集》,IV:22—26。

② 鲁迅感激瞿秋白《序言》的主因,见冯雪峰《关于鲁迅在文学上的地位》的《附记》(1937),载《雪峰文集》,IV:26。

③ 《〈鲁迅杂感选集〉序言》,载《论著汇编》,I:818—830。

④ 见李克长《瞿秋白访问记》(1935.7.),此篇作为附录收入刘福勤《从天香楼到罗汉岭——瞿秋白综论》,桂林:广西师范大学出版社,1995 年,第 318—325 页。瞿秋白把鲁迅当"同路人",亦可以参考赵歌东的分析,见其《横站的"同路人"——鲁迅与左翼文艺运动的内在关系及其姿态》,文史哲编辑部《左翼文学研究》,北京:商务印书馆,2015 年,第 169—175 页。

⑤ 夏衍:《一些早该忘却而未能忘却的往事》,《文评》1980:1,第 92—93 页;楼适夷:《为了忘却,为了团结——读夏衍同志〈一些早该忘却而未能忘却的往事〉》,见其《话雨录》,北京:三联书店,1984 年,第 86—87 页;程中原:《关于冯雪峰 1936—37 年在上海情况的新史料》,《史料》1992:4,第 8—9 页。

有些还需要辨正,如“民族革命战争的大众文学”的正确性或合理性。引用毛泽东并不能解决问题。毛泽东诚然提过文艺要“使合于国防的利用”①,但他随后所说的两套办法,实际上是批评国民政府,表明那个改良人民生活和给人民民主自由的“国防性的政府”还没有实现,还是“反蒋抗日”或“逼蒋抗日”的话语。而且那是1937年7月周扬等人去了延安之后的事情。此前,毛泽东在1936年11月中国文艺协会成立会上讲话时就说过“发扬苏维埃的工农大众文艺,发扬民族革命战争的抗日文艺”,跟鲁迅他们的口号是一致的。②

王明在《中共50年》一书中指出,两个口号其实都是王明提出的,都有中央文件依据。“民族革命战争”是1931年“九一八”事变时中共《九一九宣言》提出,虽然相应的统一战线政策要到翌年“一·二八”事变才提出;“国防文学”根据的是《八一宣言》。但如果因此认为“两个口号”论争“可以看作是由‘第三时期’转入‘人民阵线’时所引起的一点新旧之争,周扬、夏衍这些党的干部,当然紧跟着共产国际路线的转变而转变,而鲁迅,却仍然坚持无产阶级的阶级斗争的立场,有点跟不上路线的转变”③,恐怕就值得商榷。首先,这并非王明的意思。王明指出并赞同鲁迅在《答徐懋庸并关于抗日统一战线问题》中主张两个口号并存,所以,他要说明的是两个

---

① 《中华苏维埃共和国中央政府、中国工农红军革命军事委员会抗日救国宣言》(1935.11.28.),中央档案馆编:《中共中央文件选集》,X(1934—1395),第581页;《在中国文艺协会成立大会上的讲话》(1936.11.30.),《毛泽东文集》,Ⅰ:462;《反对日本进攻的方针、办法和前途》(1937.7.23),《毛泽东选集》,Ⅱ:320。另外,从毛泽东读鲁迅《答徐懋庸并关于抗日统一战线问题》所作记号看,毛泽东也是赞成鲁迅的(张贻玖:《毛主席和鲁迅著作》,《史料》1986:4,第145—146页。记号为何时所作,张贻玖文中说得不是很清楚。笔者理解为记在1938年版的《鲁迅全集》上,应该是1938年后不久所记)。

② 是否根据冯雪峰的汇报,未能确定。冯雪峰在1937年1月曾回延安汇报工作,之前有无汇报则不详。参考包子衍《雪峰年谱》,上海:上海文艺出版社,1985年,第98页。

③ 朱正:《一个人的呐喊》,北京:北京十月文艺出版社,2007年,第346—347页。

口号“没有根本的原则的差别”①,他的主旨其实在批判“文革”期间把“两个口号”的论争解释为两条路线的敌我斗争。“两个口号”的论争并非敌我斗争,这也正是冯雪峰设法维护两边团结——亦即把遭排斥的鲁迅重新树立起来的意图。其次,“民族革命战争”用的是“民族”而非“工农”,已经不是阶级斗争的话语,而是抗日统一战线的体现。当然,它还是以反帝和反国民党为前提的。这是否就是令人感到“带有‘左’的痕迹”的地方?不是很清楚。② 中共当初提出这个口号,其实内部存在疑虑,因为民族主义原来是国民党反共的意识形态和旗帜,只是因“九一八”事变而逐渐破产,因此党内仍需要解释和纠正。③ 然而,1931—1932 年间,由于把国民党当成帝国主义的“清道夫”,把一切在野政治团体当成国民党的拥护者④,并因此一度对“一·二八”事变的十九路军领导者也持批判态度。⑤ 所以,当时所谓的统一战线,其实只有“下层统一战线”,有名无实,

① 王明:《中共 50 年》,徐小英等译,北京:东方出版社,2004 年,第 273—274、276 页;朱正:《一个人的呐喊》,北京:北京十月文艺出版社,2007 年,第 346—347 页。所谓《九一九宣言》,即《中国共产党为日本帝国主义强暴占领东三省事件宣言》,日期按中央档案馆则是九月二十日,见中央档案馆编《中共中央文件选集》,Ⅶ(1931),第 396—400 页。关于王明《中共 50 年》一书,本人也参照了苏联官方英译本:Wang Ming, *Mao' s Betrayal*, tr. Vic Schneierson, Moscow: Progress Publishers (1979), pp. 254—255、257—258。

② 夏衍:《懒寻旧梦录》(增订本),第 215 页。按:如果“反蒋抗日”的含义的确是造成冯雪峰他们的口号给“国防文学”提倡者“左”的观感,那么“国防文学”提倡者的主张究竟是什么?提前“联蒋抗日”?跟着《八一宣言》所指责的卖国贼和卖国的政府去抗日?更不好理解。

③ 《中央关于反帝斗争中我们工作的错误与缺点的决议》(1931.12.2.),载中央档案馆编《中共中央文件选集》,Ⅶ(1931),第 530—534 页。

④ 《中国共产党对于时局的主张》(1932.1.1.)、《中央关于争取革命在一省与数省首先胜利的决议》(1932.1.9.),载中央档案馆编《中共中央文件选集》,Ⅷ(1932),第 3、41 页。

⑤ 《请看!!! 反日战争如何能够得到胜利?》(1932.2.26.)及《中华苏维埃共和国临时中央政府关于动员对日宣战的训令》(1932.4.15.),不过,共产国际对此提出了批评,见《共产国际对于上海事变的指示》(1932.2.),中央档案馆编:《中共中央文件选集》,Ⅷ(1932),第 142—145、609、641 页。

说到底还是阶级斗争。这里面有共产国际影响的因素。① 不过，1933年开始，情况逐渐起了变化，例如，中共已注意到统一战线的“左”倾关门主义，对把群众组织变成第二党的做法提出批评，也考虑到上层统一战线的问题②，但没有改变民族革命战争的提法。1934年，在日本加紧控制华北之际，中共中央就提出：“最低限度的反帝统一战线的纲领，指示广大群众如何实际的进行民族革命战争的步骤，来团结和组织一切愿意反对帝国主义，不甘作亡国奴的分子，来实现真正广泛的反帝国主义的统一战线，并在这一战线中树立和巩固无产阶级的革命的独立领导。”③可见民族革命战争和抗日统一战线是一致的。

最值得注意的是，随着国民政府热衷“先安内，后攘外”，消极抗日或抗日不力，引起全国各阶层普遍不满，连军队也要求停止剿共，北上抗日，中共发觉“客观环境”已经“有可能把一切誓死不愿当亡国奴，誓死为抗日救国而奋斗的那些忠实的‘民族武装自卫者’（或者所谓“爱国志士”）夺取到我们方面来”，于是拟出《中国人民对日作战的基本纲领》并发出秘密指示信。这个“民族革命战争的纲领”提出“尽最大可能团结一切反日的力量来建立真正广大的民众的反日统一战线”，发动各种色彩的社会名流签名支持这个纲领，号召不要怕跟国民党“一切政府及商会等机关”发生关系，自然也要加强斗争。这个纲领还提出由各界及各抗日团体选出全国“武装自卫委员会”，处理人民武装抗日所有事宜。纲领后来得到宋庆

① 《中央为反对日本帝国主义进攻热河华北给河北省委的信》（1932.12.31.）、《共产国际执委第十二次全会论中国》（1932.9.），载中央档案馆编《中共中央文件选集》，Ⅷ（1932），第364—567、574页。胡乔木指出，“九一八”事变本来是中共纠正“左”倾错误路线的“转机”，但“以王明为代表的中央”没有作出改变（《胡乔木回忆毛泽东》，第48—49页）。

② 《中央给满洲各级党部及全体党员的信》及《中央致各级党部及全体同志的信——论反帝运动中的统一战线》（1933.6.8.），载中央档案馆编《中共中央文件选集》，Ⅸ（1933），第31—32、218页。

③ 《中央紧急通知——关于在目前华北紧急形势下各级党的任务》（1934.4.12.），载中央档案馆编《中共中央文件选集》，Ⅹ（1934），第217—218页。

龄等一千七百多人签名支持。[①] 红军长征打着“北上抗日”旗号，也是这个“客观环境”改变导致政策改变的结果。其中“武装自卫委员会”其实已具有“国防政府”的雏形。

对照《中国人民对日作战的基本纲领》，仍然是主张“反蒋抗日”的《八一宣言》，其实并无太多新东西。笔者甚至估计，《八一宣言》是以《中国人民对日作战的基本纲领》为基础制定的。宣言虽然发起成立“国防政府”，但所谓“国”并非国民政府的“国”，而是统一战线产生出来的“国”，是改变了国民党一党专制后选举出来的“国”，执行起来，实质上还是民族革命战争的范畴。1936 年 2 月，张闻天署名发布的《中华苏维埃人民共和国中央政府关于召集抗日救国代表大会通电》，提出“取消国民党一党专制”，“停止内战，一致讨蒋抗日”，就同时使用“国防政府”一词。[②] 而召集抗日救国代表会成立国防政府，实际上又是“抗日讨逆的大规模的民族革命战争”的“新阶段”。[③] 所以，王明说两个口号“没有根本的原则的差别”，至少在鲁迅逝世前的“反蒋抗日”阶段而言，是符合事实的。更何况，冯雪峰和鲁迅已说明，“民族革命战争的大众文学”只是“推动一向囿于普洛革命文学的左翼作家跑到抗日的民族革命战争的前线上去”，并非面向所有作家的统一战线的文学主张。它的确是“狭窄”的、“左”的，但它的提出，是为了使原来“左”的变成统一战线的，而不是为了保持“左”而抵制统一战线。而且，他们对两个口号又实际主张并存。提出这样的新口号，既符合党的路线政策，又得到鲁迅的认同；既维护了鲁迅代表进步文艺界这面旗帜，又纠正了联合战线偏离“反蒋抗日”民族革命战争的误解。在当时的情

---

① 《中央致各省委、县委、市委的一封秘密指示信》(1934.4.28.)及《中国人民对日作战的基本纲领》(1934.4.20.)，载中央档案馆编《中共中央文件选集》，X(1934—1935)，第 248—259、681—686 页。

② 见张培森主编《张闻天年谱(修订本)》上卷，北京：中共党史出版社，2010 年，第 210—211 页。

③ 《张闻天、周恩来给冯雪峰的信(1936 年 7 月 6 日)》，《史料》1992：4，第 4 页。

势下，恐怕也是冯雪峰的最佳选择。

对于冯雪峰他们提出新口号是否恰当，这个问题本身其实很值得思考。抗日时期的文学口号，在“国防文学”口号提出期间，其实也有人提过另一些，如民族自卫文学和抗日反帝的大众文学等。① 周扬他们对提出这些口号似乎并不介意。“国防文学”支持者之所以支持这个口号，主要是认为这个口号是党提出来的。部分人如郭沫若，当初还有抗拒，后来按照周扬他们理解的精神去解读《八一宣言》，认为周扬他们代表党提出“国防文学”，才支持起来。② 所以“国防文学”也是周扬他们作为党的代表的旗帜，这面旗帜使他们能够把相当一部分人团结在他们周围。冯雪峰他们提出新口号，情况跟别的口号提倡者不同。因为冯雪峰被视为“中央特派员”，而鲁迅还是左翼文坛的精神领袖，与周扬闹矛盾的胡风也在这一边，他们提出新口号有挑战周扬等正统权威地位的意味和效果，是很明显的。如果周扬他们坚持排斥鲁迅，新口号影响力的增强就等同于周扬他们影响力的减弱。而影响力就是权力。其实，从党的立场看，在一个历史新阶段，连中共领导层也正在设法适应风云变幻的新形势，新口号的提出和论争应该只有好处，没有坏处。例如远在天津不涉及实际切身利益的刘少奇就如此认为，他就赞同鲁迅和冯雪峰的新口号。③

冯雪峰曾自我批评说，提口号时没有请示中央，但正如楼适夷

① 梦野：《民族自卫运动与民族自卫文学》及王梦野：《中国的反帝文学与国防文学》，《“两个口号”论争资料选编》上，第6—9、91页。此外还有“国难文学”“救国文学”等提法（第58页）。

② 参考徐庆全《周扬与冯雪峰》，第86—88页；夏衍：《懒寻旧梦录》（增订本），第224页。

③ 莫文华（刘少奇）：《我观这次文艺论战的意义》（1936.10.15.），《“两个口号”论争资料选编》下，第899—902页。毛泽东也承认中共领导层对新形势有争论，见徐懋庸《徐懋庸回忆录》，第103—104页。

指出,“国防文学”口号也没有请示批准①,虽然当时上海地下党与中央断了联系。夏衍称,他曾要求冯雪峰就“两个口号”论争向中央请示一下,冯雪峰“迟疑了一下,就点了点头”,但论争持续,所以夏衍认为冯是“不管”了。② 因为冯的“不管”,夏衍质疑冯雪峰后来提到回上海的四个任务。其实那第四个任务也只是对文艺界“附带管一管”,也许因为只是“附带”,所以冯没有跟夏衍说,而且冯即使“附带管一管”也遭到周扬他们的抵制,实际是管不了。不过,如果认为冯雪峰没有向中央请示汇报,恐怕并非事实。证据就是 1936 年 7 月 6 日张闻天和周恩来给冯雪峰的复信。③ 这封信是冯雪峰向中共中央汇报请示“前后来的三信”所得到的回复,其中包括文艺界状况。

虽然我们不知道冯雪峰汇报的内容④,但从当时即 1936 年 5—6 月间的背景,以及张闻天等的回复中,可以看出一个大概,主要在倒数第二、三段,程中原已做了很好的分析。⑤ 首先,倒数第三段讨论关门主义:

> 关门主义在目前确是一种罪恶,常常演着同内奸同样的作用。但这些人同内奸是不同的,解决的方法也完全不同。解释还是第一。你对周君所用的方法是对的。

---

① 冯雪峰:《有关一九三六年周扬等人的行动以及鲁迅提出“民族革命战争的大众文学”口号的经过》,载《雪峰文集》,Ⅳ:514。楼适夷:《在一次作家座谈会上的发言》,《史料》2002:3,第 8 页。周扬到了延安后,也指责冯“从未向党中央请示报告”(《关于三十年代“两个口号”论争问题》,转引自徐庆全《周扬与冯雪峰》,第 108 页)。

② 夏衍:《懒寻旧梦录》(增订本),第 212 页。

③ 《张闻天、周恩来给冯雪峰的信(1936 年 7 月 6 日)》,《史料》1992: 4,第 5 页。

④ 中共中央 7 月前已收到冯 3 封信。就目前所知,至少 1936 年 5 月 28 日的报告是保存下来的,此后还至少有 9 月 12 日和 9 月 28 日两份报告(见史纪辛《鲁迅托送火腿慰问中共领导人史实再考》,《月刊》2003:10,第 42—45 页)。但传闻这些报告尚未解密,不会发表在即将出版的《冯雪峰全集》中。

⑤ 程中原:《关于冯雪峰 1936—1937 年在上海情况的新史料》,《史料》1992:4,第 10—11 页。

程中原指出这段“不仅是泛论，而且是同当时鲁迅的境遇联系起来思考”，那么最后一句的“周君”是谁，程中原虽没点明，已呼之欲出。显然，张闻天他们同意冯雪峰批评周扬的关门主义，也就是排斥鲁迅的错误。第二段说：“鲁迅和茅盾为抗日救国的努力，我们都很钦佩。[……]对于你老师的任何怀疑，我们都是不相信的。请他也不要为一些轻薄的议论，而发气。”所谓怀疑，从背景来看，自然是指所谓鲁迅另提新口号，破坏联合战线，是托派。冯雪峰有没有汇报“两个口号”的论争？张闻天和周恩来的回复开宗明义指出，中国革命进入“抗日讨逆的大规模的民族革命战争”的“新阶段”。如果冯雪峰的三封信都没有“请示”“两个口号”论争的问题，那原因大概是没有必要了吧。

“两个口号”论争到了鲁迅发表《答徐懋庸并关于抗日统一战线问题》可以说告一段落。冯雪峰虽然无法完全令文艺界团结起来，但他至少保住了鲁迅这面旗帜，并使鲁迅更靠近党，而不是把鲁迅排斥出去。鲁迅逝世时，中共组织动员群众送殡，又以中共中央名义发出三份函电，高度赞扬鲁迅，冯雪峰都直接或间接参与其中。

冯雪峰对鲁迅的评价虽然一度是毛泽东、张闻天等领导人所依赖的信息来源，但中共当时看来还没有确定对鲁迅的态度，又或者党内有人对鲁迅有不同看法。例如，毛泽东在 1936 年 9 月 22 日写信给七十位中国学界领袖阐述中共统一战线的新政策，其中有郭沫若和茅盾，但没有包括鲁迅。[①] 后来，鲁迅逝世后发生一连串事件，使冯雪峰“请假”离开共产党的前线战斗岗位，他“神化”鲁迅对中共的直接影响，也可以说是告一段落。

① 《毛泽东书信选集》，北京：人民出版社，1983 年，第 67—69 页。

鲁迅逝世后冯雪峰地位的变化

1937年后冯雪峰离开岗位,不再受中共重用,过程和原因不是太清楚。据胡愈之回忆,1937年7月间,冯雪峰参与中共中央代表团与国民党谈判两党合作,与代表团成员博古(秦邦宪)吵翻,认为"他们要投降,我不投降",从南京跑回上海表示"不干了"。[①] 冯雪峰1936年便受命进行"上层统一战线"的工作,还同张子华一道在上海联系国民党做工作[②],肯定知道"联蒋抗日"的新方针,为什么还会跟博古冲突,实在费解。而且发生在经南京上庐山的途中,还未谈判就说是投降,也未免愤慨得不合情理,虽然其中可能有性格上的原因。[③] 张闻天8月8日致电冯雪峰,要冯在20日前回延安"讨论时局问题",但冯没有去。8月25日洛川会议决定调冯雪峰回延安,张闻天在10月16日、22日致电博古谈及此事。10月23日,张闻天致信给潘汉年转冯雪峰,再要求冯雪峰到延安开会。但张闻天9月后的电报还多了一个很重要的内容:"上海所有来人没有一个满意他的","上海来人对于你在上海文化上的领导均不满意"。这跟1936年7月张闻天和周恩来的函电及中央政治局会议对冯雪峰的肯定,成鲜明的对比。程中原因此认为胡愈之的回忆可能有误,冯赌气不干应是9月,"其原因就乂牵涉上海文化工作问题与人际关系",并非与博古吵架后决定。[④] 然而,张闻天所谓的"时局",自然是统一战线的问题,冯雪峰对"时局问题"有看法,恐怕是

---

① 胡愈之:《我所知道的冯雪峰》,载包子衍、袁绍发编《回忆雪峰》,北京:中国文史出版社,1986年,第73页。

② 程中原:《关于冯雪峰1936—1937年在上海情况的新史料》,《史料》1992:4,第8—13页。

③ 唐弢:《追怀雪峰》,载《回忆雪峰》,第108—109页;陈早春、万家骥:《冯雪峰评传》,第341—342页。

④ 程中原:《关于冯雪峰1936—1937年在上海情况的新史料》,《史料》1992:4,第13—14页。有关函电,见第4—7页。电报日期按张培森主编《张闻天年谱》(修订本)上,北京:中共党史出版社,2010年,第353、357页。

不争的事实，“上海来人”可能使矛盾进一步加深。

陈早春及万家骥指出，1936 年 9 月 24 日潘汉年任中共上海办事处主任，冯雪峰任副主任，但到了 1937 年 8 月两人关系有点紧张，很少找对方，以致冯手头的一些工作都移交给新成立的江苏省委，成了一个多余的人。陈早春等认为，冯雪峰与潘汉年的紧张关系跟南京吵架一事有关。① 据胡愈之说，他把吵架一事告诉了潘汉年，而潘对冯雪峰在谈判还未成功就跑掉，非常气愤。② 这个说法似乎指潘汉年跟博古立场一致，但事实并非如此。潘汉年还为另一事气愤。同年 9 月他给中央电报，谓听了冯雪峰转达博古对他的批评，表示不服，要求中央另外派人代替他。而博古对他的批评，是针对他对国民党抗日可能性估计不足，对联合国民党抗日方针发生动摇。③ 据此，冯雪峰和潘汉年在统一战线问题上不会有太大分歧，但他们的矛盾却与“上海来人”有关。

涉及冯雪峰的“上海来人”至少有两批，但关系到“两个口号”论争的是第二批。第一批是王学文和邓洁，由冯雪峰经手把他们送到延安，于 1937 年春送达。他们在延安反映对冯的不满。周恩来在上庐山与国民党谈判前，指示刘晓重建上海党组织，对党员进行审查，分三类，一类送延安。④ 第二批“上海来人”是重建工作的一部分，由潘汉年经手。

1937 年 6 月潘汉年与夏衍详谈，并在 9 月跟周扬谈话后把周扬、李初梨、周立波等十二人送去延安，周扬在延安向中共中央汇报

---

① 据冯雪峰《自传》，转引自《冯雪峰评传》，第 248 页。

② 胡愈之：《我所知道的冯雪峰》，载包子衍等编《回忆雪峰》，第 73 页。

③ 张培森主编：《张闻天年谱》（修订本），第 343 页。

④ 见仇学宝、于炳坤《魂系上海——刘晓传》，上海：上海文艺出版社，1996 年，第 90 页。

了"几年来上海文化界的情况"。[1] 这一批自然也不会说冯雪峰好话。而冯雪峰没有接受张闻天的建议去延安解释他那方面的情况，也很可能没有看到张闻天10月23日的信，但他肯定知道中央要调他回延安的决定，并选择了"请假"写作，离开岗位。陈早春及万家骥还指出，潘汉年复电中央虽与刘晓联署，应出自潘一人之手，电中称冯雪峰"不告而行"并不符合事实。因为冯到12月20日才离开上海，潘的复电使中央无法再接触冯，而潘亦主动割断联系，"做得名正言顺，连传递信息的工作也懒得做了"。[2] 换言之，冯的离开对潘来说可以说是求之不得。潘汉年和冯雪峰有矛盾是很明显的，看来跟冯雪峰与博古吵架一事没有直接关系。他们之间主要不是观点冲突，而是人事矛盾，即他所谓"对组织有些意见"，但冯雪峰也的确对"时局"有他的看法。

据楼适夷回忆，1937年楼刚出狱回上海，冯雪峰去看他，并告诉他："他们有些人，一心要当国民党的新官了，我可不干，还是回老家。"[3]冯雪峰1937年"请假"回义乌，其中原因包含对中共政策的意见，应该没有疑问，可以令人对冯的政策水平提出疑问。秋石认为："由此可见，在冯雪峰心底深处，他从来没有认同过中共制定的'抗日民族统一战线政策'，而他自己不理解，又怎样能够引导他人理解和接受呢？因而，他指导胡风另写文章另提口号来与周扬们的'国防文学'抗衡，也是在情理之中的，必然的。"[4]冯雪峰在1937年

---

① 夏衍：《懒寻旧梦录》(增订本)，第244—247页。苏灵扬：《一个不是作家的"左联"盟员的回忆》、荣天屿：《他的一个未了的心愿》、张晓宏：《周扬文艺活动五十周年》，载《忆周扬》，第61—62、502—503、624页。而冯雪峰本有调走周扬的意思，见徐庆全《周扬与冯雪峰》，第79—80页。另，胡乔木也是冯雪峰经手送到延安的，到达时间是1937年7月。冯有没有可能为周扬去延安一事与潘冲突，待考。

② 《冯雪峰评传》，第248页。冯雪峰离开时给潘汉年一封信，潘汉年转述四点，其中说冯"对组织有些意见"，却没有提时局政策方面的问题。

③ 楼适夷：《雪峰啊雪峰》，载《话雨录》，北京：生活·读书·新知三联书店，1984年，第76页。

④ 秋石：《我为鲁迅茅盾辩护》，上海：文汇出版社，2009年，第274页。

对当时统一战线实施方式有意见，恐怕是事实，但把他 1937 年的认识和态度往上推演，恐怕也不符合事实。形势从 1936—1937 年已经发生了很大的变化。不过，把“联合战线”看成迎合了一些人想当官的这个看法，其实有鲁迅的影响在。鲁迅就持这个观点。[①] 冯雪峰和鲁迅的确是互相影响。

新版“神化”的鲁迅与冯雪峰的坎坷命运

冯雪峰“请假”之后，他的“神化”鲁迅虽告一段落，但对中共和毛泽东的影响已经产生一定的效果。毛泽东 1937 年 10 月在延安陕北公学纪念鲁迅逝世周年大会上的讲话，称鲁迅为“现代中国的圣人”，可与孔子在旧社会的地位等量齐观[②]，就是一个证明。但毛泽东的讲话没有立即发表，很可能是时任陕北公学校长的成仿吾从中阻挠[③]，表明中共内部早就有人不满“神化”鲁迅。但毛泽东属于例外。然而，毛泽东对鲁迅的看法跟冯雪峰有很大的分歧。也许，毛泽东稍后可能发现，经冯雪峰“神化”的鲁迅并不完全，他的评价也因此必须调整。延安文艺座谈会就是调整的契机。

1942 年毛泽东在延安文艺座谈会上高度赞扬鲁迅，把鲁迅当作中国共产党领导的两支主要队伍之中拿笔队伍的司令[④]，但鲁迅的文艺观，跟毛泽东在《在延安文艺座谈会上的讲话》（以下简称《讲话》）中表达的意见，明显有不一致的地方。这些不一致的地

---

① 张钊贻：《重读〈出关〉的现实寓意》，《研究丛刊》2012：1，第 174—184 页。

② 《论鲁迅》（1937），载《毛泽东文集》第 2 卷，北京：人民出版社，1993 年，第 42—44 页。

③ 据徐续红考证，有迹象显示，当时正是陕北公学校长的成仿吾有意忽视毛泽东的鲁迅讲话（《毛泽东〈论鲁迅〉为什么没在延安首发?》，《月刊》2011：10，第 69—77 页）。成仿吾从未改变对鲁迅的反对态度（见阎焕东《成仿吾晚年谈鲁迅》，《月刊》2009：8，第 50—57 页）。

④ 见胡乔木《胡乔木回忆毛泽东》，第 259 页。目前《在延安文艺座谈会上的讲话》的版本已删这句话。关于《在延安文艺座谈会上的讲话》的版本演变和直接背景，参考金宏宇《〈在延安文艺座谈会上的讲话〉的版本与演变》，《研究丛刊》2005：6，第 76—84 页。

方,比较突出的是杂文问题。杂文问题的背后,其实还有一些更根本的分歧,即以文艺改造国民性这个鲁迅"文学运动"的传统。[①]

鲁迅改造中国"国民性"思想,是鲁迅核心思想之一。冯雪峰在《关于鲁迅在文学上的地位》中就认为,鲁迅用文学"医治中国人的病态的精神","这个解放民众个性的见解,远超过中国当时的思想家和革命领袖的思想"。[②] 当时在延安鼓吹杂文的作家,也无不认为这是鲁迅的文艺传统。萧军就认为,作家有改造人们灵魂的任务,是"人类灵魂的工程师"。毛泽东虽然也说人民大众有缺点应该克服,但认为工农比知识分子"干净",那么作家又有什么资格去改造人民大众的"国民性"呢?在毛泽东看来,鲁迅他们"改造国民性"的文艺运动,是"按照小资产阶级知识分子的面貌来改造党,改造世界",有"亡党亡国的危险"。所以知识分子需要先跟工农"打成一片",思想感情"来一番改造",才能够为工农服务。[③]

随着延安整风及文艺座谈会的召开,另一条经冯雪峰搭桥的线也经历了起伏变化。1940 年当时主管中共中央日常事务兼宣传工作的张闻天,与刘雪苇合作编注出版了《鲁迅论文选集》[④],对延安昙花一现的"杂文热"可能起了推动作用。[⑤] 座谈会之后,鲁迅式的杂文当然不可能再"热",而张闻天亦于 1943 年 3 月被退出中共中央。这一条线,亦随之断开。

也许是在座谈会上看到"鲁门弟子"的表现和反应,《新民主主义论》可能最令他们激动的那句话"鲁迅的方向,就是中华民族新文化的方向"[⑥],在延安文艺座谈会后,便逐步改变。1949 年,周扬

---

① 关于鲁迅"改造国民性"的一贯思想,见张钊贻《鲁迅:中国"温和"的尼采》,第 249—303 页。

② 《雪峰文集》,Ⅳ:22。

③ 《在延安文艺座谈会上的讲话》,载《毛泽东论文艺》,第 38—39、64—65 页。

④ 关于他们具体分工和选编的过程,参见唐天然《张闻天同志主持选编的〈鲁迅论文选集〉和〈鲁迅小说选集〉》,《动态》1988:10,第 66—70 页。

⑤ 参见袁盛勇《鲁迅:从复古走向启蒙》,上海:上海三联书店,2006 年,第 125—130 页。

⑥ 参考《胡风全集》,Ⅵ:611、664、675、685。

在一次讲话中把方向问题谈得很清楚，指出《讲话》“规定了新中国的文艺的方向”，“除此之外再没有第二个方向了，如果有，那就是错误的方向”①。《讲话》的方向，自然也代表在党领导下“鲁总司令”所代表的方向，但这个“鲁总司令”恐怕并非完全是以鲁迅著作文本为依据的，而以鲁迅著作文本为依据的方向，恐怕在一些人眼里，却是“错误的方向”了。到了20世纪五六十年代，《新民主主义论》那句话，更遭译成“鲁迅走过的道路，就是中华民族新文化的道路”。② 所谓“鲁迅走过的道路”，显然是以前“左联”中反对鲁迅的言论，即“不必重复”的“已经过去了的路”的翻版。③

1946年9月，冯雪峰出版杂文集《跨的日子》，并托丁玲转送一本给毛泽东，据丁玲1948年6月19日日记：“毛主席告诉我雪峰那本书有些教条，我答不上来，因为我没有看。”④毛泽东对冯雪峰已表现出不满。新中国成立之后，冯雪峰担任了鲁迅著作编刊社社长和总编，准备出版注释版《鲁迅全集》，并写了大量关于鲁迅的文章，其中论文《党给鲁迅以力量》和回忆录《回忆鲁迅》影响较大。1951—1952年间，毛泽东多次对胡乔木表达了对冯雪峰的不满，胡乔木向毛泽东推荐冯雪峰《回忆鲁迅》，毛泽东看后认为“这本书水

---

① 《新的人民的文艺》，载《周扬文集》，北京：人民文学出版社，1984年，Ⅱ：513。

② 《毛泽东选集》，北京：人民出版社，1966年，Ⅱ：691。官方译文“The road he took was the very road of China's new national culture.”见 *Selected Works of Mao Tse-tung*, Vol. II, (Foreign Languages Press, Peking, 1985), p. 372。这个英译本出版于1954—1956年间（London: Lawrence & Wishart），是英共和中共协调翻译出版。Lawrence & Wishart当时是英共掌控的出版社。负责《毛泽东选集》翻译的中央翻译工作委员会的主持人是胡乔木（《胡乔木书信集》，北京：人民出版社，2002年，第84—85页）。笔者所见最早英译为《中国文化》(*Chinese Culture*)杂志1941年1月15日刊登的版本，原题为《新民主的政治与文化》(*The Politics and Culture of New Democracy*)，后在澳洲悉尼出版过单行本(*China's New Democracy*, Current Book Distributors, Sydney, August 1945)。这个版本译文为：“Lusin's direction is the direction of the new culture of the Chinese nation.”

③ 周文：《鲁迅先生与“左联”》(1940)，载《周文文集》，北京：作家出版社，2011年，Ⅲ：351。按：由此观之，胡乔木试图把1981年版《答徐懋庸并关于抗日统一战线问题》的注释“向1958年版的旧注靠拢”，也就并不奇怪了（见徐庆全《周扬与冯雪峰》，第293—296页）。

④ 丁玲：《四十年前的生活片段》，《史料》1993：2，第8页。

分太多了，实在的东西不多"，又在差不多同时批评冯雪峰"为什么现在写的文章这么别别扭扭？"[①]冯雪峰在1956年把《回忆鲁迅》删了将近一半，只留记事，不要议论[②]，是否毛泽东的批评所致，无法确证，但可能性很大。

1954年冯雪峰在转载批判俞平伯的稿件上加上"编者按"，内容受到批评，毛泽东在他的检讨书上写了批注，说他"浸入资产阶级的泥潭里"，"是反马克思主义"，要按"反马克思列宁主义的错误"去批判他。[③] 1955年，毛泽东听取周扬汇报批判胡风计划，周扬说冯雪峰因《文艺报》受批评心里很痛苦[④]，虽然，毛泽东批判冯雪峰恐怕实际上针对的是周扬他们。[⑤]

1957年8月《人民日报》头版通栏《冯雪峰是文艺反党分子》，9月被文化部党组定为"右派分子"，1958年初"定案"，4月开除出党，到1961年11月摘帽。[⑥] 但摘帽不等于平反，冯雪峰还是"右派分子"和"反党分子"。据薄一波回忆，1962年7月统战部曾几次提出对"右派分子"（包括摘帽"右派"）进行甄别，未获中共中央同意。不过，中国国家机关党委确定以冯雪峰等几个人为右派甄别试点对象。毛泽东看到消息后非常震怒，发下批语："此事是谁布置的？是组织部、中直党委，还是国家机关党委自己？此事出在中央机关内部，右派分了本人不要求甄别，而上级硬要'试点'，以便取得经验，

① 胡乔木：《新诗要在继承自己的传统中提高》，载《胡乔木谈文学艺术》，北京：人民出版社，1999，第112页；对照唐弢：《追怀雪峰》，载包子衍等编《冯雪峰纪念集》，北京：人民文学出版社，2003年，第100页。据唐弢文，冯雪峰没有收到胡乔木任何复信。

② 倪墨炎、陈九英：《本书编辑说明》，载《一九二八至一九三六年的鲁迅·冯雪峰回忆鲁迅全编》，第9—10页。

③ 《建国以来毛泽东文稿》，Ⅳ：602—604。于光远对毛泽东的批评有很精到的分析，指出毛泽东批评胡适、冯雪峰是他意识形态为完成社会主义改造的部署，此前的批《武训传》和《清宫秘史》是反封建主义（《我与周扬》，香港：时代国际出版有限公司，2005年，第131页）。

④ 林默涵：《胡风事件的前前后后》，《史料》1989：3，第22页。另可参见朱汝瞳《1951—1978中国文艺界辑略》（台北：秀威资讯科技股份有限公司，2012年，第91页）。但查日本小仓编集之《毛泽东思想万岁》（1969年原文复刻），毛泽东只提萧军和丁玲，没有冯雪峰（第76页）。

⑤ 罗银胜：《周扬传》，北京：文化艺术出版社，2009年，第194—201页。

⑥ 据包子衍《冯雪峰年谱》，上海：上海文艺出版社，1985年，第196—202页。

加以推广。事件出在六、七月。其性质可谓猖狂之至。”①

“文革”期间，由于周扬等遭到批判，冯雪峰成了整人者挖掘材料的宝藏。尽管冯雪峰与周扬等有历史恩怨，后来受尽委屈，但他还是尽可能实事求是地交代事情原委，为真实的鲁迅留下宝贵的资料。这是他“神化”鲁迅的最后努力，也是他抵制另一种“神化”鲁迅的最后努力。

结束语：冯雪峰“神化”鲁迅的功绩

中共内部及左翼阵营中存在对鲁迅相反的态度，冯雪峰在“神化”鲁迅方面，对景仰鲁迅的人们，自然是很大的支持。1936 年胡风从冯雪峰处已知道毛泽东对鲁迅评价很高，但语焉不详，1938 年看到毛泽东纪念鲁迅的讲话，就非常高兴，原因是当时一些人轻视、敌视鲁迅。② 虽然仔细阅读毛泽东“神化”的鲁迅，就可以发现这个鲁迅跟冯雪峰和胡风的鲁迅，其实是并不一样的。

冯雪峰“神化”鲁迅，无论是对中共革命事业本身，还是对中国思想、精神和文化的继承和发展，都有很大的功绩。就以“两个口号”论争为例，撇开鲁迅与冯雪峰对统一战线政策的理解是否准确的问题，如果我们要质疑冯雪峰提出新口号是否符合当时中共政策，实际上是质疑冯应不应该维护鲁迅作为进步文艺界盟主的地位。如果没有冯雪峰支撑鲁迅的盟主地位，那么鲁迅这个“统战对象”，很可能就会因为不参加文艺家协会而丧失价值，甚至会被定罪为破坏联合战线的托派分子，而鲁迅及以鲁迅为中心的党内外作家，也就有被排斥在统一战线之外的可能，而鲁迅对广大青年和知

① 事见薄一波《若干重大决策与事件的回顾》下，北京：人民出版社，1997 年，第 1041—1042 页。毛泽东的批语，见毛泽东《建国以来毛泽东文稿》，北京：中央文献出版社，1996 年，X：200。

② 《一点回忆》，载《胡风全集》，Ⅶ：39。

识分子的影响,也就无法为统一战线所利用。① 所谓统一战线也就形同虚设,但坚持鲁迅的旗帜也只是当时一时之利。

从更长远的眼光看,能够将一个融合中国传统和西方现代进步思潮的思想家,结合到左翼阵营,成为左翼思想和文化的导师之一,实际上为左翼进步力量增添一个深厚的精神资源,这是冯雪峰的大贡献之一。例如,中共批判国民党消极抗日积极内战,实为帝国主义"清道夫",而鲁迅从"国民性"问题出发,结合中国受外族入侵历史中奴才的产生,得出相同的结论②,不能不说是使帝国主义"清道夫"这个仅仅根据阶级斗争理论的批判,增添了中国历史文化甚至心理的维度和深度,更具有现实性,更值得深思,更能刺激人们的思想活力。由于鲁迅对中国历史及中国人心理和精神有深刻的了解,所以他结合马克思主义得出的左翼理论,与法兰克福学派有可以媲美的地方,使他的思想不单具有深邃的中国历史文化的内涵,也具有现代世界的未来意义。没有冯雪峰帮助鲁迅理解和接受中共的路线政策,没有冯雪峰"神化"鲁迅成为左翼文学文化的精神领袖,没有冯雪峰向中共领导层的正面推介,鲁迅在 1949 年后的存在和影响,恐怕就要大打折扣。"喇叭"和"留声机"是没有个性,没有创造力的。新中国精神文化如果没有鲁迅,将是莫大的损失。

当然,冯雪峰"神化"鲁迅如果只停留在树立偶像的话,他的贡献不会很大。但他"神化"鲁迅除了使鲁迅更能为中共上下所接受,还使鲁迅成为新中国的"显学"。这"显学"至关重要的方面,是

① 周扬等对不支持他们的作家都一律批评(《国防文学问题》中何家槐的意见,及周扬《关于国防文学》,载《"两个口号"论争资料选编》上,第 118、231 页)。

② 《准·以夷制夷》,Ⅴ:108—109;《且二·田军作〈八月的乡村〉序》,Ⅵ:287;《南·沙》,Ⅳ:349—350;致萧军、萧红信(1935.2.9.)《信》,ⅩⅢ: 51—52。

尽力保留和出版鲁迅的文本，还有众多有关的回忆录和史料。[①] 即使在“文革”期间，鲁迅的作品也能广泛流传，滋润荒芜凋零的文化园地，让人们精神上还能喘一口气，并以白纸黑字的沉默方式，如实地传播他的思想和精神，打破对他的种种改造和塑造。在很长一段时间内，中国作家、思想家能出真正意义的全集，只有鲁迅，可谓奇迹。在这个意义上，冯雪峰“神化”鲁迅的背后其实保护着真实的鲁迅。

鲁迅成为“中华民族新文化的方向”，虽出自毛泽东的文章，应该是中共领导层的共识，其中应该有冯雪峰“神化”的功劳。中共内部一些人设法改变以鲁迅为代表的方向[②]，终于没有得到认同。所谓“方向”，自然是面向未来，鲁迅也就成了新中国知识分子的榜样。而真实的鲁迅，是个具有独立精神，实事求是，敢于为“被侮辱与被损害者”抗争，而又具有韧性战斗和清醒现实主义精神的爱国知识分子。

鲁迅常常被反对者批评为心胸狭隘，性情偏狭，并不符合事实。就在处理“左联”的好些事情上，鲁迅的表现都是心胸宽广，对人非常宽容。例如，丘东平是“左联”少数公开反对鲁迅的人，当年批判鲁迅《辱骂和恐吓决不是战斗》为“戴白手套革命论”，就有他，而且是直署真名。但鲁迅却不计前嫌，向国外推荐他的作品。[③] 又如，徐懋庸是跟随周扬的，为办“左联”刊物向鲁迅募捐，鲁迅因不信任

---

① 冯雪峰对十卷注释本《鲁迅全集》及十卷本《鲁迅译文集》倾注大量心血，在文本校勘和注释上都下了很大的功夫，为未来的版本打下良好的基础。但由于当时环境，鲁迅的书信相当一部分不能出版，译文集也有删改和故意刊漏，主要是涉及托洛茨基的地方（见止庵、王世家《〈鲁迅著译编年全集〉答问》，《月刊》2009：8，第18—22页）。

② 例如周扬，见其《新的人民的文艺》，载《周扬文集》，北京：人民文学出版社，1984年，Ⅱ：513。

③ 鲁迅和茅盾选了东平的《通讯员》，推荐给伊罗生（Harold R. Issacs），收入英译中国作家短篇小说集《草鞋脚》出版，没有成事。1974年才在美国出版。见鲁迅、茅盾选编《草鞋脚》，长沙：湖南人民出版社，1981年；Harold R. Issacs (ed.), *Straw Sandals*, Cambridge, Mass.: The MIT Press (1974)。

周扬会真的办刊物，所以多次拒绝，后来刊物办成，鲁迅立即寄款资助。[①] 再如，胡风大约批评了叶紫，但鲁迅认为"叶君他们，究竟做了事的，这一点就好"[②]，非常宽容。鲁迅对周扬的批评，其中一点就正是因为周扬不"认真做事"。[③]

鲁迅被当成棍子，对事对人好像都只有负面的批评。这也不符事实。鲁迅在《中国人失掉自信力了吗》中就说过：

> 我们从古以来，就有埋头苦干的人，有拼命硬干的人，有为民请命的人，有舍身求法的人，[……]这一类的人们，就是现在也何尝少呢？他们有确信，不自欺；他们在前仆后继的战斗。[④]

他们是"中国的脊梁"，这些"脊梁"并不限于当时"切切实实，足踏在地上，为着现在中国人的生存而流血奋斗"的中国共产党人[⑤]，而是包括古今中外、不分阶级的一切"庄严的工作"者。[⑥] 把鲁迅当成棍子，只是另一种"神化"鲁迅的目的。

冯雪峰"神化"了鲁迅，保护了真实的鲁迅，而这个真实的鲁迅，在人格上是认真和实事求是的"新人"的模范，是各种投机和随风倒的"聪明人"的障碍；在思想上是中国人思想和精神革命的利器，是纯粹功利唯物论的救赎，的确是中国新文化的一种值得重视的方向。认同鲁迅思想人格的人们，大概也都会因此感谢冯雪峰"神化"鲁迅的努力。

---

① 《徐懋庸回忆录》，第81—83页。

② 致胡风信（1935.8.24.），《信》，XIII：194。参考胡风《鲁迅先生》，《胡风全集》，VII：98—100。

③ 《且末·答徐懋庸并关于抗日统一战线问题》，VI：531、534。

④ 《且· 中国人失掉自信力了吗》，VI：118。

⑤ 《且末·答托洛斯基派的信》，VI：589。

⑥ 《且二·田军作〈八月的乡村〉序》，VI：288。

《辱骂和恐吓决不是战斗》背后的几个问题
——“左联”的矛盾、“第三种人”论争与鲁迅“同路人”立场

——

文章与背景

《辱骂和恐吓决不是战斗》是鲁迅关于革命文学的一篇重要文章，最初发表于中国左翼作家联盟（“左联”）的机关刊物《文学月报》1932年12月15日的第1卷第5/6期合刊，即该刊遭查禁前最后一期，后收入鲁迅的《南腔北调集》。

这篇文章原是鲁迅给《文学月报》当时的编辑周扬的一封公开信，内容主要是针对《文学月报》第4期芸生（邱九如）的讽刺长诗《汉奸的供状》。① 这首诗是攻击胡秋原的，鲁迅认为诗中一些表达方式及其背后的思想意识很有问题。例如，拿胡秋原的姓作为嘲笑的对象，鲁迅认为有封建意味。不过，最主要还是诗中用上粗言秽语骂人，令人“不堪”，又以杀人恐吓，极不应该。鲁迅认为，“战斗的作者应该注重于‘论争’；倘在诗人，则因为情不可遏而愤怒，而

① 该期是1932年10月10月号，真正出版日期是11月15日。《汉奸的供状》在该期85—89页。

笑骂，自然也无不可。但必须止于嘲笑，止于热骂，而且要‘喜笑怒骂，皆成文章’，使敌人因此受伤或致死，而自己并无卑劣的行为，观者也不以为污秽，这才是战斗的作者的本领”①。

这篇文章成为中国左翼文艺理论的经典之一，大约始于20世纪40年代的延安。1940年，由张闻天与刘雪苇合作编注、以解放社名义出版了《鲁迅论文选集》，里面便收了这篇文章。② 1944年，周扬收集革命导师和领袖对文艺问题的经典论述，编成《马克思主义与文艺》在延安出版，里面也节选了《辱骂和恐吓决不是战斗》。③张闻天和周扬看中鲁迅这篇文章的意义，并非是“英雄所见略同”的偶然巧合，其实跟这篇文章的写作背景有密切关系。

1931年12月开始，胡秋原和苏汶（戴杜衡，1906—1964））批评左翼文坛，提出“文艺自由”和“第三种人”的主张，引来冯雪峰、周扬、瞿秋白、鲁迅等的批评，一般被称为“文艺自由”论争。苏汶将约截至1932年11月的有关主要文章编成文集，取名《文艺自由论辩集》。这场论争历时一年多一点，左翼评论者前后态度有所变化，初期是对敌政治批判，用词比较尖锐，后来则是对“同路人”的批评与“帮助”，态度比较温和，原因是张闻天提出批评。

1932年11月，当时在上海任临时中央政治局常委、主管宣传的

① 《南·辱骂和恐吓决不是战斗》，《全18》，Ⅳ:466。鲁迅所谓的“辱骂”是指诗中的粗言秽语：“放屁”“你祖宗托落兹基的话”。见《文学月报》Ⅰ:4（1932.11.），第88页。严家炎主编的《二十世纪中国文学史》（北京：高等教育出版社，2010年）认为，首甲他们显然奉行“革命文学”论战中创造社一些成员主张的骂人的“新流氓主义”（上卷，第300页），不过，主张“新流氓主义”的《幻洲》半月刊（下部 十字街头），诚然抨击对象很滥，但并非用粗言秽语。徐庆全称，鲁迅“行文中也可偶或发现”有“辱骂和恐吓意味的文笔”，未知具体所指（《周扬与冯雪峰》，武汉：湖北人民出版社，2005年，第15页）。徐庆全同书又称冯雪峰文章题目《“阿狗文艺”的丑脸谱》是“辱骂”（第22页）。查冯雪峰此文是给《文艺新闻》的一封信，题目为编者所加，后由苏汶应冯的要求改为《致〈文艺新闻〉的一封信》，收入苏编的《文艺自由论辩集》（见苏汶的说明及洛阳《并非浪费的论争》中的说明，上海：现代书局，1933年，第60、244页）。

② 关于他们具体分工和选编过程，参考唐天然《张闻天同志主持选编的〈鲁迅论文选集〉和〈鲁迅小说选集〉》，载《动态》1988:10，第66—70页。

③ 节选收入第5辑《作家、批评家》的第8节《鲁迅论批评家必须有立场，说真话，不应乱骂兴[与]乱捧》，见周扬编《马克思主义与文艺》，解放社（1949年广州重印），第305—307页。

张闻天，在中共中央机关报《斗争》上发表《文艺战线上的关门主义》一文，批评左翼文艺运动排斥"革命的小资产阶级"的"第三种人"，"实际上就是抛弃文艺界的革命的统一战线"，认为对他们不应该"谩骂"，而是"说服与争取"。[①] 鲁迅的《辱骂和恐吓决不是战斗》其实是响应中共试图改变党内关门主义状况的努力。

当时是"左联"上级中共中央局文化工作委员会（"文委"）书记的冯雪峰[②]，自然知道张闻天的意见，了解到"左联"对"同路人"作家的态度需要检讨和调整。据说，他看到《汉奸的供状》后，向周扬提出批评，周扬不接受他的意见，两人吵了一架。冯雪峰于是请鲁迅写文章，鲁迅"从公意"写成《辱骂和恐吓决不是战斗》一文，不料文章刊登后，立即招至四位党员盟员首甲（祝秀侠）、方萌（田汉）、郭冰若（钱杏邨）、丘东平联名发表文章批判鲁迅右倾，是"戴白手套革命论"。[③] 冯雪峰请鲁迅写文章显然没有取得预期的效果，这跟鲁迅与"左联"多数党员盟员一开始就存在的矛盾有直接关系。

当初鲁迅参与成立"左联"时本来就属于少数[④]，之所以能维持"左联"精神领袖的地位，主要是冯雪峰和瞿秋白的支持。瞿秋白把鲁迅当成亲密同志，而冯雪峰认为鲁迅是"左联"的"首脑"，是"革命文化战线"的"主帅"。[⑤] 不过，"左联"多数人对鲁迅仍有看

① 《张闻天文集》，北京：中共党史出版社，1995 年，Ⅰ：307—312。

② 冯雪峰曾是"左联"第二任党团书记（1931 年 2 月），后来转到"左联"上级中共中央局文化工作委员会（"文委"）书记（1932 年 2 月）、江苏省委宣传部长（1933 年 6 月）等领导职务。以上年月按包子衍《雪峰年谱》，上海：上海文艺出版社，1985 年。

③ 首甲、方萌、郭冰若、丘东平：《对鲁迅先生的〈辱骂和恐吓决不是战斗〉有言》（1933），见《论著汇编》，Ⅰ：767—769。

④ "左联"成立时代表"鲁迅方面"的除鲁迅本人外只有冯雪峰和柔石，仅占发起和筹备人数的四分之一。见《冯雪峰谈左联》，见《雪峰文集》，Ⅳ：548。

⑤ 《回忆鲁迅》，见《雪峰文集》，Ⅳ：164。

法。茅盾就指出鲁迅“毕竟不是党员,是‘统战对象’”。[①]鲁迅并未得到多数人支持和拥护。《辱骂和恐吓决不是战斗》遭抨击后,鲁迅提出质问,竟然“不得要领”[②],就是上述处境的最佳说明。事实上,首甲事后在检讨“左联”时,还在批评鲁迅的《三闲集》是“反左联反无产阶级文学”,而“左联”不作批判,是“偶像观念”和“情面主义”对老作家的“优容”,是“右倾毛病”。[③]

为了纠正“左联”的关门主义,冯雪峰除了请鲁迅写文章,还于1933年1月发表两篇文章,其中《并非浪费的论争》一篇由瞿秋白代笔,公开承认并纠正“左翼文坛”的“左倾宗派主义”,改变对“第三种人”的敌对语调,并提出“联合”的期望。[④] 瞿秋白也曾设法声援鲁迅,留下一篇手稿《鬼脸的辩护》,批评首甲他们对鲁迅的攻击。这篇文章应该也是应冯雪峰要求而写的,但不知何故,当时没有发表。[⑤] 冯雪峰又介绍国外联合“同路人”的文章,把张闻天的文章稍加处理,将署名改成“科德”,转载在1933年1月15日出版的、他主编的《世界文化》。[⑥] 经过他的一番努力,情况才表面上得到改变。

---

① 茅盾:《我走过的道路》(中),北京:人民文学出版社,1988年,第87页。对照夏衍谓瞿秋白比鲁迅“更容易为我们理解和接受”(《“左联”成立前后》,见中国社会科学院文学研究所编《左联回忆录》,北京:中国社会科学出版社,1982年,上,第53页)。夏济安早看出鲁迅在“左联”的地位与冯雪峰及瞿秋白有关,见 Tsi-an Hsia, “Lu Hsün and the Dissolution of the League of Leftist Writers,” in *The Gate of Darkness*, Seattle:University of Washington Press (1968), p. 104。

② 致萧军信(1935.4.28.),《全18》,XIII:449。

③ 首甲:《关于胡秋原苏汶与左联的文艺论战》(1933.1.),见吉学明、孙露茜编《三十年代“文艺自由论辩”资料》,上海:上海文艺出版社,1990年,第291—292页。

④ 冯夏熊整理:《冯雪峰谈左联》,见《雪峰文集》,IV:558。

⑤ 《瞿秋白文集·文学编》,II:121—124。

⑥ 张闻天原文与冯雪峰处理过的版本的比较,可参考吉明学《歌特、科德及其它》,见《史料》,1983:2,第238—243页。按:吉明学不知道《世界文化》上为张闻天做注释的“L. Y.”是谁。很明显,“L. Y.”就是冯雪峰笔名“洛阳”的拉丁文译音缩写,所以能请读者参照自己即将发表的《关于“第三种文学”的倾向与理论》。又,夏衍对冯的处理用“删改”一词,见《懒寻旧梦录》(增订本),第142—143页。

冯雪峰与周扬的矛盾

《辱骂和恐吓决不是战斗》的产生及其遭遇，虽然有中共试图改变关门主义的政策调整的原因，但基本上是因为鲁迅在“左联”的尴尬地位，以及由此牵连到的“左联”内部矛盾，集中表现在冯雪峰和周扬的对立。

周扬原在1927年便加入中共，后来失去组织关系，1930年底从日本回国，参加“左联”，1932年在“左联”经冯雪峰恢复组织关系，冯雪峰让他主编“左联”的机关刊物《文学月报》。但两人的关系因为《汉奸的供状》及《辱骂和恐吓决不是战斗》而产生对立。对于《汉奸的供状》引发的矛盾，夏衍质疑冯雪峰为什么不传达张闻天的文章，但首甲他们的文章一开始就提到“过去，普洛文化运动犯了左倾关门主义的错误”，显然知道张闻天的批评，所以他们看到或者听到过张闻天文章的内容，即冯雪峰已经做出某种传达，或周扬向他们复述了冯雪峰的看法，亦即周扬导致他们写文章。① 从首甲他们也提到以前犯过“左倾关门主义的错误”的这个事实，则李何林(1904—1988)认为是周扬指使首甲等写文章②，也就并非没有原因，即使周扬称不知道首甲等写文章③，恐怕也难脱嫌疑。而夏衍称周扬不知道“歌特”是谁④，则与周扬自己的说法相矛盾。事实上，周扬是知道张闻天批评“左倾关门主义”的文章的。⑤

共产党当时处于秘密状态，而那份中共中央机关刊物《斗争》

---

① 详见拙文《冯雪峰“神化”鲁迅的努力、困境和贡献》，见《文史哲》2016：3，第118—140页。

② 李何林：《鲁迅的生平及杂文》(修改稿)，西安：陕西人民出版社，1973年，第32—33页。

③ 陈漱渝：《周扬谈鲁迅和三十年代文艺问题》，见《百年潮》1998：2。见“文学100”网站：www.wenxue100.com/baokan/33287.thtml。

④ 夏衍1983年1月22日谈话，转引自徐庆全《周扬与冯雪峰》，第18—19页。又见夏衍《懒寻旧梦录》(增订本)，第141—142页。

⑤ 《周扬自传》，见黎之《文坛风云续录》，北京：人民文学出版社，2010年，第412页。

是专门给"领导工作的同志"看的[①],冯雪峰很可能不会让周扬他们看张闻天的文章。尽管如此,冯雪峰肯定告诉了周扬他们张闻天对"左联"关门主义的批评。查胡秋原1968年底写了一篇回忆文章,提及《汉奸的供状》发表后,"左联派人找我,说这不是'组织'的意思。我表示不信,他说,中共当时宣传部长张闻天确曾下令停止攻击我"[②]。我们知道这位"左联"派来的"他"就是冯雪峰。[③] 按照常识和逻辑,冯雪峰能告诉胡秋原张闻天的批评,没有理由会向周扬他们保密。

陈早春和万家骥称,"有种种迹象表明"张闻天的文章是应冯要求而写的,意指文章表达的也是冯的观点,恐怕并非完全是事实。[④] 只要对照一下冯雪峰反击胡秋原的第一篇文章《致〈文艺新闻〉的一封信》与论战收尾、冯请瞿秋白代笔的《并非浪费的论争》,就可发现冯雪峰对胡秋原态度的明显变化,前者将胡定性为"托洛斯基派和社会民主派"、反对普罗文学的"敌人",后者虽然仍批评胡秋原客观上被"反革命派"利用着,但只说他不自觉地走进资产阶级自由主义的立场,而且肯定胡"主观上"是属于"爱光明……的人",已释出争取与合作的善意。[⑤] 这种变化,只能是张闻天《文艺战线上的关门主义》产生的结果。张闻天认为胡秋原只是个"资产

---

① 参考陈早春、万家骥《冯雪峰传》,北京:人民文学出版社,2003年,第136页。

② 《关于一九三二年文艺自由论辩》,原载《中华杂志》,1969:66,全文收录于刘心皇《现代中国文学史话》,台北:正中书局,1971年,第539—564页。

③ 参考秋石《于包容中见伟大——从胡秋原的临终遗言中读懂鲁迅》及《让历史回归真实——还文学自由人本来面目》,见其《我为鲁迅茅盾辩护》,上海:文汇出版社,2009年,第13—14、312—313页。

④ 所谓"迹象",大概是指唐弢提过冯雪峰对"第三种人"的批判很有意见,并"公开"批评了瞿秋白,又"以为"《世界文化》转载《文艺战线上的关门主义》的修改,是"他们两人共同商量过的"(唐弢:《在首届雪峰研究学术讨论会上的发言摘要》,载包子衍等编《冯雪峰纪念集》,北京:人民文学出版社,2003年,第106—107页)。但唐弢1936年10月才跟冯雪峰初次见面,他的说法大概只是阅读有关文献后的观感。

⑤ 两篇文章,见苏汶编《文艺自由论辩集》,第56—60、244—253页。

阶级自由主义者”。① 不过，如果看一下论战开始时代表“左联”的三篇文章，就会发现冯雪峰跟瞿秋白和周扬的一个细微而很值得注意的差别：冯雪峰针对的只是胡秋原，而瞿秋白和周扬则把胡秋原跟苏汶置于同等的敌对地位。

据吴敏研究，周扬和冯雪峰的争吵，还有双方当时直接的个人原因：在周扬方面，是因为胡秋原拒绝保释他被捕的亲如兄弟的堂侄周立波(1908—1979)，于是发表《汉奸的供状》以泄私愤；在冯雪峰方面，是因为他跟苏汶有很深的友谊，所以很容易接受张闻天争取“第三种人”的政策转变。② 但如果据此引申为冯雪峰和周扬都各有私心，争吵并非完全为公，因此“各打五十大板”，则有欠公允。周扬对自己泄私愤直言不讳③，但若认为冯雪峰因私人关系偏护苏汶，未免把他们当成市侩式的朋友关系。首先，冯雪峰尽管与苏汶有交情④，并没有妨碍他严正批评苏汶。⑤ 其次，苏汶在“大革命”时代是共青团员，坐过军阀的牢，后发表过有革命倾向的小说，翻译过苏联文艺理论著作，应冯雪峰邀请参加过“左联”，还出席了成立大会，虽然留在“左联”的时间很短。⑥ 而且，论战期间，苏汶对自己

---

① 张闻天：《文艺战线上的关门主义》，见《张闻天文集》，Ⅰ:310。

② 吴敏：《以鲁迅〈辱骂和恐吓决不是战斗〉为例简论1930年代左联的矛盾处境》，《研究丛刊》2009:6，第47—56页。

③ 周扬：《关于周立波同志的一些情况》，收入李华盛、胡光凡编《周立波研究资料》，长沙：湖南人民出版社，1983年，第100页。

④ 关于冯雪峰与苏汶的交情，见施蛰存《最后一个老朋友——冯雪峰》，《史料》1983:2，第199—203页；戴杜衡：《一个被迫害的纪录》，《动态》1989:2，第58—62页。按杜衡在文中回忆“第三种人”论争，感谢了两个人，陈漱渝估计其中一个就是冯雪峰，认为杜衡是感谢冯的《关于“第三种文学”的倾向与理论》一文(陈漱渝：《关于杜衡先生的一篇回忆》，《动态》1989:2，第55页)，但冯这篇文章已经是张闻天提出批评之后。

⑤ 何丹仁(冯雪峰)：《关于“第三种文学”地倾向与理论》，载苏汶编《文艺自由论辩集》，第267—288页。同样，尽管冯雪峰后来对胡秋原的态度很友好客气，并不妨碍冯提出严正的批评，见其《并非浪费的论争》，同上书，第244—253页。

⑥ 关于苏汶生平，参考应国靖《杜衡》，载上海社会科学院文学研究所编《三十年代在上海的“左联”作家》，上海：上海社会科学出版社，1988年，第425—432页；施蛰存：《最后一个老朋友——冯雪峰》，《史料》1983:2，第199页；陈漱渝：《关于杜衡先生的一篇回忆》、戴杜衡：《一个被迫害的纪录》，《动态》1989:2，第53、58—59页。

"第三种人"的立场做了坦白的、并非敌对的解释，表明自己是"欲依了指导理论家们所规定的方针去做而不能的作者"[①]，亦即表白自己是左翼作家的"同路人"。冯雪峰要维护这样一个有"进步"倾向的作家，也是很自然的，也是他在"左联"一贯的立场。而苏汶至少在1935年之前也不算是"左联"的敌人。

夏衍认为，1931年11月"左联"通过的决议《中国无产阶级革命文学的新任务》，"左倾教条主义的味道，依然是很浓厚的"，"最突出的一点"是把"第三种人"和"自由人"当成敌人进行批判。[②]这并不符合事实。《中国无产阶级革命文学的新任务》是冯雪峰起草的，已收入《雪峰文集》，其中虽然指出"在敌人的文艺领域"，要注意"'左'或灰色掩盖下的反动性和阴谋"，但对"有好的倾向的作家以及开始动摇而有倾向到革命方面来的可能的作家"，对他们的"理论斗争和批评却应该尽领导和组织的责任"。[③] 早在论争之前，冯雪峰就因为未能使"左联"吸收叶圣陶和郑振铎而感到无奈，也未能阻止开除郁达夫。[④] 这跟张闻天反对"左联"关门主义的观点和立场是一致的，也与冯雪峰后来文章所表达的立场是一致的。要之，争取有"好的倾向"的作家，而不是把他们排斥在外，是冯雪峰在"左联"的一贯立场和态度。

如果我们把冯雪峰对苏汶的态度，跟前面提到他跟瞿秋白和周扬的不同联系起来，那么冯雪峰"发动"这场论争的真正意图就更清楚了。很显然，苏汶是属于"开始动摇而有倾向到革命方面来的可能的作家"，是冯雪峰一直在争取的对象。当胡秋原用马克思主义的理论来批评左翼文坛，提出作家应是"自由人"的观点，刺中苏汶这类有"进步"倾向作家动摇的要害原因，实际上是跟"左联""争

① 苏汶：《"第三种人"的出路》，见苏汶编《文艺自由论辩集》，第130页。
② 《懒寻旧梦录(增订本)》，第140—141页。
③ 《雪峰文集》，Ⅱ：331—332。
④ 陈早春、万家骥：《冯雪峰传》，第85—86页。

夺群众”，已经不是理论斗争的问题，冯雪峰自然要还击。但瞿秋白和周扬加入论战，把苏汶也当成抨击对象，要把苏汶推向敌方，实际上是给冯雪峰帮倒忙。鲁迅的《论“第三种人”》因此也显然是冯雪峰请鲁迅写的，而且冯还在文末加上苏汶“怎么办呢”一句①，表达了对苏汶的期望，力图挽回瞿秋白和周扬批评所造成的损害。鲁迅的这篇文章跟张闻天的文章几乎同时发表，②可以看成是冯雪峰纠正对“第三种人”批判偏差的部署。冯雪峰自己随后更写下《关于“第三种文学”的倾向与理论》，对苏汶有所肯定，并批评了瞿秋白和周扬的错误。③ 那么，张闻天的文章是否也是应冯雪峰的要求而写的呢？这样的说法好像张闻天没有思想主见，对冯雪峰言听计从，恐怕并不符合事实。

从当时工作关系上看，张闻天是中共上海临时中央政治局常委，主管宣传，而冯雪峰是“文委”书记，正好是张主管的范围。因此，冯会向张汇报情况及提出自己的意见供上级参考，或张向冯了解情况并征求意见，即使是地下状态，也应是正常工作程序。张闻天综合各方面情况，同意冯雪峰的意见④，写下《文艺战线上的关门主义》支持冯雪峰，但也将统战的范围扩大包括胡秋原。这样去理解张闻天和冯雪峰的观点一致的“种种迹象”，可能会更符合实际。由于这是他们交换意见后的结果，所以冯能够在张闻天文章发表在即之时，请鲁迅写出与他们观点基本一致的《论“第三种人”》。

---

① 冯夏熊整理：《冯雪峰谈左联》，见《雪峰文集》，Ⅳ：559。

② 《论“第三种人”》写成于1932年10月10日，发表在11月1日的《现代》杂志。张闻天的文章写成于同年10月31日，发表在11月3日出版的《斗争》。

③ 何丹仁（冯雪峰）：《关于“第三种文学”的倾向与理论》，见苏汶编《文艺自由论辩集》，第267—288页。按：此文写于11月26日，发表在《现代》Ⅱ：3（1933年1月1日），后收入《论文集》第1卷，见《雪峰文集》，Ⅱ：190—204。

④ 吴敏注意到，张闻天在1932年10月27日中共临时中央政治局会议上提出“左”倾情绪增长的危险，及关门主义的问题，但注释有误（《以鲁迅〈辱骂和恐吓决不是战斗〉为例简论1930年代左联的矛盾处境》，《研究丛刊》2009：6，第55页）。此处按张培森主编《张闻天年谱（增订本）》，北京：中共党史出版社，2010年，上卷（1900—1941），第132—133页。

回到冯雪峰与周扬吵架的事情,其实跟苏汶无关,因为《汉奸的供状》骂的是胡秋原,并不是苏汶。如果要"各打五十大板",也打不到冯的身上。所以,两人争吵的关键是胡秋原。在这个背景下,周扬以绮影为笔名,在登载《汉奸的供状》后的一期,即与登载鲁迅《辱骂和恐吓决不是战斗》同期《文学月报》上,发表了专门针对胡秋原的《自由人文学理论检讨》,批判胡在文学与政治问题上的"反动的本质",称他是"社会法西斯蒂的艺术至上主义者",其"普洛文化否定论"来自托洛茨基,等等①,比冯雪峰当初的措辞还厉害,无疑是特意向冯示威,向冯表示不买鲁迅的账。如果周扬已经知道《文艺战线上的关门主义》的作者是谁,这算不算也是向张闻天和党中央示威?不好理解。当然,持这种态度的不只周扬,首甲在1933年1月仍发表文章抨击胡秋原"已经走到反动方向"。② 也许,周扬会认为《文艺战线上的关门主义》的批评是冯雪峰"告状"的结果。由于里面体现了冯雪峰一贯的立场和态度,周扬可能认为中央偏听偏信,接受了冯雪峰个人的东西。也就是说,周扬也许不认为冯反对批判胡秋原是代表中共中央的意图。这样的推测似乎还可以令人接受。但《文艺战线上的关门主义》到底是"左联"上级的意见,究竟有多少冯雪峰的东西其实都不是问题,作为党员的周扬到底也得接受,于是出现周扬与胡秋原同桌聚会的事情。

据说,冯雪峰跟周扬吵架后亲自到胡秋原处道歉说明。胡秋原原本写了一首诗回骂,准备登在《读书杂志》,在冯雪峰出面调解下才抽掉,但诗的题目仍保留在目录上,此事周扬知道得很清楚。③应该是在他们争吵之后,冯雪峰也许"压服"了周扬,所以在一次现

① 《文学月报》,Ⅰ:5/6(1932年12月),第65—74页。

② 首甲:《关于胡秋原苏汶与左联的文艺论战》(1933.1),见吉学明、孙露茜编《三十年代"文艺自由论辩"资料》,第281页。

③ 陈漱渝:《周扬谈鲁迅和三十年代文艺问题》,《百年潮》,1998:2。2016年7月12日下载自"文学100"网站:www.wenxue100.com/baokan/33287.thtml。另参考秋石《于包容中见伟大——从胡秋原的临终遗言中读懂鲁迅》,见其《我为鲁迅茅盾辩护》,第12—16页。

代书局的聚会，安排周扬和胡秋原同桌，但周扬一句话都不跟他说①，可见怨恨之深。当初周扬收到鲁迅的《辱骂和恐吓决不是战斗》时，应该明白那是冯雪峰请鲁迅写的，在如此深的怨恨情绪之下，则他引导或促使首甲等人写文章批判鲁迅，大概不会令人感到太意外。周扬认识自己的错误，大概是到了延安之后。张闻天当时也在延安。周扬在编选革命导师和领袖对文艺问题的经典论述《马克思主义与文艺》时，摘选了鲁迅的《辱骂和恐吓决不是战斗》。按照周扬在《汉奸的供状》事件中所表现的脾性和气度，没有很大的触动，要他认错似乎是不太可能的。张闻天时任中共中央总书记，到 1943 年 3 月才被退出中共领导层。周扬在延安应该跟张闻天谈过“左联”的事情，终于明白冯雪峰当时代表党的意见。

冯雪峰作为周扬的上级，并刚刚帮助周扬恢复党组织关系，又让他主编“左联”的机关刊物，竟然不能使周扬接受自己的意见，而且还让周扬影响首甲等人公开抨击鲁迅。这些事情固然可以认为是“左联”关门主义深入人心，情况严重，但亦可以看到冯雪峰的领导能力似乎不无问题。周扬与冯雪峰之间的对立，恐怕在争吵前已经存在，而《汉奸的供状》只是两人对立爆发的导火线。如果周扬不认为冯雪峰的意见代表党的意见，那么他们之间的对立，似乎还有进一步探讨的空间。至于他们的矛盾，也许还是鲁迅看得准。据说，鲁迅多次说冯雪峰太老实，太认真，“斗不过他们”。② 如果鲁迅真的用上“斗”字，则他们两人和“左联”后来的变化和命运，也就不会令人感到诧异了。

---

① 荣天屿：《他的一个未了的心愿》，载王蒙、袁鹰主编《忆周扬》，呼和浩特：内蒙古人民出版社，1998 年，第 504 页。

② 陈琼芝：《我对冯雪峰同志的认识》，载包子衍等编《冯雪峰纪念集》，第 412 页。

鲁迅与冯雪峰等的差异

尽管鲁迅"从公意"写出《辱骂和恐吓决不是战斗》,支持冯雪峰和张闻天落实中共文艺政策,但在论争过程中,他的态度、观点和立场,实际上跟冯雪峰等共产党人并不完全一致。早在1981年,李旦初便指出,"文艺自由"论争之初,鲁迅未参与第一轮对胡秋原和苏汶的政治批判,纵观现存所有鲁迅的文字,只字未提胡秋原,他第一篇有关文章是《论"第三种人"》,只有其中一句话"在马克思主义里发见了文艺自由论",可以认为是指胡的。① 而且,按前面的分析,《论"第三种人"》应该是张闻天和冯雪峰决定纠正关门主义之后部署而写的。

鲁迅跟冯雪峰等的差异已有不少研究者指出。关于鲁迅与胡秋原的问题,张宁指出,"革命文学"论战当初,胡秋原就支持过鲁迅,而鲁迅与胡秋原文艺上的观点其实有很多相同的地方②,不过,鲁迅批评胡"在马克思主义里发见了文艺自由论"的谬误,尤其是从普列汉诺夫的马克思主义来看,还是正确的。熟悉普列汉诺夫的胡秋原,只要考虑一下普氏著名的小册子《论个人在历史上的作用问题》,就能理解"个人"受各种社会历史等等条件的制约,根本不可能完全"自由"。也许胡秋原说的文艺自由是另外的意思,但他没说清楚或没能力说清楚。如果鲁迅是在批评胡秋原,则他的批评的确点中胡秋原的一个理论要害。然而,当冯雪峰以"文学和批评的阶级任务"③,瞿秋白以文艺作为阶级斗争的工具的要求来否定

---

① 李旦初:《"左联"时期同"自由人"和"第三种人"的性质质疑》,《研究丛刊》1981:1,第9—10页。

② 张宁:《同途·殊途·同归——鲁迅与胡秋原》,载《文史哲》编辑部编:《左翼文学研究》,北京:商务印书馆,2015年,第446—463页。所谓胡支持鲁迅,见冰禅(胡秋原)《革命文学问题》(1928),载《"革命文学"论争资料选编》,北京:人民文学出版社,1981年,上,第330—344页。

③ 冯雪峰:《致〈文艺新闻〉的一封信》,见苏汶编《文艺自由论辩集》,第58页。

胡秋原的文艺自由论①，鲁迅都没有声援，他在论争中根本没有针对更具体意义上的创作自由问题进行讨论。其中的一个原因是很清楚的。鲁迅早已在辛亥革命前便清醒认识到以文学鼓动革命的限度，文学对社会改革所起的作用实际上非常迂回曲折，根本在改变人的精神，而不在宣传与鼓动。② 而冯雪峰、瞿秋白和周扬却还在努力推动鼓吹文艺为阶级斗争服务，重复在鲁迅心目中已经破产的"革命文学"理论，即文学用作革命理论的"留声机"来推动革命，是否会令他有时光倒流的感慨？③

他们的差异还有对"第三种人"的看法和态度。在论争的开始，苏汶的观点是很鲜明的，而冯雪峰、瞿秋白和周扬他们尽管用语和态度或稍有不同，但批判的锋芒也是很清楚的，就是文艺要不要为政治服务，为阶级斗争服务的问题。鲁迅对此不置一词，除了前述的原因，也因为他们地位的不同。鲁迅虽然是"左联"名义上的领袖，但"左联"实际上由背后的共产党党团领导。当左翼文坛受到胡秋原用一些马克思主义的理论进行批评的时候，瞿秋白和冯雪峰作为当时党文化界、文学界的领导人，即时回应，周扬等这些党的理论家随即附和，一方面对马克思主义理论进行辨析，一方面为共产党政策做出说明，是理所当然的。这是他们的职责。但显然不是鲁迅的职责。

冯雪峰要争取苏汶他们，鲁迅虽写文章支持，其实是有保留的。论争结束后，鲁迅并没有停止对"第三种人"的批评。对于这点，研

---

① 易嘉（瞿秋白）：《文艺的自由与文艺家的不自由》，见苏汶编《文艺自由论辩集》，第 85 页。

② 参考拙著《鲁迅：中国"温和"的尼采》，第 258—265 页。

③ 夏衍就认为这场论争是"革命文学"论争的延续，见其《懒寻旧梦录（增订本）》，北京：生活·读书·新知三联书店，2000 年，第 141 页。反对文学是革命理论的"留声机"，倒是胡秋原和苏汶的一个重要观点。见胡秋原《阿狗文学论》，载李富根、刘洪主编《恩怨录：鲁迅和他的论敌文选》，北京：今日中国出版社，1996 年，下卷，第 698 页。对照易嘉（瞿秋白）：《文艺的自由和文学家的不自由》，见苏汶编《文艺自由论辩集》，第 94 页。

究者早已察觉到。不过也必须指出，苏汶当初提出“第三种人”时并没有一个清楚的定义，此后也有一个“潜在的演变过程”，并非始终如一。[①] 另外，虽然一般认为论战只持续了一年多，此后鲁迅固然没有停止批评，“左联”其他成员其实也没有停止批评。如果不包括鲁迅在内，“左联”对“第三种人”的批评其实一直延续到1935年底。[②] 不过其他人的批评着重文艺理论，跟鲁迅批评的焦点不同。

对于鲁迅继续批评“第三种人”的原因，研究者也做出一些解释。李旦初指出当时“血和泪”的历史背景影响鲁迅对“第三种人”的态度。黄悦接过这个观点，指出鲁迅跟胡秋原和苏汶在文学问题上虽有“不少相似之处”，但胡、苏求的是消解文学阶级斗争论，而鲁迅刚好相反，是要“把捉它”，“运用它”，在“血和泪”的环境进行反抗斗争，并以此“道德立场”继续对“第三种人”进行批评[③]，并非没有道理，但还没有说清楚鲁迅的是什么“道德立场”。对此，我们不妨分析一下鲁迅的《论“第三种人”》。

鲁迅在文中诚然也说明左翼文坛的正确路线和政策，但当冯雪峰以左翼文坛代表的姿态，承认过去的错误和要纠正存在的“宗派主义”时，鲁迅的表态却是如何面对左翼文坛并不完美的现实，一点都没有“回护左翼”或“替人文过”。[④] 他不但承认苏汶所指责的左翼作家中有人“左而不作”，还指出甚至有人化为“敌党的探子”；也不否定苏汶提出左翼评论家会批评“第三种人”为“资产阶级的走狗”，甚至认为可以想得更坏。当“左联”理论家在这些问题上跟苏汶纠缠争辩，鲁迅自然“失声”。然而，左翼文坛包括鲁迅在内，在

① 参考寒康《从“第三种人”到“第三种人”集团》，（香港）《二十一世纪》网络版，2003：2，总第11期。

② 参考《三十年代“文艺自由论辩”大事记》，见吉学明、孙露茜编《三十年代“文艺自由论辩”资料》，第513—539页。

③ 黄悦：《阶级革命与知识分子人格——重论鲁迅的“第三种人”观》，见《文史哲》编辑部编《左翼文学研究》，第184—210页。

④ 此处笔者与黄悦意见相反，见其《阶级革命与知识分子人格——重论鲁迅的“第三种人”观》，载《文史哲》编辑部编《左翼文学研究》，第193页。

重重压迫下仍然“一面克服着，一面进军着”。鲁迅跟党的“指导者”态度和步调不完全一致，但能一同前进，这正是“同路人”的特征。① 但“第三种人”不也是“同路人”吗？为什么鲁迅要批判他们呢？理由很简单，鲁迅并不认为他们是“同路人”。

鲁迅认为当时要超脱斗争的“第三种人”在现实中根本“做不成”。② 他们平时好像不偏不倚，其实总有偏向，“一遇切要的事故”便显露出来。③ 后来更日益清楚，鲁迅多次指出他们假中立，一面指责左翼批评家扼杀他们的创作，一面对政府禁刊物、杀作家则避而不谈；又认为他们“自称超党派，其实是右派”，压迫加紧后，则颇像御用文人了。④ 他们简直成了当局的帮凶⑤，并得到特殊“爱护”。⑥ 当然，上述的指责有些已经是后来的事情，但在鲁迅看来却是很自然的发展。事实上，尽管苏汶当初“欲依了指导理论家们所规定的方针去做”，但逐渐发觉“不能”，在很多事情上跟左翼文坛和鲁迅已经开始并不“同路”。例如文艺大众化问题，鲁迅支持鼓励，苏汶则反对，认为会压低艺术水平。⑦ 虽然鲁迅和苏汶都感到在创作上无力产生“新兴文学”，但鲁迅设法通过翻译、发掘新作家去发展左翼思想文化，设法通过杂文从旧营垒反戈一击，向旧社会进行战斗，为“进步”事业尽一分力，而苏汶则处处感到左翼文坛的压力，甚至称因此写不出东西来，⑧把问题和责任全推给左翼文坛。

---

① 赵东歌指出鲁迅是个“同路人”，其实瞿秋白的《〈鲁迅杂感选集〉序言》(1933)已说得很明白，赵东歌从“同路人”历史及鲁迅对“同路人”的态度等方面有进一步的分析。见其《横站的“同路人”——鲁迅与左翼文艺运动的内在关系及其姿态》，载《文史哲》编辑部编《左翼文学研究》，第149—183页。

② 《南·论“第三种人”》，《全18》，Ⅳ:452。

③ 《南·又论“第三种人”》，《全18》，Ⅳ:549。

④ 致增田涉信(1934.4.11.)，《全18》，ⅩⅣ:295。

⑤ 《且·中国文坛上的鬼魅》，《全18》，Ⅵ:159—162；致姚克信(1933.11.5.)，《全18》，Ⅻ:477。

⑥ 《且·附记》及《且二·后记》，《全18》，Ⅵ:219—221、464。

⑦ 《集拾·文艺的大众化》，《全18》，Ⅳ:367—368；苏汶:《“第三种人”的出路》，见苏汶编《文艺自由论辩集》，第124—125页。

⑧ 《坟·写在〈坟〉后面》，《全18》，Ⅰ:301—302；苏汶:《“第三种人”的出路》，见苏汶编《文艺自由论辩集》，第112—136页。

苏汶这类"第三种人"一开始便已显示并不"同路"。

还有一类"第三种人"离"同路"更远,而鲁迅与一些共产党人对他们的不同态度更突出。曾经是"太阳社"创建成员、左翼戏剧家联盟首任党团书记的杨邨人(1901—1955),后来脱离共产党,转而提倡小资产阶级革命文学,成了"第三种人"。鲁迅对他的态度是极度的轻蔑和完全的排斥,因此引起杜国庠(1889—1961)的不满。[①] 对于鲁迅这种不同的态度,理由比较简单。杜国庠当时是中国左翼文化总同盟的领导成员之一,此前,他于 1928 年由钱杏邨、蒋光慈介绍加入中国共产党,加入"太阳社"。他跟杨邨人是好朋友。杜国庠的态度也许不代表共产党的态度,但事实是,共产党内有杜国庠这种态度,而并不在党内的鲁迅和胡风这些左翼人士则持相反的态度,反而对背叛革命,背叛组织的人表示愤慨。这是个很有趣的现象。[②]

结束语:鲁迅与"第三种人"再认识的两个问题

中国文艺界经过自 1949 年以后尤其是"文革"的遭遇,人们对"第三种人"和"自由人"论争似乎有了新的认识和评价,尤其感到他们对左翼文坛的批评都常能击中要害,例如"武断主义""扣帽子主义""干涉主义"等等。这种认识对当代文艺问题大概有促进的良好作用,但按 1949 年后文艺界经验的认识来评价 20 世纪 30 年代的人物和观点,还需要结合当时实际状况才能中肯。就以苏汶"死抱着文学不放"但又惧怕被批判为"资产阶级走狗"的心态而论,在 1949 年以后的中国,大概很能让人理解和同情,人们因此对

---

① 《南·答杨邨人先生公开信的公开信》,《全 18》,Ⅳ:626—631;胡风:《鲁迅先生》,《胡风全集》,武汉:湖北人民出版社,1999 年,Ⅶ:64—65。

② 表面上,张景兰提出的"政治策略与伦理立场的夹缠"似乎可以用在这里(《隐含话语、政治策略与伦理立场的夹缠》,见《文史哲》编辑部编《左翼文学研究》,第 481—499 页),但若认为争取杨邨人仅仅是政治策略,似乎跟中共对公开声明脱党者的政策相违背。

鲁迅的批评重新思考，也是很自然的事情。但鲁迅对苏汶的批评跟文艺理论和政策其实关系不大。在文艺问题上鲁迅也许接近苏汶多于左翼文坛的"指导者"，因此论战初期"失声"，虽然鲁迅对梁实秋批评的其中几点，如好作品并非永远是少数人的专利和文艺有社会斗争功能①，其实都可以用到苏汶身上。但《论"第三种人"》批评的焦点并非左翼文坛的理论与政策的问题，文章批评的焦点其实是苏汶自身的矛盾。

苏汶当初的矛盾在于想遵循"指导者"的方针策略，但又做不到。本来，30 年代上海文坛并非左翼独占，还有不少并无政治色彩的刊物和作家，曾经"进步"过的苏汶也只是参加过"左联"的一些活动，基本上便脱离了这个组织，并不在"料事如神"、善扣帽子的"指导者"的辖下，完全可以无须按他们的"策略"写作。换言之，只要他愿意，完全有机会、有空间、有自由在左翼文坛之外"死抱着文学不放"。况且他也有一个圈子和同人刊物《现代》。② 但苏汶不想让"指导者"扣他"资产阶级"的帽子，这一态度，只能理解为他又要珍惜自己左翼作家的身份。③ 从冯雪峰的角度看，苏汶这种既愿站在左翼，又反感被认为是资产阶级分子的作家，完全是很好的争取对象，虽然他显然也遇到"宗派主义"的抵制。但苏汶很难争取，他两样都做不到：他固然不会"左而不作"，但也作不出具备左翼特征的作品；他既要保存自己左翼作家的标签，又要追求忠于艺术价值而脱离当时斗争的"属于将来"的作品，也就违背了一个左翼作家为大众进行现实斗争的基本理念和立场。"第三种人"对苏汶而言，其实不可能是一条出路。鲁迅所谓自拔头发离开地球的比喻，指出苏汶焦躁不安，不是别人摇头，而是自己做不成"第三种人"的

---

① 《二·"硬译"与"文学的阶级性"》，《全 18》，Ⅳ：209—212。

② 参考刘增人等《中国现代文学期刊史论》，北京：新华出版社，2005 年，第 164—205 页。

③ 苏汶：《"第三种人"的出路》，见苏汶编《文艺自由论辩集》，第 126 页。另参考施蛰存《为中国文坛擦亮"现代"的火花》，见《沙上的脚迹》，沈阳：辽宁教育出版社，1995 年，第 181 页。施蛰存认为杜衡和他在政治上是左派，但在文艺上是自由主义。

缘故，其实是看得很准的。所以，苏汶的问题不全在文艺理论或左翼文坛路线政策。苏汶的问题在他自己，既要做左翼作家，又写不出左翼作品，于是把自己困死在这个自筑的、无法解决的悲剧矛盾之中。“怎么办呢?”其实不管到哪去，是否有人扣他帽子，他都只能在焦躁中“搁笔”。

对于“怎么办呢?”的问题，比较一下批评他的鲁迅会很有启发性。鲁迅通过翻译、培养作家、写杂文、支持大众语运动等等，来支持左翼文化事业。这些活动与鲁迅文艺运动“改造国民性”，与“五四”文学“为人生”，与文艺干预生活、参与社会斗争等左翼理念不但没有冲突，而且是一以贯之的。“左联”时期的鲁迅也没有改变自己去做政治政策的“喇叭”或“留声机”。当冯雪峰他们有意请鲁迅写一篇关于长征的小说，鲁迅没有写。他始终忠于自己，忠于现实。不过，他倒写了一篇更有思想深度的历史小说，也是政治寓言的《理水》。对于苏汶所害怕的扣帽子，鲁迅在“革命文学”论战中，被扣的帽子可谓多矣，但他从未“搁笔”，反而参与成立“左联”。这一点尤其值得注意。

前面提到鲁迅《论“第三种人”》中并不否认苏汶所提左翼评论家会批评“第三种人”为“资产阶级的走狗”，甚至认为可以想得更坏。这其实是他对“左联”一贯的观感和态度。“假如鲁迅还活着”，鲁迅对自己的处境早已“从坏处着想”，而且想得很坏。1932年，鲁迅就说过：

> 对于为了远大的目的，并非因个人之利而攻击我者，无论用怎样恶方法，我全都没有怨言。①

① 《三・鲁迅译著书目》，《全 18》，Ⅳ：188。

在1933年又说：

> 革命者为达目的，可用任何手段的话，我是以为不错的，所以即使因为我罪孽深重，革命文学的第一步，必须拿我来开刀，我也敢于咬着牙关忍受。[①]

1935年，周作人借古讽今，引张岱评东林党虽多君子，但“窜入者”和“拥戴者”实多小人[②]，影射“左联”等祸国殃民。数月后，鲁迅在《“题未定”草》之九中几乎原封不动援引张岱的话，指出这类批评是“苛求君子，宽纵小人”，“实则反助小人张目”。[③] 鲁迅的态度是很鲜明的，他并非不知道左翼文坛有“左而不作”而且善扣帽子的“小人”，也不是没有被扣过帽子，但他为了革命的远大利益，并不计较这些。只要能看到革命团体内还有“切切实实”“为着现在中国人的生存而流血奋斗”的“君子”，还有希望，即使身处“横站”的处境，他仍会支持。这是个很难得的真正“同路人”的“道德立场”。如果没有这些不同，鲁迅这个“中间物”就会跟并非真正“同路”的“第三种人”没有什么区别了。

---

① 《南·答杨邨人先生公开信的公开信》，《全18》，Ⅳ：645。对照致萧军、萧红信（1935.4.23.），《全18》，XIII：445。

② 周作人：《苦茶随笔·关于命运》，石家庄：河北教育出版社，2002年，第112页。

③ 《且二·“题未定”草之九》，《全18》，Ⅵ：448。

从《非攻》到《墨攻》

——谈鲁迅与张之亮的反战及中日友好的前途

一

鲁迅在抗战前借墨子的故事写下反对侵略的历史小说《非攻》,但影响似乎不大。差不多六十年后,墨子的事迹又引起人们的注意,这次是在日本,先写成小说,再改编成漫画,并在香港译成中文,颇受读者欢迎。漫画的成功,还引起一位香港导演的兴趣,把它改编成电影,票房似乎也不俗。如果说,鲁迅在抗战前写《非攻》意图非常明显,那么,在冷战后政治经济全球化的今天,墨子的言论和事迹在东亚突然惹来作家、画家、导演的青睐,引起读者和观众的兴趣,就有点儿耐人寻味,值得探讨一下。

关于墨子及其《非攻》

《非攻》原是《墨子》中的名篇。《墨子》是记述墨家创始人墨子的思想学说的著作。墨子生平不详,《史记》无传,仅于《孟子荀卿列传》末附载 24 字:“盖墨翟,宋之大夫,善守御,为节用。或曰并孔子时，或曰在其后。”或疑《史记》脱简。① 一般认为，墨子（约前468—前376），名翟，春秋战国鲁国人，曾为宋大夫，创墨家学派。墨家思想可总结为“十事”，其中“兼爱”和“非攻”仍具现实意义。

墨子的“非攻”并非笼统反战的和平主义，而是具体反对实行掠夺与奴役的侵略战争。《墨子·非攻》指出战争是掠夺杀戮，对被侵略国固然没有好处，对侵略国本身也没有好处。墨子的“非攻”跟儒家传统和中国现代反对战争的观念有所不同。儒家主张仁义，行仁政，所以反对掠夺的战争，但不是一般的反战，如果是推行“仁政”的战争，即使是主动攻击，儒家也是支持的。有关论述见《孟子》的《梁惠王下》和《滕文公下》，孟子甚至说：

> 《书》曰：“汤一征，自葛始。”天下信之，东面而征，西夷怨，南面而征，北狄怨，曰：“奚为后我？”民望之，若大旱之望云霓也；归市者不止，耕者不变；诛其君而吊其民，若时雨降，民大悦。《书》曰：“徯我后，后来其苏。”今燕虐其民，王往而征之，民以为将拯己于水火之中也，箪食壶浆以迎王师。②

近现代中国人惨受侵略之苦，虽然反对掠夺和奴役的侵略战争，但在理论上对战争并非以侵略和被侵略来区分，而是以正义和非正义来区分，而正义与否则视乎进步与否，所以“反对一切阻碍进步的非正义的战争，但是不反对进步的正义的战争”③。也就是说，理论上是可以因为“进步”的原因发动对别国的进攻，跟孟子的逻辑差不多，但跟墨子的“非攻”就不完全一样。

还有一点值得注意，墨家没有停留在理论上反对侵略战争，而是落实到具体行动上，《墨子》一书就有十一章专门讨论守城方法、

① 参考杨俊光《墨子新论》，南京：江苏教育出版社，1992年，第1页。

② 杨伯骏译注：《孟子译注》，北京：中华书局，1984年，第45页，另参考第148页。

③ 毛泽东：《论持久战》，载《毛泽东选集》，北京：人民出版社，1969年，Ⅱ：465—466。

器械与策略。墨家不光是一个哲学流派,还是一个严密的社会组织,因此,他们的“非攻”并非空言说教,而是脚踏实地的实践。可能就是这个原因,鲁迅采用了墨子的故事做小说的蓝本。

关于鲁迅的《非攻》

鲁迅的《非攻》是一篇历史小说。历史小说不止一种,有些与现实没有太大关联,如演义体,不过中国现代文学中的历史小说,大都有借古喻(讽)今的意思,尤其是30年代文网森严的时候。[1] 鲁迅的历史小说也不例外,都有现实的寓意,一些侧重文化或人性问题的探讨,如《采薇》和《起死》,另一些则侧重社会政治方面的批评和讽刺,如《理水》,《非攻》也是其一。

作为历史小说,鲁迅的《非攻》自然有历史根据,主要是《墨子·公输》,另参考了《战国策》《吕氏春秋》等,故事里很多情节和人物都有所本,《鲁迅全集》在这方面已做了详细注释,不必在此复述。

作为历史小说,鲁迅在《非攻》中多处影射与讽刺现实,例如楚国郢都赛湘灵演唱《下里巴人》轰动全城的情节,在鲁迅笔下,厌恶之情,溢于言表,颇令人想起鲁迅对当时上海流行的《我爱毛毛雨》的态度,或推而广之,对一切大城市小市民庸俗流行文化的态度。鲁迅称《我爱毛毛雨》好比“绞死猫”[2],他很讨厌“庸众”及其“文化”。

但影射与讽刺现实最重要的方面,还是《非攻》的主题:反抗侵略。《非攻》中有一段墨子遇到“自己的学生曹公子”的情节:

---

① 参考田仲济、孙昌熙主编《中国现代小说史》,济南:山东文艺出版社,1984年,第468—470页。

② 《且·阿金》,Ⅵ:201。

待到望见南关的城楼了，这才看见街角上聚着十多个人，好像在听一个人讲故事。当墨子走得临近时，只见那人的手在空中一挥，大叫道："我们给他们看看宋国的民气！我们都去死！"墨子知道，这是自己的学生曹公子的声音。①

曹公子是个虚构人物，他的讲演自然也是虚构的，但熟悉鲁迅著作的读者都知道，这段情节是鲁迅对"民气"论者和中国"民族主义文学"的批评。鲁迅在《忽然想到（十至十一）》中指出：

一国衰弊之际，总有两种意见不同的人。一是民气论者，侧重国民的气概，一是民力论者，专重国民的实力。前者多则国家终亦渐弱，后者多则将强。我想，这是很不错的；而且我们应该时时记得的。可惜中国历来独多民气论者，到现在还如此。②

又在《补白》中说：③

自宋以来，我们终于只有天灵盖而已，现在又发现了一种"民气"，更加玄虚飘渺了。但不以势力为根本的民气，结果也只是能以固有而不假外求的天灵盖自豪，也就是以自暴自弃当作得胜。

鲁迅于是借墨子的口提出批评：

昨天在城里听见曹公子在讲演，又在玩一股什么"气"，嚷

① 《故·非攻》，Ⅱ:456。
② 《华·忽然想到（十至十一）》，Ⅲ:90。
③ 《华·补白》，Ⅲ:101。

什么“死”了。你去告诉他：不要弄玄虚；死并不坏，也很难，但要死得于民有利！①

值得玩味的是，曹公子说这些废话，跟他“做了两年官”有关，而且他已经不太跟墨子之徒说话了。鲁迅是主张脚踏实地抗战的。就在看到曹公子演说之后，墨子跟弟子管黔敖讨论起具体备战事情：

“别的准备怎么样？”

“也已经募集了一些麻、灰、铁。不过难得很：有的不肯，肯的没有。还是讲空话的多……”

[……]

“禽滑厘呢？”

“他可是很忙。刚刚试验过连弩；现在恐怕在西关外看地势，所以遇不着先生。先生是到楚国去找公输般的罢？”

“不错，”墨子说，“不过他听不听我，还是料不定的。你们仍然准备着，不要只望着口舌的成功。”②

鲁迅着重实干，而且清楚看出外交努力虽然需要，但不完全可靠。至于“我们都去死！”的妙论，则见于《“民族主义文学”的任务和运命》，是鲁迅对“民族主义文学”的批评。③ 当时得到官方支持的“民族主义文学”正鼓吹慷慨激昂的牺牲，而按鲁迅的分析，激昂的“死”实际上是掩盖不抵抗主义的事实，而他们所谓的“民族主义”实质却是“殖民地顺民”的“民族主义”。

《非攻》的结尾也寓意现实，跟曹公子当官说废话一样，很值得

① 《故·非攻》，Ⅱ:456。
② 《故·非攻》，Ⅱ:456—457。
③ 《二·“民族主义文学”的任务和运命》，Ⅳ:316—318。

玩味：

墨子在归途上，是走得较慢了，一则力乏，二则脚痛，三则干粮已经吃完，难免觉得肚子饿，四则事情已经办妥，不像来时的匆忙。然而比来时更晦气：一进宋国界，就被搜检了两回；走近都城，又遇到募捐救国队，募去了破包袱；到得南关外，又遭着大雨，到城门下想避避雨，被两个执戈的巡兵赶开了，淋得一身湿，从此鼻子塞了十多天。①

这些情节可以解释为鲁迅抨击那些借战争发国难财的人，也反映了鲁迅并不认为制止了侵略，被侵略国的问题就都能解决，但若要深入探究，恐怕离题太远。总之，《非攻》是日本侵略中国而引发鲁迅创作的一篇历史小说，表达了鲁迅实干抗战的主张。这里还想补充一个细节。据上海内山书店店员儿岛亨回忆，鲁迅知道内山完造是基督徒，就劝他读《墨子》，接触中国古代兼爱与“热爱和平”的思想。② 笔者想，鲁迅既然鼓励他的日本朋友读《墨子》，那么，我们是否可以这样说，他的《非攻》也是写给日本朋友看的呢？如果这种推测可以接受，是否还可以进一步推论，《非攻》代表了鲁迅联合中日两国人民共同反对日本发动侵略中国的战争的希望和愿望？

鲁迅对日本和抗战的态度

鲁迅主张实干的抗战，但抗日问题却是反对鲁迅的论者经常提出的批评，因此有必要在这里交代一下。

---

① 《故·非攻》，Ⅱ：464。

② 儿岛亨：《未被了解的鲁迅》，张佶译，载《鲁迅回忆录·散篇》下册，北京：北京出版社，1999年，第1580—1581页。

早在20世纪30年代,反对鲁迅的论者就设法把鲁迅说成与日本侵略者沆瀣一气,甚至暗示鲁迅间接为日本间谍做事。① 到了20世纪70年代,则有胡菊人比较系统的评述,指责鲁迅批评中国人的抗日,尤其对鲁迅《沉渣的泛起》一文特别反感,说是"酸溜溜"。②胡菊人的解读已由竹内实提出辨正,指出鲁迅批评的是"流行抗日"③,用现代的俗语来说,就是"作秀",是"沉渣"借机会出风头,提高"知名度"和"曝光率",甚至只是卖广告,不是真心抗日。鲁迅类似的批评其实比比皆是,散见于《二心集》《伪自由书》等文集,都可以用来对照《非攻》对"庸众"的讽刺。这里还想对论争补充及澄清三点:第一,所谓鲁迅对十九路军抗日"冷嘲热讽"的问题;第二,《新春的两种感想》中对中国青年抗日态度的批评;第三,关于批评岳飞、文天祥和孔子的问题。

查鲁迅并没有讽刺十九路军在"一・二八"事变中的抗日英勇行为,鲁迅抨击的是当时中国政府的不抵抗政策。在《对于战争的祈祷》中,鲁迅一针见血地指出:

> 一二八的十九路军的经验:打是一定要打的,然而切不可打胜,而打死也不好,不多不少刚刚适宜的办法是失败。"民族英雄"对于战争的祈祷是这样的。④

关于《新春的两种感想》,胡菊人认为是一篇"坏极"的演讲,因为鲁迅"对青年猛浇冷水,一贯的消极悲观"。但全篇演讲是告诫中国青年抗战要认真,要脚踏实地,跟《非攻》的思想一致。胡菊人

---

① 例如白羽遐《内山书店小坐记》,载《论著汇编》,Ⅰ:810。

② 胡菊人:《鲁迅在三十年代的一段生活》,载《文学的视野》,香港:明窗出版社,1979年,第243—284页。

③ 竹内实:《中国的三十年代与鲁迅》,严绍璗译,载《国外鲁迅研究论集》,北京:北京大学出版社,1981年,第153—178页。

④ 《伪・对于战争的祈祷》,Ⅴ:40。

可以不同意鲁迅的观点和态度，但因此认为鲁迅心中有鬼，所以对抗战冷嘲热讽，恐怕就没有道理了。至于鲁迅对岳飞、文天祥和孔子的批评，恰恰证明鲁迅抗日的立场。鲁迅是反对学习岳飞与文天祥的，理由很简单，他们是失败的武将和亡国的文官，不应是少年的楷模，岳飞代表"奉旨不抵抗的忠"。① 他还指出：

> 在事实上，亡国一次，即添加几个殉难的忠臣，后来每不想光复旧物，而只去赞美那几个忠臣；遭劫一次，即造成一群不辱的烈女，事过之后，也每每不思惩凶，自卫，却只顾歌咏那一群烈女。仿佛亡国遭劫的事，反而给中国人发挥"两间正气"的机会，增高价值，即在此一举，应该一任其至，不足忧悲似的。②

鲁迅的看法也许不是人人都同意，但他反对学岳飞、文天祥是不想中国亡于日本，却是很清楚明显的。鲁迅批评孔子，一方面是因为孔子已为帝国主义者糟蹋利用，成为奴化中国人的工具③；另一方面，实际是针对日本有人用"王道"来为侵略中国辩解，并用此来"说服"中国人接受日本的征服。④ 鲁迅的话值得在此引述：

> （关于武王伐纣）看起别的记载来，却虽是那王道的祖师而且专家的周朝，当讨伐之初，也有伯夷和叔齐扣马而谏，非拖开不可；纣的军队也加反抗，非使他们的血流到漂杵不可。接着是殷民又造了反，虽然特别称之曰"顽民"，从王道天下的人民中除开，但总之，似乎究竟有了一种什么破绽似的。好个王道，只消一个顽民，便将它弄得毫无根据了。

① 《且末·登错的文章》，Ⅵ：571；《南·真假唐吉诃德》，Ⅳ：520。
② 《坟·论睁了言》，Ⅰ：240。
③ 《而·略谈香港》，Ⅲ：433。
④ 《且·关于中国的两三件事》，Ⅵ：9—10。

鲁迅在日本发表这样的批评文章，揭露讽刺“王道”骗人①，指出侵略必然引起激烈而且反复的反抗，很明显是讽刺，恐怕只有白痴才会“正中下怀”吧。

还有一点，现在再讨论，其实非常可悲可叹。鲁迅支持抗日，毫无疑问；鲁迅有很多亲密的日本朋友，也是事实。鲁迅在《藤野先生》中就描述了一个不忘汉文化对日本贡献的老师藤野严九郎，热心帮助一个中国青年的学习，鲁迅对他非常感激，可谓毕生难忘；鲁迅和内山完造的友谊，也为人们津津乐道。然而，鲁迅与日本的联系，虽然一方面成为中日友好的佳话，另一方面也成为他“通敌”的嫌疑和罪状。胡菊人就抓住这点做文章，他的观点有一定代表性，从近年网上反对鲁迅的论者重拾“通敌”之说来看，他所代表的人恐怕现在仍有不少。按照他们的意见，似乎要抗日就不能有日本朋友，这才算是民族主义立场。总之，对胡菊人他们来说，鲁迅的“度进劫波兄弟在，相逢一笑泯恩仇”②，恐怕是不能接受的，虽然似乎也不能完全责怪他们。但鲁迅显然跟他们的观点不同。

鲁迅并非傻瓜，他没有把日本人一概而论。如果鲁迅对日本人一律加以反对，现在的反鲁论者恐怕就要指摘他是“种族主义者”了。鲁迅的《藤野先生》和他跟内山完造等人的友谊，在中日两国敌对的氛围下，固然给人们展现了两国友好未来的可能性，就这方面而言，两国诚心推动友好的论者已谈论得很充分了。但强调了友好的事实，有时却未免掩盖了敌对的状况。若细读《藤野先生》，再审视鲁迅与日人的交往，我们就会发现，鲁迅不把日本人一概而论的认识，实际上是建立在日本人普遍蔑视、敌视中国的前提下做出的：藤野先生关心鲁迅学习的同时，学生会侮辱性地检查了鲁迅的

---

① 致姚克(1934.3.6.)，《信》，Ⅻ：350。

② 《集·题三义塔》，Ⅶ：151。

笔记，他的同学在观看处决中国人的新闻幻灯片时全场欢呼；鲁迅与内山完造成为好友的同时，日本占领了东三省，“一·二八事变”进攻上海，到处杀人。周建人一家就遭日军逮捕，几被杀害。[①] 而他接触的日本人中，也有野口米次郎向鲁迅提出中国应让日本来管治。[②] 因此，鲁迅对中日友好的前景，其实从来没有一厢情愿的乐观幻想。他临终前跟奥田杏花讨论中日关系时说：

> 我认为中日亲善和调和，要在中国军备达到了日本军备的水准时，才会有结果，[……]譬如：一个懦弱的孩子和一个强横的孩子二人在一起，一定会吵起来，然而要是懦弱的孩子也长大强壮起来，则就会不再吵闹，而反能很友好的玩着。[③]

奥田杏花记下鲁迅说的这段话是符合鲁迅思想的。1925 年中国人在上海被英国巡捕击杀并被诬蔑为“暴徒”，有人大叫“伪文明的破产”，而鲁迅即指出“公道和武力合为一体的文明，世界上本未出现，那萌芽或者只在几个先驱者和几群被压迫民族的脑中”，“将实话说出来，就是：因为公道和实力还没有合为一体，而我们只抓得了公道，所以满眼是友人，即使他加了任意的杀戮”。因此鲁迅呼吁国人坚持增长实力，“自求生存，对谁也不怀恶意的干下去”[④]。这可以说就是小说《非攻》要表达的意思，是鲁迅典型的清醒现实主

① 见周晔《伯父的最后岁月——鲁迅在上海（1927—1936）》，福州：福建教育出版社，2001年；另见竹内实引内山完造的回忆，《中国的三十年代与鲁迅》，第 168—169 页。内山的回忆跟周晔不同，可能把解救另外六个中国人混淆一起了。

② 事见小泽正元《内山完造传》，赵宝智、吴德烈译，天津：百花出版社，1983 年，第 96—97 页；许广平：《鲁迅回忆录》，载《鲁迅回忆录·专著》下册，第 1160—1161 页。关于野口的话是军国主义辩护士的挑衅，还是对中日关系无知的失言，丸山升有所辨正，见其《鲁迅与日本》，孙歌译，《月刊》1992：4，第 47—51 页。关于中国论者对野口的认识，见陈福康《谈鲁迅批评过的二位日本作家的会谈记》，同上，第 39—42 页。野口引起鲁迅不满的《与鲁迅谈话》，见同上刊，第 45—46 页。笔者觉得，野口若出于无知而说出这种话，其实更可怕。

③ 奥田杏花：《我们最后的谈话》，载《鲁迅回忆录·散篇》下册，第 1458 页。

④ 《华·忽然想到（十至十一）》，III：88—90。

义态度的反映。总之，鲁迅能够“相逢一笑泯恩仇”，因为他没有把日本人一概而论，否则，这“一笑”就跟他“一个也不宽恕”的做人态度自相矛盾[①]，人格分裂了。

关于小说、漫画和电影《墨攻》

鲁迅的《非攻》出版近六十年之后，墨子的故事再度引起东亚作家的注意。1991 年，酒见贤一的《墨攻》出版。小说《墨攻》讲述赵国大将巷淹中率领大军，攻打弱小的梁城，梁城城主梁溪向墨家求救，但墨家的“钜子”（领导人）另有野心，见死不救，只有忠于墨家信念的革离不听领导的指示，单枪匹马去帮助梁城，并成功打退赵军的进攻。显然，小说《墨攻》虽然取材自历史上的墨家，但人物情节大都是虚构，史实根据相对于鲁迅的《非攻》便少多了，网上有些人称之为历史幻想小说，不无道理。

笔者目前对酒见贤一及其小说《墨攻》所知有限，有没有受鲁迅启发，不得而知。据日文维基百科，酒见贤一毕业于爱知大学文学部，专攻中国哲学，现在是专业作家。他的《墨攻》由新潮社出版，于 1991 年获第 104 届直木奖提名，1992 年获第四届中岛敦纪念奖。酒见贤一以后还写了一些以中国历史和人物为题材的小说，其中《周公旦》也是获奖作品之一。

酒见贤一的《墨攻》后来改编成漫画，由漫画家森秀树绘制，1992 年开始在小学馆出版的漫画杂志上连载，1996 年由小学馆出单行本，2004 年获第 40 届小学馆漫画奖。漫画版并非完全依据酒见贤一的小说，而是按照久保田千太郎大幅扩编改写的脚本，增加了许多保卫梁城以后的故事，原小说只占漫画十一卷中的四卷，也就是不到三之一，人物也有很大改动，主题则倾向于锄强扶弱，多于

① 《且末·死》，Ⅵ:612。

"兼爱"与"非攻"。作为通俗文艺，漫画《墨攻》采用了很多吸引读者的"媚俗"内容，如美女及大规模的残酷战斗场面。漫画《墨攻》1998年在香港由大然文化事业公司出了一个中译本，书名改为《墨子攻略》。

《墨攻》后来又由香港导演张之亮改编成电影，由中国、日本、韩国三地合作，据称耗资1600万美元，于2006年11月23日公映。根据香港影评人何故与张之亮的一篇访谈文章①，张之亮在1995年就为漫画《墨攻》所吸引，觉得它故事性和娱乐性都很高，是拍电影的好题材。不过，张之亮在改编电影时，只采用了漫画中的《梁城篇》，也就是原来酒见贤一小说的部分。

张之亮与鲁迅之间

据何故的访谈，张之亮在改编时是以"反战"为主题，借战争来表达墨家"兼爱"与"非攻"的思想。也就是说，张之亮有意识地改变漫画版锄强扶弱的重点，而恢复墨家思想的主题。张之亮想"借娱乐讲反战"，更想借"英雄主义"来反对英雄。他认为，"战争内没有英雄、没有永久的胜利，所有人都是受害者"。并对很多当权者以"民族""宗教"等崇高口号去发动战争，使百姓受苦，表示反感。他认为，"不论任何时代、不论任何民族，人类一直渴求的，正是和平！"张之亮在电影中通过革离说出他的"心底话"："即使有更多的英雄、更多的战争，也是徒然，必须有懂得和平的君主。"但又表示《墨攻》并非是拍给当权者看的，而是给年轻人看的，因为他们是社会的未来，希望他们能够珍惜和平。

电影《墨攻》除了反战，其实还有对战争和人性颇深入的发掘。

① 何故：《墨守十年　攻爱天下——〈墨攻内外的张之亮〉》，原载香港《AM730》（2006年11月26日），本文所用的版本为何故博客上的版本（www.cuhkacs.org/~hegu/）。

赵国的将军和士兵固然凶残暴虐,梁城上下也好不到哪儿去:城主阴险狡猾、腐败无能;手下文官武将贪生怕死,只想苟且偷安;老百姓在高压治下,自私短视,愚昧懦弱,奴性十足。梁城城主梁溪一方面要墨者革离帮助抵抗赵军,另一方面又怕民众支持革离,影响自己的统治,所以外敌一退,枪口立即对内,对革离的支持者进行血腥清洗;梁城百姓虽然受尽内外压迫,但一到自己强大时,如围攻黑奴的一节,便有了"合群的自大",下起手来,一点不心慈手软,跟他们的压迫者一模一样。在这种情况下,革离对自己的反战也有点灰心和怀疑。

革离与梁城公子梁适在打败赵军隧道战后有一段对话。梁适表示,这场战斗改变了他以前以为杀敌是一种很光荣的事的看法,并问革离,如果赵国遭侵略会不会帮助。革离说会。梁适又问他,赵人会不会接受他的帮助?

> 革离回答说:"其实在这一刻,我也不能肯定,那些被欺压的人,到底是否真心地接受我的帮助。"
>
> 梁适:"那墨家的兼爱不就是骗人骗己吗?"
>
> 革离:"岂能尽如人意,只求无愧于心。"

革离固然反战,但他对结局一点也没有奢望,而内心也有说不出的悲凉与无奈。人性如此,又有什么办法呢?鲁迅对人性的阴暗面有深刻的认识,《非攻》耐人寻味的结尾,多少也是这种思路的结果,用胡菊人的话来说,就是"一贯悲观"。一贯悲观其实不仅仅是对人性,曹公子当官两年便满嘴废话,是否还有社会制度的原因?对于这些大问题,本文无从解答,但总觉得在这点上,《非攻》和电影《墨攻》有某种"契合"(affinity)。当然,本文并不是要说电影受鲁迅的影响和启发,有没有受启发其实无关紧要。张之亮说他的电影是为年轻人而拍,在结尾让革离带着战争孤儿去传播"非攻"思想，也很自然令人想起鲁迅的“救救孩子”。

鲁迅的《非攻》跟张之亮的《墨攻》也有许多不同。首先，前者是一篇严肃文学的历史小说，后者则是要“媚俗”争取票房收益的电影，所以不可避免要加进一个莫名其妙的美女、很多激烈的战斗场面和一些纯粹满足视觉享受的荒诞无稽的战术。而且，他们的反战理念也不完全相同，例如，鲁迅会不会反对反抗者的“英雄主义”及寄望于“懂得和平的君主”，就值得怀疑。鲁迅似乎比张之亮要清醒和现实。不过，相对于他们创作和编导的动机，这些差异就显得无关宏旨。

鲁迅在日本侵略中国时写下《非攻》，并不奇怪，但在全球化“向钱看”，大家拼命奔小康、发大财的今天，张之亮挺身而出，鼓吹反战，提倡和平，就值得我们深思。

对《墨攻》的批评

《墨攻》公演前便引来一些批评，这些批评其实主要是针对漫画，内容大部分都没有在电影中出现。2006 年 10 月 31 日上海《新民晚报》刊登了该报娱乐记者周铭的一篇文章，题为《今年贺岁大片〈墨攻〉宣传什么文化内涵》，批评漫画《墨攻》歪曲历史：

> 不惜篇幅和笔墨刻画战争的血腥和残酷，但却诬蔑这是中国人自相残杀的丑陋人性。甚至将日本侵华战争的卑劣行径通过漫画演绎强加在中国战国诸侯征战上：秦军在墨家的支持下不但使用了生化武器——飞蝗，甚至还使用毒气，而站在正义一方的革离也使用了大规模杀伤性武器。影片中墨家的仁爱精神荡然无存。

又说：

革离最后城破败走，但创造了一个和平的理想国，在漫画里理想国分明就在富士山下，从贪婪狂妄、愚昧无知的纷争中的中国逃离，建立的世外桃源却是日本。甚至在故事最后加上中国爆破原子弹成功，参加现代战争的军人的画面。漫画最后一句话是："从2000年沉睡醒来的革离，是以怎样的心情来看待这个国家的呢？"讽刺之情溢于言表。

何故在北京《新京报》（2006年11月30日）上发表《跨文化诠释中的〈墨攻〉》，也表达了类似的不满，认为那些毒气和"生化武器"足以"媲美二次大战时日军暴行"；革离带领孩子去了日本。何故甚至说，"日本任侠片中表现的帮派组织就在某种程序上带有墨家精神的转移"（按：指墨家严密的组织）。

漫画结尾处的山（见插图一），从漫画的叙述来看，似乎的确就是富士山。然而，如果真是富士山，那么漫画要表达的意思，并非周铭所理解的那样，是指日本是和平的乐土，而是恰恰相反。关键是对"爆破原子弹"和那些"参加现代战争的军人的画面"（见插图二）怎样理解。

插图一：

插图二：

展現過各種模樣的一個國家——

首先,那幅原子爆炸的图画为什么就一定是"中国爆破原子弹成功"的场面?为什么不可以是广岛或长崎遭受的"原爆"?既然那一节是讲日本,从太阳旗的画面开始,应该就是讲日本军国主义对外扩张侵略,最终导致"原爆"的结局。那么,"从2000年沉睡醒来的革离,是以怎样的心情来看待这个国家的呢?"的"这个国家",自然就是指日本,也就是说,漫画的编者是在反省日本自己的过去,但一些中国读者却把它看成是诬蔑中国,"讽刺之情溢于言表"了。

这是否反映了中国人对日本猜疑之心?也许。但对于看够了日本政府官员参拜靖国神社、否认南京大屠杀、迄今没有诚心为战争暴行道歉(村山富市的道歉只被定为是"个人"的口头道歉[①])等新闻的读者,这种猜疑之心也许又是情理之中的吧。鲁迅以及跟鲁迅有相同愿望的中国人,希望有朝一日能与他们的日本朋友"相逢一见泯恩仇",还没有根本实现。

《墨攻》的问题和回应

漫画《墨攻》最后一页提出这样一个问题:"从2000年沉睡醒来的革离,是以怎样的心情来看待这个国家的呢?"到了电影《墨攻》则变成"从2006年沉睡醒来的革离,是以怎样的心情来看待整个亚洲的合纵连横呢?"从日本自己的反省,引到东亚整体的反省,现实意义非常明显,而且真是个很大的问题,令人担忧,不过已超出文学与历史的范围,笔者并非研究国际关系,无力也无意加以回答。澳洲前总理基廷(Paul Keating)在2007年8月30日接受澳洲广播电台(ABC)著名时事评论员奥白莱恩(Kerry O'Brian)访问时谈到中日关系,似乎可以算是回答。[②] 基廷认为澳洲应该在东亚问题上担

① Voice of America(15 August, 1995)有关澳洲和英国对村山富市道歉反应的报道。

② 全文见 http://www.abc.net.au/7.30/content/2007/s2019837.htm。

当更重要的角色,促使中日和解。主意不错,用心良苦。但如果中日两国沦落到要第三者来调节的话,两国关系的前景恐怕就不容乐观了。难怪张之亮要为年青人拍一部反战电影《墨攻》。但愿只是笔者"一贯悲观"。

补　记:

汕头大学研讨会结束之后,2007 年 9 月 12 日才上任的日本新任首相福田康夫到中国访问并在北大讲演,重提一些"中日友好"的话语,还特别提到鲁迅与日本人的交往,并引鲁迅"路是人走出来"的话,以展示中日友好的前景。但福田康夫也知道前途并不平坦。福田康夫即使真心希望中日友好,肯定也有很多阻力。跟张之亮差不多,福田康夫寄望于中日青年的交流。

路,的确是人走出来的,也许算是已经走出来了罢,但请恕笔者"一贯悲观",这条不平坦的路还远远看不见尽头。

2007 年 11 月 30 日初稿

重读《出关》的现实寓意

一

鲁迅的《出关》是一篇历史小说,1936年1月20日发表于《海燕》创刊号,发表后即引起种种猜测。有人怀疑是讽刺傅东华[①],又有人认为是“作者的自况”,这些解读都遭到鲁迅反对,但鲁迅并非要完全加以否定,而且也无法完全加以否定。

对讽刺傅东华说,鲁迅认为实际上是把小说的意义缩小了。他向来反对把小说讽刺看成报复私怨的手段。但鲁迅既声明傅东华并非不可取材,也就没有完全否认有可能讽刺傅东华。[②] 不过,即使《出关》讽刺了傅东华,不等于小说是为了讽刺傅东华,道理是很明白的。至于所谓“作者自况”说则比较复杂,主要出自“左联”内部,这一点很值得注意,而且似乎甚得一部分人的认同,鲁迅的反对也值得进一步探讨和分析。

最早发表“作者自况”说的,为原来创造社“小伙计”,也算是

① 徐北辰:《评〈海燕〉》,原载上海《小晨报》(1936.1.30.),原文未见,按《鲁迅全集》注释。
② 《且末·〈出关〉的“关”》,Ⅵ:519。参照《伪·前记》,Ⅴ:4—5。

“左联”发起人之一的邱韵铎(1907—1992)。邱韵铎在《〈海燕〉读后记》中,针对老子向庚桑楚解释他跟孔子“道不同”时所说的一句话“同是一只鞋子罢,我的是走流沙,他的是上朝廷的”,发表了这样的感想:

> 读了之后,留在脑海里的影子,就只是一个全身心都浸淫着孤独感的老人的身影。我真切地感觉着读者是会坠入孤独和悲哀去,跟着我们的作者。要是这样,那么,这篇小说的意义,就要无形地削弱了,我相信,鲁迅先生以及像鲁迅先生一样的作家们的本意是不在这里的。我更相信,他们是一定会继续地运用他们的心力和笔力,倾注到更有利于社会变革方面,使凡是有利的力量都集中起来,加强起来,同时使凡是可能有利的力量都转为有利的力量,以联结成一个巨大无比的力量。①

鲁迅没有立即回应。当时的“左联”书记徐懋庸接着又写了一篇类似的读后感,同样登在《时事新报》副刊,也是针对《出关》的那段话,认为小说刻画了“把别人‘走流沙’的学问利用为‘上朝廷’的敲门砖的青年,揶揄作家的编辑家”的“丑恶的脸谱”。但又认为:

> 《出关》中的老子之为鲁迅先生的自况,也是很明显的。但这老子,虽然遭门徒的背叛,受编辑的揶揄,结果只好出关,去走流沙,但和老实的夷齐不同,到底还是个“世故老人”。他清楚地知道一切都是“免不掉”的,所以他并不悲哀。②

徐懋庸跟邱韵铎的观感基本一致,但更直白也更多发挥,对鲁

① 原载上海《时事新报·每周文学》(2月11日),见《论著汇编》,Ⅰ:1349—1350。

② 原署名岑伯,题《〈故事新编〉读后感》,载上海《时事新报·每周文学》(2月28日),见《论著汇编》,Ⅰ:1352—1354。

迅更有针对性。鲁迅在 2 月 21 日复徐懋庸信中，表示不同意他这篇文章的观点，指出“那弊病也在视小说为非斥人则自况的老看法”，重申他写作“从来不用某一整个，但一肢一节，总不免和某一个相似”，并指责“邱先生却用抽象的封皮，把《出关》封闭了”，表示“将来也许写出一点意见”。但他又说：

> 那《出关》，其实是我对于老子思想的批评，结末的关尹喜的几句话，是作者的本意，这种“大而无当”的思想家，是不中用的，我对于他并无同情，描写上也加以漫画化，将他送出去。现在反使“热情的青年”看得寂寞，这是我的失败。

意思好像是说，《出关》的老子只是个历史人物，与现实无关，也与鲁迅本人无关。另外，鲁迅又表示同意《大公报》所载宗珏的书评，认为宗珏“是看出了作者的用意的”。宗珏的观点我们稍后再论。①

到了 4 月底，鲁迅终于写出《〈出关〉的“关”》，对邱韵铎（连带徐懋庸）的感想做了公开的回应。鲁迅在复王冶秋一封信中说：

> 年年想休息一下，[……]英雄们却不绝的来打击。近日这里在开作家协会，喊国防文学，我鉴于前车，没有加入，而英雄们即认此为破坏国家大计，甚至在集会上宣布我的罪状。我其实也真的可以什么也不做了，不做倒无罪。然而中国究竟也不是他们的，我也要住住，所以近来已作二文反击。②

所谓“二文”应指同月发表的《三月的租界》和《〈出关〉的

① 致徐懋庸（1936.2.21.），《信》，XIII：317—318。宗珏的书评载 1936 年 2 月 7 日天津《大公报·文艺》第 89 期，全文见《论著汇编》，Ⅰ：1346—1347。

② 致王冶秋（1936.5.4.），《信》，XIII：370。

"关"》,信的内容解释了回应的原因。所谓"反击",比较鲜明的是《〈出关〉的"关"》文末针对邱韵铎"联结成一个巨大无比的力量"的一段话,"以其人之道,还治其人之身",认为:

一为而"成一个巨大无比的力量",仅次于"无为而无不为"一等,我"们"是没有这种玄妙的本领的,然而我"们"和邱先生不同之处却就在这里,我"们"并不"坠入孤独和悲哀去",而邱先生却会"真切地感觉着读者是会坠入孤独和悲哀去"的关键也在这里。他起了有利于老子的心思,于是不禁写了"巨大无比"的抽象的封条,将我的无利于老子的具象的作品封闭了。但我疑心:邱韵铎先生以及像邱韵铎先生一样的作家们的本意,也许倒只在这里的。①

鲁迅显然对"联结成一个巨大无比的力量"即"联合战线"表示怀疑。这应该就是"国防文学"倡导者宣布鲁迅的"罪状",所以鲁迅需要"反击"。但这个"反击"是对邱韵铎关于"联合战线"的回应,而并非对《出关》主旨的阐释。

就小说的现实寓意而言,鲁迅在《〈出关〉的"关"》中这样说:

老子的西出函谷,为了孔子的几句话,并非我的发见或创造,是三十年前,在东京从太炎先生口头听来的,后来他写在《诸子学略说》中,但我也并不信为一定的事实。至于孔老相争,孔胜老败,却是我的意见:老,是尚柔的;"儒者,柔也",孔也尚柔,但孔以柔进取,而老却以柔退走。这关键,即在孔子为"知其不可为而为之"的事无大小,均不放松的实行者,老则是"无为而无不为"的一事不做,徒作大言的空谈家。要无所不

① 《且末·〈出关〉的"关"》,Ⅵ:521。

为，就只好一无所为，因为一有所为，就有了界限，不能算是“无不为”了。我同意于关尹子的嘲笑：他是连老婆也娶不成的。于是加以漫画化，送他出了关，毫无爱惜。①

这段话大抵是复徐懋庸信的进一步阐述，强调《出关》是他想起三十年前章太炎的话而起，似乎在设法避开小说与作者自己以及与现实关系的解释。鲁迅只是强调小说纯粹谈历史，没有什么现实意义。如果要说这是“反击”，那就是反对邱韵铎和徐懋庸把小说扯到作者和现实问题，把他们的说法表现为一种误读，甚至是歪曲。那么，邱韵铎和徐懋庸的误读或歪曲又是什么意思呢？徐懋庸其实还说得不够明白，如果我们综合他们的读后感和鲁迅的反应，大概可以作这样的理解：“左联”中一些人认为《出关》中的老子是鲁迅“自况”，是反映鲁迅反对“国防文学”即联合战线，跟“左联”主流意见不合，感到“门徒的背叛”的孤独与悲哀，终于只身出关。这是他们理解的《出关》的部分现实意义，至少是关于老子隐喻的部分意义。因此，鲁迅反对他们的“自况”说，也就是“反击”邱韵铎和徐懋庸对《出关》的这种政治现实解读。

但前面提及鲁迅同意宗珏的书评，宗珏认为：《出关》“虽然是历史题材，但是运用新的观点，针对着某角落的现象，在大众的面前揭露出一些曾经使许多人迷信的偶像的原形，还是极有意义的”。则《出关》到底也不是完全在写历史，不是纯粹为了再现过去的事实，而仍有现实意义，虽然这个意义变得有点抽象而模糊。有趣的是，这种相对抽象模糊的现实解释，大抵都出自远离上海这个是非

① 《且末·〈出关〉的“关”》，Ⅵ：520。

之地的其他城市，如北京、天津、西安等地。① 似乎只有了解“左联”内部事情的人，对《出关》才会有另外的体味。邱韵铎和徐懋庸的解读也不是完全神经过敏、捕风捉影，恐怕有一定的文本依据。

二

其实，中国现代文学中的历史小说，大都有借古喻（讽）今的意思，尤其是30年代文网深严的时候②，鲁迅的《故事新编》也不例外，虽然其中一两篇如《采薇》，其现实寓意比较隐晦，但另外一些如《理水》和《非攻》两篇，便比较直接关系到中国当时的政治处境。鲁迅通过想象与创造，把历史事件转化成政治寓言。《出关》也有点相似。

《出关》分两部分，前半部讲老子与孔子师徒，后半部是老子出关时所遇的众生相。小说的现实讽刺，非常明显。例如后半部讲关尹喜请老子编讲义，特别声明是优待老作家，假如他年纪轻，饽饽就只能有十个。如果认为鲁迅是在讽刺当时杂志社和书店对年轻作者的剥削，相信没有人会有异议。但这与历史上的老子显然无关，完全是“无中生有”。

《出关》其中一些段落也的确可以触动邱韵铎和徐懋庸敏感的神经。例如，小说中老子与庚桑楚谈论孔子时，对庚桑楚说了这句话（着重号为笔者所加）：

---

① 除北平的宗珏外，当时还有天津常风的《〈故事新编〉》、西安林穆的《读了〈故事新编〉以后》，都是一般而论。虽在上海而似乎不同意邱、徐的庸众，在其《读鲁迅的〈故事新编〉以后》，对小说的现实意义也有更多的体会。有关文章见《论著汇编》，Ⅰ：1354—1356、1358—1361、1369—1370。

② 参考田仲济、孙昌熙主编《中国现代小说史》，济南：山东文艺出版社，1984年，第468—470页。

你要知道孔丘和你不同：他以后就不再来，也再不叫我先生，只叫我老头子，背地里还要玩花样了呀。

对于不熟悉“革命文学”论战和“左联”内情的读者，恐怕不会知道这个“典故”的出处。“革命文学”论战时，创造社蔑视过鲁迅为“老头子”。① 后来双方虽然合作成立“左联”，创造社和太阳社有些人恐怕只是奉命行事，对立未除，矛盾依旧。而鲁迅及其支持者只是“左联”中的少数②，多数人则把鲁迅当作“统战对象”。③ 后来周扬他们仍常常私下批评鲁迅，背地称他“老头子”，鲁迅是知道的，并对此非常反感，在《且介亭杂文》中记上一笔：

《答〈戏〉周刊编者信》的末尾，使对于绍伯先生那篇《调和》的答复。听说当时我们有一位姓沈的“战友”看了就呵呵大笑道：“这老头子又发牢骚了！”“头子”而“老”，“牢骚”而“又”，恐怕真也滑稽得很。然而我自己，是认真的。④

根据王尧山的回忆，他常常听到周扬批评鲁迅，称鲁迅为“老头子”，这也令他非常反感。还有，《出关》后半部书记先生对老子交的稿的反应（“……哼，还是这些老套。真教人听得头痛，讨厌……”），若对照冯雪峰回忆“左联”成立听到的反应⑤，以及史沫特莱在“左联”为鲁迅五十寿辰举办的集会上，所遇到的一位年轻作

---

① 《三·我的态度气量和年纪》，Ⅳ：108—109。

② “左联”成立时代表“鲁迅方面”的除鲁迅本人外只有冯雪峰和柔石，仅占发起和筹备人数的四分之一。见《冯雪峰谈左联》，载《雪峰文集》，Ⅳ：548。

③ 茅盾：《我走过的道路》中，北京：人民文学出版社，1988 年，第 87 页。

④ 《且·附记》，Ⅵ：212。此文写于 1935 年末，1937 年 7 月《且介亭杂文》出版时才正式发表。也就是说，鲁迅写《出关》时尚无意将“老头子”的寓意公开。

⑤ 当时“到会的人中就又不重视和抵触”，并有几个人说过类似“鲁迅说的还是这些话”。见冯夏熊整理《冯雪峰谈左联》，Ⅳ：549。

家的相同反应①,则这些教人讨厌"老套"的反应,大概已成"左联"内部某种类型,而鲁迅也可能不是无的放矢的罢。不过,陈荒煤后来于1938年在延安发表文章纪念鲁迅时,将"老头子"的称呼,描绘成鲁迅与青年的亲近和敬爱,则是另一种情况。也许,"左联"中一些人背地称鲁迅"老头子"并非是对鲁迅不"尊重",但鲁迅肯定是将这个称呼跟"玩花样"和背后批评联系起来。② 鲁迅生气的主要原因在此。至于是否尊重他为"先生",其实并不重要。我们也可以从鲁迅跟冯雪峰的关系中,看到所谓"尊重"与否,对鲁迅来说并非一个很重要的问题。在编"左联"期刊时,冯雪峰"甚至题目也常是他出好制定,非做不可的",而且工作量常常超过鲁迅"个人能力以上",何尝对他"尊重"? 但鲁迅并不介意,并能够跟他合作无间。③ 总之,"老头子"的称呼引起鲁迅的反感,问题不在于尊重与否,而在于跟这个称呼联系起来的背后批评和"花样"。

如果邱韵铎和徐懋庸感到"老头子"在影射当时"左联"的周扬一派,那么小说中老子与庚桑楚的对话里所谓"道不同",自然就可以让他们联想到"国防文学"和联合战线的问题,这在逻辑上是很自然的。鲁迅自然也就对号入座,成了老子,小说便成了"自况"。然而,鲁迅既然反对"自况"说,他们对《出关》这样的解读,恐怕就不完全是鲁迅的本意了。不过,鲁迅的反对在逻辑上和在现实中,并不能完全推翻"自况"说,或否定这种解读在一定程度上有符合事实的地方。

---

① 史沫特莱记述了一位青年向她埋怨鲁迅:"叫人失望,是不是? 我是说鲁迅对革命文学的态度,是对青年泼冷水。"Agnes Smedley, *China Correspondent*, London: Pandora Press (1984), p. 63. 按:此书原名 *Battle Hymn of China*。

② 参考王尧山《鲁迅 · 周扬 · 胡风》,载上海鲁迅纪念馆等编《"左联"纪念集 1930—1990》,上海:百家出版社,1990年,第99页;荒煤:《老头子——纪念鲁迅先生》(1938),《资料汇编》,Ⅱ:959—960。夏衍的"老头子"则肯定是贬义,见黎之《文坛风云续录》(北京:人民文学出版社,2010年)中王学文提供关于"两个口号"的材料(第444页)。

③ 许广平:《鲁迅和青年们》,载《许广平忆鲁迅》,第247—248页。关于冯对鲁迅的不"尊重",另参见《鲁迅先生》,载《胡风全集》,Ⅶ:106—107,109。

三

鲁迅同意宗珏的观点，认为《出关》是有现实意义的，是“针对着某角落的现象”，“揭露出一些曾经使许多人迷信的偶像的原形”；在复徐懋庸的信和《〈出关〉的“关”》中，鲁迅强调他写作取模特儿的手法，“从来不用某一整个，但一肢一节，总不免和某一个相似，倘使无一和活人相似处，即非具象化了的作品”，但既然是“杂取种种人，合成一个，从和作者相关的人们里去找，是不能发见切合的了”。[1] 这些解释固然可以否定《出关》针对现实中的具体某个人和某件事，但并不能排除“自况”的可能性，因为鲁迅既然会博采多端，我们便不能排除他也会用到自己的一肢一节，他自己也可能包含在“某角落的现象”和那些“偶像”之中。况且，讽刺并非旁观者的冷嘲。鲁迅同意关尹子的嘲笑老子“连老婆也娶不成”，是否也有点自嘲的意味？王朔就认为《伤逝》反映鲁迅对“男女过日子的事”很生疏[2]；鲁迅与许广平的结合，也是许主动追求的结果。因此，漫画化了毫不足惜送走的老子，也可以是旧营垒的人的“反戈一击”[3]，也可以是某种程度的“自况”。

事实上，鲁迅可以说是属于内省型的“主观”作家一类[4]，《呐喊》和《彷徨》中的短篇小说，不少都明显有鲁迅自己的声音。[5] 其中如《孤独者》和《伤逝》就有很深入自省式的心理描写和内心对

---

① 对照《南·我怎样做起小说来》，Ⅳ：513。

② 陈漱渝主编：《谁挑战鲁迅——新时期关于鲁迅的论争》，成都：四川文艺出版社，2002年，第436页。

③ 《坟·写在〈坟〉后面》，Ⅰ：286；《二·序言》，Ⅳ：191。

④ 所谓“主观”作家，参考《译·译了〈工人绥惠略夫〉之后》，Ⅹ：168。

⑤ 例如：《头发的故事》中N先生的话很大程度上就是鲁迅自己的话。他同期写的文章可证实这一点，而且也与他的经历相符（Ⅰ：151，331；Ⅲ：31；Ⅶ：56—57），另参照周作人《鲁迅小说里的人物》，第43—50页。

话。《在酒楼上》中的吕纬甫和《孤独者》中的魏连殳也反映了鲁迅自己的经历和情感。尤其是魏连殳和小说中的“我”的对话，更像是鲁迅和他自己的对话。[①] 可见主观抒情在鲁迅的创作中占有不轻的分量。另外，鲁迅认为文学作品从广义上来说是作者通过想象的自我表白，是“作者借别人以叙自己”。[②] 如果这句话同样适用于《出关》，那么认为《出关》中包含鲁迅自己的思想感情，也合情合理；小说也就可能采用自己的一肢一节，而不应该只是章太炎的观点的重述。何况前述“老头子”的讨论，已揭示老子这个形象跟鲁迅有一定的联系。

其实，老子所反映的消极情绪，跟鲁迅当时的心境确颇有相通。前引致王冶秋信中，鲁迅就表示“年年想休息一下”，他这种想退隐，什么都不想做的想法，当时不止一次地在书信中流露出来。[③] 邱韵铎和徐懋庸将这些情绪理解成鲁迅投射到老子身上的“孤独和悲哀”，虽然为鲁迅所否定，但也并非完全没有根据。换句话说，《出关》显然是有“自况”的因素和现实寓意的，或者，我们至少可以认为，《出关》可以从鲁迅自身和他当时的处境去进行解读。因此，鲁迅反对邱、徐的联系现实解读，应该是因为鲁迅认为他们的理解不正确，而不是因为《出关》没有“自况”因素和现实寓意。

当然，《出关》到底只是小说，是经过作者艺术改造的现实的反映。老子并非完全是鲁迅本人的写照，老子与孔子的关系也并非完全是“左联”内部矛盾的反映。但若认为，鲁迅的《出关》一些相当关键的部分，是借老子生平的片段，尤其是老子跟孔子的关系，寄寓并抒发作者自己对当时“左联”政策大转变的一些感触，讽刺了里

---

① 见曹聚仁《鲁迅年谱》，第172—173页。关于鲁迅小说的主观性，见 Leo O. Lee, *Voices From the Iron House*, pp. 58—59。

② 《三·怎么写》，Ⅳ：23。

③ 致王冶秋（1936.5.4.）；致曹靖华（1936.5.14.），《信》，ⅩⅢ：370、378。见《有关一九三六年周扬等人的行动以及鲁迅提出“民族革命战争的大众文学”口号的经过》，载《雪峰文集》，Ⅳ：508。

面的一些人,这样的解读应该是可以接受的。如果鲁迅认为邱、徐是曲解,那么又曲解在什么地方?鲁迅赋予《出关》的现实寓意又何在?这只能从鲁迅对"左联"的态度和看法中寻找。

四

其实,鲁迅参加"左联"的态度,基本上跟他在"五四"时期培养青年作家和评论家的态度是一致的。鲁迅认为,1930 年创造社和太阳社拉他筹办"左联",是因为"那些'革命文学家'支持不下去了"①,而他参与筹办的目的之一,则在于"愿有英俊出于中国之心",甘愿让他们当"梯子"。② 他学习了马克思主义的理论,但并没有以为自己立场转变后就变成无产阶级的代表,而是更清楚地了解自己,解剖自己,愿意为新兴阶级的崛起而牺牲。顺带说明一点,在"假如鲁迅还活着"的讨论中,一些论者引述李霁野回忆鲁迅与冯雪峰关于革命时首先杀他的谈话,以及给曹聚人信中所谓扫街之说③,以证明鲁迅预见自己未来的命运。其实这只是事情的一面,而且我们也不须靠回忆或信件去说明,鲁迅早就公开说过:

> 革命者为达目的,可用任何手段的话,我是以为不错的,所以即使因为我罪孽深重,革命文学的第一步,必须拿我来开刀,我也敢于咬着牙关忍受。④

---

① 《三·序言》,Ⅳ:6;致姚克信(1933.11.5.),载《信》,Ⅻ:257。关于中共领导层干预并指示创造社和太阳社停止攻击鲁迅、与鲁迅合作组织"左联"一事,详见王锡荣《鲁迅生平疑案》,上海:上海辞书出版社,2002 年,第 155—168 页。

② 致章廷谦(1927.3.27.),《信》,Ⅻ:8。

③ 李霁野:《他活在善良人的心里》,载包子衍、袁绍发编《回忆雪峰》,北京:中国文史出版社,1986 年,第 44 页。鲁迅预测自己在新社会若能幸存,会当马路清洁工(致曹聚仁信,1934.4.30.,Ⅻ:397;对照《三·"醉眼"中的朦胧》所谓"给人家扫地"和"充军到北极圈"(Ⅳ:66)。

④ 《南·答杨邨人先生公开信的公开信》,Ⅳ:628。对照致萧军、萧红信(1935.4.23.),《信》,ⅩⅢ:116。

而此文写于1933年，当时鲁迅在“左联”得到冯雪峰和瞿秋白支持，“玩花样”的情况还不严重。可见这是鲁迅一贯的态度，跟一些提倡“革命文学”的青年以为自己掌握真理，代表真理的态度非常不同。另外一个区别，是鲁迅对革命并没有浪漫的幻想，在鲁迅看来，那些只愿意看到革命一定胜利的前景，只向往光明的出路的“革命文学”论者，其实是在逃避现实，连投机者都不如。他更强调革命过程中的复杂性和艰巨性，更强调直面惨淡的人生。①

在这个前提下，我们对于鲁迅不同意邱韵铎和徐懋庸的解读，原因并不难解。首先，以为《出关》表达鲁迅的“孤独和悲哀”，给青年泼冷水，使热情者跟着悲观，这种论调实际上跟“革命文学”论争中那种只强调前途一定光明，革命必定胜利的盲目乐观主义，是一脉相承的。所以邱韵铎所谓“使凡是有利的力量都集中起来，加强起来，同时使凡是可能有利的力量都转为有利的力量，以联结成一个巨大无比的力量”，对于强调斗争艰难复杂的鲁迅而言，只是不久前“支持不下去”的“革命文学”理论的延续，是不敢正视现实的旧传统“大团圆”的“瞒和骗”的变种。② 也正因如此，他认为邱韵铎这些高调，是仅次于老子玄妙的“无为而无不为”一等的空话。

但对于理解《出关》寓意，更重要的还是鲁迅与“左联”后期的关系。“左联”成立之初，鲁迅得到冯雪峰和瞿秋白的支持，即使发生矛盾也能化解，自从冯雪峰和瞿秋白在1933年底及1934年先后离开上海，鲁迅便开始变成“横站的士兵”，尤其是到了周扬主持期间，矛盾便越积越多。这些矛盾适逢政策路线的大改变，使问题更加错综复杂。必须指出，鲁迅虽然不赞成解散“左联”，但他不会反对“联合战线”，因为在“第三种人”的论争中，他就认为左翼作家要

---

① 参见《三闲集》中的《文艺与革命》《通信》《太平歌诀》《铲共大观》，Ⅳ：83—84、99、103—106。

② 参照《坟·论睁了眼看》，Ⅰ：237—241。

招致"同路人"和看客一同前进[①],所以他并不会反对战线的扩大,联合更多的人。虽然,鲁迅的扩大战线,是以"左联"为主导去"招致"其他人一同参与斗争,这跟"国防文学"对"国"认同然后一致对外,恐怕还是有点差异的。这也应该是他们"道不同"的地方,细细分析起来,似乎可以与所谓"走流沙"(在野?)与"上朝廷"的分别,有一定的内在联系。

按照这样的思路,《出关》中老子与庚桑楚关于舌头与牙齿的对话,也就很值得回味。这段对话虽然出自刘向《说苑》,但将齿与舌的刚柔,转成硬和软:"硬的早掉,软的却在",却可以有另一样的体会。鲁迅在《"硬译"与"文学的阶级性"》中,嘲笑过新月社在"言论自由"的问题上,对当权者不敢造次,以前的"严正态度"只是对弱小者。鲁迅把这种态度总结为"以硬自居,而实则其软如绵"。[②]这里的雷同是否纯属巧合,不得而知。鲁迅若在生,也许会反对这样的读法,如果他要保持作者的"面具"(mask)的话。但不管鲁迅承不承认,这种读法跟小说的寓意逻辑及背景都并不矛盾。这里的关键是,鲁迅已不信任"左联"中实行"联合战线"的周扬及其支持者。[③]

鲁迅对周扬他们有怀疑,对"联合战线"不放心,对"左联"的解散情绪上有抵触,所以冯雪峰在 4 月底回到上海后,需要对鲁迅做大量的说服和解释工作,这已经是众所周知的事情。冯雪峰有一段回忆鲁迅对周扬等人的观感,值得引述一下:

> 周扬等人只是空谈,唱高调,发命令,不对敌人认真作战,并且还扼杀不同伙的人的革命力量……这些人大抵都是借"革

① 《南·论"第三种人"》,Ⅳ:439。
② 《二·"硬译"与"文学的阶级性"》,Ⅳ:212。
③ 茅盾:《我走过的道路》中,第 310 页。

命”以营私利，…… 他们只长于“内战”，分裂战线，对敌人却心平气和，并且有意“取悦”于敌人，同敌人及其叭儿狗们反而常常联成一起……

据说，鲁迅甚至质问过杨之华为什么不把周扬等人清除出党。[①] 鲁迅在同期给曹靖华的一封信中说：“大抵在野时往往激烈，一得地位，便不免力欲保持，所以前途也难乐观。”[②]可以进一步说明他对周扬等人的现象有更深一层的理解。

邱韵铎和徐懋庸虽然注意到《出关》“道不同”的“鞋子”，而且徐懋庸还看出“把别人‘走流沙’的学问利用为‘上朝廷’的敲门砖的青年”，但不知是有意还是无意，他跟邱韵铎一样，只把焦点放在老子身上，而放过孔子。按照他们的读法，周扬等人其实正好就是孔子的角色。在鲁迅看来，后来成了“敲门砖”的孔子，代表着中国人当官的理想和欲望。[③]

五

自从冯雪峰和瞿秋白离开后，鲁迅看到的“左联”，除了在他背后要花样，就是空谈高调不做实事，颇令他心灰意冷，想“出关”离开文坛，休息一下。“联合战线”之说一出，鲁迅跟周扬他们的分歧就更大。鲁迅看到的是，先前的敌友在同一阵图[④]，投敌者利用新

---

① 见《有关一九三六年周扬等人的行动以及鲁迅提出“民族革命战争的大众文学”口号的经过》，《雪峰文集》，Ⅳ：506—511。

② 致曹靖华（1936.5.15.），载《信》，ⅩⅢ：379。这封信也可以说明鲁迅为什么不同意邱韵铎所谓的“悲哀”，因为不管怎样，“究竟还有战斗者在”，徐懋庸虽不认为鲁迅“悲哀”，但归结为鲁迅的“世故”，知道“免不了”，亦非鲁迅的想法。

③ 《且二·在现代中国的孔夫子》，Ⅵ：315—318。

④ 致曹靖华（1936.4.23.），《信》，ⅩⅢ：361。

政策翻了一个跟斗成了先觉者。[1]“左联”换了周扬等人之后，则“扼杀不同伙的人的革命力量”，“有意‘取悦’于敌人”。“硬的早掉，软的却在。”他甚至怀疑“左联”的解散是“别人参加了意见”的“溃散”[2]，周扬等人主张“国防文学”，是借“革命”以营私利，拿大旗当“敲门砖”，目的是为了“上朝廷”当官。而鲁迅选择了“走流沙”，拒绝参加中国文艺家协会。但“走流沙”并非“孤独与悲哀”，因为老子只是借来的“面具”，也是照出文坛众生相的镜子，而“流沙”处“还有战斗者在”。

以上是本文对《出关》现实寓意的解读，是通过文本的对比，鲁迅与“左联”后期关系的背景分析，以及根据鲁迅思想态度推论出的结果。对鲁迅思想态度和历史背景有不同理解的读者，自然会对《出关》的现实寓意有不同的体会，例如邱韵铎和徐懋庸，以后也许有新的史料发现，还会有不同的理解，会对本文的解释有所辨正，甚至推翻。不管怎样，本文认为《出关》明显有具体的现实寓意，并不抽象，而且是有文本的依据。

诚然，鲁迅不希望我们往更具体和现实的寓意方向探讨，也许这样解读真的使小说的意义“缩得更小，或者简直封闭了”。[3] 的确，伟大的作品之所以伟大，从来都因为它不单有具体的现实意义，还同时可以允许不同层次和不同角度的解读，正因为如此，它才能够超越时空，为不同地域和不同时代的读者所欣赏，所接受。《阿Q正传》之伟大，固然是写活了一个辛亥革命前后江南农村小镇的愚昧雇工，但更揭露了中国沉默国民的灵魂，里面还有人类共同的心理自卫机制；《伤逝》其实是鲁迅和许广平的爱情对话[4]，却体现了

---

① 《且末·半夏小集》，Ⅵ:595。

② 致徐懋庸(1936.5.2.)，《信》，ⅩⅢ:365。

③ 《且末·〈出关〉的“关”》，Ⅵ:517。

④ Chiu-yee Cheung, “The Love of a Decadent ‘Superman’: A Re—Reading of Lu Xun’s ‘Regret for the Past’,” *The Journal of the Oriental Society of Australia*, 30 (1999), pp. 27—46.

“五四”青年自由恋爱面对的现实问题，还有超越“五四”的爱情与社会责任（或事业）的矛盾、婚后爱情的维系等问题，这些问题迄今仍未能完满解决。这些解读并不互相矛盾。

探讨作者的本意及作品的具体所指，对研究作者生平思想及其时代背景有重要的意义。也许，在探讨作者思想的过程中，我们还能够从中体验出《出关》超越当时现实的意义。即使不能，只要我们明白这种读法的目的亦即其局限，并无意用这种解读把作品“封存”起来，也就不会把作品缩小。即使鲁迅再生，虽然或有小不舒服，大概也不至于太介意的罢。

《伤逝》是悼念弟兄之作？

——周作人强解的真意揣测

一

鲁迅的小说《伤逝》有多种解读，大体可分为社会历史和人物传记这两种不同的分析方法。笔者倾向于从人物传记切入的读法，认为小说与鲁迅跟许广平的爱情发展有直接关系，理由有二：（一）鲁迅主要是个主观作家，他写的东西大抵都跟自己有很深感受的事情有关，感情色彩很重的《伤逝》自然不能例外；（二）《伤逝》的直接写作背景是他跟许广平的爱情发展，既已促使他写出《孤独者》，则《伤逝》因此写成，更是顺理成章。当然，这并非说《伤逝》是纯粹个人的爱情故事，没有社会意义，因为这是鲁迅的小说，是关心社会和青年进步的鲁迅的小说，因此，从他个人"血管里出来的"，仍是有社会意义的"血"。[①] 不过，人物传记的读法还有另外一说，此说由周作人提出，也许因为他是鲁迅的弟弟，而且在鲁迅小说背景方面

① 详见张钊贻《鲁迅：中国"温和"的尼采》，第386—405页；《而·革命文学》，Ⅲ：544。

提供过很多很有价值的资料，所以广为研究者所接受。

周作人在五六十年代写给曹聚仁的一封信中说，《伤逝》“猜想是在伤悼弟兄的丧失”。后来在回忆录中更明确地说，他指的不是早逝的幼弟，而是他自己。① 陈漱渝虽然不同意这是小说的主旨，但认为周作人的说法并非完全没有根据，并提供了一个佐证：就在鲁迅写《伤逝》九天之前，周作人在《京报副刊》（1925.10.12.）译述一首罗马诗人卡图卢斯（Gaius Valerius Catullus）的诗《伤逝》，并在《译后记》中说明“这是诗人悼其兄弟之作”。② 陈漱渝认为，“伤逝”本有悼念兄弟之意，鲁迅与《京报副刊》关系密切，创作《伤逝》时可能蕴含着“哀悼兄弟恩情的断绝”的感情波动。③ 这一说法很有技巧。

然而，周作人推测和陈漱渝佐证的可靠性，至少有几点是令人怀疑的：（1）题目《伤逝》是用来表达悼亡哀痛的常用词汇，并不只用于失去兄弟④；（2）最重要的是，《伤逝》这篇以“抒情诗语言”写成的爱情悲剧，感情真挚，如何能跟兄弟之情扯在一起，非常费解；（3）还有，且不要说里面的强烈抒情色彩，周作人的猜测和小说情节也无法类比。在小说中，涓生悼念子君的死亡。现实中，周作人同鲁迅决裂。他们失和的原因现在虽然还不完全清楚，但有一点是可以确定的，就是跟周作人的日本妻子有关。鲁迅说自己是被一个

① 周作人、曹聚仁：《周曹通信集》，香港：南天书业，1973 年，I：45。周作人：《知堂回想录》下，香港：听涛出版社，1970 年，第 427 页。

② 译文见张铁荣、陈子善编《周作人集外文》上，海口：海南国际新闻出版中心，1995 年，第 769 页。这首诗是卡图卢斯悼念他兄弟的三首诗中最有名的一首，原诗是拉丁文，英译标题“On His Brother's Death”。周作人应是从英文转译，则悼念兄弟乃原题所有，非他特别点出。

③ 陈漱渝：《东有启明，西有长庚》《港台鲁迅研究状况》，载《鲁迅史实求真录》，长沙：湖南文艺出版社，1987 年，第 79—81、314—315 页。朱正跟陈漱渝差不多，在坚持对《伤逝》传统的解释的同时，亦接受周作人的说法（《一个人的呐喊》，第 139、153—155 页）。为周作人说法进一步诠释的有陈胜长，但根据是一些词义的探幽和比附（《从周氏兄弟作品研究看文学的认知和评价问题》，载《中国现代文学论集》，香港：香港中文大学中文系，1999 年，第 87—106 页）。

④ 例如，《世说新语》就有《伤逝》一章，所悼者多为知己朋友，未见兄弟；王余杞在《北京晨报》发表了三篇题为《伤逝》的文章（1931 年 5 月 23、24、27 日），为了纪念一个新月派诗人的逝世。这三篇文章误列入《鲁迅研究资料索引》上，北京：人民文学出版社，1981 年，第 244 页。

日本女人驱逐出八道湾的,而不是出于他自己的意愿。[1] 在这个意义上,鲁迅与加害者涓生的角色就套不上,他不可能悼念自己受到的伤害。[2] 所以,周作人以男女关系的破裂寄寓兄弟恩情的断绝,从小说的叙事来看,实在牵强之极。

不过,周作人表达自己看法时常常都比较隐晦和曲折。例如,他跟曹聚仁说《伤逝》是悼念兄弟的丧失,但没有立即说明这兄弟指谁,后来才说是指他自己;他对鲁迅的许多指责,都并非局外人一看就懂。[3] 因此,他所谓的"伤悼弟兄的丧失",似乎也不好简单地理解《伤逝》是为以涓生抛弃子君,来比拟鲁迅丧失周作人。那么,周作人究竟是什么意思呢? 首先,尽管周作人的解释完全脱离《伤逝》文本,表面上非常牵强,它至少传递了两个信息:(一)他认为《伤逝》跟他们两兄弟决裂有关;(二)他认为他们兄弟决裂可以跟男女爱情悲剧联系起来。值得注意的是,周作人这样说的语境,是紧接着批评许寿裳对兄弟决裂一事"造谣"之后提出的,是他"辩解"自己和羽太信子(NABUTO Habuko, 1888—1962)是导致兄弟决裂原因和责任的一部分。

二

关于鲁迅与周作人决裂的研究,已经出了不少,王锡荣做了比

① 许广平:《略谈鲁迅先生的笔名》,载《许广平忆鲁迅》,第 93 页。

② 据许广平《鲁迅回忆录》(北京:作家出版社,1961 年)所记鲁迅谈他们两兄弟的话,说周作人"曾经说:'要天天创造新生活,则只好权其轻重,牺牲与长兄友好,换取家庭安静。'"(第 51 页)其中"要天天创造新生活"倒像涓生所说"爱情必须时时更新,生长,创造"(Ⅱ:115),但周作人自然不会认为自己是涓生忏悔者的角色,否则《伤逝》就变成是指责他造成兄弟决裂之作了。查《鲁迅回忆录》原本并无此句(《鲁迅回忆录(手稿本)》,武汉:长江文艺出版社,2010 年,第 69—70 页),对于这本半集体合写的书,究竟何人添上这句,恐怕已无从稽考。

③ 参考王锡荣《周作人怎样骂鲁迅?》,载《周作人生平疑案》,桂林:广西师范大学出版社,2005 年,第 108—136 页。

较详细的概括[①]，此后在中国国内虽然仍议论纷纷，但再没有披露什么新的材料。他们的决裂仍然存在不少疑团，其中最大的疑团，自然是决裂突发的原因。1923 年 7 月 14 日鲁迅突然“改在自室吃饭，自具一肴”，过了几天的 19 日，“上午启孟自持信来，后邀欲问之，不至”[②]。可幸周作人的信留存了下来：[③]

鲁迅先生：

我昨天才知道——但过去的事不必再说了。我不是基督徒，却幸而尚能担受得起，也不想责谁——大家都是可怜的人间。我以前的蔷薇色的梦原来却是虚幻，现在所见的或者才是真的人生。我想订正我的思想，重新入新的生活。以后请不要再到后边院子里来，没有别的话。愿你安心、自重。

七月十八日　作人

但这封隐藏着巨大悲痛的信引起的疑团更大：周作人隔了四天的“昨天才知道”的究竟是什么事？鲁迅“改在自室吃饭”本应是突然发生的事件，现在扯到“不必再说”的“过去的事”，究竟是什么事？而且，这件事显然非常严重，大大动摇了周作人做人的信念，使他“以前的蔷薇色的梦原来却是虚幻，现在所见的或者才是真的人生”，还要重新“订正我的思想，重新入新的生活”，并禁止鲁迅到他住的“后边院子”。

从后来的回忆和谣传，我们知道突发事件跟鲁迅和羽太信子有关。在事情发生之前，鲁迅与羽太信子其实已存在矛盾，主要在家

① 王锡荣：《兄弟参商为哪般——鲁迅与周作人究竟为什么决裂》，载《鲁迅生平疑案》，上海：上海辞书出版社，2002 年，第 60—84 页。关于周家家庭收支管理这个决裂主因的分析，见张学文《鲁迅周作人兄弟失和的情理诠释》，载李继凯等主编《言说不尽的鲁迅》，北京：中国社会科学出版社，2011 年，第 259—294 页。

② 《日记》，XⅣ：460。

③ 周作人致鲁迅（1923.7.18.），《资料》4（1980），第 155 页。

庭开支方面，鲁迅对把持家务的羽太信子有很大的意见，认为她花钱过度；而羽太信子也大概因此对鲁迅恨之入骨，不许孩子到他房间去，要把鲁迅冷清死。① 然而，令人诧异的是，事发后的回忆和谣传，都是围绕着鲁迅对羽太信子“不敬”的问题，诸如听窗、窥浴②、调戏等。大部分这些“不敬”说法有一个不好解决的问题，就是跟周作人信中强烈反应程度不太符合。如果只是听窗、窥浴的话，周作人的反应似乎不至于此。各种谣传中还有所谓鲁迅与羽太信子两人其实早在日本已经相好，后因鲁迅已婚，遂将羽太信子“让”给周作人。③ 这样的事情，如果是真的话，那么周作人的反应是情理之中。但核对周氏两兄弟在日本活动的经过，鲁迅并未早于周作人认识羽太信子④，而且他们一起居住的时候，对外事情都由鲁迅去办，也就是说，周作人一般都待在家里⑤，可见这个传说纯属想象，毫无根据。而且，这种说法虽然符合周作人所谓“昨天才知道”的“过去的事”，但这种“私情”说显然不符合羽太信子对鲁迅的态度⑥，而且也显然并非令鲁迅突然“自室吃饭”的原因。

“不敬”说最严重的指责，自然是“调戏”，这与上面的“私情”说

---

① 俞芳：《周建人是怎样离开八道湾的》，《动态》1987：8，第 17 页；对照增田涉《鲁迅的印象》，龙翔译，香港：天地图书有限公司，1980 年，第 125 页。鲁迅对此也是刻骨铭心，并写进小说和文章（《彷・孤独者》，Ⅱ：95；《且・从孩子的照相说起》，Ⅵ：80）。另，周作人认为赵聪《五四文坛点滴》所说鲁迅和他的关系“去事实不远”（《周作人晚年信札一百封》，香港：香港太平洋图书公司，1972 年，第 26 页）。赵聪在书中云“据说”羽太信子讨厌鲁迅，不愿与他同住。所以周作人是知道羽太信子对鲁迅的态度的，只是不知他何时知道羽太信子的这种态度。

② “窥浴”说，见于马蹄疾《鲁迅何以被“逐出”八道湾》（《月刊》1990：9，第 47—48 页），谓曾在 30 年代《大公报》或《北平新报》看过短文《鲁迅与羽太信子》，记载鲁迅到羽太信子房门口偷窥她洗澡，被羽太信子告发于周作人。但此文未见。1948 年 10 月 3 日《大公报》有洛味同名文章，并无此内容（《论著汇编》，Ⅳ：764—765）。

③ 对照千家驹的版本，见其《鲁迅与羽太信子的关系及其他》，《明报月刊》1992：1，第 118 页；中岛长文听到的版本，见其《道听途说——周氏兄弟的情况》，赵英节译，《月刊》1993：9，第 45 页。

④ 王锡荣：《周作人生平疑案》，第 20—22 页。

⑤ 周作人：《知堂回想录》上，第 233 页。

⑥ 对“私情”比较系统的说法，见马蹄疾在台湾出版的《鲁迅新传——石在，火种石不会绝的》，台北：新潮社文化事业有限公司，1996 年，第 74—80 页。

其实矛盾，不过具体不详。舒芜有一段记台静农的记述较为具体，是台湾《作家身影》影视系列中接受采访的记录，就笔者所知，未见诸文字。[①] 按舒芜所记台静农的记述："鲁迅替周作人卖了一部翻译的稿子，卖到商务印书馆，正在着急要钱的时候，有一天晚上突然送汇票来了，鲁迅很高兴，敲中门进去告诉羽太信子，要告诉她有钱来了。当时可能羽太信子正在洗澡，衣冠不整的时候，因此羽太信子就说鲁迅调戏她。"[②]这就比"听窗"之类的"不敬"，对羽太信子的丈夫周作人来说严重多了，但如果没有进一步的事情发生，按常理还不至于产生信中表达的反应。看情况，传言中的事情还并非到此为止。[③] 中岛长文（NAKAJIMA Osafumi，1938—　）曾深入细密地探讨更严重的事情。

中岛长文从周作人在事件发生后写的一些文章里面，发现一些颇为突兀的感想和议论。他认为这些感想和议论透露了周作人的内心世界，透露了从周作人角度去看兄弟突然决裂的原因，以及决裂事件与羽太信子的关系。[④]

---

① 苏怡珲、谢金枝、雷光夏、刘丽文等制作：《作家身影 3：周作人——隐士与叛徒》，台北：春晖影业有限公司，1990 年。

② 荆有麟则有所谓误拆信件的说法，谓得诸鲁迅，因鲁迅误拆周作人信引起两人冲突。但此说与周作人给鲁迅信及鲁迅不知何故的反应不符，也许是荆误记或鲁迅不想让荆知道太多。但有关信的事情似乎是当时较广传播的说法。关于荆有麟的记述，见其《鲁迅眼中的敌与友》，《文艺生活》第 1 卷第 5 期（1942 年 1 月 15 日），转引自王锡荣《兄弟参商为哪般——鲁迅与周作人究竟为什么决裂》，载《鲁迅生平疑案》，第 66—67 页。

③ 周丰一 1989 年 2 月 23 日曾致信鲍耀明解读周作人绝交信，谓羽太重久曾对他说，目睹鲁迅与羽太信子抱在一起，并将此事告诉周作人，这就是"昨天才知道"的突发事件。至于"过去的事"，周丰一认为包含鲁迅与羽太信子在日本时已有肉体关系的事（井上欣儒等编《鲁迅　海外の中国人研究者が語かった人間像》，东京：明石书店，2011 年，第 206 页）。鲍耀明后来大概根据周丰一的说法，谓"周作人从外头进来，回到家里头一进房间看到，鲁迅跟羽太信子很亲密的样子，周作人马上很不高兴。原来为什么会有此情况呢？因为鲁迅到日本留学的时候，跟羽太信子先认识了她"。（《作家身影 3：周作人——隐士与叛徒》，1990 年）中岛长文质疑周丰一记述的可靠性，见其《羽太重久看见了什么》，白海君译，《月刊》2013：5，第 27—31 页。

④ 中島長文：《道聴塗説——周氏兄弟の場合》，《飈風》第 26 号（1991.12.25）；中译《道听途说——周氏兄弟的情况》，赵英节译，《月刊》1993：9，第 44—54 页。

三

中岛长文发现，周作人当时写的一些文章都折射决裂事件，例如在《自己的园地·序》中用了给鲁迅信的句子“我已明知我过去的蔷薇色的梦都是虚幻”①。差不多同时，周作人译武者小路实笃《某夫妇》。《某夫妇》讲一位大学教师，因年轻貌美的妻子受到出入家中学生的欢迎而生嫉妒。在7月17日译后记中（载1923年11月《小说月报》），周作人无端引用了《圣经》耶稣论用石头打死犯奸淫罪女人的话，并发了一通与小说无关的议论：

> 约翰福音里说，文人和法利赛人带了一个犯奸的妇人来问耶稣，应否把她按照律法用石头打死，耶稣答说，“你们中间谁是没有罪的，谁可以先拿石头打她”。这篇的精神很与他相近，唯不专说理而以人情为主，所以这边的人物只是平常的，多有缺点而很可同情，可爱的人…… 像莎士比亚的阿赛罗那样猛烈的妒忌，固然也是我们所能了解的，但是这篇所写的平凡人的妒忌，在我们平凡人或者觉得更有意义了。

这段与小说无关的议论，中岛长文却认为与周作人内心有关，透露了他内心折磨着自己的问题。中岛长文还引用了不少材料，其中值得注意的有周作人“创作”的《抱犊谷通信》：

> 我现在且让一步承认性的过失，承认这是不应为的，我仍不能说社会的严厉态度是合于情理。即使这是罪，也只是触犯了他或她的配偶，不关第三者的事。即使第三者可以从旁评

① 周作人：《自己的园地·序》，北京：人民文学出版社，1998年，第4页。

论，也当体察而不当裁判。"她"或者真是有"过去"，知道过一两个男子，但既然她的丈夫原许了，（或者他当初就不以为意，也未可知，）我们更没有不可原许，并不特别因为是自己的女儿。我不是基督教徒，却是崇拜基督的一个人：时常现在我的心目前面令我最为感动的，是耶稣在殿里"弯着腰用指头在地上画字"的情景、"你们中间谁是没有罪的，谁就可以先拿石头打她"。我们读到这里，真感到一种伟大和神圣，于是也就觉得那些一脸凶相的圣徒们并不能算是伟大和神圣。我不能摆出圣人的架子，说一切的罪恶都可容忍，唯对于性的过失总以为可以原许，而且也没有可以不原许的资格。①

文中又出现给鲁迅信中的"我不是基督徒"，以及《某夫妇》译后记中引述过的耶稣论犯奸女人的议论。中岛长文还注意到这篇"创作"的背景，1923 年 5—6 月以抱犊崮（即抱犊谷）为山寨的土匪头子孙美瑶，在临城绑架火车乘客，内有很多外国人，酿成轰动国际的事件。表面上，这是关于此事的"创作"，而周作人用"鹤生"为笔名似别有用意，查"鹤生"是鲁迅按日语给周作人起的绰号，所以只有他们知道是谁，用"鹤生"可能是故意写给鲁迅看。另一方面，周作人写土匪与"性的过失"，似乎也有特殊的含义，因为他们的祖母曾遭"长毛"（土匪）凌辱（"性的过失"）。

显然，这些"犯奸""性的过失"是他们兄弟决裂之后，突然变成折磨着周作人的问题，而且其中的用语可与周作人的决裂信连接起来。因此，中岛长文认为，周氏两兄弟决裂的原因，是周作人认为鲁迅造成羽太信子"犯奸"及"性的过失"，所以跟鲁迅决裂。这应该就是周作人"昨天才知道"的事情，也就是憋了几天后，羽太信子给

① 周作人于 1925 年 1 月 23 日写成，刊《语丝》12 期，后收入《谈虎集 · 抱犊谷通信》，上海：北新书局，1936 年，第 444 页。

周作人不与鲁迅共餐的解释。但中岛长文也指出,羽太信子“犯奸”及“性的过失”的事情,是羽太信子编造出来诬蔑鲁迅的。羽太信子在管理家务上过于浪费,常遭鲁迅批评,怀恨在心,久有赶走大伯的想法,当日或因小事不让鲁迅与她家共饭,在周作人追问原因三日之后,无法交代,遂捏造侮辱之事,造成两兄弟决裂。

大多数研究者对周氏兄弟决裂跟羽太信子的关系,都有中岛长文相同的观感①,理由很多。从鲁迅日记记录的反应来看,鲁迅开头对自己被迫“改在自室吃饭”一头雾水,过了几天周作人递信后,还“邀欲问之”,根本不知道是怎么回事(其反应甚至令人对舒芜所记鲁迅送汇票一事的真实性,也产生怀疑)。② 鲁迅毫不怀疑自己是被羽太信子赶出八道湾,亦已见前述。再从羽太信子与鲁迅因管家理财矛盾已经很大,以及羽太信子会歇斯底里“装死”,而周作人一碰到这招就屈服等事实,则羽太信子会在周作人面前诬鲁迅污辱她或两人有肉体关系,也就并不令人感到意外。③ 事实上,羽太信子在排斥自己不喜欢的人这方面,尤其是家里人④,可以说是非常冷酷无情的,其心理似乎值得进一步探究;而她对鲁迅的憎恶甚至延及其下一代。⑤ 以他们之间这样的实际关系,实在很难想象两人

① 例如王锡荣《兄弟参商为哪般——鲁迅与周作人究竟为什么决裂》,载《鲁迅生平疑案》,第60—84页。

② 李伶伶设法从常人心理去解释二周决裂的原因,终于不得要领,见其《周家后院——鲁迅三兄弟家事》,沈阳:辽宁教育出版社,2011年,第147—187页。

③ 前引周作人受“犯奸”“性的过失”等事情折磨,但“犯奸”和“性的过失”在鲁迅与羽太信子之间究竟是什么意思,还是有点费解。从周作人所引述的事例来看,“犯奸”和“性的过失”包括女子遭受强暴(强奸)、与人通奸,及婚前性行为。“通奸”与“婚前性行为”虽符合“蔷薇色的梦”的破灭,但不符两人对立的明显事实,以及事情的突发性;“强奸”符合事情的突发性,也符合周作人夫妇后来对鲁迅的粗暴行为,但“我昨天才知道——但过去的事不必再说了”,则事情有“过去”一段,并非突如其来,更像是指“通奸”与“婚前性行为”。也许,所谓“过去的事”和“蔷薇色的梦”是指周作人过去对鲁迅人格的尊崇和彼此合作的事业?这样理解似乎勉强可以解得通。

④ 例如,虐待她的父母,乃至他们见到朱安时“不免流涕”。事见致许广平信(1932.11.20.),《全18》,Ⅻ:341。另,她极力排斥羞辱周建人的可怕言行,见王锡荣《兄弟参商为哪般——鲁迅与周作人究竟为什么决裂》,载《鲁迅生平疑案》,第82页。

⑤ 周海婴:《鲁迅与我七十年》,海口:南海出版社,2001年,第77页。

能够有什么亲密关系或感情。鲁迅遭羽太信子诬蔑之更令人相信，还因为鲁迅对他身边女性关系所表现出来的品格。例如，最早为曹聚仁点出鲁迅有好感的许羡苏，他们关系密切，但鲁迅没有越雷池半步①；鲁迅与许广平的结合，也是后者勇敢主动努力追求的结果②。可惜，周作人却相信这样的鲁迅会跟他互不喜欢的弟妇、自己的老婆发生那样的关系。

周作人相信羽太信子，除了大家已指出的性格原因，诸如"惧内"、不惜牺牲一切都要保持自己生活和心理的平衡、平静，恐怕还有一个隐藏着的因素，就是他对鲁迅早已产生怀疑与不满。即使在表面上"兄弟怡怡"的时候。一个服膺蔼理斯性理论的人，对鲁迅与朱安之间不正常的夫妻生活，对鲁迅其实是过着独身生活的事实，不可能没有想法，由此产生对鲁迅的性格和人格的怀疑，也是很自然的。也就是说，周作人对自己"蔷薇色的梦"其实早已知道是"虚幻"的。而他对鲁迅的怀疑，再加上自己社会经济地位逐渐高于鲁迅的变化③，两人思想本有的不同开始扩大，恐怕已使这位一直受大哥庇荫的周作人的内心深处，孕育着摆脱兄长"控制"而走上独立自主道路的欲望。④ 羽太信子对鲁迅的诬蔑正好符合周作人内心深处的需要。一个要赶走大伯，独霸八道湾，一个要摆脱大哥，走自己的路，最终出现一方以秽语捏造事情，横加诬蔑，一方则毫不怀疑接受谎言，并于捏造未圆之处，加以救正。愿望相同，所以合作无间。两人对事实已经可以做到随心所欲，一厢情愿，顺水推舟。当然，从周作人当时发表的一些文章看，事情对他的精神打击

---

① 曹聚仁：《鲁迅评传》，上海：东方出版社，1999 年，第 296 页；余锦廉：《我谈"鲁迅与许羡苏"》，《月刊》1994：6，第 38—42 页。

② 参考张钊贻《鲁迅：中国"温和"的尼采》，第 386—405 页。

③ 周作人自 1917 年受聘北大教授，社会地位逐渐比鲁迅高，但收入方面，据王锡荣分析，仍以鲁迅稍高，不过相差不大（见《"文豪"还是"富豪"》，载《鲁迅生平疑案》，第 252—253 页）。对照周作人的经济状况（王锡荣：《周作人生平疑案》，第 368—389 页）。

④ 与笔者有同感的研究，有林分份《"权威"的陷落与"自我"的确立——对周氏兄弟失和的另一种探讨》，《研究丛刊》2009：4，第 20—32 页。

看来也确不小。[1] 他的确相信了羽太信子。但他的相信不等于就是事实。我们不妨换一个角度去看问题：如果周作人不相信羽太信子，他能怎样？周作人其实已经被逼到墙角，只能在老婆与大哥之间做出选择，而他能跟自己的老婆决裂吗？肯定不会。不过这些拷问灵魂的问题，都只能是大胆假设的题目，恐怕不可能进一步小心求证。对于这些目前无法求证的谜团还是暂且放下，让我们回到周作人强解《伤逝》的问题。

四

周作人听信羽太信子对鲁迅的诬蔑，有他的理由；再把事情跟《伤逝》扯在一起，也有他的原因。周作人的推测是在《两地书》原信还没公开之前，而许广平发表过三篇涉及她与鲁迅爱情的文章，当时也没有人注意，鲁迅与许广平爱情的发展经过，更没有人探讨。从周作人后来擅长写鲁迅小说背景的事实来看，周作人所能看到的鲁迅《伤逝》这个爱情故事的背后，只有他所以为鲁迅对羽太信子的关系和态度。另一方面，《伤逝》除了是个爱情故事，还是一个男子为爱情忏悔的独白。从简单的逻辑归纳推论，周作人会认为《伤逝》的内容是写鲁迅对羽太信子恋爱悲剧的哀痛和忏悔，并不奇怪。[2]

前面提到，周作人把《伤逝》明确解释为鲁迅哀悼丧失自己的时候，是批评许寿裳对兄弟决裂一事“造谣”之后提出的，是他在

---

① 参考荣挺进《〈晨报副镌〉上有关周氏兄弟失和的几则材料》，《月刊》2002：11，第31—37页。

② 吴俊则否定《伤逝》是爱情小说，但不能确定跟周作人决裂有关，认为是小说反映鲁迅“精神”的现实，是他“深层意识中偏执的负罪感”的反映（《鲁迅个性心理研究》，上海：华东师范大学出版社，1992年，第31—37页）。周作人若也读出小说中的“负罪感”，肯定增加他猜测的信心。

“辩解”跟鲁迅决裂的原因。周作人的意思,估计不是直接说《伤逝》中的男女爱情是他们兄弟之情,生硬地将涓生悼念子君解释为寄托鲁迅对失去周作人的哀痛,而是认为,小说寄托着鲁迅对失去羽太信子的伤痛,而鲁迅对羽太信子的爱欲及其后果,是导致他们兄弟断绝关系的原因。这样去理解需要一些转折,但符合周作人习惯的弯弯曲曲的表达方式,尤其是对于一些不便直陈的事情。既然周作人认为鲁迅做了对不起自己的事情,那么小说表达出忏悔之情也是很自然的,而且也正符合周作人的需要。对周作人来说,《伤逝》的忏悔可以说是个有力证据,证明决裂事件错不在他和羽太信子,而是在鲁迅,所以在批驳许寿裳后便立即提出来,让读者顺着他的思路去探究问题。当然,周作人这样的理解也会碰到解不通的地方,例如鲁迅与羽太信子之间存在矛盾,周作人也知道,实在看不出有什么爱的迹象。然而,性学探讨人的欲望,里面包含很多非理性的因素,周作人若从性心理角度出发,一些不合逻辑的事情也是可以接受和理解的,何况他可能也有摆脱鲁迅的愿望,这些小矛盾是可以视而不见的。而且,周作人对自己的“名声”其实非常在意,在面对否定“元旦刺客”来自日本军方的有力证据,就有点气急败坏,不顾事实,极力强辩。[①] 面对许寿裳的“造谣”而提出《伤逝》的强解,也正符合他的应对方式。

以上是笔者对周作人强解《伤逝》的分析。笔者认为这样的解释会更符合周作人的意思。如果我们真的相信,周作人认为现实兄弟之情是《伤逝》男女爱情的依托,把小说中涓生抛弃子君的忏悔,理解为鲁迅抒发他与弟弟断绝的哀痛,那么我们对周作人的文学鉴赏水平和理解能力,恐怕就要重新评估。笔者相信,周作人的文学修养应该不至于糟糕到那种程度。

---

① 参见耿传明《周作人的最后22年》,北京:中国文史出版社,2005年,第213—219页。

附录五

羽太信子可信乎？

——日本当代女权主义者对中岛长文质疑的疑义

秋山洋子(AKIYAMA Yoko)以“书评”或“研究笔记”的形式质疑中岛长文《道听途说》一文中提供的材料、解释和推论方法。[①] 秋山洋子是旗帜鲜明的女权主义者，虽说评论时非持女权主义立场，但题目《信子之声何以被消除?》，显然为羽太信子抱不平。不过这不平也未免抱得不合理。羽太信子对周氏兄弟决裂一事没有留下自己的文字，也没有让人留下记录，并非本有记录而“被”研究者“消除”。后来有中国论者表达过差不多的意见[②]，不过着重的是别人对羽太信子的评价，而且对这些评价是否符合事实的问题，也是采取不设法辨正的态度，纯粹是表达不平。但如果不问是非真伪，这不平的基础究竟是什么？只是因为羽太信子是个女子？从追求真相的学术研究立场看，实在不好理解。

对于周氏兄弟决裂一事，由于双方对事件讳莫如深，确凿的证据是没有的，研究者只能按日后掌握的材料去论证。即使是犯罪的侦查，也允许所谓对“环境证据”进行归纳，律师、侦探和研究者可以提出侦缉和研究的结论，而最后的判决自然只能由法官、陪审团和读者去做出。中岛长文从周作人当时的文章探出折磨他内心的问题，是很认真仔细的文本分析，再跟事件结合起来，得出周作人认为羽太信子与鲁迅“犯奸”的结论，是篇极精彩的“推理”论文，对这个问题的研究可以称得上具有“经典”意义。

对于没有确凿证据的“推理”结论，秋山洋子当然可以质疑，但

---

① 秋山洋子：《信子之声何以被消除?》，白海君译，《月刊》2016:3，第35—41页。原题《信子の声はなぜ消されたか——中島長文「道聴塗説——周氏兄弟の場合」の疑問》，载《駿河台大学論叢》24(2002)，第105—116页。

② 马春花、韩琛：《“沉默”的他者——“二周失和”叙事中的羽太信子》，《文艺争鸣》2011:5，第125—132页。

她没有提供任何新材料，也没有设法去审核辨正中岛长文所用的证据，不能不说是令人遗憾的。例如，对郁达夫和许广平关于羽太信子家庭开销方面毫不节约的批评，只提出许广平的回忆不一定可靠，而没有像王锡荣和张学文那样去探讨周家的收支管理和周作人经济情况①，而求得一个可符合事实的结论。这样的质疑颇类似文学批评上的所谓印象式批评，是主观评断，不是客观分析。客观事实却证明郁达夫和许广平的说法是可靠的。

对于鲁迅与朱安的关系，秋山洋子批评鲁迅没有跟朱安过真正的夫妻生活，违背当初为了母亲而接受这桩婚事的初衷，是对母亲的不孝。对于这一苛评，笔者无意为鲁迅辩解。鲁迅和朱安，在某种意义上也包括母亲鲁瑞，都是这一婚姻的受害者，他们都不会好受。不过我倒相信而且认为，鲁迅已选择了对自己、对别人都是伤害最小的方式。

秋山洋子“印象式”质疑的要害，还在于她以当前“经常听到的性骚扰的特例”为根据，认为“鲁迅对对信子进行了性骚扰”一事，并非“完全没有可疑之处”。对当前也是经常听到这些事情的读者，肯定很有说服力。可惜我们面对的不是发生在21世纪、本来对性就很开放的日本②，而是发生在20世纪20年代相对非常保守和传统的中国的事情。其实，关于周氏兄弟决裂传闻之一，即所谓鲁迅“窥浴”说，就更可能是中国人造的谣。1996年笔者访问鲁迅故居，当时还在鲁博工作的王世家先生不无气愤地跟我说，什么“窥浴”，当时日本还是男女共浴呢。意思是只有中国人才会当回事。张铁荣就提出“文化差异”的解释，引郁达夫《沉沦》中主角偷窥房东女儿洗澡，被对方看见说了一句话，羞愧得搬家，其实人家“并没有当回事”；并反过来推论，认为“窥浴”引起的冲突，可能是鲁迅跟

① 王锡荣：《周作人是穷还是富?》，见《周作人生平疑案》，第368—389页；张学文：《鲁迅周作人兄弟失和的情理诠释》，见李继凯等主编《言说不尽的鲁迅》，北京：中国社会科学出版社，2011年，第259—294页。

② 参考 Nicholas Bornoff, *Pink Samurai: The Pursuit and Politics of Sex in Japan*, Hammersmith: Grafton Books (1991)。

羽太信子都颠倒了自己的文化风俗去看待这件事,即鲁迅从日本文化风俗看待自己闯见羽太信子洗澡,认为对方不会当回事,而羽太信子则从中国文化风俗去看待遭大伯闯见自己洗澡,认为事情不得了。①不能不说都有一定道理。不过,张铁荣若能举出一些事例说明羽太信子已经"以中国人的习俗来要求自己",可能会更有说服力,但似乎比较难。至于当时日本妇女在家中洗澡遭并非自己丈夫的其他男性家人偷窥或闯见,是否全都"没有当一回事",尚有待考证,恐怕也不好一概言之,还得看具体事件在什么情况底下发生。总之,王世家和张铁荣之有道理,不是因为他们是男人,而是因为他们设法把事情放回当时的历史场景去考察。

对于秋山洋子以当前性骚扰特例为依据的质疑,只要对照一下所谓鲁迅不孝的婚姻关系,就会产生更多的疑问。鲁迅跟朱安没有爱情,所以无法有夫妻生活。这证明鲁迅并非一个一见到女人就会扑上去的色狼。如果没有研究者能够证明鲁迅对羽太信子有爱情,则中岛长文之"相信鲁迅"而认为羽太信子有关"性骚扰"的指控是谎言的论断,就显得更符合情理了。其实,即使有证据证明鲁迅对羽太信子有男女之情,也不一定就能证明他们发生过肉体关系。曹聚仁就认为鲁迅对许羡苏有特殊的好感,关系是不一般的密切。②有论者甚至认为,《伤逝》是鲁迅跟许广平定情后在为"处理与许羡苏的关系"而作。③ 但鲁迅对许羡苏没有越雷池半步。对于当今的读者,这可能是有点难以想像和理解的事情,但事实如此,没有办法。我们不能用现在的眼光去看过去的事情。

2016 年 8 月

① 张铁荣:《周氏兄弟失和原因新探》,《中华读书报》(2016.8.3.)。

② 曹聚仁:《鲁迅评传》,上海:东方出版社,1999 年,第 296 页;余锦廉:《我谈"鲁迅与许羡苏"》,《月刊》1994:6,第 38—42 页;余锦廉:《许羡苏在北京十年》上、下,《月刊》2007:6 及 7,第 16—31、31—44 页;马蹄疾:《鲁迅新传》,第 90—106 页。

③ 陈留生:《〈伤逝〉创作动因新探》,《南京师大学报》2003:3,第 115—120 页。

“折射”成黑色的“超人”
——鲁迅作品中的尼采“超人”形象

一

鲁迅与尼采的比较和影响研究,以思想方面的为主,文学方面的相对较少;而文学的比较中,以《野草》最受注意,鲁迅的小说则相对较少。即使是比较尼采与鲁迅的小说,也是以思想性问题的讨论占多数,文学创作上的影响则较少。也许是思想上的问题容易发现和讨论,而文学问题因为经过作者“创造性转化”,多重折射,踪迹隐晦,较难说得清楚。不过,若从鲁迅进行小说创作的同期文字和思想出发,我们还是可以在他的小说中看到一些尼采影响的蛛丝马迹,并由此做出一些影响和转化的推论。虽然这种推论难免存在主观因素,也不可避免受作者对鲁迅和尼采的理解所制约,不可能“科学”“实证”,但文学研究难免存在这类主观“误区”,若因为无法实证而放弃探讨,未免削足就履,使鲁迅与尼采的比较研究留下令人遗憾的缺陷。本文试图稍稍填补一下这个缺陷,主要是探讨尼采“超人”在鲁迅作品中转化成的形象。

一

要谈鲁迅的作品和思想,离不开他思想发展的三个不同阶段:即所谓留日前后的早期、“五四”时代的前期、转向左翼的后期。鲁迅早期体现的尼采“超人”影响,见于《文化偏至论》中张皇意力、抵抗庸众的“个人主义之至雄桀者”,但更具体的可以说是体现在以“摩罗”诗人为主的“精神界之战士”的身上。

在《摩罗诗力说》中,鲁迅列举了一批所谓“摩罗”诗人:

> 凡立意在反抗,指归在动作,而为世所不甚愉悦者悉入之[……]凡是群人[……]大都不为顺世和乐之音,动吭一呼,闻者兴起,争天拒俗,而精神复深感后世人心,绵延至于无已。

其中包括拜伦(George G. Byron)和裴多菲·山陀尔(Petőfi Sándor)。[①] 鲁迅把“精神界之战士”等同为“性解”即天才,在鲁迅的词汇中,“性解”或天才就是尼采的“超人”。不过,“精神界之战士”也包含了当时多重的因素,包括鲁迅的心态和时代精神,随着时间的推移,其中一些特点,诸如政治革命诗人,亦逐渐褪色,反而是《文化偏至论》中作为文明批评家的尼采“超人”,在鲁迅日后的文章中,仍占有主要的地位。

慷慨激昂、充满斗志的“精神界之战士”的消退,似乎跟鲁迅计划要发起的文学运动的失败有关。1907 年鲁迅邀集了几个朋友,计划出版杂志《新生》。由于没有资金,计划只好取消。鲁迅为杂志准备的一些稿件,后来在其他刊物上发表。这些作品可以分成两类:文化批评论文及西方小说的编译。编译小说中如《斯巴达之

---

① 《坟·摩罗诗力说》,I:66。

魂》，反映鲁迅鼓动革命的意图。[①] 而其余的，尤其是《域外小说集》所收，则属于"纯文学"，并不煽动革命斗争，而且一点都不激昂。鲁迅显然"向内转"，是个明显的改变。

鲁迅后来在《呐喊·自序》回忆这段时期中的感受，觉得自己"如置身毫无边际的荒原"：

> 这寂寞又一天一天的长大起来，如大毒蛇，缠住了我的灵魂了。[……]这经验使我反省，看见自己了：就是我决不是一个振臂一呼应者云集的英雄。[②]

以文学能够"振臂一呼应者云集的英雄"，正是鲁迅设想发起文学运动的"精神界之战士"。但他的呼叫没有得到响应，只剩下孤独。鲁迅带着他的挫败与孤独感回到中国。这一挫败与孤独感到了辛亥革命胜利之后，反而有了更深广的膨胀。我们可以从他的小说和回忆录，诸如《在酒楼上》、《孤独者》、《范爱农》中领略到鲁迅感受的滋味。在反省的过程中，鲁迅从《查拉图斯特拉如是说》(Also sprach Zara thustra)中读出力图救世的强者的孤独，尤其对其《前言》印象特别深刻，先后将它翻译了两次。显然，鲁迅从《前言》中爱"人"，想教人们"超人"道理，但从市场上得不到一个听众的查拉图斯特拉的遭遇中，看到了自己文学运动失败的影子。因此，鲁迅对尼采"超人"说的认识包含着两个方面：尼采爱"人"，但同时又绝望于同时代人。他在赞颂尼采"超人""意力绝世，几近神明"的同时，就指出尼采的希冀其实是出于绝望："正犹洪水横流，自将灭顶，乃神驰彼岸，出全力以呼善没者尔，悲夫！"[③]在鲁迅心目中，这

① 《南·我怎样做起小说来》，Ⅳ：511。

② 《呐·自序》，Ⅰ：417—418。钱理群指出，鲁迅在《摩罗诗力说》和《破恶声论》中开始出现"寂寞"一词。见其《心灵的探寻》，北京：北京大学出版社，1999年，第176页。

③ 《坟·文化偏至论》，Ⅰ：55。

种对绝望进行反抗和斗争,是尼采"超人"的典型特征。虽然鲁迅的文明批评家没有在他的文学作品中形成人物形象,其与尼采"超人"的渊源和契合,将对我们探索尼采"超人"在鲁迅作品中的转化,有很大的帮助。我们可以这样认为,即使是在早期,鲁迅文章中"个人主义之至雄桀者"的文明批评家,本来就隐藏着绝望悲凉的因素,这些因素由于文学运动的失败而逐渐显露出来,到了辛亥革命的没能够发动群众进行社会改革的实质性失败而进一步发酵,甚至可以说成了"五四"时代、主要是"五四"退潮之后鲁迅思想的主调。"反抗绝望"可以说是尼采对鲁迅影响的概括,也可以说是鲁迅对尼采认识的概括。

二

"五四"时期鲁迅的创作,其实是他早期思想和感受沉淀并压抑多时的一次大爆发。就鲁迅与尼采的比较研究中,鲁迅当时扫荡"礼教吃人"的作品,颇有尼采"重估一切价值"的气概和意义,也最容易被人认出他跟尼采的近似,而他们更深层次的契合,即"反抗绝望"方面,却探讨得不多,似乎还有再深入挖掘的空间。

鲁迅的"反抗绝望"即长期寂寞的痛苦,使他对大众的无动于衷产生"怨恨"(ressentiment),从《药》、《在酒楼上》和《孤独者》,以及回忆录《范爱农》中,我们可以清楚地看出这一点,如果其中跟尼采的联系还不够明显,我们可以透过鲁迅的翻译对照出来。鲁迅对大众麻木的怨恨,促使他在1922年翻译了阿尔志跛绥夫(Mikhail Artzybashev)的小说《工人绥惠略夫》。鲁迅认为绥惠略夫的故事跟民国以前及以后许多改革者的境遇相似①,他们为社会做出牺牲,

① 见朱正《鲁迅为什么要译〈工人绥惠略夫〉》,载丁锡根等《鲁迅研究百题》,长沙:湖南人民出版社,1981年,第571—576页。

社会不但不感激，反而敌视他们，压迫他们。若对照《孤独者》和《范爱农》，则鲁迅把《工人绥惠略夫》翻译过来，明显有"借他人的酒杯，浇自己的块垒"之意。鲁迅同情绥惠略夫，因为他"要救群众，而反被群众所迫害，终至于成了单身，忿激之余，一转而仇视一切，无论对谁都开枪，自己也归于毁灭"①，绥惠略夫这种要毁灭一切，对社会进行报复的"无治的个人主义者"②，跟夏瑜、吕纬甫、魏连殳和范爱农等并不完全一样，也许只是鲁迅借此发泄自己的极端情绪。但在鲁迅看来，"无治的个人主义"却跟尼采的"超人"思想非常接近，认为"绥惠略夫却确乎显出尼采式的强者的色彩来"。③

鲁迅在1925年给许广平的一封信中，曾透露自己内心思想状况：经常处于人道主义和"个人的无治主义"两种矛盾思想的"消长起伏"，会"忽而爱人，忽而憎人"④，跟体现出尼采式"超人"的绥惠略夫一样。⑤ 就在信里，他谈到这种对绝望的反抗：

> 我的作品，太黑暗了，因为我只觉得"黑暗与虚无"乃是"实有"，却偏要向这些作绝望的抗战，所以很多着偏激的声音。其实这或者是年龄和经历的关系，也许未必一定的确的，因为我终于不能证实：惟黑暗与虚无乃是实有。⑥

鲁迅将"绝望"等同于"虚无"，可以跟尼采的虚无主义对比，也

---

① 《两》，Ⅰ：4，Ⅺ：20。

② 《华续·记谈话》，Ⅲ：356—367。

③ 《译了〈工人绥惠略夫〉之后》，Ⅹ：169。

④ 鲁迅修订《两地书》时，用"个人主义"取代"个人的无治主义"。对照《全18》，Ⅺ：81、493。

⑤ 在俄国，阿尔志跋绥夫最具尼采色彩的作品是《赛宁》，但鲁迅则认为相反，因为《赛宁》代表的是给打败了的"超人"。见《译了〈工人绥惠略夫〉之后》，Ⅹ：167；《且二·〈中国新文学大系〉小说二集序》，Ⅵ：255；Edith W. Clowes，"Literary Reception as Vulgarization：Nietzsche's Idea of the Superman in Neo-Realist Fiction"，in Bernice G. Rosenthal（ed.），*Nietzsche in Russia*，Princeton：Princeton University Press（1986），pp. 323—327.

⑥ 《两》，Ⅺ：20—21。

可以跟无政府主义联系起来研究。鲁迅与尼采和无政府主义与虚无主义的关系比较复杂。无政府主义在洋务运动期间便已介绍到中国,但要到洋务运动和戊戌维新都失败,革命思潮高涨时,才引起人们的注意,形成一股思潮。当无政府主义受到中国革命者注意的时候,它是作为欧洲社会主义潮流的另一个选择而出现的。或更确切地说,无政府主义是作为社会主义更乌托邦或更激进的一支而传到中国的,跟政治虚无主义有一定的联系。这中间的过程中,日本自然是个很重要的渠道①,当时在日的中国知识分子领袖如章太炎都受到影响。② 而章太炎当时对鲁迅有一定影响。③

章太炎与无政府主义对鲁迅的影响,可以体现在鲁迅所总结的20世纪初文化潮流的"偏至":"掊物质而张灵明,任个人而排众数。"④在政治上抨击社会主义和议会民主制就是这种偏至,这跟尼采的精神"贵族激进主义"观点立场一致,虽然是否直接来自尼采的影响,殊难确证。在这一点上,他们也跟无政府主义契合。对议会政治的厌恶,本是世纪末思潮的一部分,尤其在无政府主义者之间非常普遍,他们从各种各样的材料中觅得支持,其中就包括尼采的著作。⑤ 章太炎反对议会民主的理由也差不多,认为议会民主只是专制的另一种形式,在中国行不通。⑥ 这里也有无政府主义的影

① 参考孟庆澍《无政府主义与五四新文化》,开封:河南大学出版社,2006年,第21—22页;Arif Dirlik, *Anarchism in the Chinese Revolution*, Berkeley: University of California Press (1991), p. 63。

② 参考《五无论》,见《章太炎全集》,上海:上海人民出版社,1986年,Ⅳ:429—442。关于章太炎思想的复杂性与无政府主义的接触,参考唐文权、罗福惠《章太炎思想研究》,武汉:华中师范大学出版社,1986年,第113—116、260—267页;Peter Zarrow, *Anarchism and Chinese Political Culture*, New York: Columbia University Press (1990), pp. 48—52。

③ 李泽厚:《略论鲁迅思想发展》,见《鲁迅研究集刊》第1辑(1979.4.),第31—62页;李国华:《章太炎的"自性"与鲁迅留日时期的思想结构》,见《研究丛刊》2009: 1,第38—53页。

④ 《坟·文化偏至论》, Ⅰ: 55、46。

⑤ Richard D. Sonn, *Anarchism and Cultural Politics in Fin de Siècle France* (Lincoln: University of Nebraska, 1989), pp. 181—187; R. Hinton Thmoas, *Nietzsche in German Politics and Society* 1890—1918, Oxford: Manchester University Press (1983), pp. 48—61.

⑥ 见《代议然否论》,见《章太炎全集》,Ⅳ: 300—311。

响。不过，当章太炎鼓吹无政府主义时，鲁迅已经对无政府主义有具体分析，这跟无政府主义本身的复杂性有关，这种复杂性在传入东亚时便已经很明显。

廖仲恺在1906年以"渊实"的笔名，译介了两部著作的片段，一是日本久津见蕨村（KUTSUMI Kesson, 1860—1925）《欧美之无政府主义》，一是布理斯（W. D. P. Bliss）的《社会主义手册》（*A Handbook of Socialism*）。其中久津见蕨村就提及"以个人为主"和"以社会为主"的两派无政府主义，而前者的代表就包括斯蒂纳（Max Stirner）和尼采[①]；布理斯也提及两派，一为无政府共产主义，另一为以个人主权为哲学根据的"个人的无政府主义"（Individual Anarchism）。[②]而在1907年，鲁迅曾要周作人摘译克鲁泡特金（Peter Kropotkin）的自传，发表时题为《论俄国革命与虚无主义之别》[③]，强调哲学虚无主义与政治虚无主义——也就是无政府主义重要组成部分——的区别，并在译者后记明显反映鲁迅对政治无政府主义的反对态度。[④] 显然，鲁迅偏向于哲学和个人的无政府主义。章太炎虽有个人主义精神和脾性，但当时热衷于政治活动，因此就要偏向社会。鲁迅后来对无政府主义的空想时有讥评，虽然针对的是吴稚晖[⑤]，但由此推论，他当时对老师的《五无论》，心底下恐怕也已经不以为然。

---

① 渊实：《无政府主义之二派》，见《民报》第8号（1906.10.），第17—24页。文中的尼采作"尼得且（Netche）"，查西文并无"Netche"一姓，只有北美一印第安部落有转写"Netche"一名（Thomas E. Mails, *The Cherokee people*, Tulsa: Council Oak Books, 1992, p. 289）。且能与斯蒂纳思想并驾齐驱而姓氏相近者，亦唯尼采一人。

② 渊实：《无政府主义与社会主义》，见《民报》第9号（1906.11.），第2页；W. D. P. Bliss, *A Handbook of Socialism*, London: Swan Sonnenschein (1895), p. 15.

③ 文见陈子善、张铁荣编《周作人集外文 1904—1925》，海口：南海国际新闻出版中心，1995年，第29—32页；事见杨天石《鲁迅早期的几篇作品和〈天义报〉上署名"独应"的文章》，见《资料》3（1979.2.），第291—294页。

④ 另见《坟·文化偏至论》，Ⅰ：52，并对照白浩《鲁迅与无政府主义》，《月刊》2004：12，第82—88页。

⑤ 《而·答有恒先生》及《而·拟预言》，Ⅲ：457、572。

事实上,不管是哲学的还是政治的,赞赏尼采的无政府主义者都不乏人,其中的著名代表人物就有美国的爱玛·戈德曼(Emma Goldman)。其理论混合了斯蒂纳的个人主义与克鲁泡特金的集体主义无政府主义,与尼采思想有一定的逻辑关系。戈德曼认为尼采思想是革命解放与独立自由,尼采的反传统、强调文化艺术、"超人"、反对国家,等等,都与无政府主义的理念相同。① 她在自传中说:"尼采并非社会理论家,而是个诗人,叛逆者,创新者。他的贵族既非出身亦非钱包所定,而是精神。在这个意义上,尼采是个无政府主义者,而所有真正的无政府主义者都是贵族。"②当然,戈德曼等人的看法并不代表所有无政府主义的观点,如果要照顾到无政府主义各种派别的主张,则无政府主义理论可能会陷入自相矛盾的深渊,但这些问题超出本文范围,可以从略。不过,戈德曼等人的"个人主义的无政府主义",跟鲁迅的"个人的无治主义"也并不完全一样,其中缺乏"反抗绝望"的意味,也不特别强调强者的色彩。

显然,鲁迅在"五四"后期对无政府主义的看法稍有不同。绥惠略夫其实已偏离哲学的无政府主义而变成政治的虚无主义。但鲁迅认为绥惠略夫"反抗绝望"的"无治的个人主义"有"尼采式的强者的色彩"。对此,尼采恐怕不会同意。其实,尼采对无政府主义极尽抨击之能事,把无政府主义与基督教、议会民主制、社会主义等理念并列,原因是它们都蕴藏着"怨恨",而"怨恨"是"奴隶道德"(Sklaven Moral)的核心。虽然,鲁迅后来在《拿来主义》中提出克服"怨恨"的主张,但当时有没有注意到"怨恨"属于奴隶价值观的问题,不得而知。如果没有,则他包含"怨恨"的所谓"无治的个人主

---

① Leigh Starcross, "'Nietzsche was an anarchist': Reconstructing Emma Goldman's Nietzsche Lectures", in John Moore and Spencer Sunshine (eds), *I Am Not A Man, I Am Dynamite*! — *Friedrich Nietzsche and the Anarchist Tradition*, New York: Autonomedia (2004), pp. 29—39; "Anarchism and Friedrich Nietzsche" (25 Oct 2012) in Wikipedia (http://en.wikipedia.org/wiki/Anarchism_and_Friedrich_Nietzsche).

② *Living My Life*, New York: Knopf (1931), p. 194.

义"的尼采色彩，也基本上是一种"伪影响"（false influence），但毕竟经"折射"而保存着"尼采式的强者的色彩"。

绥惠略夫的"无治的个人主义"与鲁迅的"个人的无治主义"，表面上词义有侧重的不同，但以绥惠略夫的社会报复为"无治的个人主义"而不是"个人的无治主义"，而且《两地书》把后者改成"个人主义"，恐怕两者在鲁迅眼中其实差别不大。在"五四"时代，鲁迅本不愿意讨论社会改革，因为改造"国民性"的思想革命更为根本[①]，但中国"政象"以及许广平参与社会斗争的讨论，使他无法摆脱对社会政治问题的考虑，也许"无治"从定语变成"无治主义"的原因在此。但鲁迅加上"个人"，恐怕还是对政治的无政府主义有所保留，尤其是中国的无政府主义。鲁迅在1925年给许广平的书信中，多次表达他对中国无政府主义的不满[②]，但他的不满，实际上是对中国整个"政象"的悲观，是对参与中国政治活动所能取得结果的悲观。当然，鲁迅表达不满并非无缘无故，而是他对许广平日益强烈的参与社会斗争意愿的回应，也是他对中国面临新一轮必要的社会改革的思考。如果"无治的个人主义"与"个人的无治主义"有什么区别的话，我们也许可以这样认为，"个人的无治主义"是鲁迅以尼采"超人"为主导的思想文化革命在卷入社会政治斗争时的调整，也就是把斗争的重心从文化战线转移到社会战线。在社会政治斗争中，"无治的个人主义"者还会加入"革命部队"。鲁迅后来解释说：

> 每一革命部队的突起，战士大抵不过是反抗现状这一种意思，大略相同，终极目的是极为歧异的。或者为社会，或者为小

① 《华·通讯》，Ⅲ：22；《两》，Ⅺ：32—33；《坟·我们现在怎样做父亲》，Ⅰ：140.

② 《250331 致许广平》、《250530 致许广平》，《全 18》，Ⅺ：469—472、492。另对照鲁迅对中国"虚无党"的批评（《华续·马上支日记》，Ⅲ：327—328），这里的"虚无党"实即无政府主义组织。

集团,或者为一个爱人,或者为自己,或者简直为了自杀。然而[……]个人主义者所发的子弹和集团主义者所发的子弹,是一样地能够制其死命。①

可见,鲁迅的“个人的无治主义”尽管在后来参与社会政治斗争时,加入了集团主义的因素,放弃了泄愤式报复性的恐怖主义,但鲁迅既没有否定它的自毁倾向,还保留着它“反抗绝望”的尼采强者精神。了解鲁迅上述这些思想上和实践上的调整,有助于我们追踪尼采“超人”形象在鲁迅作品中的变化。

三

在表面上看来,相对于绥惠略夫向社会报复的“无治的个人主义者”,《药》、《在酒楼上》和《孤独者》中的主角,也许除了夏瑜,都只是彻底的失败者,显不出什么强者的色彩来。但魏连殳其实进行了报复,另一种形式的报复。魏连殳跟《狂人日记》里的狂人一样,后来都“好”了。从“大良们的祖母”嘴里我们知道魏连殳“交运”之后有很大的转变:

脸也抬高起来,气昂昂的。对人也不再先前那么迂。你知道,他先前不是像一个哑子,见我是叫老太太的么?后来就叫“老家伙”。唉唉,真是有趣。人送他仙居术,他自己是不吃的,就摔在院子里[……]叫道,“老家伙,你吃去罢。”他交运之后,人来人往,我把正屋也让给他住了,自己便搬在这厢房里。他也真是一走红运,就与众不同[……],三日两头的猜拳行令,说的说,笑的笑,唱的唱,做诗的做诗,打牌的打牌[……]

① 《二·非革命的急进革命论者》,Ⅳ:226。

> 他先前怕孩子们比孩子们见老子还怕，总是低声下气的。近来可也两样了，能说能闹，我们的大良们也很喜欢和他玩，一有空，便都到他的屋里去。他也用种种方法逗着玩；要他买东西，他就要孩子装一声狗叫，或者磕一个响头。哈哈，真是过得热闹。前两月二良要他买鞋，还磕了三个响头哩，哪，现在还穿着，没有破呢。[①]

跟绥惠略夫一样，魏连殳原来想唤醒被侮辱和被损害的人，如大良们和他们的祖母，把他们从“奴隶”拯救回“人”，但他反受这些人的轻蔑，失败了，于是反过来以对待“奴隶”的态度去对待他们，反而得到尊敬。不再唤醒“奴隶”，让他们永远被侮辱和被损害，这其实是魏连殳最深刻的报复。跟绥惠略夫一样，魏连殳“自己也归于毁灭”。

魏连殳是鲁迅“反抗绝望”的人物形象之一，殆无疑问，值得注意的是，这个形象的一些特征，在《孤独者》之后仍有延续。这些特征包括沉默寡言和黑色：魏连殳很少说话，“像一个哑子”，“两眼在黑气里发光”。[②]“反抗绝望”、沉默和黑色，在《野草》中也可以发现。《影的告别》中的影子，是黑色的影子在光明与黑暗之间彷徨，在做绝望的反抗[③]；《过客》中的主角，也是“黑须”和“黑色短衣裤”，像个乞丐[④]。《过客》这出荒诞剧的主角，也是一个人走着漫漫长路。这目标模糊的走，自然令人想到查拉图斯特拉的“漫游”(wandern)[⑤]，两者似乎并非巧合。鲁迅在给许广平的另一封信中，

① 《彷·孤独者》，Ⅱ：105—106。

② 《彷·孤独者》，Ⅱ：88、105。

③ 《野·影的告别》，Ⅱ：165—166。

④ 《野·过客》，Ⅱ：188。

⑤ 亦译“流浪”。“漫游”有主动、轻松、好奇、探索的意味，更符合尼采的原意，但与鲁迅的被迫、无奈、悲凉、困惑的氛围并不协调。“流浪”虽然也有无奈被迫的意味，却又少了鲁迅坚决面对并勇闯的精神。

就谈到他孤独地走“人生”长路的态度：

> 走“人生”的长路，最易遇到的有两大难关。其一是“歧途”，相传墨翟先生，是恸哭而返的。但我不哭也不返，现在歧路上坐一会，或者睡一觉，于是选一条似乎可走的路再走，倘遇见老实人，也许夺他食物来充饥，但是不问路，因为我料定他并不知道的。如果遇见老虎，我就爬上树去，等它饿得走去了再下来，倘它竟不走，我就自己饿死在树上，而且先用带子绑住，连死尸也决不给它吃。但倘若没有树呢？那么，没有法子，只好请它吃了，但也不妨也咬它一口。其二是“穷途”，听说阮籍先生也大哭而回，我也却也像在歧路上的办法一样，还是跨过去，在刺丛里姑且走走。①

他闯“歧途”和越“穷途”的决断与勇气，以及对待老实人的“无情”和跟饿虎斗争的彻底，似乎也可以连接上他“意力绝世”的“尼采式的强者”。查拉图斯特拉的“漫游”跟鲁迅一样，也是“最孤单之行”②，但查拉图斯特拉较少给人悲凉的感觉。最鲜明的对比，无疑是《伤逝》里的涓生。涓生把子君送上绝路之后，要走上新路，这新路充满悲凉：

> 新的生路还很多，我必须跨进去，因为我还活着。但我还不知道怎样跨出那第一步。有时，仿佛看见那生路就像一条灰白的长蛇，自己蜿蜒地向我奔来，我等着，等着，看看临近，但忽然便消失在黑暗里了。[……]我活着，我总得向着新的生路跨出去，那第一步，——却不过是写下我的悔恨和悲哀，为子

① 《两》，XI：15—16。

② *Also sprach Zarathustra*, Ⅲ：1; *The Portable Nietzsche*, tr. Walter Kaufmann, Harmondsworth：Penguin Books(1978), p. 264.

君，为自己。[……]我要向着新的生路跨进第一步去，我要将真实深深地藏在心的创伤中，默默地前行，用遗忘和说谎做我的前导[……]。①

涓生表面上冷酷的个人主义，已被论者看出尼采的影子②，他要默默走上一条看不见终点的长路，也就并不令人奇怪了。

鲁迅创作中这些“绝望的反抗”、沉默、黑色、走上孤独的漫漫长路等等，都可以直接或间接、或间接又间接地跟尼采影响衔接起来，在某种意义上说，也就是记录了鲁迅“创造性转化”的痕迹。这有助于我们进一步探讨鲁迅另一些还没有跟尼采建立起联系的小说：《故事新编》里面的《铸剑》、《非攻》和《理水》。

四

我们知道，鲁迅可以算得上一位“主观作家”，善于挖掘自己内心的矛盾，作品多有自己思想感情的投射，《铸剑》也不例外。例如，故事开头说眉间尺“近来很有点不大喜欢红鼻子的人”，熟悉鲁迅与顾颉刚矛盾的读者，都知道鲁迅痛恨顾颉刚，称之为“红鼻”③；说“同情”“成了放鬼债的资本”，是引高长虹的话④；鲁迅也把自己的笔名“宴之敖者”给了小说中的“黑色人”；等等。

如果进一步联系鲁迅生平和思想发展对《铸剑》进行解读，我们还可以发现这篇独特小说对鲁迅个人的特殊含义。从创作时间

① 《彷·伤逝》，Ⅱ：129—130。

② 参考陆耀东、唐达晖《论鲁迅与尼采》，《研究》5（1981.12.），第158—188页。

③ 《两》，Ⅺ：543、545。

④ 《而·新时代的放债法》，Ⅲ：498—499。

上来说,《铸剑》写于1926年“三一八”惨案之后[①],反映了鲁迅人生一个重要的转折点。鲁迅对惨案极度愤慨,写下脍炙人口的《无花的蔷薇之二》和《纪念刘和珍君》等名篇[②],并于8月与许广平双双离开北京,跨出一步,走上新路。他们的新路尽管有一些实际的生活考虑,如教学赚钱,好一起生活,但归根到底是为了一个共同的目标:继续进行社会文化批评,继续战斗。[③] 从鲁迅对“三一八”惨案的反应来看,这战斗自然应该包括对“三一八”复仇。而他们原计划两三年分头行动,结果还是到“革命策源地”广州会合,也就有其必然的因素。许广平与鲁迅通信之初便表示过:

> 诚思得若干同志,暗中进行博浪一击,对于[……]违反民意之乱臣贼子,仗三寸剑,杀万人头,饮千盏血,然后仰天长啸,伏剑而殉,虽碌碌诸子,或且不足污吾之剑,然以此三数人之牺牲,足以寒贼胆使有所畏而不敢妄为![④]

读者对这段充满血性的刚烈文字,大概不会不为之动容,估计鲁迅也不例外。但鲁迅仍以文化批判、文学改造“国民性”为首务,并影响许广平参与《莽原》的事业,把她从“一弹之掷……未尝不可试验”急激行动,引导到从文学、文化培养民众的“可燃性”的韧性战斗。[⑤] 自然,这一切都为“三一八”惨案所改变。鲁迅似乎反过来被许广平说服。这体现了前面所述“无治”与“个人主义”的侧重的

---

① 《铸剑》的完成时间有争议,参考孙昌熙、韩日新《〈铸剑〉完篇的时间、地点及其意义》,载孟广来、韩日新编《〈故事新编〉研究资料》,济南:山东文艺出版社,1984年,第557—564页;李伟江《〈铸剑〉的创作时间与地点》,见《鲁迅粤港时期史实考述》,长沙:岳麓书社,2007年,第266—268页;龙永干《〈铸剑〉创作时间考释及其他》,《月刊》2012:7,第22—29页。

② 《华续·无花的蔷薇之二》《华续·纪念刘和珍君》,Ⅲ:262—264、273—277。

③ 许广平:《因校对〈三十年记〉而引起的话旧》《鲁迅和青年们》,见《许广平忆鲁迅》,广州:广东人民出版社,1979年,第147、230页。

④ 《鲁迅景宋通信集》,长沙:湖南人民出版社,1984年,第34页。

⑤ 《鲁迅景宋通信集》,第40、44—45页。

转移，原来偏向哲学和个人的"无治主义者"要走上社会复仇。《铸剑》正是一个复仇的故事，一个"个人的无治主义"者的复仇故事。

这个复仇小说的主要人物，是少年眉间尺和黑色人，他们的对手是国王，此外有国王身边的大臣、手下、妃嫔，背景还有一大群无聊、冷漠、自私的百姓。眉间尺虽奉父遗命复仇，但性格优柔寡断。小说一开头写眉间尺既恨老鼠，又可怜它落水，在淹和救之间，折腾了半天，结果慌乱中一脚把它踩死，仁慈之心变成虐杀，既浪费时间也差点坏事。在行刺过程中，眉间尺因为好心，怕群众碰上看不见的雄剑受伤，所以不敢挤进人群，选择最接近国王车队的位置，待到国王经过才冲上去，几步就绊倒，错失时机，还酱在无聊的人群里面。眉间尺的优柔寡断，跟黑色人的刚毅不拔、冷峻无情，形成鲜明对比。

关于眉间尺和黑色人，鲁迅所本的主要应该是《列异传》，也可能参考了《搜神记》①，但两个来源都没有把眉间尺写成优柔寡断的人。更有意思的是那个"黑色人"。在《列异传》和《搜神记》中只有一位"客"，但鲁迅把他涂成黑色，"黑须黑眼睛，瘦得如铁"，眼光像"两点磷火"，又像乞丐一样，自述"我的魂灵上是有这么多的，人我所加的伤，我已经憎恶了我自己"，等等，明显带有魏连殳和"过客"的影子，其自削头颅入鼎咬国王，也跟魏连殳和绥惠略夫相似，是采取一种自毁式的报复。其实，眉间尺和黑色人的对比与矛盾，正体现了前引鲁迅给许广平信中所说的，经常处于人道主义和"个人的无治主义"两种矛盾思想的"消长起伏"，会"忽而爱人，忽而憎人"。这人道主义和"个人的无治主义"实际上也就是"绝望的反抗"。由此观之，"黑色人"不光在外形上，也在性格和思想上，跟鲁迅所理解的尼采式"超人"相通，或者说，"黑色人"是经过鲁迅"折射"的尼

---

① 孟广来、韩日新编《〈故事新编〉研究资料》，第 109—110 页。鲁迅虽说过《铸剑》取材"也许是《吴越春秋》或《越绝书》"，"日本的《中国童话集》之类也有"（致增田涉信，1936.3.28.，《信》，XIII：658—659），但前两书不涉眉间尺和黑色人。日本《中国童话集》则未见。

采“超人”。不过,随着鲁迅思想的发展,这个“黑色人”的形象在他思想的后期又有了一些变化。

五

1927 年之后,鲁迅受国民党血腥清党的刺激,逐步向左转,更多参与具有社会政治意义的斗争。虽然鲁迅的左转是否达到党外布尔什维克的层次[①],似乎还可以探讨,但他”左”倾的事实却无法否认。[②] 这对他“折射”尼采的“超人”,看来也产生了一定的影响。

鲁迅笔下的“黑色人”,可以在后期的历史小说《理水》中找到,禹“面貌黑瘦”,但已不是单个孤独的个人,有一批手下随员,而这些手下随员跟他差不多,是“一排黑瘦的乞丐似的东西,不动,不言,不笑,像铁铸的一样”。我们再看看《非攻》,主角墨子自然是黑色,草鞋背包,孤身长途从宋走到楚,衣服本来就“不打点”,到了郢都,“真好像一个老牌的乞丐了”。墨子虽然是孤身去见公输般和楚王,劝阻他们攻打宋国,但他其实有后盾,有“学生禽滑厘等三百人,已经拿了我的守御的器械,在宋城上,等候着楚国来的敌人”。孤立的“超人”在这里“折射”成一群,有违尼采原来的理念,大概是没有问题的,但这种“折射”似乎并非鲁迅所独有,而是带有一定的普遍性。20 世纪初欧洲本有所谓左翼尼采及尼采左派,俄国十月革命前后,引尼采为同道中人的革命者大有人在。托洛茨基预言人类在社会主义制度眼下,会进化成更完美的物种,并称之为“超人”[③];瞿秋白也从俄国革命中看到“集合超人”或“集体主义超人”。[④]

---

① 毛泽东:《论鲁迅》,见《毛泽东论文艺》,北京:人民文学出版社,1992 年,第 8 页。

② 关于鲁迅对左翼的复杂态度,参考张钊贻《鲁迅:中国“温和”的尼采》,第 282—331 页。

③ *Literature and Revolution*, New York: Russell & Russell(1957), p. 256.

④ 《劳农俄国的新文学家》(1923)和《艺术与人生》(1923),见《瞿秋白文集・文学编》,北京:人民文学出版社,1986 年,Ⅰ:273、309。按:估计瞿的见解并非他的创见。

对鲁迅来说，尼采的“超人”的变化主要还不在数量上的多少，“集合超人”虽然不是单个的孤独者，但仍只是茫茫人海中的一小部分先觉者。“超人”最重要的变化不在数量，而在数量背后的“绝望”与希望。共产党的社会革命到底给他带来对未来和人类的希望，用鲁迅自己的话，就是“惟新兴的无产者才有未来”①；大禹和墨子也明显是体现中国自信力的“脊梁”②。所以在大禹和墨子身上，我们没有发现魏连殳强烈的“绝望的反抗”，也没有“过客”表现的悲凉，拥有的是长途跋涉后的坚毅、沉默与黑色。

必须指出，尽管鲁迅增添了希望，但这希望是有限的。从《非攻》和《理水》的结尾来看，鲁迅对中国的未来仍存在无奈的担忧。影射日本侵华的《非攻》，在墨子成功说服楚王放弃攻宋之后，却“更晦气”，不但遭到政府巧立名目的搜刮，还碰上不考虑具体情况也不关心人民困难的官僚主义巡兵驱赶，弄得生病。显然，避过外来威胁的未来中国，并非一幅完美无瑕的图画。《理水》的大禹登基之后，态度改变，百兽来朝，明显回应着鲁迅所谓“革命的势力一扩大，革命的人们一定会多起来”，到头来变得浮滑，革命精神消失，亦即意味着旧习惯和制度得到最后胜利。③ 因此，鲁迅的“绝望的反抗”只是隐藏在行动和沉默之中，并没有根本克服。

大禹和墨子的形象，其实跟章太炎在《答铁铮》中所说的理想人物很相似：“所谓我见者，是自信，而非利己，犹有厚自尊贵之风……。排除生死，旁若无人，布衣麻鞋，径行独往，上无政党猥贱之操，下无懦夫奋矜之气，以此揭橥，庶于中国前途有益。”④章太炎认为这种“径行独往”的人物，“尼采所谓超人，庶几相近”。值得一提的是，尼采也说过类似章太炎的意思：“走上一条孤独的路是哲学家

---

① 《二·序言》，Ⅳ：191。
② 《且·中国人失掉自信力了吗》，Ⅵ：118。
③ 《集补·庆祝宁沪克服的那一边》，Ⅷ：162—163。
④ 《章太炎全集》，Ⅳ：375。

的本性……对此时此地漠不关心,乃伟大哲学本性的核心。”①也许真是“英雄所见略同”,虽然章太炎重点是社会改革,尼采则多哲学家探索的意义。至于鲁迅,按道理他应该读过章太炎的《答铁铮》,但当时没有留下任何影响的痕迹,直到接近三十年后才出现在《理水》《非攻》等相似的人物形象中,是否纯属偶然?有没有可能是印象非常深刻的尼采间接影响?或者完全是鲁迅与章太炎迟来的尼采平行契合?其实,鲁迅当时也已经从尼采处,读出一些接近章太炎“超人”和尼采哲学家的印象。在《文化偏至论》中,鲁迅便转述过《查拉图斯特拉如是说》的一段话,谓“吾行太远,孑然失其侣”,对父母之邦失望而“见放”,正是“走上一条孤独的路”。在同一章节中,查拉图斯特拉更自称“乌鸦”,也恰好是鲁迅“黑色人”具有的颜色。②

结束语

从《孤独者》和《过客》,包括翻译的《工人绥惠略夫》等作品的人物形象中,我们看到一些共同的特点:黑色、沉默、“绝望的反抗”、看不到终点的长途跋涉等等,这些特点在鲁迅看来,体现了尼采“超人”的精神和气息。在《铸剑》里的“黑色人”身上,这些特点可以说是更凝练集中,一直到《非攻》和《理水》,我们还可以看到这些特点的延续和转化。

这些体现尼采“超人”影响的特点,自然只是通过鲁迅的“棱镜”的观照和“折射”,通过鲁迅思想和文学的改造,并不是尼采“超人”的复制,也不一定代表尼采原来的理念和意思。事实上鲁迅的

---

① *Philosophy in the Tragic Age of the Greeks*, tr. Marriane Cowan, South Bend: Gateway (1962), p. 66.

② 《坟·文化偏至论》, Ⅰ: 49; *Also sprach Zarathustra*, Ⅱ: 14; *The Portable Nietzsche*, pp. 231—233。

一些理解跟尼采相反，但这种“歪曲”的情况在影响过程中屡屡发生，可以说是“正常”的现象。不过，鲁迅的“黑色人”尽管跟尼采的“超人”不尽相同，但“黑色人”作为刚毅不屈、孤身独行、无尽追寻的强者，即使后来能得到一些人的追随，跟尼采“超人”的转折渊源关系，还是有迹可寻的。

《尼采与华文文学论文集》序

呈献给读者的这本论文集，主要是2012年11月在南洋理工大学举办的"尼采与现当代华文文学"国际研讨会论文的结集。尼采第一次出现在中文出版物中是1902年①，也就是说，2012年是尼采的名字进入中国文化圈的110周年。

这次研讨会为期两天。与会者按所在院校，分别来自中国、日本、澳大利亚、斯洛伐克、奥地利及新加坡本地，其中多位是国际知名的"尼采在中国"研究专家和开拓者，更多的是新近取得突破和成果的研究新进。会议规模不大，应邀参加的学者原为12人，闵抗生临时因病不能出席，宣读论文者共11人。会议分四场，一场"尼采与现当代华文文学"，一场"尼采在中国：翻译与文学"，两场专门

① 自高利克《尼采在中国》(Marián Gálik, "Nietzsche in China (1918—1925)," in *Nachrichten der Gesellschaft für Natur und Völkerkunde Ostasiens*, 110 [1971], pp. 5—47)发表以来，研究者都认为最早提到尼采的是梁启超以"中国之新民"的笔名在《新民丛报》发表的《进化论革命者颉德之学说》，但据留日归国的修斌新近的研究，最早其实是雨尘子的《论世界经济竞争之大势》，也发表在《新民丛报》，登在第11号(1902年7月)，译尼采为"尼这"，比梁启超早三个月。这是研究尼采在中国影响的重大发现，可惜没有引起应有的注意。见其《梁启超的尼采认知及其功利的启蒙》，《中国海洋大学学报》(社科版)2008:1，第68—73页。修斌留日研究的就是"尼采在中国"，出版有《近代中国におけるニーチェと明治日本》(东京：星云社，2004)，前述论文即根据是书第二章。修斌目前任教中国海洋大学文学与新闻传播学院。

讨论“尼采与鲁迅”。由于会议规模不大，宣读和讨论时间充裕，因此大家交流很深入，也很尽兴。会后，大家决定扩大范围邀请海内外专家供稿，但由于时间仓促，有些专家已经没有跟进这方面研究，又或者联系不上等原因，效果并不理想。这只能怪组织者考虑不周，错失了一个难得的机会，实在非常遗憾。

高利克的《我的〈尼采在中国〉四十年》一文，回顾了他的先驱之作《尼采在中国》发表后的研究发展，以及他推动这项研究的各种努力，有学术总结，有亲身经历，有个人感受，可以作为这本文集很好的导言。高利克近年的研究重点其实已转移到基督教和《圣经》。这次能够请到他与会，实是十多年前的学术承诺。对于他，似乎已成了一次总结，一个句号。

在“尼采与现当代华文文学”一组中，梅贝尔·李（陈顺妍）是推动“尼采在中国”研究的先驱之一。

黄怀军算是尼采与中国文学研究的新进，他的博士论文是《中国现代作家与尼采》（2007），后来修订出版。① 黄怀军在博士后期间，仍努力开拓尼采与中国现代作家的研究。② 这次会上提交的论文《沈从文与尼采》，是对一个几乎全新领域的开发，相当扎实。若继续下去，估计还会有更大的研究成果。大家不妨拭目以待。尼采似乎还不会死。

这组特别值得一提的是南洋理工大学英语系的沈伟赳，他为研讨会提交的论文，研究新加坡本地两位知名作家英培安和吴宝星跟尼采的联系，这种联系是通过五六十年代世界流行的存在主义思潮，也有点鲁迅的关系，并非很直接，但沈伟赳以他对作品背景的熟悉及敏锐的文学分析，寻出这些间接影响的转折变化，为尼采对东南亚华文文学影响的研究做出了“零的突破”，功劳很大。希望这

① 黄怀军：《中国现代作家与尼采》，长沙：湖南师范大学出版社，2009 年。

② 黄怀军：《现代中国的尼采阐释与思想启蒙》，北京：知识产权出版社，2011 年；其中部分章节亦发表在《中国文学研究》及其他学报。

种突破今后能够继续扩大和深入发展。尼采似乎还不能死。

两组关于“鲁迅与尼采”的讨论,文章最多,成了会议的重点,其中的原因主要在两方面,一是鲁迅可以说是在中国现代文学史和思想史上与尼采关系最密切的人物,二是鲁迅学的发达,是其他作家的研究无法相比的,深厚的学术积累容许更深入的学术探讨。张梦阳的《从鲁迅学史看鲁迅与尼采关系研究与中国现当代文学的精神联系》从鲁迅研究史的宏观出发,以独立自由、天马行空的大精神横向连接尼采“超人”与鲁迅,纵向连接当代文学作品和学术思想,气魄很大。其中对周扬《精神界之战士》的分析,最值得一读;从鲁迅《〈狭的笼〉译者附记》引出“大旷野精神”后,也发挥得很精彩。

李冬木的《留学生周树人周边的“尼采”及其周边》缜密细致地揭示围绕着“鲁迅和尼采”的历史和文化氛围。比起伊藤虎丸的“个”的偏向哲学的视野和其他研究者只针对“美的生活”论战的直接思潮背景,李冬木为我们提供更多具体的信息,如丸善书店、德语在明治日本等,补充了“许多曾经存在于历史现场,并且实际发生过作用而且会为今天带来启示的细节”,对我们进一步了解鲁迅所接受的尼采有很大的帮助。对我来说,李冬木这篇论文最大的贡献,还在于发现鲁迅读过桑木严翼的《尼采伦理学一斑》,实在十分感激。在考察鲁迅日本时期接触到的日本尼采出版物的时候,我虽然也注意到桑木严翼的《尼采伦理学一斑》,可惜只读到一些介绍,感觉上他也属于“温和”一派,但没有办法弄到全书,不能确定,现在知道他被“专业”哲学研究者抨击得一钱不值,正好印证了我的感觉。我之前把这本书排除在鲁迅阅读的范围之外,纯粹基于下面两个理由:(1)许寿裳的回忆只提到鲁迅有“尼采的传”,给人的印象是只有一本书。在只有《尼采与二诗人》和《尼采伦理学一斑》两个选择之间,自然是选前者;(2)日本专门研究“尼采在日本”的学者在20世纪60年代尚且找不到这本书,那么鲁迅读到它的可能性也就很低。显然,回忆录不可能完全可靠,20世纪60年代找不到并不等于鲁迅当时接触不到。事实上，桑木严翼的《尼采伦理学一斑》当时就已经进入中国人的视野，王国维的《尼采氏之学说》(1904)就是译自《尼采伦理学一斑》的一章。①

谭桂林的《尼采影响：鲁迅国民信仰建构思想的特征与深度》和闵抗生的《尼采：鲁迅"立人"、"改造国民性"思想资源》要探讨的问题有点接近，都是中国国民精神的问题，但重点和角度非常不同。谭桂林首先从尼采在中国的影响出发，归纳出三种类型的人物，提纲挈领，一下子把脉络理清，突出鲁迅"信仰"型的特征然后进行剖析。在人物对比的过程中，我特别对文中挖掘的新材料感兴趣，例如里面提到王统照有关尼采的评论，特别是向培良以尼采哲学术语为题的《永久的轮回》，就我所知，都没有人提过。《永久的轮回》虽然只是一篇写得不怎么样的小说，但以尼采的"永远重复"为一种经验，一种心理上无法摆脱的痛苦，却是比某些专业哲学家的理解高出一筹。文章还联系到尼采与佛教的问题，这在尼采研究中也可以算是个热门的题目，还有很大的研究发展空间。谭桂林虽然用"信仰"这个具有宗教性的词语，但按他的解释，可以换成一个比较普通的词语"信念"；而佛教固然被很多人认为是宗教，但也有论者认为是一种生活态度。指出这些也许并非是无关重要的，至少可以避免一些无谓的论争，使大家集中探讨问题的关键。闵抗生阅读尼采向来非常认真，这次以尼采遗稿为依据，探讨鲁迅"立人"和"改造国民性"。尼采遗稿的翻译在中国已经起步，这对尼采研究是重要的发展，对解读尼采有很大的帮助。尼采似乎还不该死。

李林荣的《鲁迅尼采的踪迹意蕴》针对鲁迅的杂文，力图从鲁迅的文本本身梳理出他对尼采的看法。比起二十多年前陆耀东和唐达晖的工作，李林荣的梳理自然更进了一步。文章有不少看法很

① 《尼采氏之学说》，《教育世界》1904：78，第1—12页，1904：79，第13—26页。文章原无署名，一般都认为只能出自王国维。

值得研究者深思。我特别欣赏他用《两地书》原信去解读《拿来主义》"尼采究竟不是太阳，他发了疯"那段名言。[①] 这是个难得的中西文化"折射"的例子。尼采自诩太阳——也可以理解为他"超人"的特征，是因为他认为自己（或"超人"）精力旺盛，充满创造力，必须"赠与"，而"赠与"并非是学习雷锋，要舍己为人。恰恰相反，"赠与"是一种"自私"的个人主义的行为，也是"权力意志"的行为。[②] 鲁迅"清醒的现实主义"态度使他对太过理想的理论一向持保留态度，诸如无政府主义、托洛茨基的理论等，他所理解的尼采"超人"也包括在内，作为"超人"特征的不断"赠与"的太阳，自然也没有令他信服。然而，最有意思的是，鲁迅固然误读太阳的"赠与"为舍己为人，因而对"超人"能不断"赠与"不以为然，但他转向的却还是尼采的个人主义，还是"超人"的价值取向，而且更接近尼采精神，并非"伪影响"。[③] "鲁迅与尼采"的问题不在于他是否全盘吸收尼采，也不在于他有没有批评尼采，批评很正常，受影响而没有批评，反而证明缺乏深思反省，影响不深；问题在于鲁迅批评尼采之后所作的抉择。跟"伪影响"的进化论和作为天才的"超人"的矛盾处境一样，鲁迅似乎又一次没有跳出尼采的掌心。李林荣对鲁迅文本分析

---

① 原信跟《两地书》所收的版本不尽相同，有增有删，但关于自我牺牲与转向个人主义的内容则一致。遭删掉最有意思的一句是"除掉那一个人之外"，即许广平。对比《全 18》，Ⅺ：253—254、657。

② 尼采和"超人"所"赠与"的是新的价值观、美学的、"善与恶"的，也就是制定新的标准，以此影响别人、影响社会，因此是"权力意志"的行为。

③ 我这里所指的也是《两地书》中的一段话。鲁迅在谈走人生"长途"遇到歧路时说："选一条似乎可走的路再走，倘遇见老实人，也许夺他食物来充饥，但是不问路，因为我料定他并不知道的。"（《全 18》，Ⅺ：15）。"夺老实人食物"并非损人利己的白蚁式破坏行为，不像那些只会死抱他人财货的土财主或席卷别人资金的外逃贪官。尼采的艺术创造家、哲学探索者，这些不断"赠与"的"太阳"，其实也在不断"夺老实人食物"。瓦格纳创作歌剧的过程中，就不知"剥削""掠夺"过他赞助者、仰慕者多少财货和劳力。再打一个更贴近现实的比方。如果某歌星或演员真的在追求艺术的完美和创新（"赠与"的"太阳"），那么他或她不管怎样榨取他们的"粉丝"（"个人主义"），在尼采眼中也是无可厚非，理所当然的。鲁迅的"长途"跋涉者当然跟尼采的"太阳"不尽相同，但他们跟土财主或贪官都有一个根本的区别，那就是，他们都是更崇高"价值"的探索者和创造者。

独到，很有见地，他点出的问题，都可以让研究者大做文章。尼采看来还死不了。

汪卫东的《鲁迅与尼采的相遇》和张克的《怨恨之思：鲁迅与尼采》两篇大作是研讨会后特别邀约的稿件。汪卫东设法对"尼采与中国思想传统"的问题做进一步的探讨，然后认为"鲁迅对尼采的亲近基于一个世界的世界观的共识"，在这一点上，也可以跟闵抗生的文章对着读。他的比较分析很具哲学思辨的意味，可以补充本文集哲学性问题探讨的空缺。不过，他也补充说"真正吸引他的，还是尼采言说所展现的超越性的精神强力"。尼采的"怨恨"跟鲁迅批评的中国"国民性"有很多共同的地方。张克曾从舍勒的角度探讨"怨恨"与鲁迅的思想和作品，舍勒的"怨恨"是从尼采那里来的，所以这次请他直接从尼采的角度去探讨。舍勒的主要著作都围绕着尼采的"怨恨"，但他不完全同意尼采的看法，有点要结合马克思的理论和基督教的精神。深受尼采影响但又批评尼采的一些观点，舍勒是个很正常的例子。张克的探讨似乎还可以进一步阐释，这只能怪编者约稿仓促，截稿太快，没有给他充足的思考时间。要之，"怨恨"是个值得深入研究的题目，不光对"鲁迅与尼采"而言。文集庆幸能有这个题目的文章。

张钊贻的《"折射"成黑色的"超人"》则是探讨尼采对鲁迅小说创作的影响。尼采与鲁迅文艺创作的比较研究很少，《鲁迅：中国"温和"的尼采》也谈得不多，这篇算是一个补充。其中关于无政府主义的讨论，本来想避重就轻，偷工减料，不幸在会上被人提起，只好硬着头皮补上，顺带纠正以前有关章太炎的不够准确的评论。不过这只算是提供了鲁迅的"尼采"的一些"周边"信息。自然，更详尽的信息恐怕还有待李冬木的挖掘，因为又牵涉一个日本人，而且挖下去肯定不止一个。这"周边"的问题，随着大家"视界"的增长和"焦点"的转移，真可以没完没了，其乐无穷。

文集"尼采与鲁迅"部分最大的遗憾是,没有能够请到一位研究《野草》的专家提供一篇关于尼采与《野草》的文章。原来请汪卫东提供一篇,结果收到的是另外一个题目,虽然也是不错的文章,但无补"鲁迅与尼采"部分的缺失。可惜。其实,研讨会还有一个不尽如人意的地方。原来设想是尼采与现当代华文文学,但可能是组织者人脉的局限,主要还是现代文学,至于当代,勉强称得上有两篇,没有鸟瞰式概括性的研究信息。我在一些国际研讨会的交流过程中,偶尔听到一些研究者评论中国当代作家作品跟尼采的联系,但真正的研究似乎还没有起步。希望只是我孤陋寡闻。

最后一组"尼采的中译"。在中国,尼采的译介主要都是由作家来完成,作为介绍外国文学的部分努力,所以跟文学界的关系比哲学界要更密切。冯铁的《重复的〈茶花女〉方式与侵犯版权:尼采翻译在中国》和崔峰的《翻译与政治之间:五六十年代中国译介尼采的语境》两篇文章配搭很有意思,一微一宏,可谓相得益彰。冯铁的非常"微观",只考察《查拉图斯特拉如是说》一个章节的译文,真是"小题大做",做得很深。崔峰的则是"宏观",考察新中国"文革"前十七年译介尼采的语境,或更确切地说,是不译介尼采的语境。将崔峰的文章和沈伟赳的对照起来读,还可以看到"冷战"时期两个阵营的思潮,颇有意思。

冯铁从短短《论三种变形》的翻译分析中,便反映出思想传播的准确性在一词一句上都会遇到重重困难,何况整本连以德语为母语及专门研究哲学的人也不一定能完全领略的《查拉图斯特拉如是说》?尼采给他这本代表作这样一个副标题:"一本给所有人也不给任何人的书"(Ein Buch für Alle und Keinen),意思似乎有点像中国一句俗语"姜太公钓鱼——愿者上钩"。显然,他知道误解他的人会很多,但还是有人跟他"心有灵犀一点通",对此,他似乎心中有数。这本书是他以“血”写成的。输血需要相同的血型。王国维通过叔本华读尼采，从文学创作的角度去体会《论三种变形》，在《人间词话》中以古诗词表现他所领会和得到启发的三种境界，领会之深，表现之美，已成中国美学经典片段，可以传颂千古，其与尼采契合之深切，更令人惊叹。若问他读了多少尼采，恐怕不多；对尼采的理解是否正确，也不尽然。这些质问其实对他们的契合也毫无意义：如果完全一样，还有什么价值？对于这些事实，光靠传播史、阅读史是不会得到合理解释的。

一个小小规模的国际研讨会，能够就讨论的学术议题做出多项突破，作为会议的组织者，实在感到非常难得；作为文集的编者，有机会读到那么好的文章，也禁不住要用一句网络常用语：学习了。对于当初的开拓者来说，这次会议也许是个总结，但从与会和赐稿的年轻一代学者看来，也许是继续迈步的新的开端。不光是“鲁迅与尼采”，不光是“尼采与华文文学”，不光是“尼采在中国”，实际上是整个“尼采与华语世界”，其实都是值得大写特写的题目。尼采不能死。

2013年5月31日

补记：

读到很多好文章，未免心情激动，因此说了些激励人心的“豪言壮语”，冷静下来，不胜惭愧。我是指那些尼采死不死的话。

看看当前，世界潮流浩浩荡荡，从市场经济变成市场社会，钱奴充斥，什么事情都看标价，讲价钱，越走越“偏至”；物质的力量，钱的力量，真可谓无孔不入，无坚不摧，人文精神几乎荡然无存，连论争也懒得有人去争。西方20世纪80年代以来的尼采热，也被冲击得烟消云散,人们凭什么能对尼采乐观?文集得以出版其实就很偶然,并非原来计划,纯属意料之外。也许,这只是走过尼采尸体的一只黑猫。如果尼采因此颤动了一下,即使不是幻觉,也不过是已死的证明而已,连垂死挣扎、回光返照都谈不上。

也许是笔者"一贯悲观"。未来社会如何,无从知晓,但有一点是肯定的:尼采在市场社会,必死无疑。

2013年11月29日

鲁迅赴港讲演经过与香港中文报章检查制度*

1927年2月，鲁迅应邀到香港讲演两场，18日从广州出发，午后抵达香港，晚上讲"无声的中国"，19日讲"老调子已经唱完"，20日晨即离开。鲁迅这次在香港虽然实际逗留不到两天，但他的讲演可以说是影响深远。然而，关于鲁迅此次赴香港演讲一事，过去很长一段时间只是依据鲁迅本人的日记、书信和文章，事情的来龙去脉和具体细节，都不是很清楚。②

* 本文是笔者参与修订李伟江《鲁迅粤港时期史实考述》一书的副产品。关于《老调子已经唱完》文本部分，曾与李桃连署发表《老调子还没有唱完》，《鲁迅世界》2002：3（7月），第39—45页；关于香港新闻检查部分，曾以《鲁迅与香港新闻检查》发表于《东亚文化与中文文学》第2期香港号（2006），第298—309页。后加入删禁阻挠等问题，与李桃联署发表《鲁迅在香港讲演遭删禁新探（上）》，载《上海鲁迅研究》春季号（2008年3月），第52—68页；《鲁迅在香港讲演遭删禁新探（下）》，载《上海鲁迅研究》夏季号（2008年6月），第63—75页。关于萧乾的案例，曾以《萧乾〈坐船犯罪记〉与香港中文报章检查制度》，发表于《研究丛刊》2011：8，第200—205页。关于讲演影响问题，曾在澳门大学举办"鲁迅与汉语新文学国际学术研讨会"（2011年11月）宣读论文《鲁迅〈无声的中国〉讲演与香港新文化的发端》；就刘随与赵今声两说进一步辨析的问题，曾于2013年9月在南京大学做了报告；2014年6月又在山东师范大学做了"鲁迅赴港讲演经过新材料"的报告，后修订发表在《中山大学学报》（2015：1），第38—49页。本文即综合上述研究结果写成。有关香港大学黄新彦的情况，曾请教黎活仁教授，承他指点提供陈君葆日记的资料，在此特别感谢。退休新闻工作者周奕先生，认真热情解答笔者的查询，解决了关于黄新彦的几个重要问题，令人感动，特此致谢。

② 例如曾敏之《鲁迅在广州的日子》，广州：广东人民出版社，1956年，第33—37页。

根据这些有限的资料，我们知道鲁迅的讲演遭到香港殖民统治当局的干涉，讲演稿发表时还遭到删禁。最早报道鲁迅这些遭遇的，是当时与鲁迅关系密切的广州《国民新闻》。《国民新闻》副刊《新时代》的编者梁式，在发表鲁迅《老调子已经唱完》时加上按语说：

> 青年会的惯例，凡听讲的都得先期领取入座券，因此，有一班不知什么人领去不少入座券，到时却不到会——可是这种拙劣的捣乱方法终不能使会场冷落。[……]英帝国主义者也颇聪明，听明白了他的话，他的演词在报上发表被删节了。[①]

由于《国民新闻》不存，梁式的按语发表日期未知，但确定在1927年三四月间。鲁迅在这段时间前后一系列书信中都提到这些事，如在同年2月25日致章廷谦的信及同期跟许寿裳的谈话中，就谈到他在香港的演说被英国人禁止在报上登载。[②] 4月26日致孙伏园信提到《无声的中国》遭删改[③]，后来，鲁迅在7月11日写成的《而已集·略谈香港》中说：

> 本年一月间我曾去过一回香港[……]，主持其事的人大约很受了许多困难，但我都不大清楚。单知道先是颇遭干涉，中途又有反对者派人索取入场券，收藏起来，使别人不能去听；

① 原载《国民新闻》副刊《新时代》，录自汉口《中央副刊》48(1927.5.11.)，见《生平史料》4，第232页。

② 《信》，Ⅺ：532；许寿裳：《广州同住》，见《生平史料》4，第269页。

③ 《信》，Ⅺ：542。

> 后来又不许将讲稿登报，经交涉的结果，是削去和改窜了许多。①

上面的概述，基本上可以概括上世纪 80 年代以前的研究状况。由于 1949 年后内地跟香港两地隔阂，加上史料的缺乏，研究长期没有进展。20 世纪 80 年代出版的《鲁迅生平史料汇编》第四辑，其中“鲁迅在广州”部分也包括鲁迅在香港，搜集了当时所能找到的有关史料，可以说是最完备的资料集，但有关香港的材料寥寥无几，很可以说明这个题目研究的状况。② 尽管鲁迅在香港讲演的两篇讲稿是研究鲁迅非常重要的文章，使得他去香港讲演一事成为研究者关注点之一③，但鲁迅赴港讲演的研究直到 1981 年以后才有转机，并随着内地与香港的不断交流而取得很大的突破。

刘随、黄新彦、赵今声等的说法

20 世纪 80 年代，广东鲁迅研究小组伍肃女士与曾经记录过鲁迅讲演并与鲁迅通过信的刘随取得联系，特约他写回忆鲁迅在香港讲演的文章《鲁迅赴港演讲琐记》（以下简称《琐记》），于 1981 年 9

① 《而・略谈香港》Ⅲ：427。辰江《谈皇仁书院》令鲁迅想起在香港讲演遭到港英政府干涉，该文发自香港，载北京《语丝》周刊第 137 期（1927.6.26.），见《生平史料》4，第 233 页。按：辰江姓谢，20 世纪 80 年代尚在，并出席有关香港文学史的研讨会。另参考吴灞陵《香港的文艺》，见郑树森、黄继持、卢玮銮编《早期香港新文学资料选（1927—1941）》，香港：天地图书有限公司，1998 年，《三人谈》部分第 5—6 页，正文第 8 页。此书以下简称为《早期香港新文学资料选》。页码除特别注明外，均为正文部分。

② 《生平史料》第四辑，天津：天津人民出版社，1983 年，有关广州和香港的部分由李伟江、饶鸿竞等编。其中关于香港演讲的资料，只有梁式的《老调子已经唱完》编者按语、辰江的《谈皇仁书院》（摘录）和香港基督教青年会及两份香港报纸的简介（第 232—234、418、449—451 页）。“汇编”这部分其实是以中山大学中文系编《鲁迅在广州（资料专辑）》（广州：广东人民出版社，1976 年，内部发行）为基础编成，虽出版于 1983 年，实代表 20 世纪 70 年代的研究成果。

③ 例如马蹄疾《鲁迅讲演考》，哈尔滨：黑龙江人民出版社，1981 年，第 145—169 页；朱金顺辑录：《鲁迅演讲资料钩沉》，长沙：湖南人民出版社，1980 年，第 42—48 页。

月26日在香港《文汇报》发表。① 文章的编者按认为刘随以接待工作者的身份,提供了极为难得的史料,所以对这篇文章很重视。不过里面也不是没有问题,例如一些人物如黄新彦跟鲁迅未见有任何联系。刘随的《琐记》发表后,多年一直研究鲁迅在广东的广州中山大学教授李伟江即多方设法,取得与刘的联系,期待他澄清一些问题,但均遭婉拒,令他莫名其妙。②

1993年,庆祝香港大学建校80周年的《一枝一叶总关情》文集出版,内收赵今声的《八十八岁自述》,首次简单提及他以《大光报》名义邀请鲁迅赴港讲演。文集主编刘蜀永从中文大学卢玮銮教授所赠《香港文学散步》中,发现刘随《琐记》一文,跟赵今声的说法大相径庭,于是通过书信访谈,写成《赵今声教授谈鲁迅访港经过》,对赵原来的《自述》作了补充。③ 但刘蜀永的文章仍嫌简略。马蹄疾迅即联系赵今声,了解到陪同鲁迅到香港的叶少泉(1896—?)和苏秋宝的生平,草成文章发表,填补了《鲁迅全集》注释的一处空白。④ 李伟江得悉赵今声的文章后,通过马蹄疾与赵取得联系,于1995年先后四次向赵今声提出种种问题,均得到认真答复,对鲁迅赴港演讲的经过和情况有更进一步的了解,于是开始起草《鲁迅赴港演讲始末考》一文,可惜只初步完成前五节便因癌症病逝,文章后来由其后人及学生整理发表。⑤

李伟江在文章中怀疑刘随的说法,肯定赵今声的记述,作为"鲁

① 收入卢玮銮编著《香港文学散步》,香港:商务印书馆,1991年,第25—28页。《生平史料》第四辑并未收录。按:刘随又名刘前度,查马华作家中也有一位刘前度,与香港的刘随非同一人,见钦鸿、吴建《两个"刘前度"——马华作家刘前度与为鲁迅演讲作记录的刘前度之辨析》,《华文文学》2011:6,第48—51页。

② 见李伟江《鲁迅赴港讲演始末考》,载《鲁迅粤港时期史实考述》,长沙:岳麓书社,2007年,第203页。李伟江其实在《琐记》发表前已设法跟刘随联系。

③ 初刊于《香港文学》第106期(1993年10月1日),后转载于《月刊》1993:11,第38—39页。

④ 《关于叶少泉和苏秋宝》,载《广东鲁迅研究》1994:3,第55页。

⑤ 《鲁迅世界》2001:3(九月),第21—31页;2001:4(十二月),第47—53页。署名"卫工"。

迅在广东”的研究专家，他的意见自然是值得重视的，推论基本上也符合情理。但由于李伟江的文章其实并未完成，也亦非完全由他定稿，有些推论和表述方式，恐怕会引起无谓的争议，有必要重新斟酌补充。例如，对于两说，都是事后的回忆，年代久远，出现误记是正常现象。刘随称鲁迅下榻胜斯酒店①，但他也知道《鲁迅日记》所记的是青年会，酒店一说只是说明自己的印象，所以这个“错误”问题不是太大；相对而言，赵今声虽有可靠旁证，但也有误记，而且有些还颇严重，例如否定当时香港有新闻检查制度。所以我们似乎不宜抓住一些误记而根本否定一种说法，还要分析误记的性质和原因。又如，两说的主要人物都不见于鲁迅的日记，不能以此否定任何一方；再如，我们质疑黄新彦本人并未记下这件事，有一定道理，但赵今声此前也从未谈及此事，等等，也需要进一步解释和辨正。

李伟江由于刘随拒绝回答他的疑问，因而怀疑刘随提出黄新彦邀请并主持此事的动机，隐约指刘随是要为黄新彦历史留名，虽然并非没有可能，但也没法证实。② 而且，这样的怀疑也不是没有问题。赵今声固然已有一定地位，而无须借此为自己添加“资本”，但黄新彦究竟是谁，我们也应该先弄清楚。

查香港大学（以下简称港大）在这段时间似乎有两位黄新彦。一位黄新彦（1893—1985）是中国知名的化学家；但1931年蔡元培应邀到香港大学讲演并与“中文系师生”合影中，也有一位黄新彦博士。③ 刘随所说的黄新彦究竟是哪一位？据他所说，黄新彦“留

---

① 关于胜斯酒店，据周奕复笔者电子邮件（2014.7.25.），是高等华人出入的场所，1930年代也举办画展。

② 李伟江：《鲁迅赴港讲演始末考》，载《鲁迅粤港时期史实考述》，第203、206页。刘蜀永指出赵今声从未以邀请鲁迅访港一事“作为资本加以炫耀”，反过来也有怀疑刘随动机的意思（《月刊》1993：11，第38页）。

③ 见单周尧主编《香港大学中文学院历史图集》，香港：香港大学中文学院，无出版日期，第30—31页。按：港大在1912年设有“汉文科”，中文系则创建于1927年，是在鲁迅访港之后，如果这位黄新彦当时已经在港大任教，则严格意义上说还不是中文系老师。

学美国，对文学有很深的造诣，当时还兼任了香港《中华民报》总编辑"[1]，似乎应该是"中文系师生"中的那位。化学家黄新彦也是美国博士，20世纪40年代发表过一些旧诗[2]，也写过歌颂"大跃进"的古诗[3]，但恐怕不算"对文学有很深的造诣"，而且就目前所见有关他的材料，亦没有当香港《中华民报》总编的记录。

对于这两位生平有差异的黄新彦，化学家的材料比较多一些，综合目前所见资料（部分是网络资源）[4]，我们知道化学家黄新彦的情况如下：1893年生，广东台山人。1917年美国芝加哥大学毕业，获硕士学位。1918年回国，任北京协和医学院教授。1923年又赴美在哥伦比亚大学从事研究工作，1924年获博士学位，二三十年代大概在港大任教。查港大理学院1941年成立，此前的数理化课程均设于文学院，理科学生毕业授学士学位，50年代黄新彦是港大药剂系讲师。[5] 据称他也历任广州中山大学化学工程系主任、南京中央大学教授、香港化学试验所所长等职，但年份不详，有些也许是兼任性质。1932年8月中国化学会成立，参与起草宣言和简章，并当选为候补理事，第3、4两届理事。1938年在香港开设新亚药厂，任厂长兼总化学师。1949年5月当选香港华人革新协会创会主席，历任第二至五届全国政协委员，又挂名为办公室设在《大公报》报社

---

① 《鲁迅赴港演讲琐记》，见卢玮銮编著《香港文学散步》，第25页。

② 《社会公论》1947年第2卷第5期，第21页；第3卷第1期，第25页。

③ 谢荣滚编：《陈君葆文集》，香港：三联书店，2008年，第267页。

④ 主要参考《化学通报》1985年第9期；香港华人革新协会网站，http://www.hkcra.com/web/subpage.php? mid=19&lang=cn；中国化学会网站，http://www.chemsoc.org.cn/。关于《大公报》属下英文刊物 *Eastern Horizon* 的情况，根据周奕电子邮件提供的资料（2014年7月5日）。

⑤ 关于港大理学院早年历史，见 David Barker, "The Faculty of science," in Brian Harrison (ed.), University of Hong Kong The First 50 Years 1911—1961, Hong Kong: Hong Kong University Press(1962), pp.136—137。据周奕引英国解密档案，黄新彦在上世纪四五十年代是港大药剂系讲师（《香港左派斗争史》，香港：利文出版社，2002年，第66页）。1952年4月30日，黄新彦以辩方证人出席《大公报》被控煽动一案，身份是"新亚药厂厂长，曾任香港大学化学教授"，及"中国化学会香港分会理事长"（《大公报案听审记》，香港：联友出版社，无编者及出版日期，第103页）。按：英国大学制度的讲师，相当于美国大学制度的副教授与助理教授之间，故一般人亦泛称"教授"。

大楼内的英文杂志《东方地平线》(*Eastern Horizon*)社长等职。1985年3月31日在香港逝世,终年92岁。赵今声否定刘随一说时表示,“黄新彦确有其人,我也认识,但他未参与邀请工作,更未主持演讲会”。如果联系到刘蜀永和李伟江怀疑黄新彦可以因邀请鲁迅而得到“资本加以炫耀”①,则他们心目中的黄新彦,显然不是属于“中文系师生”的黄新彦。

对于那位列名“中文系师生”的黄新彦的生平,材料不多,虽然表面上更符合刘随的描述,但由他主导邀请鲁迅来香港演讲的可能性其实不大。当时香港大学有“汉文科”,聘用清朝翰林赖祭熙(1865—1937)等任教,重点是弘扬国粹,授课内容为经史文词。稍后的中文系即由此基础建立,由备受鲁迅批评讽刺的“金制军”即港督金文泰(Cecil Clementi)促成。赖祭熙是辛亥革命后移居香港的一批清朝遗老的其中一员,他们除担任港大“汉文科”及中文系的教职,还办了个学海书楼,开坛讲学。1930年他们成立了中文学会,同年举办七次专题讲座,黄新彦亦参与其中。这些讲座包括:温肃的《诗学源流》、赖祭熙的《文学源流》、陈焕章的《依据孔教组织世界大同政府议》、林栋的《译学之过去与现在》、黄新彦的《中国对世界新文化之贡献》、傅秉常的《新民法关于婚姻问题》等。② 笔者未能找到黄新彦的讲稿,只能从背景推断这个圈子对新文化的态度。学海书楼得到当时港英政府教育司的捧场,他们的价值取向大概可以用文化保守主义来概括。③ 一位受聘于以弘扬国粹为宗旨的机构的老师,竟然会出面公开邀请“五四”旗手鲁迅到香港讲演,

---

① 《赵今声教授谈鲁迅访港经过》,第38页。

② 见学海书楼“关于我们”的简介,http://ypsilver.yp.com.hk/ypdiy/IndexMain.aspx? &lang=ch&cid=7011。关于学海书楼如何弘扬国粹,见骆伟《弘扬国粹 坚持不懈——香港学海书楼开展国学讲座历程、内容和特点》,《图书馆论坛》第26卷第7期(2007.12.),第220—225页。

③ 关于学海书楼在文学上的影响及赖祭熙生平,参考 Lo Hsiang-lin(罗香林), *The Role of Hong Kong in the Cultural Interchange Between East and West*, Tokyo: The Centre for East Asian Cultural Studies (1963), Ⅱ: 225—233、268—271。罗香林着重香港文学发展,认为学海书楼体现了中国文学在香港“开花”。

未免有点匪夷所思。还有,上面比较刘随的圈子也可以看出,刘随属于香港保守教育和新闻界人上,他本身是位教师,黄新彦在香港大学执教,也当过香港《中华民报》总编辑,黄之栋更是《华侨日报》副刊编辑(《华侨日报》是份保守派的报纸,主张保持文言,反对推广白话①,反对国民政府废祀孔子。② 言论大体保持与港英政府同调,曾遭广州方面阻止在穗流通③),而赵今声的圈子则是内地到香港的留学生,以及支持孙中山革命的基督教报刊和教会人士。两个圈子对比鲜明。虽然我们不清楚这位汉学教师黄新彦的宗教信仰,跟基督教青年会有没有联系,但我们至少可以认为,扯上鲁迅不见得会给这位在这种圈子活动的黄新彦增加光彩,后果甚至恰恰相反。所以,赵今声他们所指的黄新彦应该是化学家黄新彦。

化学家黄新彦"据说与 1925 年担任国民政府的苏联顾问鲍罗廷有联系"④,长期支持爱国进步事业。他在上世纪 50 年代,当过香港华人革新协会主席,曾被港英政府列入黑名单;他也当过一家爱国进步的青年职业进修学院南方学院的校董,该学院后遭港英政府取消注册。⑤ 如果刘随所指的黄新彦是这一位,则邀请了代表中华民族新文化的鲁迅到香港,似乎对他的名声与地位会有某种锦上添花的效果。然而化学家黄新彦也已经是博士、教授,又当过全国政协委员和香港华人革新协会主席,等等,是否还有攀附鲁迅的必要? 要之,刘随会不会也是指化学家黄新彦呢? 但他跟化学家黄新彦似乎不是很熟,在面对李伟江的函询时,竟无法介绍这位当时尚在世的关键人物。这对于刘随所谓他们一起接待鲁迅的说法,无疑是个疑点,则他所指的黄新彦似乎又是另外一位。

---

① 见《华侨日报》1926 年 12 月 13 日。

② 见《华侨日报》1927 年 2 月 16 日报道及 18 日《时论》。

③ 见《华侨日报》1926 年 11 月 19 日。

④ 见周奕引英国秘密档案,《香港左派斗争史》,第 66 页。

⑤ 周奕:《香港左派斗争史》,第 65—68、106 页。

然而,如果刘随真的是指列名"中文系师生"的黄新彦,事情还是比较奇怪。首先,在 20 世纪 20 年代拿到美国大学文科的博士,应当是件大事,至少在文坛、在学界是件大事。试想胡适到 1927 年才真正拿到博士学位,则文科博士黄新彦居然寂寂无闻,岂不奇怪,虽然他是在香港。而且,同一间大学在同一段时期有两位同名同姓的教授,也未免太巧合。化学家黄新彦的存在是确实的,而作为"中文系师生"的那位,其存在证据,其实只是港大历史图册一幅照片的说明,中文学会讲演的记录,以及从刘随记述中推论出来。但中文学会的讲演发生在 1930 年。现在刘随的说法含含糊糊,又婉拒澄清,十分可疑,加上他所述的黄新彦生平,也是非常简略,看来不甚可靠①,那么,黄新彦"中文系师生"的身份,较实在的证据其实只有一幅照片的说明,也就有必要核实。

查《香港大学中文学院历史图集》中,涉及黄新彦的图片说明分别是"中文学会师生"和"中文系师生"。② 港大中文学会成立于 1930 年,看来是以中文系师生为基础的学术交流性质的组织,会员大概以校内为主,不限于中文系。如果化学家黄新彦对中国文化有兴趣,就完全可以加入。这段说明是否可靠?笔者为此请教了《香港大学中文学院历史图集》的编者单周尧教授,可惜他不清楚中文系在 1927 年左右有没有黄新彦这位老师。笔者于是转而请教周奕(1933—)先生。

周奕是香港退休新闻工作者,知名摄影家,1959—1987 年间任职香港《文汇报》,现从事香港历史的研究。为什么请教他呢?因为周奕出版了几本关于香港历史的著作,其中《香港左派斗争史》一书多处提到化学家黄新彦。在请教周奕的过程中,得悉周奕原来与化学家黄新彦有过交往,曾在 1960 年一同到广东星湖、从化考

① 按:这份所谓香港《中华民报》情况未详。上海则有《中华民报》,1912 年 7 月由邓家彦创办,倾向同盟会并由南社成员主持,已于 1913 年停刊。

② 单周尧主编:《香港大学中文学院历史图集》,第 28—31 页。

察，可惜没有留下照片。于是笔者将《香港大学中文学院历史图集》中的黄新彦的照片扫描发给他，虽然照片中的黄新彦跟他见过的黄新彦相差二三十年，他还是认了出来。为了慎重起见，周奕还专门找了《大公报》跟黄新彦有过接触的同行核实，确认照片中人就是他们知道的黄新彦。也就是说，《香港大学中文学院历史图集》中有关照片的说明有误，应该是"中文学会师生"，而非"中文系师生"。查黄新彦出现的两张照片，都是中文学会组织邀请的讲演，作为会员，他在其中是很正常的。因此，上世纪二三十年代港大只有一位黄新彦，就是化学家黄新彦。对于黄新彦，周奕还通过他在香港新闻界包括香港新华社前领导的关系，认真查询了黄新彦的情况，可惜黄一向处事低调，除对挂名担任《东方地平线》社长一事有进一步了解，其他事情都不清楚，至于邀请鲁迅一事，亦未有所闻。

但黄新彦邀请鲁迅一说，并非刘随在 20 世纪 80 年代的发明，而是早有传闻。黄新彦有一位港大的同事好友，也是香港爱国人士的陈君葆，其日记在 1961 年 11 月 3 日即记有这位黄新彦邀请鲁迅的谈话：

> 关于鲁迅在港演讲，黄新彦说，仍记得有黄之栋其人，人们说他"大炮"[，]但看来倒关心时事，鲁迅讲演是新彦到穗时去请他来的，当时还和一位港大文科的学生苏秋蒲一起去的，但苏这人也许久没消息了。新彦又谓鲁迅作了两次演讲，内容记得不十分清楚了，但末次讲话中有几句话颇有意思，就是说："目前做人要无危险，最稳当是住在监狱里，外面有铁枝铁栏，内有狱卒看守保护，什么也不怕了。"这比喻得很好。①

文中"大炮"为粤语，即吹牛。引起这段谈话的背景和原因不

① 《陈君葆日记全集》卷 4，香港：商务印书馆，2004 年，第 612 页。

详。其中提到了“苏秋蒲”，应为苏秋宝，跟鲁迅赴港有点牵连；另外他还记得《老调子已经唱完》结尾的比喻，可见他应当也在鲁迅讲演的现场。此说比刘随的回忆靠谱些。赵今声、刘蜀永和李伟江的讨论，都是在陈君葆日记出版前进行的，他们显然没有接触到陈君葆日记这一材料，这一材料表面上可以增加刘随说法的可靠性，但仔细分析起来，反而问题更大。让我们先把陈君葆日记加上刘随和赵今声两说的问题列表整理一下：

事情	刘随的说法	黄新彦的说法	赵今声的说法	注
邀请目的	来香港“打破文坛上的沉寂空气，以推动新文学运动的开展”	没提	打破省港大罢工后港英政府的压迫，“唤起香港人民革命热情”	
联系过程和联系人	没提	黄新彦到广州邀请。随同者有苏秋宝	叶少泉	《鲁迅日记》有记载叶少泉及苏秋宝到访。叶、苏及赵今声均为河北人
邀请者	黄新彦以基督教青年会名义	黄新彦	赵今声以《大光报》名义	刘蜀永称赵今声认为基督教青年会不可能邀请革命文学家鲁迅
随行人员	没提	没提	叶少泉	《鲁迅日记》有记
接待人员	黄新彦、黄之栋、刘随	没提。但说知道黄之栋	赵今声	各说人物除作为讲演记录者刘随外，均不见于《鲁迅日记》

续表

事情	刘随的说法	黄新彦的说法	赵今声的说法	注
住处	胜斯酒店，但知道鲁迅日记是青年会	没提	青年会（包括叶少泉）	《鲁迅日记》记青年会
演讲主持	黄新彦	没提	赵今声	
殖民地政府的阻挠及讲稿的删禁	没提	没提	否认	鲁迅文章、书信提及

还有，他们三说所牵涉的社会圈子，也值得比较一下：

	刘随	黄新彦	赵今声	注
圈子	香港保守新闻界，香港保守教育界	港大任教。倾向进步。其他联系未明	中国留学生；支持孙中山三大政策的基督徒	黄新彦 40 年代倾向进步，事例很多，但二三十年代情况不是太清楚
与基督教的关系	黄新彦以青年会名义邀请鲁迅，但关系不明。	不明	密切	

他们的说法都有一个共同的缺陷，就是无法得到鲁迅日记和书信的印证。鲁迅日记书信都没有提及两位当事人，因此我们也无法仅仅用鲁迅日记书信作为否定任何一说的证据。当时在香港大学教书的黄新彦，对中国文化有浓厚兴趣，如果真是由他邀请，在中文报章对此事甚为重视的情况下，他竟并无片言只语留存，未免奇怪。后来他参与香港爱国进步活动，虽然在 20 世纪 60 年代私下谈及自己邀请鲁迅，却一直没有公开此事，甚至到了 1981 年刘随的文章在香港首要的左派报纸之一的《文汇报》发表，里面提到他的大名，他似乎对此也一无所知，毫无反应，实在奇怪。《文汇报》虽然重视这段信息，对这位香港前全国政协委员，就在邻近《大公报》担任《东

方地平线》社长的黄新彦，竟没人跟进采访，而《大公报》方面也没有反应，即使两报有竞争的隔阂，都令人不好理解。总之，李伟江因此提出质疑，都是情理之中。赵今声虽然也对此事保持沉默多年，但他不涉文化界，与香港无甚瓜葛，人也早不在香港，所以事情虽然也有点不好理解，但到底跟黄新彦情况不同，我们分析他在鲁迅访港真正扮演的角色之后，再做探讨。

至于黄新彦自己的说法，还有一点令我们难以理解。黄新彦是个化学家，但他显然对中国文化还有兴趣，而且“据说与1925年担任国民政府的苏联顾问鲍罗廷有联系”，因此他邀请鲁迅来香港也不是不可能。但之后在1930年参加中文学会，这个圈子跟鲁迅的思想主张正好相反，有点奇怪。其间是否有转变？后来参与爱国进步活动，是否也有转变？我们都不清楚，也不想凭空推测。人是复杂的，历史是复杂的。当然，我们也不能排除黄新彦因对中国文化有兴趣，而被拉进学海书楼这个圈子，参与他们的活动。黄新彦是否有转变，目前也只能留下一个历史的问号，让香港历史研究者去解决。但这跟他邀请鲁迅之说，看来关系也已经不是太大，因为他的说法有个很大的破绽。

黄新彦说最大的问题，还是他到广州并带苏秋宝去邀请鲁迅。但《鲁迅日记》只提及苏秋宝，并没有提黄新彦；苏秋宝只出现了两次，都与另一位关键人物叶少泉一起。如果是黄新彦跟苏秋宝去邀请，为什么《鲁迅日记》只记苏秋宝而不见黄新彦？《鲁迅日记》所记的叶少泉与苏秋宝的拜访又是怎么回事？如果鲁迅只是漏记黄新彦与苏秋宝来访并邀请，如果传达邀请的并非叶少泉，那么我们如何解释叶少泉全程陪伴鲁迅？而且，许广平明明说邀请者是个基督徒，而且是“再三邀请”，并非只到访一次①，而我们一次也没有看到黄新彦在《鲁迅日记》中出现，也看不到黄新彦与基督教组织有

① 《回忆鲁迅在广州的时候》，《资料》1(1976)，第194页。

什么联系。因此,黄新彦的故事可靠性不是太大。

正如李伟江文章指出,刘说最大的问题是没有提关键人物叶少泉,黄新彦也没有提,刘随和黄新彦显然完全不知道叶少泉邀请鲁迅牵线联系的过程,而这在《鲁迅日记》中倒是线索清晰。据赵今声回忆,1926 年赵因在《大光报》宣传孙中山主张引起广州国民党青年部注意,并邀请他回穗参观。陪同参观的有叶少泉,两人因"同乡"(其实只是同省)之谊,一见如故。叶少泉实际上是广州国民党青年部的交通员,此后秘密带宣传品到香港时即住在赵处,交谈中提起鲁迅,遂萌邀请鲁迅到香港的念头,"希望活跃一下香港的政治空气",于是发生《鲁迅日记》所记叶君多次到访的事情。赵今声的回忆在时间上与《鲁迅日记》吻合,事情发展顺理成章,而且也详细到难以造假。① 所以单就叶少泉一事,赵今声说法的可信程度就比刘随的要高得多。而李伟江抓住这点,也的确是抓到要害。

与叶少泉比较,苏秋宝扮演的角色或所起的作用恐怕不大。黄新彦知道苏是港大文科生,但赵今声比黄新彦知道得更详细,因为赵跟苏秋宝两度同学。据赵提供的资料,苏已于 1925 年毕业离开港大,当时在黄埔军校工作,工作性质不清楚。② 苏秋宝在《鲁迅日记》中只出现两次,都与叶少泉一起,鲁迅到了香港之后,便没有再出现,而叶少泉一直保持与鲁迅联系,直至鲁迅离粤赴沪为止,关系明显不一样,可见在鲁迅赴港演讲这件事情中,即使苏秋宝起过作用,也只是个次要人物。而且,苏秋宝怎么会跟黄新彦一起去邀请鲁迅到香港,不太清楚,黄新彦没有交代,事情连接不上,说服力不是很大。鲁迅的日记自然可能漏记,但问题的关键是,如果黄新彦真是邀请鲁迅的主角,而苏秋宝只是陪同一起去,鲁迅没有理由在

① 赵还提到《大光报》总编陈卓章,按李伟江考订,即《鲁迅日记》中的"陈仲章"(《鲁迅粤港时期史实考述》,第 206—207 页)。按:赵今声称《大光报》总编为"陈卓章"而非"陈仲章",但他误记的可能性更高。

② 《鲁迅粤港时期史实考述》,第 208 页。

日记里放过主要人物而记下次要人物；苏秋宝既然能出现，则黄新彦也应该出现，不能没有踪影。鲁迅日记只见苏秋宝而不见黄新彦，只能说明关于黄新彦的说法不可信。赵今声虽然也没有出现在《鲁迅日记》，但他没有亲自去邀请，而且中间有个叶少泉，则他被忽略，也不是没有可能，稍后再论。

赵今声的说法虽然比较可信，但还缺乏过硬的证据。目前所能见到的《大光报》，是1992年北京全国图书馆缩微复印中心按广东中山图书馆所藏制作的缩微胶卷，1927年7月7日前的报纸，只得1923年7月25日一期和1926年2月13日一期，以后才开始比较齐全。① 所以赵的回忆仍缺乏《大光报》白纸黑字的证据。如果要质疑赵今声造假，则赵也有可能因与叶少泉等"同乡"熟悉，所以能编造自己邀请并主持鲁迅演讲一事。但赵事后已没有再跟叶联系，根本不知道叶的去向下落。另一方面，他也的确缺乏编造的动机，而且他看来也有很长时间没有关注中国文化界的事情，对鲁迅在新中国成立后的崇高地位漠不关心，更无攀附之意。他也没有顾忌研究者可能会找出《大光报》或联系叶少泉等人，"揭露"他造假，没有"婉拒"任何提问，态度的确磊落得令人难以置疑。尽管如此，磊落的态度仍不能作为他叙述真实性的证明。

此外，赵说也存在严重的自相矛盾，主要在两件事情：第一是香港新闻检查制度，第二是基督教对中国社会改革的支持。对于新闻检查制度，有政府文献证明，有广泛的社会影响，作为密切关心政治和香港被港英政府压迫的他，竟然忘记和否定，而且，他邀请鲁迅到香港讲演的原因，不正是要打破省港大罢工后香港政府的压迫吗？怎么对具体而鲜明的中文报章检查竟然忘得一干二净？实在令人难以理解。虽然，也有可能是他实际上不了解《大光报》日常运作

① 另据《上海图书馆馆藏报纸目录（1862—1949）》（1982.12.），第20页。该馆藏有1922年2月2日（十周年纪念号）及1925年1月29日（春节号）。

情况。而且,赵今声在香港的时间其实也不长(1923—1927年7月)。但这些理由似乎都不能完全解脱他对香港观感的大改变。这个无意识的改变很有意思,值得注意。不过,恰恰就在理清上述两件自相矛盾的记述之后,我们可以看到,赵今声的说法更符合当时的历史事实和鲁迅赴港讲演的意图,比刘随的说法更符合实际,更符合逻辑,因而更有说服力。让我们先辨正赵今声关于香港新闻检查的误记,以及鲁迅演讲遭遇等问题。

香港中文报章检查制度

李伟江与赵今声取得联系后,一共通了四封信,其中几次问及鲁迅赴港讲演究竟有没有受到港英当局的干涉、他的两篇讲稿有没有遭到窜改等问题。赵今声一再在复信中明确表示,主持者并未就邀请鲁迅讲演一事向港英政府申报批准,他本人也没有受到任何压力或阻力,更没有被传去盘问,基本上否定了鲁迅本人及梁式等人的记述。对于鲁迅讲稿发表是否受到有意删改,赵今声说,《华侨日报》发表的鲁迅报告《无声的中国》"是在鲁迅报告之后,次日见报的……仓促出稿,对鲁迅讲的内容,可能记录不全,而不是有意删节。从下午做完报告,晚上整稿,排印到第二天见报,不可能是由香港政府出面勒令删改的。况且当时根本不存在香港政府审查报纸新闻文章制度。所以关于香港政府干预之说,均属推测"①。后又重申:"《华侨日报》发表的讲稿可能因记录不全而漏掉些内容,未必是有意删节。这是我的看法,因为当时香港政府不审查报纸内容,也没有对请鲁迅到香港进行干扰,没有理由出于政治考虑而删节什么内容。至于《华侨日报》有无怕开罪港英当局而删节内容,

① 赵今声致李伟江信(1995.8.29.),见李伟江《鲁迅粤港时期史实考述》,第222—223页。

我当然不好臆测。"[①]这也基本上否定了鲁迅本人及梁式的说法。

李伟江起草的《鲁迅赴港演讲始末考》一文，因病未及完成，其中关于讲稿有无遭审查删禁等问题的两节，属文章的后半部分，原来只有提纲，并无定稿，遗稿整理发表时[②]，整理者基本上是根据赵令声的复信补充完成的。但整理者只根据赵令声的说法，实在不够慎重。所谓"条理清晰，前后一贯，而且言之成理"，[③]并不能作为历史事实的证据。李伟江生前搜集了一些香港报刊历史的资料，应该知道赵令声的说法可能不符合事实，可惜遗文的整理者并没有注意和探究这个问题。

根据香港法律的档案，港英政府早在1907年曾颁行过《（防止）中文出版物法》（*Chinese Publication [Prevention] Ordinance*），禁止出版任何旨在引起内地骚乱的中文刊物。[④] 此举明显是受到清政府的压力，估计辛亥革命后便取消。就《香港政府宪报》（*The Hongkong Government Gazette*）所见，第一次世界大战开始，港英政府按战时需要，启动过紧急法令，进行刊物及国际电讯审查，战争结束后亦即取消。[⑤] 1922年香港海员大罢工，港英政府颁布《防卫法》（*Emergency Regulations Ordinance*，即《紧急情况规例条例》的旧译），其中包括新闻和书信检查。[⑥] 同年三月，罢工结束，有关审查法令随之撤销。[⑦] 这是省港大罢工前港英政府实行新闻检查的概况。

---

① 赵令声致李伟江信（1995.11.7.），见李伟江《鲁迅粤港时期史实考述》，第224—225页。

② 《鲁迅世界》2001年第3期（九月），第21—31页；2001年第4期（十二月），第47—53页。署名"卫工"。

③ 《鲁迅赴港演讲始末考》（下），第50页。

④ Historical Laws of Hong Kong Online（http://oelawhk.lib.hku.hk/items/show/1498）. 扫描文档见 http://oelawhk. lib. hku. hk/archive/files/98cc84eb44529c5e01bdc3ba215355e2. pdf，2013年11月登录并下载。

⑤ *The Hongkong Government Gazette* (March 23, 1917), pp. 138—140; *The Hongkong Government Gazette* (September 21, 1917), p. 536; *The Hongkong Government Gazette* (July 18, 1918), p. 318.

⑥ *The Hongkong Government Gazette* (Feburary 28, 1922), p. 82.

⑦ *The Hongkong Government Gazette* (March 10, 1922), p. 101.

对省港大罢工之后香港新闻检查制度，尤其对其建立的原因和运作介绍比较详细的，有陈谦的回忆录。陈谦约出生于1903年，[①]"曾任香港庆保中学校长，寓港四十余年"[②]，约在20世纪四五十年代离港回内地定居（？）。陈谦似乎很关心香港的社会政治情况，接触面也很广。他在20世纪70年代末开始为《广东文史资料》撰写关于香港的回忆，其中《香港旧事见闻录》先后在香港和广州以单行本面世。[③]陈谦的回忆虽然写于六十年后，时年亦已八十左右，但他所记有其他佐证支持，大体符合事实。

据陈谦回忆，1925年省港大罢工期间，港英当局认为时局动荡，如果任由报纸自由发展，将对香港不利，于是，港督司徒拔（Reginald E. Stubbs；又译史塔士，司徒拔是港英政府官方译名）饬令华民政务司设立新闻检查处。各报馆每日印行的报纸，须先送华民政务司检查。[④] 其实，就在省港大罢工开始后第三天即6月25日，港英当局便发出《香港政府宪报公报特刊》（*The Hongkong Government Gazette Extraordinary*），援引1922年颁布的《防卫法》第五条，以议政局（Executive Council，即今行政局的旧译）名义，宣布对中文报纸进行检查。资料难得，兹将特刊内容全文翻译如下：

> （一）除真正的业务广告之外，任何人未经华民政务司事前批准，不得印刷、出版或散发包含任何内容的任何中文报纸、标语或小册子。
>
> （二）任何人不得进口、印刷、出版、复制、拥有或在其控制底下张贴或散发任何报纸、标语、小册子、文章或图画，旨在或

① 陈谦"五四"时为十六岁，见其《五四运动在香港的回忆》，《广东文史资料》，24（1979）。

② 据中原出版社《出版说明》，见陈谦《香港旧事见闻录》，香港：中原出版社，1987年。

③ 原书初以《香港旧事闻见杂录》为题，连载于《广东文史资料》，41、44、46、47（1983、1985、1986），后由广东人民出版社提供香港中原出版社出版，1989年8月又由广东人民出版社出版，但出版说明并无介绍陈谦。

④ 《香港旧事见闻录》，第217—218页。

意图劝说或诱导无论是个人或公众成员之一的任何人，(1)在贸易、商业、职业或雇用的过程中，抑制自己不与任何人进行交易、做买卖、受雇或雇用别人；(2)从事旨在或意图破坏和平的任何活动；(3)干预法律的执行，或法律和秩序的维持。

(三)除真正的业务广告之外，任何人未得华民政务司批准，不得进口包含任何内容的任何中文报纸、标语或小册子。任何人未得上述批准，不得拥有任何进口报纸、标语或小册子。

(四)总督会同议政局有权禁止任何报纸在一段期间内之印刷及出版，期限之长短视乎总督认为合适与否，或至另行颁令为止。①

以上四条，除第二条明显针对妨碍治安、罢工、罢市等活动之外，其他各条都没有提供报禁的标准和界限，这四条所赋予华民政务司及港督新闻检查的权力，其实是非常之大的。据陈谦回忆，凡采访的新闻、翻译的电讯、转载各地的消息、评论时局的文章，以及小说、歌曲、图画，都须经过检查委员认为对香港无碍，才准印行。陈谦对当时新闻检查处的组织和运作也有具体的介绍：新闻检查处由华民政务司署高级华人官员负责，下设委员三人，专职委员一人。“每夜自七时起至天明止，各委员分三班工作，各报送到的新闻稿件，随到随检，检后，由负责检查的委员认可，签名作实，才能发表。”至于具体的检查，陈说：“他们检查新闻内容字句，十分挑剔，不但罢工期间，国内反帝动态不准登载只字，即其他各外埠新闻，若文字上用‘帝国主义’或‘共产社会主义’字样，亦一律禁止登载。”由于检查拖延甚至扣押新闻，造成报纸“经常出现某一段新闻中间空白或直写‘被检去’字样”。陈谦还谈到检查官收受报馆贿赂的情况。②

① *The Hongkong Government Gazette*, LXXI:29 (1925), pp. 325—326.

② 《香港旧事见闻录》，第218—219页。

1926年10月省港大罢工结束①,但新闻检查制度并没有因此停止,由于港英当局继续针对中文报章实行新闻检查,陈谦的这些记述大体都得到其他回忆印证和报章检查案例的事实支持。

1928年1月,一位从汕头到香港的青年陈仙泉写信给鲁迅,诉说他在香港种种不平的遭遇。鲁迅给他的信起了《行路难》的标题,加上按语登在《语丝》上。② 陈仙泉的不平遭遇正好涉及香港新闻检查制度,而且涉及与赵今声有密切关系的《大光报》。陈的文章说:

> 有一天,偶然从街道上买回一份《新中国报》,阅到副刊时,文中竟横排着许多大字道:"被检去。"我起初还莫名其妙,以后略为翻阅:才知道文中所论,是有点关碍于社会经济问题,和女子贞操问题的。我也实在大胆,竟做了一篇《中国近代文艺与恋爱问题》寄到《大光报》的副刊《大觉》去。没有两天,该报的记者答复我一信,说我那篇文被检查员检去四页,无法揭载;并谓:"几经交涉,总不发还。"我气得话都说不出来,这真是蹂躏我心血的魔头了。我因向朋友询问,得知这个检查工作都是我们同胞(即高等华人)担任,并且有这样的事情:就是检查时,报社能给这检查员几块谢金,或每月说定酬金,那便对于检查上很有斟酌的余地。这不能不算是高等华人我们的同胞的好处啊!

陈仙泉的经历跟陈谦的回忆可以互相印证,显然都跟做过《大

① 此处按停止封锁香港为大罢工的结束,但罢工的组织机构到1927年才被迫解散。见广东哲学社会科学研究所历史研究室编《省港大罢工资料》,广州:广东人民出版社,1980年,第52页。

② 见《语丝》,Ⅳ:7(1928.1.28.),此文一向鲜为人注意,后来才与鲁迅按语一起收入新编《集外集拾遗补编》,见Ⅷ:207—210。

光报》"社外编辑"的赵令声的说法完全相反。陈仙泉跟梁式不同，只是个普通的知识青年，没有什么政治背景。梁式有国民党背景，而且编辑报刊，有政治宣传的责任，时间上又在省港大罢工结束不久，可以想象整个社会气氛仍然非常敌视港英当局，如果我们因此而怀疑他的说法——他似乎也只是听说，认为他对香港有偏见，有政治宣传之嫌，也还说得过去（加上赵令声也断然否定香港政府干预，梁式之说更显得带有政治偏见，这似乎是《鲁迅赴港讲演始末考》整理者完全接受赵令声说法的一个没有明言的原因）。但陈仙泉信说的是一个无名小辈的亲身经历，而且只是投书报刊，并非旨在宣传，即使论者要质疑鲁迅选用这篇稿件的主观倾向性，陈仙泉的投书仍是个客观存在，而且跟陈谦的回忆相符，其可靠性就不好抹杀，除非有人能证明这篇稿件是捏造出来的。其实，现存的《大光报》除了保留了新闻审查删禁的记录，例如"英帝国主义"之类的词语大都变成方框①，还有副刊文章删禁的记载。

1933年11月，《大光报》副刊《大观园》连载一篇署名"石不烂"的《从谈风月说到香港文坛的动向》②，其中因删掉部分内容致使一位读者"水人"误会文章没有讲清问题，编者遂加按语说明，摘要如下（标点符号有改换）：

> 前刊石不烂君《从谈风月说到香港文坛的动向》一文，词意本甚圆满中肯，惜间有因形禁势格，不能刊出者，以致读者颇以未能获窥全豹为憾。——然此中原委，编者已于日前致石不烂杨春柳两君代邮中略为陈明。兹承水人君不弃，提出此点讨论[……]想系未审此间言论界之环境所致。查石君原作第

① 查现存《大光报》，1928年11月22日《中外要闻》中《张静江就浙主席之宣言》内文有不少方格，明显是新闻检查删除的痕迹。1933年11月关于"闽变"及一些国际新闻，也有不少方格。

② 连载于《大光报》1933年11月14—20日。

“七”段“今后香港文坛应有的动向”，对“香港文坛的当前急务”，本曾提出四点，徒以环境关系，当时只能刊出“第四”一节，余均抽去，以□□□□补代。①

这段编者按基本上可以证明陈仙泉所说的是事实，彻底否定赵今声的误记。而且还说明香港中文报章新闻检查制度历史和运作的几个要点：(1)港英政府在上世纪30年代仍然执行省港大罢工时制定的新闻检查制度；(2)审查不单是新闻，也包括副刊；(3)审查的内容不只针对民族主义与殖民统治矛盾斗争，也包括保守文化与文化革新的矛盾斗争；(4)审查的落实已不限于出版前的审查，而是落实到香港中文报纸编辑的自我审查上面。关于第四点，我们还可以从抗战早期有关香港实行报章检查的回忆及案例中得到印证。

抗战开始之后，内地不少文化名人转移阵地，到香港从事新闻工作和报刊编辑，他们都亲身体验过香港的新闻检查。例如，著名报人萨空了是1935年在上海出版的《立报》的创办人之一。上海沦陷后，萨空了在救国会和中共的支持鼓励下，到香港复刊《立报》，于1938年4月1日出版，并请茅盾主编副刊《言林》。后来虽然因与社长成舍我政见不合，八月便离开了《立报》②，但一直活跃于香港的文化界、新闻界，还在香港沦陷前创办《光明报》。③ 据他回忆，就在《立报》复办期间，港英政府感到上海流亡来的文化人“给香港带来了不安”，由当时的华民政务司鲁鳞(R. A. C. North)约见他们，见面时“每人给一张印就的纸条，上面写了很多单字，如‘敌’‘虏’‘奸淫’‘焚略’之类，他说，香港是中立地带，中国报在港印行不能

① 见《大光报》1933年11月29日。

② 萨空了：《我与香港〈立报〉》，载钟紫主编《香港报业春秋》，广州：广东人民出版社，1991年，第65—76页。

③ 萨空了：《创办香港〈光明报〉的回忆》，载《香港报业春秋》，第131—137页。

用侮辱英国友邦的字样，这个纸条上的字，一律不许再用”①。萨空了还提到，由于新闻检查，中文报纸甚至在日本发动太平洋战争、侵袭香港时，也无法像英文那样出号外，当天所出的报纸，形同历史。② 差不多同期（1938 年 2 月）到香港创办《文艺阵地》的茅盾也有类似的回忆。③ 其实，港英政府针对抗日言论的审查此前已经开始，估计是“九一八”事变“之后，抗战之前，香港报纸上“抗日”一词早已变成“抗□”。④ 当局对本地中文报纸已经得到妥善控制，已不成什么问题，只是中国新近南来的文化人不懂规矩，需要对他们说明这些不便明言的规矩。

另一位同时期的文化界人士陆丹林有进一步更具体详细的记述。陆丹林是广东人，曾参加同盟会，也是南社社员，1938 年他也从上海到香港办刊物，主编《大风》旬刊、《文化界》周刊，所以对香港新闻界情况有所了解。他在《续谈香港》说：

> （香港）大小报纸和杂志的稿件排好后，要送华民政务司署的华文新闻纸检查处检查签字之后，才能够付印。有许多稿件，在英文报纸可以发表，在华文报纸是不准登出，问他的理由，他也没有正当理由答复，至多是说“不准登是不能登”罢了。有时报纸上不能登或被检查去的字句，但在杂志上可以发表，似乎杂志的检查没有比报纸来得认真，或者是因为看杂志的人比看报纸也有些不同，所以能放松点。有时一篇文稿送检，也不能即时决定准登与否，而把稿子“留问”，一天或两天在决定准登与否，有时间性的文稿，往往因此而失掉了他的时间性，新闻也变了旧闻了。

---

① 萨空了：《香港沦陷日记》，北京：生活·读书·新知三联书店，1985 年，第 84 页。

② 同上，第 5 页。接触过这个期间报刊的研究者都有这种新闻检查的记述。

③ 茅盾：《我走过的路（下）》，北京：人民文学出版社，1988 年，第 55—56 页。

④ 例如《大光报》1933 年 11 月 23 日刊载蒋介石致十九路军将士书。

打开一张报纸，在论著，新闻，通讯等的文字里，东也××，西也××，或者全段空白开天窗。这种××，一部分是关于描写日军方面的，一部分是关于政治上议论文字中的恶劣名词，或涉及英国方面，如“鸦片之役”之类，还有一部分，是关于描写性欲猥亵图文……因为日本驻香港的领事，常常和香港当局交涉，取缔抗日文字……因之华民政务司就印了一张小纸，交给各刊物的负责人，请他在文字上特别注意，即是不能用……我今不易一字把原文钞录如左：

“敌，倭寇，倭奴，倭夷，虾夷，岛夷，东虏，日寇，暴寇，暴日，兽行，兽性，兽兵，强盗，无耻，焚劫，奸淫，掳掠，屠杀”，并附带一句“以及其他类似此等字句者”。①

此外，夏衍也提到过这段时期的香港新闻检查②，不少研究者都提及检查的情况和事例。③ 这里特别值得一提的是萧乾的经验。

1939年，萧乾受《大公报》委派到英伦，途中写下《坐船犯罪记》，记述他所坐的轮船，在抵越南西贡时被法国政府因战争而征用，船上的中国人遭法国殖民地政府官员特别集中起来，无理刁难，扣押形同囚犯，中国人在海外饱受歧视。萧乾把文章发给香港《大公报·文艺》，结果遭到删削，直到1946年才在上海做“补记”，并收入《人生采访》一书。

---

① 原载《宇宙风》，11（1939年8月1日），收入郑树森等编《早期香港新文学资料选》，第45—50页。陆丹林称：“这种华文刊物的检查，不是专检查华人所办的刊物，就是日本人所办的像《新申报》一类的《香港日报》也同样的要送检查，因之《香港日报》文稿里的发现××也很多，这是还算公平的办法。”但所引条子内容显然完全是针对抗日言论的，亲日报刊如何会受影响，实在令人费解。

② 见《懒寻旧梦录》，北京：生活·读书·新知三联书店，1985年，第457页。

③ 如思慕：《香港〈华商报〉的国际时事宣传及其它》，载《香港报业春秋》，第181页；《早期香港新文学资料选》，第20、260—263页。对照萧乾所述中文报章在上海公共租界的自我审查（《鱼饵·阵地·论坛——记1935—1939年〈大公报·文艺〉》，载其《断层扫描》，广州：花城出版社，1988年，第418页）。

萧乾对这段经历非常气愤，在回忆录中多次提到，尤其是《坐船犯罪记》一文遭港英政府删削这件事。但这些记述稍有不同，一说“已被检查官开了大半天窗”，一说“被砍得面目全非”①，经核对当日《大公报》②，这些说法都有点夸大。《坐船犯罪记》遭删削是事实，但没有“开天窗”。其实萧乾自己也清楚，所谓“开天窗”一般是指报纸文章在排版付印时整篇抽起，尤其是指有花边框的文章，而《坐船犯罪记》并非“花边文学”；从删削的字数，再对比他后来的“补记”，既未过半，内容也不好说是到了“面目全非”的地步。萧乾扩大了删削的程度，也许是他愤怒程度的反映罢。尽管如此，《坐船犯罪记》却是研究香港中文报纸检查政策和历史的难得样本。

回顾1937—1939年这段时间的中文报纸新闻检查，夏衍他们的回忆可能给人一个印象，好像香港的新闻检查只是针对抗日的言论，也就是说，只是临时的措施。事实显然并非如此。香港的新闻检查早已存在，并非针对抗战南来的中国文化人的出版活动，而且其政策也不只是针对中国抗战引起与日本的外交问题，而是港英政府自1925年省港大罢工以来制定的对华人管治政策的延续。《坐船犯罪记》就是证据。让我们看看《坐船犯罪记》的删削情况。

《坐船犯罪记》遭受的是鲁迅所谓并不“进步”的检查，即受删的字句均以空框代之。③《坐船犯罪记》从字数来看，删削其实并不严重。刊登在《大公报·文艺》的版本，全文连代表删削的空格，共约六千五百多字（13日约2000字，15日约4700字）。《萧乾全集》的版本也是共约六千五百多字。查那些空格总共只有154个，从两个版本字数相约的情况来看，萧乾所谓“补记”其实非常有限。也

① 《未带地图的旅人》及《鱼饵·论坛·阵地》，载《一本褪色的相册》，香港：三联书店，1981年，第94、158—159页；《未带地图的旅人：萧乾回忆录》，北京：中国文联出版社，1998年，第104—107页。

② 全文隔日连载，见《大公报》1939年11月13日及15日的《文艺》副刊第734及735期。14日并无《文艺》。

③ 参考鲁迅《准·前记》，V：190。

许时间相隔太远（已有七年），萧乾已记不清楚自己说了些什么，事实上在绝大多数删削的地方，他都没有“补上”。兹列举如下（段落顺序号码按《萧乾全集》文本）：

1	第 22 段	关于缠足老太婆后删去一行（段），没有补上。
2	第 26 段	破折号其实是遭删去两行共 20 字，没有补上。
3	第 27 段	结尾删去 19 字，没有补上。原来之前还剩下“他知道”三字，因删削处没有补上，也让萧乾删掉。
4	第 34 段	关于马来黑子说好话后删去一行（段），没有补上。
5	第 35 段	关于马来黑子在洋灰石台上之后删去一行（段），没有补上。
6	第 41 段	“五个手指就如五粒铅字，被涂满了油墨”，后面还有“然后，呵，在侦探小说里，你不是看”，之后十五字被删掉。萧乾把这些删余的部分也删掉，干脆在“油墨”后换上句号。
7	第 41 段	后删去一行（段），没有补上。
8	第 42 段	最后一句十四字全删，剩下感叹号，没有补上。

那些没有补上的段落，由于所删之处的上下文也不是很清楚，所以原文如何，以及为何而删这些问题，均无从猜测。

萧乾做了补充的地方其实只有四处（第 43 及 44 段如算一处，则只有三处）。其中第 43 及 44 段约一百九十字关于参观纳粹集中营，显然是 1946 年所加，并非原来经过删除后补上。所以实际上“补上”的只有两处。一处很简单，被删的原因也有点难以理解，即第 73 段之后删去的一行（段），萧乾补为“署长茫然不知”。是否检查官认为有讽刺殖民官员之嫌？不得而知。

只有删削最长的第 15 段（共 21 字），增补最多，有一定内容，给我们留下检查的原因和证据。不过，萧乾补记时，大概已不可能记得原来的遣词造句，即使原来是空格，看来也帮不上忙，萧乾只是按记得的意思补上，并非逐格填空，完全恢复原貌，但应该没有改变原意。现将这段跟补充后的文本对照如下：

第 15 段	补上后
一个“非中国籍”的人随行李向码头走□□□□□□□□□□□□□□□□□□□□□□□□□甚而她牵着的那只狼狗，一个个由我们头上走过去了，且即刻上了汽车或手车。	一个“非中国籍”的人随行李向码头走。那位贵妇，牵着她的狼狗，一个个由我们头上走过去了。有的立刻上了汽车，有的和人力车夫讲起价钱。那分水线不是画在“白种”与“有色人种”之间，而是划在“中国人”和其他高等动物中间。

这段材料虽然不完全是恢复原文，但对照这些删削的地方，我们可以看得出这是令萧乾愤怒的关键，也是全文的中心和主旨：中国人所遭受的种族歧视，“那分水线不是划在‘白种’与‘有色人种’之间，而是划在‘中国人’和其他高等动物中间”。检查官删削得很机械而拙劣，其实从上下文连接起来，意思还是可以明白。当然，追补之后就更清楚，成了很罕有的香港新闻检查删改样本。

对于研究香港中文报纸检查政策和历史，这个样本主要说明如下两点：首先，《坐船犯罪记》与抗日无关，其遭删削，证明了 1937—1942 年的中文报纸检查制度，是过去政策的延续，并非仅仅是针对抗日言论的临时措施；其次，《坐船犯罪记》揭露的是殖民官员针对华人的种族歧视对待，显然会引起当地华人的不满，有“煽动”民族主义情绪之嫌，这种禁忌正是 1925 年省港大罢工以来的检查制度针对的检查对象，也正好说明这段时期中文报纸检查制度，是 1925 年省港大罢工以来的检查制度的延续。

此外，我们也可以看出，负责检查的官员应该是华人，因为他不懂一个很常见的法语“Chinois”（中国人），这个词一般英国人应该会懂，但一般只学英语的华人大概就不会懂了，所以《坐船犯罪记》倒数第二、第三段对照中国人和印度人的不同待遇，回应全文歧视中国人的中心主题时，检查官就没看出来了，否则也应该会变成一大串空框。

其实，中国人光是因坐船而“犯罪”，饱受种族歧视的例子可谓俯拾皆是。《良友》的主编伍联德(1900—1972)在美国檀香山便有种族歧视的遭遇:白人乘客可以自由上岸观光,而中国乘客上岸则要付一千美元的保证金。伍联德于是愤恨地对船上的大副说:"当中国强大时,我们什么地方都可以去。"①另外,包天笑《钏影楼回忆录》记述青岛德国轮船头等舱位就不卖给中国人;胶济路还发生过中国人坐头等车位,被德国人强拉下车之事。② 这可是发生在中国本土上的事情。当时的中国人真是很好欺负的。

1941 年底日本占领香港,港英政府投降,原本的新闻检查制度自然消失,换上了赤裸裸的新闻管制,但已不属本文探讨的范围。③但由港英政府 1925 年设立的新闻检查制度,在香港"重光"之后又有变化。

据 1945 年 12 月 2 日《南华早报》一则报道,在"重光"后到香港重建美联社驻港办事处的记者哈理斯(Richard G. Harris),离港前向该报记者表示,"他初来此地,得悉英国新闻检查制度已经取消,甚为满意。他预期香港有可能成为南华伟大的新闻自由中心之一"④。又据夏衍回忆,"二次世界大战结束之后,港英当局取消新闻检查制度,因此从这以后,报刊上就没有开'天窗'的事了"⑤。另一方面,抗战胜利后左翼报刊如雨后春笋在香港出版,社论标题还可以用上"帝国主义"等字眼,从这些情况来看,以前的新闻检查制度又显然已不存在。⑥ 还有,港英政府在 1946 年 6 月罚令《国民日报》(国民党在香港办的报纸,即《香港时报》前身)停刊一月时,也

① 马国亮:《良友忆旧:一家画报与一个时代》,北京:生活·读书·新知三联书店,2002 年,第 32 页。

② 《钏影楼回忆录》,北京:中国大百科全书出版社,2009 年,第 281—282 页。

③ 有关日据时期香港新闻界的情况,见李谷城《香港报业百年沧桑》,香港:明报出版社,2000 年,第 173—179 页。

④ South China Morning Post (2 December 1945)。

⑤ 同上,第 569 页。

⑥ 见钟紫主编《香港报业春秋》,第 145—254 页。

是在该报发表了一篇社论后作出①，证明当局已没有实行事前的新闻检查。但这是否足以证明港英政府已取消对中文报纸的新闻检查呢？恐怕未必。

首先，按照1922年香港海员大罢工结束后的做法，《防卫法》颁布实施后取消，当局会发出通告。但战后几年的《香港政府宪报》中均找不到有关停止中文刊物检查的通告。对于哈理斯的说法，很可能只是指战时对英文报章的检查，查1939年8月4日《香港政府宪报》宣布对英文报纸实行事前检查②，所以哈理斯所谓取消，并非对中文报纸的检查。③ 既然港英政府没有公布停止对中文报纸的新闻检查，所以夏衍他们所经历的，只是中文报纸没有受到刊前检查的时候。为什么不检查呢？根据现存香港华民政务司署1946—1947年度报告（*Annual Departmental Report* 1946—1947 *Secretary for Chinese Affairs*）④，对中文报纸的新闻检查没按照战前的方式执行做出解释，报告中说，“由于全部战前档案均已损失，本部门要全面恢复战前活动受到障碍。初步的恢复工作，主要是依赖华民政务司署旧部属协助，他们的记忆常常是战前程序的唯一指引”。可见不再检查的原因很简单，就是当时香港百废待举，华人政务司署没钱没人没资源，暂时无能为力。⑤ 非不为也，实不能也。而且值得注意的是，报告中的用语是没有“恢复”，也显然没有明令取消。

然而，说港英当局战后不思改变，也不完全对。据思慕认为，

---

① 因《华侨日报》在沦陷时期继续出版，国民党在胜利后设法接收不果，所以千方百计给报社负责人岑维休找麻烦，在6月7日发表《通缉岑维休》的社论，遂遭罚停。

② *The Hongkong Government Gazette* (August 4, 1939), pp. 695—696.

③ 据金尧如回忆，20世纪50年代初，香港中文报纸就仍要“每日由报社负责人签名送两份当日报纸给华民司审查”（金尧如：《香江五十年忆往》，金尧如纪念基金，2005年，第41页）。但据当时在《文汇报》工作的周奕称，报社签送的报纸是为了存档，并非审查。

④ 香港档案馆档案编号HKRS41-1-2198(location: K/7/4-8/122-259)。现存这份报告只是初校本。

⑤ 战后报载华民政务司鲁鳞在街上碰见一个以前的下属，以拉人力车为生。(*South China Morning Post*, 4th Sep, 1945)。

“第二次世界大战结束以后，为了标榜言论自由，港府取消了新闻检查”①，虽然我们已经知道取消之说并不符合事实，但思慕的确点出了后来改变的事实及其原因之一，而且有一定的根据。联合国1948年12月10日公布的《人权宣言》就得到《香港政府宪报》全文转载。不过，这并非完全是英国政府良心发现，实际牵涉国际时势、殖民统治理念和策略等问题，例如，太平洋战争爆发后，英国便受到美国的压力，要在战后放弃在亚洲的殖民统治，而英国政府内部也因此产生弃与不弃的两派，香港问题则是他们争执的焦点之一②，而自由民主则是英国对殖民统治到了撒手不管时才赐予的恩典，所以问题比较复杂，尚待进一步研究。从1951年7月1日公布实施《1951年刊物管制综合条例》(*The Control of Publication Consolidation Ordinance*,1951)的内容来看③，尤其是关于煽动的规定，港英当局是设法用法律条文而不是事前新闻检查来控制刊物和舆论，《紧急情况规例条例》的规定在《人权宣言》面前显然已不合时宜，而且既言“综合”，也就可以理解为对《防卫法》中的有关规定的取代，也可以说是对中文报刊事前审查的一种躲躲闪闪的取消罢。

从上述港英政府对中文刊物实行审查的历史和诸多案例可以看出：(一)港英政府对中文报章的检查首先是针对海员大罢工和省港大罢工，这些罢工运动包含了爱国主义(或民族主义)和反对帝国主义的诉求，是香港中文新闻检查的主要删检对象；(二)港英政府对中文报纸事前检查自1925年起到1951年止，除了抗战胜利后的几年或策略调整或力不从心而没有“恢复”，基本上没有间断，虽然其间的做法略有变化；(三)审查并不限于新闻，也包括副刊文

① 《香港〈华商报〉的国际时事宣传及其它》，载《香港报业春秋》，第181页。

② S. R. Ashton and S. E. Stockwell (eds), British Documents on the End of Empire, Series A Vol. 1: Imperial Policy and Colonial Practice 1925—1945, Pt I: Metropolitan Reorganization, Defence and International Relations, Political Change and Constitutional Reform, London: HMSO (1996).

③ *Hong Kong Government Gazette*, Supplement No. 3 (May 4, 1951), pp. 61—91.

章的思想言论，所以这里包括一种没有明言的审查标准，而实际上是一种文化政策的体现。

港英政府长期实行新闻检查制度，可谓证据确凿，但为什么赵今声那么肯定香港当时根本不存在审查报纸文章的制度呢？又那么肯定《大光报》没有把鲁迅的讲稿送审呢？这可能跟赵今声在《大光报》的实际工作有关。查赵今声1922年秋从天津公费派送香港大学，1926年冬毕业，1927年7月便离开香港到砂劳越工作。1926年6月北伐战争开始后，他"鼓吹革命，欢呼胜利"，投稿《大光报》获该报总编辑陈卓章或陈仲章赏识，陈向大光报社董事长张祝龄（1877—1961）牧师推荐，聘赵为社外编辑。所谓社外编辑，实际只负责每周写三篇社论。[①] 换言之，赵今声与《大光报》差不多是投稿者与编者的关系，并不参与报馆的实际运作，如果因此对当时稿件要送审一事并不知情，也是很自然的；即使原来知情，并非亲历，印象不深，事隔多年，且年事又高，对此已无记忆，也并非没有可能。否则，中文报章遭审查而"开天窗"，文字变成格子，当时可谓屡见不鲜，而且这正是造成香港"沉闷"政治空气的主要原因，赵今声此时却熟视无睹，实在令人费解。

总之，港英政府对中文报纸实行过新闻检查。从抗战期间新添禁登词汇，可见这个检查制度已经很健全，并具有调节机制以适应不同形势。[②] 鲁迅在香港演讲期间，正是香港新闻检查开始实施不久，新官上任，如何能免？他的讲演纪录稿发表前经过审查，是没有疑问的。赵今声说当时香港有政治压迫，报章新闻检查就是其中之一。不过，鲁迅的讲稿尽管受到审查，但是否遭删禁，还须进一步分

① 《鲁迅赴港演讲始末考》（上），第30页。参见陈谦《香港旧事见闻录》，第215页。陈称《大光报》"在香港大罢工之后，即已停止"，误：该报地址为中环善庆街五号，非善庆里。

② 前面注释提到1928年11月22日《大光报》的《张静江就浙主席之宣言》，内文明显有新闻检查删除的痕迹。然而，文内有"新旧帝国主义"却不删，未知是否漏网，还是政策放宽（没有直接针对大英帝国）所致。

析论证。所谓删禁,是指《无声的中国》发表时经过删改,《老调子已经唱完》则禁止登载。

鲁迅讲稿遭删禁的问题

就目前所知,《无声的中国》至少有三种记录稿:赵今声记录稿、刘随和黄之栋记录稿、谢铸章和陈叶旋记录稿;《老调子已经唱完》也至少有两种记录稿:赵今声记录稿和刘随记录稿,此外还有鲁迅自己的修订稿。赵今声的记录稿据说均未经鲁迅审定便发表在《大光报》上,目前未有发现,无从探讨。谢铸章、陈叶旋记录的《无声的中国》(经鲁迅修订收入《鲁迅全集》),据说也在香港报纸上登载过,可惜未知原刊何处,亦不知出版日期。幸而,刘随对两次讲演也做了记录,都留存下来了,其中《无声的中国》曾在香港《华侨日报》上发表。①

前引赵今声否定鲁迅讲稿发表前受审查时说,《华侨日报》发表的《无声的中国》"是在鲁迅报告之后,次日见报的[……]仓促出稿,[……]从下午作完报告,晚上整稿,排印到第二天见报,不可能是由香港政府出面勒令删改的"②。这里所说的《无声的中国》,就是刘随跟《华侨日报》副刊编辑黄之栋共同署名的记录稿,但发表日期却并非讲演翌日的2月19日,而是2月21日,所以经过新闻检查后才能发表,在时间上完全吻合(附带一提,赵今声称《华侨日报》"抢先"发表,则他的记录稿在《大光报》发表自然更晚,时间上也完全可以经过审查)。那么,鲁迅讲稿有没有遭到新闻检查的删改呢?我们可以比较《无声的中国》刘随记录稿与鲁迅审定发表的文本之间的差异,做出推测。但比较之前,我们先要弄清楚谢铸章、

① 已收入《早期香港新文学资料选》,第56—59页。

② 赵今声致李伟江信(1995.8.29.),见李伟江《鲁迅粤港时期史实考述》,第222—223页。

陈叶旋记录本的情况。

《鲁迅全集》所收的《无声的中国》，原本是谢铸章、陈叶旋的记录本。1927 年 3 月 23 日汉口《中央副刊》转载此文时，孙伏园加了一段按语："这篇是鲁迅先生在香港青年会的讲演，由谢铸章、陈叶旋二君笔记，经原讲人审定修正的"，并说"现在看着香港报上登载鲁迅先生的演稿"如何如何①，可见孙伏园收到的是剪报。令人遗憾的是，我们对谢、陈二人一无所知，不知道他们是否跟刘随一样按许广平的传译，还是直接按鲁迅的讲演做记录。不过，鲁迅在 1927 年 4 月 25 日写信给孙伏园时明确说过，《无声的中国》是经过删改的②，既然他知道有删改，而他所看到的是谢、陈登在香港报纸上的记录稿，那么谢、陈记录稿自然就是删改了的记录稿。换言之，孙伏园所收到的审定本，是鲁迅在已发表的谢、陈记录稿剪报上修订而成的。鲁迅补充了什么，或曰谢、陈稿遭删掉了什么，由于看不到香港报纸登载的原本，不得而知。但我们不妨比较一下刘随等的记录稿。

刘随等的记录稿明显保留了许广平的粤语"传译"，文字上与鲁迅审定本有不少差别，是在所难免的。刘随等的记录稿结构基本上跟《鲁迅全集》的版本相同，有两千多字，只比《全集》本少了不及千字。这些字数上的差异，当然不排除记录不全的原因，而且也不能排除报纸编辑因版面安排而对讲稿删节的可能。鲁迅即使是名人，香港报纸对他的讲演也没有全文刊登的义务。③ 问题是，如果有删节的话，这些删节是出于技术上的考虑，还是政治上的考虑呢？关键只能看删节的内容。刘随等记录稿难免缺少一些字句和部分，

① 见 1927 年 3 月 23 日《中央副刊》第二号《无声的中国》一文的编者按。

② Ⅺ：542。

③ 赵令声说《华侨日报》版的记录"有压缩"（《鲁迅粤港时期史实考述》，第 224 页），虽然他误记为《老调子已经唱完》，却很值得注意。这意味着他本人的记录稿比刘随长，可惜我们无法看到。

但缺少的字句和部分之中,有些的确是很敏感的。

鲁迅审定本有一段:"这不能说话的毛病,在明朝是还没有这样厉害的;他们还比较地能够说些要说的话。待到满洲人以异族侵入中国,讲历史的,尤其是讲宋末的事情的人被杀害了,讲时事的人自然也被杀害了。"明、清对比,突显异族、外国人压制舆论的险恶,但在刘随等的记录稿却变成模模糊糊的"在明朝,尚有些人大胆说话。到了清朝,如果有人做文章,带上历史和时事关系,便把他杀了"。鲁迅审定本还有一段:"又有人说,外国尚且译中国书,足见其好,我们自己倒不看么?殊不知埃及的古书,外国人也译,非洲黑人的神话,外国人也译,他们别有用意,即使译出,也算不了怎样光荣的事的。"[①]在刘随等的记录稿则完全没有了踪影。一处提到"异族侵入"镇压舆论,一处提到外国人宣扬其实行殖民统治之地的传统文化"别有用意",对于刚刚经历过反帝省港大罢工风声鹤唳焦头烂额的港英政府、刚刚成立压制鼓吹反殖民主义的民族主义舆论的新闻检查署,恐怕是不会轻易放过的吧。而鲁迅对这些部分是很在意的,我们稍后还会讨论这些删改掉的部分。

关于禁止发表的问题,指的是《老调子已经唱完》的记录稿。[②]收录在《鲁迅全集》的《老调子已经唱完》,在过去很长时间我们都以为就是鲁迅审定的刘随记录稿。刘随将记录稿寄给鲁迅修订,这些都有鲁迅书信和日记证实。其中鲁迅在3月3日复信中说:"讲演稿自然可以答应先生在日报发表,今寄还。其中僭改了几处,乞鉴原为谅。"[③]可见刘随拟将记录稿投到香港报纸,所谓"日报"应该是指《华侨日报》,但后来却没能发表。1937年刘随响应许广平征集鲁迅手稿,于5月12日把记录稿寄给了许广平,并在信中说:"该稿自经原人删改好寄还之后,当时港报不敢把它发表,原因未明。

① 《三·无声的中国》,Ⅳ:12、14。

② 鲁迅本人在《三·序言》(Ⅳ:6)中称《无声的中国》被禁止发表,误。

③ 致刘随(1927.3.3),《信》,Ⅺ:533—534。

据我推测，或者编辑老爷神经衰弱，深恐失欢当地政府，亦未可知。"[1]似乎记录稿遭到禁止，但又不是很肯定。总之，文稿一直是"犹藏箧中"，直到写信时才随函交给许广平。

由于刘随记录稿上有鲁迅几处修订的手迹，所以也作为鲁迅手稿收录在《鲁迅手稿全集》中。[2] 之前，据说早已收录在一些鲁迅手稿的集子中，只是一直未引起注意。过去我们一直以为，最初发表在广州《国民新闻·新时代》的讲稿，就是发表在《国民新闻》上的刘随的记录稿，是鲁迅将刘随的记录稿修订后投到《国民新闻》的。其实并非如此。

查《鲁迅手稿全集》第四册，实际上收录了《老调子已经唱完》的两份稿本，一份较有条理，一份较粗糙。经我们查对，这两份稿本从文字到结构，都有很大差别，遗憾的是，编者并未对此做任何说明。其实，较有条理的一份，早在 1975 年 10 月文物出版社出版的《鲁迅批判孔孟之道手稿选编》中便发表过，《出版说明》注明并非鲁迅手迹，而是经鲁迅校改过五六处的许广平手钞稿。而另外较杂乱的一份，则标明"刘前度笔记"，此稿本身看来亦非鲁迅手迹。经我们初步比较鉴定，此稿有两个人的笔迹，最明显如"到"字，稿本上写法前后一致，但与改订处则明显不同。另外，此稿有几个字，如"於""里"等，均与鲁迅其他手迹写法和用字明显不同(稿本用"裡"字，鲁迅用"裏"字)。此外，根据副题"鲁迅先生……"原为"周鲁迅先生……"，后被鲁迅修改时涂去"周"字，这符合刘随记录《无声的中国》时标题同样使用"周鲁迅先生"的惯例，我们基本上可以确定，此稿就是由刘随作原始记录、再由鲁迅作了些许修改的稿本，也即刘随 1937 年响应许广平征集鲁迅手迹时，寄给许广平的记录稿。

① 周海婴编：《鲁迅、许广平所藏书信选》，长沙：湖南文艺出版社，1987 年，第 419 页。按："原人"原文如此。

② 《鲁迅手稿全集》第四册，福州：福建教育出版社，1999。

刘随这份记录稿显然并非鲁迅当年投寄给《国民新闻·新时代》的稿本，因为前面已经说过，此稿的文字和结构跟许广平钞本明显不同，并非同一版本。经查对，《老调子已经唱完》的许广平钞本、《鲁迅在广东》刊本（估计即《新时代》原刊本）和现今《鲁迅全集》刊本，尽管文字上有些许出入和差异，但基本上都是同一个版本系统。而刘随记录本则显然不同，兹列举主要差异如下：

《鲁迅全集》刊本	刘随记录本
题目为《老调子已经唱完》	题目为《老调子经已唱完》
全文三十段	全文十七段
第二段："虽然这一句话实在对不起一般老前辈"	第一段："说这一番话，是对不起老大的人"
第四、六段："不再能照先前似的开口"，"所以现在文学上也有些寂寞"	第二、三段："声音就低得很"，"声音也低下去了"
第九段："第一，是因为中国人没记性，……"	第四段："（一）我们善忘——记忆力比别人低劣，（二）因为善忘，就昨日所说的事，今日就忘了。今日再听一遍，觉得新鲜奇怪不过。譬如一个人由高山跳下来，跌伤了手足，今日有痛就记着在心。过了几天，伤口好了，没有痛苦，就记不得从前的一回事。（二）［按：此"（二）"为鲁迅所加］今日的老调子总唱不完，是因为中国亡过了好几次"
无	第五段
无	第十三段

以上所举，均为差异较大较明显者，此外遣词造句、起承转合之不同，更不胜枚举。从刘随稿本中所保留的不少广州方言，如"已经"写成"经已"，以及"老大""食饭""贴地""对不住"等来看，我们完全有理由相信，这份记录稿即根据许广平的粤语"翻译"而记录的，而且，从文理文笔上看，此稿也比《鲁迅全集》的版本粗糙得多。因此，此稿应是目前所能见到的《老调子已经唱完》的最原始

记录稿，但不是《鲁迅全集》所收的版本，它比较粗漏而流于口语化，应该出现在《全集》版本成形前，即《国民新闻·新时代》刊本之前。

《国民新闻》刊本虽然出版日期未详，但我们知道是在三四月间。查《鲁迅日记》1927 年 3 月 2 日“得刘前度信并讲稿”，并在 3 月 3 日复信：“讲演稿自然可以答应先生在日报发表，今寄还。其中僭改了几处，乞鉴原为幸。”《鲁迅日记》中 3 月 3 日还有记录：“上午复刘前度信并还稿。”可见，鲁迅在得刘随信前并无《老调子已经唱完》的讲稿，而刘随记录本既与《国民新闻》刊本差别如此之大，唯一的解释就是，《国民新闻》刊本是鲁迅根据刘随记录大幅修订重写的版本。估计鲁迅当时可能不想令刘随泄气，而且也可能考虑到稿本是发表给香港读者看，所以对他的记录稿没作太多改动。但另一方面，鲁迅显然觉得刘随记录稿很不理想，于是加以修订重写，再寄投广州《国民新闻》。① 如是，则《国民新闻·新时代》刊本虽然出版日期未详，但必出于 3 月 4 日之后无疑。《国民新闻》刊出《老调子已经唱完》后，鲁迅又再加修订，于 4 月 26 日寄给孙伏园，并在 5 月 11 日孙主编的汉口《中央日报·中央副刊》第 48 号刊出。与此同时，钟敬文编《鲁迅在广东》，则采用了《国民新闻·新时代》的刊本，于 7 月由北新书局出版。事隔十年之后的 1937 年，刘随记录稿又辗转回到了许广平手上，许广平未予重视，原因大概就是因为她知道鲁迅已对《老调子已经唱完》作了近于重写的改订，所以这个原始记录本已失去了利用价值。尽管如此，刘随记录稿作为史料，作为反映当年鲁迅讲演及许广平传译风貌的材料，还是有研究价值。

---

① 事实上，鲁迅在 1934 年 12 月 19 日致杨霁云信中谈及他的演讲稿时，就表示过《老调子已经唱完》跟其他讲稿不同，“原是自己改过的”，可以作为他的作品收录。所谓“改过”，过去我们只认为是鲁迅致刘随信中所谓“僭改了几处”的意思，比较了两种手稿后，这种看法自然不能成立。

但更值得注意的是,《老调子已经唱完》两个版本的差异跟《无声的中国》两个版本的差异非常不同。《无声的中国》的两个版本文字和内容都有重要的差异,而《老调子已经唱完》的两个版本文字上虽有较大差异,但内容却相去不远。《老调子已经唱完》是《无声的中国》的延续和发挥,是挖掘"无声"的历史远因和当代近因,因此对异族入侵和外国人利用中国传统文化等事,谈得更多,鞭挞揭露,也更无情,其中说:"他们对于中国人,是毫不爱惜的,当然任凭你腐败下去。现在听说又很有别国人在尊重中国的旧文化了,那里是真在尊重呢,不过是利用!"[①]就差没有点明是港英当局。如果《无声的中国》已因此而遭删节,则《老调子已经唱完》的获禁,自然是顺理成章的。但为什么就不能如处理《无声的中国》那样,删节通过呢?也有点费解。再者,如果赵今声的记录稿真的在《大光报》上发表,则禁止的问题又应该是不存在的,可惜我们目前无法看到《大光报》的版本,既不知道有没有删节,甚至不知道它究竟是否存在。赵今声的说法只能存疑。

不过,刘随的猜测提供了一些线索,可供我们思考。如果他的记录稿是送审后被禁发表的,按陈仙泉的经验,原稿似应不会发还给他。而且,他的说法是"当时港报不敢把它发表",所以,记录稿似乎还未送审,先就过不了"神经衰弱"的"编辑老爷"那关。但是,既然他已经与该报副刊编辑黄之栋合作发表了《无声的中国》,而黄也认为两次讲演都很好,都值得"送去报馆发表"[②],为什么这次反而碰壁呢?笔者估计,可能正是因为有了《无声的中国》送审的"前科"(即鲁迅所谓"不许将讲稿登报,经交涉的结果,是削去和改窜了许多"。鲁迅所指的只能是发表了的《无声的中国》。也就是说,原先《无声的中国》是要禁止发表的,后经争取,才勉强获准删

① 《集拾·老调子已经唱完》,Ⅶ:310。刘随记录了这段,但表达得没那么愤怒。

② 刘随:《鲁迅赴港演讲琐记》,载《香港文学散步》,第 27 页。

改通过)，《华侨日报》编辑知道《老调子已经唱完》肯定会碰到更大麻烦，所以决定不登。如果事情确是如此，则《老调子已经唱完》没能见报，就并非经香港新闻检查署的决定，而是报纸编辑"自我审查"的结果了(自然，如果要说成是"间接地"或"归根到底"是遭英国人禁止，亦无不可)。如果赵令声记录稿的确在《大光报》上登载的话，以上的估计似还可以自圆其说。当然，笔者也只能是猜测，但间接遭禁的可能性确实很高。

鲁迅讲演遭干涉的问题

除了讲稿受到删禁，鲁迅的讲演本身还遇到不少麻烦。综合前面提到梁式、辰江和鲁迅本人的记述，情况大概是这样的：(一)干涉：香港政府听闻鲁迅来演说，连忙请邀请他的"某团体"的人去问话，"问为什么请鲁迅先生来演讲，有什么用意"；(二)捣乱：按青年会的惯例，到青年会听讲的都得先到青年会领入场券，无券者不能入座。于是"中途又有反对者派人索取入场券，收藏起来，使别人不能去听"。

对于干涉的问题，赵令声完全否定辰江的说法，否定的理由是："请鲁迅先生到香港作报告，我是唯一的负责人，如果香港政府盘问此事，问《大光报》也好，问青年会也好，都会推到我的头上。但我确实没有遇到盘问，没有遇到任何困难。鲁迅日记和其他人的评论，我想是揣测之辞，不是事实。"①其实，这个理由不足以否定辰江的说法，因为这个理由的前提是，《大光报》或青年会的负责人会把事情推到赵令声头上，但如果他们没有推呢？赵令声当然就不会知道。而且，辰江的说法也符合常理。港英当局若要过问邀请鲁迅讲

① 赵令声1995年8月29日致李伟江信，见李伟江《鲁迅粤港时期史实考述》，长沙：岳麓书社，2007年，第222—223页。

演一事，自然首先去找名义上的邀请者“某团体”，即出面邀请的《大光报》总编或社长（赵今声以《大光报》名义邀请鲁迅），或提供讲演场地的基督教青年会负责人，而不会去找没有具名的实际负责人赵今声。至于为什么“某团体”的人没有把事情推到赵的头上，笔者无从揣测，但既然鲁迅能够讲演两场，则事情恐怕也没有严重到要追究实际邀请人的程度。总之，港英当局找“某团体”负责人过问鲁迅讲演一事，跟赵今声没有遇到麻烦，两者互不排斥，其实也没有必然联系，更不能以后者来否定前者。

关于捣乱的问题，让我们先看看赵今声回忆当时讲演的安排和宣传。据赵今声说，他“在《大光报》发表过一条消息说本报邀请先生于2月18、19日作两场报告，愿听讲者，可到本报领取入场券”①。“青年会礼堂约可容一千人，当时我按照座位数加一成印制了入场券。入场券可自由领取，不加限制，没有发完，并未发生大量领取入场券，加以扣留之事。”②“鲁迅先生作报告时，青年会礼堂座位还有少部分空着。我不知道有索取入场券后有意吞没起来，自己不听，又不让人听报告之事。”③

赵今声此处的回忆有一点失误，因为他完全忘记了孙伏园，所以说他登了鲁迅讲演两场的消息。查《华侨日报》1927年2月14日登了一条鲁迅、孙伏园来港演讲的消息，其中云“闻周孙等先生将于本月18日（星期五）联袂来港，至于先生演讲时间为18日晚八时，讲题为《新时代的少年》，孙先生演讲的时间为19日下午三时，讲题为《无声的中国》，地点为青年会大堂，各界诸君欲往听者，可先到青年会领取听讲证，无证者不能入座”。④ 这段消息虽然颠倒了讲题，但证明当时原定讲演的是两人，鲁迅先讲，而孙伏园讲第二

① 赵今声致李伟江信（1995.9.20.），见李伟江《鲁迅粤港时期史实考述》，第224页。
② 赵今声致李伟江信（1995.8.8.），见李伟江《鲁迅粤港时期史实考述》，第220—222页。
③ 赵今声致李伟江信（1995.8.29.），见李伟江《鲁迅粤港时期史实考述》，第222—223页。
④ 《早期香港新文学资料选》，第53页。

场。《华侨日报》在2月19日还登了一条鲁迅演讲的消息,中云“闻周先生已于昨日来港,昨晚在青年会演讲无声的中国,听讲者异常挤拥,但孙伏园先生因有要事未克来港,惟周先生已允于今日下午三时再作演讲一次,题目与昨日不同,凡持有孙伏园先生演讲入场券者,届时皆可入场”。①

听鲁迅讲演需先领入场券是肯定的,发放入场券的地方据赵今声说有两处:《大光报》报社和青年会,但《华侨日报》只提青年会。据《华侨日报》报道,《无声的中国》那场讲演“听讲者异常挤拥”,后又有探秘在《听鲁迅君演讲后之感想》一文中说:“闻说往听的人太多。听讲券不敷分派。至多有向隅之感。”②可见赵今声所说的“座位还有少部分空着”,如非误记,也只能是指第二场,即《老调子已经唱完》的那一场。本来,约一千张入场券再加印一成,如全部发出,“座位还有少部分空着”,的确可以令人怀疑有人捣乱,但赵既云入场券没发完,则领券的人数究竟有多少,就无从估计。倒是梁式的说法有一点值得注意。他说,“有一班不知什么人领取不少入座券,到时却不到会——可是这种劣拙的捣乱方法终不能使会场冷落”。可见即使有人捣乱,效果也不显著,跟“座位还有少部分空着”的描述亦不矛盾。

据鲁迅说,捣乱的人是“反对者”,反对什么呢?后文说“因为攻击国粹,得罪了若干人”,似指香港的守旧势力。③但问题不在于捣乱者是什么人,而在于“反对”。因为既言反对,则鲁迅必须先在香港攻击了国粹,“得罪了若干人”,然后才会引起反对。换言之,

① 《早期香港新文学资料选》,第55页。

② 原载《华侨日报》1927年2月23日,载《早期香港新文学资料选》,第60页。按:标点除书名号外,原文如此,该报当时尚未用新式标点。据刘随说,两场讲演都因“座位不够,有些迟来者,只好站着听讲”(刘随:《鲁迅赴港演讲琐记》,见《香港文学散步》,第26页),因入场券加印一成,座位不够是可能的。但如果说两场都满座,应该是不可能的,因为都满座,就不可能造成有人领券不来的印象。刘随的描述如果是真实的,也只能是指第一场。

③ 《而·略谈香港》,Ⅲ:427—428。

鲁迅认为那些捣乱是发生在第一场讲演之后，也就是原定由孙伏园讲的第二场。然而，第二场讲演听众减少，是否就一定是捣乱造成的呢？孙伏园的名气肯定没有鲁迅的大，再加上改由鲁迅续讲第二场的消息，是登在19日讲演当天的报纸上，为时颇晚，慕名而来的听讲人数肯定会受到影响，不及第一场的拥挤，也合乎情理。如果情况的确如此，则捣乱之说便纯属猜测怀疑①，只是反映了当时进步和保守两种势力的紧张关系而已。不过，正如《鲁迅赴港讲演始末考》整理者指出，鲁迅对情况也不大清楚，用词很谨慎，没有把事情说实。② 若单从这个角度去看，则赵今声若因此对捣乱并不知情，是不值得奇怪的，虽然逻辑上其实是非常奇怪的。

然而，《鲁迅赴港讲演始末考》整理者就干涉等问题，怀疑鲁迅是受到梁式、辰江等的影响③，未免倒果为因。其实鲁迅已经说得很明白，是辰江的文章勾起他的回忆，印证他早已听说的传闻，也就是说，他早就听闻受到干涉，前引许寿裳的回忆可以为证。至于梁式，他并没有参与鲁迅赴港讲演的任何组织安排工作④，也只是道听途说，但听谁说呢？既然是《老调子已经唱完》的按语，而稿件是鲁迅寄给他的，很可能就是从鲁迅的信中“听说”的。但鲁迅又是听谁说的呢？自然是演讲活动期间围绕着他的那些人。前面比较刘随和赵今声两说时提到他们是两股非常不同的人物，跟眼睛只敢盯着文坛并删禁鲁迅讲演的《华侨日报》走在一起的人物，不可能会向鲁迅做出干涉捣乱的推测；只有想借鲁迅来打破省港大罢工后港英政府压迫造成沉闷空气的人物，才会理所当然地作如是说。也

---

① 笔者估计，“捣乱说”如果不是为了掩盖宣传不及时导致听众减少，恐怕也只是一些人神经过敏的推测，就像鲁迅赴港船上遇见的那位认真、好心的船员或商人那样。鲁迅虽把那位“广东朋友”的话当成“笑话”，但又说，“虽然神经过敏，但怕未必是无病呻吟。他经验多”（《而·略谈香港》，Ⅲ：427、430）。这大概也可以反映鲁迅对“捣乱说”将信将疑的态度。

② 《鲁迅赴港讲演始末考》（下），第49页。

③ 《鲁迅赴港讲演始末考》（下），第49页。

④ 梁式后来回忆鲁迅的文章，甚至完全没提香港讲演之事。见尸一（即梁式）《可记的旧事》，《生平史料》，Ⅳ：278—288。

就是说，赵今声是向鲁迅表达捣蛋推测的最合逻辑的人物；换言之，赵今声是主持鲁迅演讲并陪同活动的更符合逻辑并符合鲁迅记述的人物。可惜，赵今声偏偏否认干涉捣蛋等事。不过，赵今声的说法还不能因此完全否定，因为陪同活动还有一个重要人物叶少泉，稍后再分析。

附带一提，作为主要陪同兼传译的许广平，几乎没有留下任何关于鲁迅在香港讲演的回忆①，不单遗憾，也真叫人百思不得其解。

被阉割成的香港新文化开端

鲁迅在香港既遭到刁难，但未至于全面封杀；他的讲演产生一定影响，但亦非毫无抵制。要言之，鲁迅讲演要传达的信息，经过了香港新闻检查和当局干涉的过滤。然而，什么东西可"过"，什么东西要"滤"，确很值得研究。可惜目前所能见到的直接反响，基本上是鲁迅讲演前后登在《华侨日报》的文章。②

《华侨日报》在1927年2月下旬，登载济时《会晤鲁迅先生》一文，中说："本港的思想界，一贯压伏在顽固陈旧的势力下，没有一点生气。……我告鲁迅以香港思想界的顽固，请他务须痛下针砭。后来他在演讲《无声的中国》，恰好对症下药。"③后有碧痕在《文学革命》中谈鲁迅演讲后的印象和感想，说："我们想救中国。必定要做文学革命的工作。"对于迷恋旧文学的青年，鲁迅的讲演"不啻是一

---

① 笔者孤陋寡闻，只见到许广平《回忆鲁迅在广州的时候》中有一段提及鲁迅赴港讲演的经历。该文原来只是草稿，整理出来之前从未发表。见《资料》1(1976)，第194—199页。据李伟江估计，此文写于许的《鲁迅回忆录·厦门与广州》之前。

② 见《早期香港新文学资料选》，第5—6、53—65页。此书连新闻报道和讲稿，共收录《华侨日报》1927年2月和4月登载的文章十篇，但并非全部，其中冷庵提倡白话的信未收，支持冷庵的许多信件，只收了一封，见第3、65页。

③ 原载《华侨日报》1927年2月24日，见《早期香港新文学资料选》，第62—63页。

个暮鼓晨钟”[1]。到了4月,该报文艺副刊《香海涛声》的编辑冷庵发表支持白话的信,引起推动白话和新文学的讨论。[2] 口气似乎也是《华侨日报》工作人员之一的葆蓉,援引《无声的中国》来响应冷庵,在《我们如今可以自由发表意见了》中说,“前几天,见冷庵君所发表的信,知道这里已采用白话体裁。[……]我们以后,就随时可以发表意见,却不是哑子了。[……]但是我们还要像周树人先生说的不要害羞,无论何时都要奋( )地做去。是这里的《香海涛声》,不踵而走的布满全国,把她造成一个‘新中国’”[3]。稍后又有长城《和诸文友谈谈香港的现象》谈论新文化的进步:“从前[……]把文学放在贵族阶级上头。[……]可喜近来青年们。[……]渐渐的大家合拢起来,去做白话文的功夫。这是良好现象之一。是啊,旧文学委实不适用于新社会。所以冷庵君有提倡白话文的表示,跟着也就有许多信件寄来,表示满意,我相信不久就把文学贵族阶级解放起来,不至给一部分文人盘踞着,可以大家享用。那末人人懂得新文学。必定就有新思想了。也就有观察世界的新眼光了。”可是,编者随即回应表示:“长城君说我有提倡白话文的表示,‘提倡’二字,我断不敢当。我对于文言和白话,以为最好是个随其便就是了。[……]须知只能够应用这一种而废弃那一种,是都犯着偏枯的毛病。尤其是文学未有根底的,切不可误会错了,以为文言从此便可废止呢。”[4]他们的观点受到绿波的批评。绿波也受到《无声的中国》影响,在《我们一致起来打破文学的阶级罢》一文中认为:“现在中国也逐渐变为有声音的了,香港也同时有了一些声响了。就是因为人们已经觉悟起来,一致拥护新文化的缘故哪。长城君昨日曾在本栏里发表他的意见,以为白话文有适合现代思想的可能,有转

① 原载《华侨日报》1927年2月25日,见《早期香港新文学资料选》,第64页。
② 《华侨日报》1927年4月16日。
③ 原载《华侨日报》1927年4月19日,见《早期香港新文学资料选》,第65页。
④ 原载《华侨日报》1927年4月27日,见《早期香港新文学资料选》,第3—5页。

移世界潮流的趋势，有提倡自由平等的动机，那末就有提倡和拥护的必要了。”并主张把不合潮流的旧文学送进博物馆。绿波的一些观点颇偏激，冷盦在编者附注中表示不同意。①

这些反响的主张，可归纳为三点：（一）提倡白话，反对文言；（二）鼓吹新文学；（三）反对旧文化，带来新思想。它们明显受鲁迅讲演影响，尤其是《无声的中国》。《无声的中国》的确为香港带来了新的声音。重要的是，《华侨日报》文艺副刊《香海涛声》开始接受白话文稿件，虽然编辑是有点被动的支持，总算是鲁迅讲演直接带来的改变。而这些影响，基本上是把“五四”新文化运动的精神，带到这个尚未受“五四”冲击而且当局带头积极宣扬“国粹”的香港，鼓舞了那些早思改革的青年。② 当然，必须指出，现有资料仅限于现在所能看到的当时香港报刊，而且编选着重文学方面，不可能全面，但以《华侨日报》的地位和影响，肯定也有一定的代表性。至少，可以代表新闻检查“过滤”中的“过”的部分。值得注意的是，虽然其中反对传统文化一项，显然并非当时正积极鼓吹中国“国粹”的港英政府当局所乐见，但还是“过”了关。这些观点并不直接牵涉社会治安，如果说，其“过关”体现当局也尊重人权、法治和自己的自由主义传统③，是不错的。不过，笔者还想补充一点，其“过关”恐怕也反映出港英当局实用主义的统治手段和策略。文言和“国粹”陋习是现代社会发展的障碍，英国人应该是知道的。在采取惯常的殖民统治手段而跟“既定体制、现有建制站在同一阵线”的同时④，他们也需要培养新一代的代理人来巩固统治，而这些代理人要是能够掌握更精良的工具（白话）来应付当地事务，又具备更接

① 原载《华侨日报》1927 年 4 月 29 日，见《早期香港新文学资料选》，第 65 页。

② 参考孙立川《西还集 · 历史的断片：“鲁迅与香港”的三个考察》，香港：天地图书，2001 年，第 158 页。

③ 《早期香港新文学资料选》，“三人谈”部分，第 21 页。

④ 《早期香港新文学资料选》，“三人谈”部分，第 5 页。

近主子的文化修养（新思潮中部分共通的现代精神）跟统治者沟通，自然对殖民者的管治会更加有利，更加有效。所以，只要能把新一代的代理人笼络住，取得他们的忠诚，则对这些工具性质的改革，他们也会乐见其成。殖民统治当局能够包容这些改革，关键是要它们摆脱被“滤”掉的部分。

那些给“滤”掉的部分，前面已探讨过，即鲁迅讲演记录稿遭到删改的地方，主要是两项内容：（一）关于异族入侵，（二）殖民统治者提倡和推崇殖民地传统文化，其实是为了加强自己的统治。这些内容在《华侨日报》上也被封杀。讲演后的2月23日，《华侨日报》登了探秘《听鲁迅君演讲后之感想》一文，对《老调子已经唱完》就作了简短的介绍[①]，但只介绍有关新文学的部分，对上述两点敏感的问题便完全不提。为什么要“滤”掉这两点内容呢？笔者认为，主要就是它们包含的民族主义思想。对于第一点，历史上的“华夷之辨”、入侵者的压迫，自然会提醒人们香港已沦陷，提醒人们正遭受外国人的压迫和统治，容易燃起反抗，造成社会不安，像省港大罢工那样，其必须删禁，理由是再明显不过的。至于第二点，则比较复杂。表面上，它揭露殖民统治者利用中国传统文化的虚伪本质，有损当局诚信，自然也不能通过。但对鲁迅来说，应该还有深一层的意思。《老调子已经唱完》虽然猛烈批评传统文化是“侍奉主子的文化”，但鲁迅其实并不认为传统文化本来如此，中国传统其实有积极的东西，其中包括健康的民族主义的精神，只是后来由于异族入侵扭曲摧残（也不妨说是“过滤”：“过”了“侍奉主子”的东西，“滤”掉了民族主义精神），才堕落到当时的地步。笔者已在另外一些论

① 《早期香港新文学资料选》，第60—61页。

文中分析鲁迅对传统文化的历史看法，在此不再重复。[①] 总之，鲁迅实际上也揭露了港英当局在摧残中国传统，揭露当时表面上保护传统的保守势力其实是协助外人摧残中国传统的奴才和帮凶，而香港正好给他提供了一个活生生的例子。他在《略谈香港》中说：

> 前清光绪末年，[……]那时的留学生中，很有一部分抱着革命的思想，而所谓革命者，其实是种族革命，要将土地从异族的手里取得，归还旧主人。除实行的之外，有些人是办报，有些人是钞旧书。[……]久之印成了一本书，[……]名曰《汉声》，那封面上就题着四句古语：摅怀旧之蓄念，发思古之幽情，光祖宗之玄灵，振大汉之天声！
>
> 这是明明白白，叫我们想想汉族繁荣时代，和现状比较一下，看是如何，——必须"光复旧物"。说得露骨些，就是"排满"；推而广之，就是"排外"。不料二十年后，竟变成在香港大学保存国粹，而使"中外感情，自然更加浓浃"的标语了。我实在想不到这四句"集《文选》句"，竟也会被外国人所引用。[②]

鲁迅知道英帝国主义并不是傻瓜。他说："我去讲演的时候也偶然提起元朝，听说颇为'×司'所不悦，他们是的确在研究中国的经史的。"[③]对鲁迅来说，港英政府尊重中国传统是要培养驯服的奴隶，而他的讲演则是要唤起奴隶的反抗之心[④]，因此而遭到删禁干

① Chiu-yee Cheung, "Beyond East and West: Lu Xun's Apparent 'Iconoclasm' and His Understanding of the Problem of Chinese Traditional Culture," *The Journal of the Oriental Society of Australia*, XX/XXI (1988—1989), pp. 1—20;《否定的否定：鲁迅与尼采对文化传统的继承和发扬》，载《鲁迅的世界》，呼和浩特：远方出版社，2002 年，第 541—561 页。本文所谓健康的民族主义精神，是指鲁迅所讲汉唐那种恢弘自信的、有能力创新又有包容气魄的、懂得自尊自重的民族主义，非指那种出于恐惧而盲目排外的"义和团"式的民族主义。

② 《而·略谈香港》，Ⅲ：432—433。

③ 《而·略谈香港》，Ⅲ：429。

④ 参考《而·谈"激烈"》，Ⅲ：476—480。

涉，其实是理所当然的。

这些删禁“过滤”，除了可以从另一角度支持鲁迅讲演遭删禁的可能性，我们还也可以从中窥探出港英当局的心态，他们最担心的就是当地华人的民族主义精神，因为它代表团结对外，代表不愿做奴隶和顺民的反抗，对他们来说，就是不可靠。所以在抗战期间，港英当局对主张抗日的言论便严加审查，对散播“和平”的汉奸报纸却大放绿灯。[①] 更令人慨叹的是，殖民统治政府害怕中国民众在爱国抗敌的旗帜下团结起来，更甚于害怕入侵的敌人。日本发动太平洋战争迫在眉睫，香港、新加坡两地的殖民统治政府都迟迟不动员当地华人防卫抵抗，后来论者无不认为失策。[②] 直到兵临城下，华人代表主动接触两地政府商讨对策，但港英政府当局犹豫不决，终于为时已晚[③]；新加坡总督则到最后才匆匆武装一些毫无训练的华人，把他们送上第一线送死[④]。日本投降后，英国殖民政府对日军在新加坡究竟屠杀了多少华人，也毫无兴趣调查。[⑤] 鲁迅所谓“他们对于中国人，是毫不爱惜的”，真是一语中的。

当然，也不是所有华人都遭到如此待遇。这点，鲁迅也是知道的，所以他说：

> 香港虽只一岛，却活画着中国许多地方现在和将来的小

---

① 萨空了：《香港沦陷日记》，第51—52页。

② 例如英国派驻马来亚军队的总工程师 Ivan Simson，就持这种看法。见其 *Singapore: Too Little, Too Late. Some Aspects of the Malayan Disaster in* 1942, London: Leo Cooper (1970), p. 91.

③ 见萨空了《香港沦陷日记》，第18、39、82—87页；夏衍：《懒寻旧梦录》，第465—466页。萨空了和夏衍记述了两次不同的接触，都是中国人主动。一次由邱茉莉（Elsie Fairfax-Cholmeley）牵线，由萨空了等会见华民政务司，主要谈联络国军及组织华人义勇军；另一次由贝特兰（James Bertram）牵线，由廖承志、乔冠华、夏衍会见港督代表辅政司，主要谈东江纵队参与协防香港。

④ 见陈嘉庚《南侨回忆录》。手头只有英译：*The Memoirs of Tan Kah-kee*, ed. and tr. by A. H. C. Ward, Raymond W, Chu, and Janet Salaff, Singapore: Singapore University Press (1994), pp. 158—159。

⑤ Alan Warren, *Singpore* 1942: *Britain's Greatest Defeat*, Singapore: Talisman (2002), pp. 279—280.

> 照：中央几位洋主子，手下是若干颂德的“高等华人”和一伙作伥的奴气同胞。此外即全是默默吃苦的“土人”。①

当鲁迅提醒人们受异族统治的时候，除了“×司”表示“不悦”，也“为有些‘同胞’所不欢”。② 鲁迅似乎已预见到某种“缅怀”殖民主义的后殖民主义理论和“想象”的出现，并点出了它们的历史根源和社会基础。

总之，赵今声说鲁迅的讲演“对香港社会产生了广泛影响”，虽然有一定根据，但他期望鲁迅带来的政治气氛的改变和“革命热情”的提高③，恐怕就给删禁封杀掉，只剩下刘随所谓“鲁迅来香港打破文坛上的沉寂空气，以推动新文学运动的开展”了。④ 换言之，鲁迅讲演之成为香港新文化的发端，其实只是被阉割的影响。

回到刘随与赵今声两说何者属实的问题，从鲁迅赴港后的反应来看，他讲演的目的是要唤起民族情绪，反对外族统治和奴化，也应该是体现了邀请者的本意，而与鲁迅目的相符的，则是赵今声他们的期望。

基督教会支持鲁迅演讲的问题

鲁迅赴港讲演另一个值得注意并需要辨正的问题，是基督教会及人士对鲁迅演讲的支持。

基督教青年会被当成“黑暗反动的潜伏力”之一⑤，至少在省港大罢工期间一些革命者眼中如此，是个不争的事实。所以，从这个

---

① 《而·再谈香港》，Ⅲ：541。

② 《而·略谈香港》，Ⅲ：429。

③ 刘蜀永：《赵今声教授谈鲁迅访港经过》，《月刊》1993：11，第 38—39 页。

④ 刘随：《鲁迅赴港演讲琐记》，载《香港文学散步》，第 26 页。

⑤ 莫伦白：《罢工后之香港》，《省港大罢工资料》，广州：广东人民出版社，1980 年，第 767 页。

角度出发提出“基督教青年会能邀请革命文学家鲁迅演讲吗?”这个问题是顺理成章的①;再把问题引申为“鲁迅又会慨然应宗教团体之邀赴港吗?”②也是上一个问题的自然逻辑推演。这种说法是否符合鲁迅当时的思想,姑且不论③,但如果把革命活动与宗教团体对立起来,却不符合当时中国的历史情况。基督教支持国民革命有一定的传统,孙中山本人就是基督徒。就在1925年6月22日、省港大罢工的前夕,“中国各教派的基督徒在上海的广东基督教堂开会,决定支持上海的罢工,并通电号召全国基督徒支持(五卅)运动”④。可见当时中国基督教组织并不一定反对革命运动。

把基督教组织置于革命运动的对立面,应该跟20世纪20年代的“非基督教运动”有关。对于“非基督教运动”的历史评价,即使是中国官方,也因观点与角度不同而有差异。共青团网站对运动的简介称,运动使广大青年“认清了基督教会对华侵略的本质”,“提高了对帝国主义的认识”,基调是赞赏与支持⑤;而统战部则发表文章强调区分不同性质的矛盾,纠正运动的偏差⑥。这些不同的评价,反映了基督教在中国活动与影响的复杂性,但不管怎样,从当时的历史事实看,“非基督教运动”并没有阻挡中国基督教组织及其成员继续积极参与中国的社会改革甚至社会革命的活动。

其实,刘蜀永据说是根据与赵今声通信写成的《赵今声教授谈鲁迅访港经过》一文中,所谓“基督教青年会能够邀请革命文学家

---

① 刘蜀永:《赵今声教授谈鲁迅访港经过》,《月刊》1993:11,第39页。

② 《鲁迅赴港讲演始末考》(上),第29页。

③ 查许广平《回忆鲁迅在广州的时候》一文中说,“鲁迅初到广州时,曾有一位不相识的基督徒来中大再三邀请到香港去讲演”(《资料》,1,第195页),这位基督徒应是指叶少泉。但李伟江在此文以铅笔加注称叶非基督徒,未知根据。即使叶非基督徒,在许广平的记忆中,鲁迅到香港讲演无疑是跟基督教团体或个人有关的。

④ *South China Morning Post*, 22 June 1925.

⑤ 见中国共青团网 >> 团史展览馆 >> 重大事件与活动 >> 非基运动,2007,http://www.gqt.org.cn/695/gqt_tuanshi/gqt_ghlc/action/200704/t20070414_18000.htm。

⑥ 中共中央统战部网站《严格区别不同性质的矛盾——恽代英纠正“非基督教运动”的偏差》(2002),http://www.zytzb.org.cn/09/theory/shili/200909/t20090928_575881.html。

鲁迅演讲吗?"一句,恐怕并非出自赵本人,因为并不符合赵今声的回忆,只要对照一下赵今声给李伟江的四封信就可以看得出来,基督教组织和人物可谓贯穿了鲁迅赴港讲演的整个过程。首先,《大光报》本身就是一份基督教的报纸,是孙中山在辛亥革命成功后经过香港,特别召集一帮基督徒倡议创办的,目的是深化社会改革。[①]该报总编陈卓章欣赏赵今声支持孙中山革命的文章,并成功地向《大光报》董事长、基督教会姓张的牧师推荐赵为《大光报》"社外编辑",经常为该报写社论。还有,为赵牵线联络成功邀请鲁迅到香港的叶少泉,既是国民党青年部的干部,也是一名基督徒;而赵联系基督教青年会为鲁迅提供住宿和演讲场地,都得到该会的"总干事也是个爱国者"的同意和支持。[②]

这里值得对陈卓章做一点补充。赵今声对陈卓章的上述描述看来是可靠的。前面已引述过考订,在1927年3月拜访过鲁迅并在《鲁迅日记》中记下的"陈仲章",其实就是《大光报》总编陈卓章。据赵今声说,陈于1927年5月因与经理意见不合而离开《大光报》。意见不合这一点很值得注意。查《华侨日报》在"四一二"清党后发了一条新闻。新闻的目的是澄清《华侨日报》(包括《循环日报》)遭广州当局审查,并非内容有问题,而是清党后稳定人心的举措,并强调《华侨日报》与广州政府"宗旨不相违背"。新闻后面还举出《大光报》遭广州政府"禁止入口"做对比,意谓《大光报》在"四一二"后有违碍言论,并引述广州政府的启事称,《大光报》"现经遵照本会(按:指广东省特别委员会宣传委员会)取缔出版物条例",禁令可以取消。[③] 从违碍到遵命,《大光报》在"四一二"前后的变化,与陈卓章因意见不合而离开,这之间明显有一定联系,也可以说明赵今

① 见李志刚《香港教会掌故》,香港:三联书店,1992年,第119—122页;李家园:《香港报业杂谈》,香港:三联书店,1989年,第45页;陈谦:《香港旧事见闻录》,第215页。

② 赵今声致李伟江信(1995.8.8.),见李伟江《鲁迅粤港时期史实考述》,第220—222页。

③ 《华侨日报》1927年4月28日。

声所说陈卓章对他支持孙中山“三大政策”的欣赏，并非是没有根据的。

《大光报》总编陈卓章和青年会那位“总干事”对鲁迅演讲一事的支持，看来并非个别人爱国的“良心发现”，而是有更深层次的原因，跟基督教青年会的理念及其当时社会实践政策有关。其实，19世纪末20世纪初基督教会在世界革命潮流的冲击下，内部已出现矛盾，青年会由于其成立的初衷和目标，更是首当其冲。根据邢军对中国基督教青年会的研究①，青年会热心参与社会改革有其理念上的原因。青年会成立于1844年，虽源于英国，却蓬勃于美国，成为当时新兴福音派(Evangelicalism)理念的代表组织，是“新生的福音派的派生物和表现形式”②。所谓福音派，可以说是基督教试图摆脱神学和教条约束的世俗复兴运动，所以对社会问题和改革特别关注，后来受社会主义思潮影响，更出现“社会福音”的主张，其中对劳工问题的探讨和对资本主义的批判，明显带有广义的社会主义倾向。美国积极主张“社会福音”的著名人物当中，就有亨利·乔治(Henry George)，他反对资本主义和提出一些社会主义性质的经济主张，对孙中山产生了很大的影响。③

当然，作为一个旨在拯救全人类并受实业家资助的宗教组织，其内部也有强大的调和社会矛盾以及避开政治而只专注社会福利和救济的倾向，这种倾向自然是与改革的主张相抵触的。两种倾向，互相矛盾。作为深受福音派影响的基督教青年会，当时在亚洲这个非常动荡地区的活动，也就不可避免地摇摆在这种非激进调和与激进改革的矛盾运动之中。由于亚洲社会政治问题突出，我们很

① 本文有关基督教青年会历史的部分，除特别注明外，均依据邢军《革命之火的洗礼——美国社会福音和中国基督教青年会1919—1937》，赵晓阳译，上海：上海古籍出版社，2006年。按：此书的“图书在版编目(CIP)数据”则称赵晓阳编译，未知是否有删节。

② 邢军：《革命之火的洗礼》，第16页。

③ 参考夏良才《论孙中山与亨利·乔治》，载《近代史研究》1986：6，第38—55页。

容易找到青年会支持各国社会改革的案例，例如，在 1903 年日本青年会为当地社会主义运动及其反战运动大会提供场地。[1] 至于中国，中华基督教青年会原是北美青年会在中国扩张的一部分，原来"社会服务"的工作中心，在"五四"运动的冲击下，"集中到社会改革和政治重建方面来"。[2] 这一转移引起中国基督教在 1920、1924、1927 年三次较大的公开论战，可以说为后来中国"三自"爱国会的形成打下基础。即使在 1946 年的香港，香港基督教女青年会还创办了劳工妇女夜校，得到爱国进步分子的支持和参与，虽然后来遭到港英政府干涉，终于被搞垮。[3]

在这种复杂矛盾的背景下，《大光报》和青年会愿意出面邀请及支持鲁迅到香港演讲，其实一点都不奇怪，何况他们所承担的责任与工作其实也很有限。

结束语：究竟谁邀请了鲁迅

对于赵今声、刘随和黄新彦三人的说法，上面的历史背景分析，基本上澄清了赵今声一些重要的误记和误解，反过来证明他的说法比较符合邀请者的意图和鲁迅讲演的目的性和针对性。鲁迅讲演影响自然是多样的，当然并不排除刘随他们解读在一定程度上的合理性，但讲演推动香港新文化的发生其实只是一种"副作用"，一种派生效果，只是事情的一面，是港英政府文化政策可以接受的一面，是紧跟这一政策的文化保守主义华人可以接受的一面，可惜并非讲演关键的一面，即抨击殖民统治，要求民族独立自强的呼声，亦即港英政府中文报章检查制度要千方百计封杀的内容。说得更尖锐一

---

① Sen Katayama, *The Labour Movement in Japan*, Chicago: Chalrles & Kerr (1918), pp. 80—81. Sen Katayama 即片山潜，书名原题为《为了社会主义》。

② 邢军：《革命之火的洗礼》，第 44—45 页。

③ 周奕：《香港左派斗争史》，第 45—47 页。

点，刘随所谓鲁迅在香港“打破文坛上的沉寂空气，以推动新文学运动的开展”，其实只是鲁迅讲演遭阉割后的影响。

跟香港保守的教育界和报章关系密切的刘随，除了记录和发表了鲁迅《无声的中国》讲演记录，显然并未参与邀请鲁迅到香港的过程，甚至是否与闻其事都成问题，所以他的说法除了聆听讲演及做了记录的事实，其他事情的可靠性都非常值得怀疑。笔者倾向认为，刘随的说法起码就邀请与接待等问题上而言，是编造出来的；他把自己放进接待鲁迅的三人团，我们可以认为是在抬高自己。刘随把黄之栋也算进去，可能是不得已，因为他的《无声的中国》记录稿是经过编辑黄之栋审查、删定而且联名发表的；把黄新彦算进去，可能是因为听到过黄新彦邀请鲁迅的传闻，但他极可能根本不认识黄新彦。正因为如此，他面对李伟江的查询时，就无法回答问题。如果他真的与黄新彦合作接待鲁迅，完全可以把这位化学家介绍给李伟江，或把这位时还在世的化学家请出来，或至少可以让李伟江去找认识这位黄新彦的组织或人物。而黄新彦的说法也应该提到他。刘随的“婉拒”无疑是个要害。

黄新彦自己的说法也不可靠，因为他声称自己到广州并带苏秋宝去邀请鲁迅，而《鲁迅日记》虽记有苏秋宝，却是与叶少泉一同到访，并无黄新彦出现。因此，笔者倾向认为，黄新彦的故事也是编造出来的，他很可能从苏秋宝处听到邀请鲁迅的事情，而将叶少泉换上自己。他为什么要编这个故事，不得而知，刘蜀永和李伟江推测刘随的动机，虽然可以用在刘随身上，但似乎还不适合黄新彦本人。相对于赵今声，黄新彦的地位显然不会更低，如果赵可以不要这个“资本”，黄应该更可以不要。而且对处事低调的黄新彦来说，争这个“资本”似乎也不很符合他的性格特征。当然，这都只是按照目前我们所知道的黄新彦的推测。

反观赵今声的记述，对邀请鲁迅的过程很清楚，其中一些关键人物有鲁迅日记的凭证，邀请的动机也符合历史背景的大环境和鲁迅的反应，虽然讲演的具体细节有不少问题。赵说最大的问题，自然是缺乏实在的事实证据，例如没有鲁迅等的记述，也无法找到《大光报》的记载，使他的出现不得不令人感到非常突兀。赵今声如果是全程接待，则鲁迅没有在日记上记上一笔，实在于理不合，而且作为河北人的赵今声，跟拜访过鲁迅的叶少泉一样，无须依赖许广平翻译，应该跟鲁迅交流没有什么大障碍。赵今声称他记录并发表了鲁迅两次讲演，但现存的《大光报》没有那段时间的存报，无法证明。而且，有一点是值得注意的，赵今声说他没有写过任何记述鲁迅讲演的回忆或感想，这跟身为《大光报》"社外编辑"并且自掏腰包邀请鲁迅的他，是否有点令人觉得奇怪？① 这是李伟江质疑刘随所谓黄新彦邀请说的相似理由，但赵今声和黄新彦到底有些不同。

仔细分析一下赵说，如果属实，我们可以这样认为，真正推动鲁迅赴港演讲的其实是叶少泉。叶少泉说服了鲁迅，也打动或说服了赵今声。赵今声虽然关心中国改革，但他显然不关心中国文坛或文化界的动态，即使在 1949 年以后鲁迅在中国提升到极度崇高的地位，他也充耳不闻，仿佛生活在另一个世界。我们至少可以因此推论，他主要关心的是中国的社会和政治层面的改革与革命，对文化与"国民性"问题没有兴趣，也对这些问题在中国现代化进程和社会改革的重要意义并不清楚。换句话说，他跟鲁迅其实没有多少共同语言。所以，赵今声对鲁迅讲演的内容，要么没有兴趣，要么听不懂其中意义，由是印象不深，事后也不关心鲁迅的动向，回忆起来自然就会出错。例如，他屡屡把着重谈文学文化的《无声的中国》，当成通过讨论传统文化来抨击异族统治的《老调子已经唱完》，恐怕

① 赵今声在回答李伟江问题时说，他"未在《大光报》发表欢迎欢送鲁迅先生的文章或社论，因为鲁迅已是全国有名人物"（《鲁迅粤港时期史实考述》，第 224 页）。赵的解释并没有说服力。保守的《华侨日报》尚且登了几篇有关鲁迅的文章，若果《大光报》真的一篇也没有，实在不好理解，虽然我们目前无法证实。

就并非偶然。所以,跟刘随的文化教育圈子不同,赵今声很可能根本写不出关于鲁迅的文章。由此推测,假若他真的对两次演讲都做了记录并发表,大概也不会记得太好。而鲁迅在日记中没有提他,也可能是出于同一个原因罢:两人没有共同语言。

但还有另一个可能的原因。即使赵今声是鲁迅赴港讲演实际上的邀请者,但真正奔走其间的是叶少泉,而且就在鲁迅短暂的访港期间全程陪伴的,除了赵今声,也是这位叶少泉。叶少泉是陪鲁迅到香港,一同下榻青年会,一同出席赵今声的欢迎便宴,陪同游览香港市容,最后据说还陪同鲁迅回广州的。[①] 赵今声没有提叶少泉是否听了鲁迅的讲演,但从上面活动的参与情况,很难想象叶少泉在鲁迅讲演的时候没有陪伴左右。由是观之,真正"全程"陪同鲁迅的其实是叶少泉,叶少泉恐怕比赵今声更能接近鲁迅。鲁迅因此忽略这位没有多少共同语言但具体负起邀请责任的赵今声,恐怕也有一定的客观原因罢。也许,鲁迅心目中的邀请者是叶少泉。而鲁迅听说的干涉、捣乱的传闻,即使赵今声加以否定,也就不能作为否定赵说的根据,因为鲁迅身边还有一个"激进"的叶少泉。由于上述两个原因,尽管赵今声名义上主持这次邀请,出钱出力,实际上却成了个陪衬人物。尽管赵今声说,是他听到叶少泉认识鲁迅,于是"突发奇想"想请鲁迅到香港做报告[②],但从上面的事实看来,他不可能那么积极,至少不可能比叶少泉积极。他在回答李伟江询问时说,"过去并没有把这件事看成什么大事"[③],看来确是事实,并非自谦之词。

最后,关于赵今声否定香港中文报纸受到审查一事,这是赵说

① 刘蜀永:《赵今声教授谈鲁迅访港经过》,《月刊》1993:11,第 38 页;赵今声 1995 年 9 月 20 日致李伟江信(《鲁迅粤港时期史实考述》,第 224 页)。按:《鲁迅日记》没有记叶少泉陪同回穗。

② 见赵今声 1995 年 8 月 8 日致李伟江信,《鲁迅粤港时期史实考述》,第 220 页。

③ 见赵今声 1995 年 8 月 8 日致李伟江信,《鲁迅粤港时期史实考述》,第 221 页。

自相矛盾的致命伤。赵对此“失忆”的进一步解释，也许是人们的记忆难免受回忆时的环境和气氛影响。香港过去在殖民统治下被压迫的黑暗历史事实，在他回忆的时候，恐怕已经被自由繁荣国际大都会的形象所掩盖，所洗刷干净了罢。呜呼。

赵今声邀请鲁迅访港一说的若干佐证*

——兼答林曼叔先生的质疑并分析黄之栋的辩解

一

《谁邀请鲁迅赴港讲演?》发表后得悉②,林曼叔先生近年在他主编的香港《文学评论》发表了很多有关香港文化、文学史料的好文章,包括涉及鲁迅到香港演讲的史实。就在《谁邀请鲁迅赴港讲演?》发表不久,林先生还开始了《鲁迅研究在香港》的文章系列,第一篇是《关于鲁迅赴港演讲经过几个问题的质疑》(以下简称《质疑》)③,里面披露了一些从未为研究者引用的史料。在读到《质疑》之前,笔者还有幸拜读了《质疑》增订稿,里面进一步提出一些"大胆假设"。

《质疑》批评了赵今声的许多误记,以及刘蜀永和李伟江的一

* 鸣谢:本文能够草成,得力于多位前辈同行亲朋好友的帮助,次序先后为:姚德怀先生、赵瀚生先生、危令敦先生、杨国雄先生等。本文发表前亦已发给林曼叔先生征求意见。林先生的文章引用了很多鲜为人知的材料,使笔者能对问题有进一步的了解,也给笔者一个难得机会,把问题探讨得更深,阐述得更清楚。林先生虽与笔者观点不同,亦当在鸣谢之列。

② 《中山大学学报》2015:1,第38—49页。

③ 香港《文学评论》第37期(2015年4月),第91—98页。

些表述方式，这些批评大体是对的。[①] 但都是十多年前的旧文。有关香港当时有新闻检查制度、鲁迅的讲演遭到删禁和中国基督教会支持反帝爱国运动等事实，以及刘蜀永和李伟江一些表述存在的问题，笔者已做了详细的辨正，并非什么新闻（见上文）。不过笔者认为，赵令声的说法尽管有很多错误，但在关键的问题上还是可靠的；李伟江的论述尽管有不足之处，但他的主要推论和结论，还是站得住脚的。

李伟江支持赵说是基于两个原因：一、刘随"婉拒"他的提问（而黄新彦当时还健在）；二、赵说提供了叶少泉的情况，而叶少泉参与鲁迅香港之行在《鲁迅日记》中线索清晰。而第二个原因是问题的关键。《质疑》支持刘随说而否定赵说，主要是根据黄之栋见于20世纪30年代香港一份报章上的一封澄清信。至于关键人物作叶少泉，还没有怀疑否定。但是，如果不否定叶少泉，则新证据跟鲁迅日记和我们已知的事实还是有点衔接不上，可靠性便因而有点可疑，而李伟江的结论就不能根本推倒，赵令声说也就不能完全否定。林先生大概也意识到这一点，所以在《质疑》增订中进行了"大胆假设"，认为鲁迅日记中的叶少泉并非李伟江和赵令声所说的那位，许广平所说邀请鲁迅到香港的基督徒也是另有其人。笔者在拜读《质疑》增订版初稿时，已向林先生提出商榷。林先生的"大胆假设"很有意思，他对自己的假设也非常自信，令人钦佩。但这些"大胆假设"能否成立，还须让我们回头审核一下基督徒叶少泉促成鲁迅访港的根据。

据许广平说，当时有一位基督徒再三到中山大学邀请鲁迅到香港，在鲁迅日记此时再三出现而又确定与香港讲演有关的只有叶少

① 《质疑》增订版有些批评不合情理，甚至歪曲原文。例如赵令声说与鲁迅等乘车游香港，跟鲁迅所谓脚伤"不能到街上去闲逛"，一点都不矛盾。鲁迅脚伤尚且能到香港，乘车一游正好说明不能上街逛，怎么就是"事实也并无其事"（第29页）？

泉与苏秋宝，而两人中又以叶少泉出现次数最多，因此我们认为许广平所说的基督徒不是别人，只能是叶少泉，与赵今声的说法吻合。为了否定这个基督徒是叶少泉这个支持赵今声说的根本推论前提，林先生认为鲁迅日记中的“叶少泉”是另有其人，是蔡廷锴小时候的邻居好友、后来当了叶的部下并成为十九路军将领的叶少泉。这个假设的根据是，蔡廷锴在20世纪30年代住在广州西关恩宁路，与许广平是邻居，许广平因此认识这位叶少泉。

《质疑》增订版根据网上一篇博文，便认定蔡廷锴当时住在恩宁路（其实是逢源路）①，是否可靠，有待核实。即便如此，那篇文章称许广平也住在西关，则肯定不是事实。许广平祖居是现在海珠广场附近的高第街，许家辛亥革命时虽曾一度迁往澳门，但革命后回到广州仍住高第街②，与逢源路和恩宁路相去甚远。而且许广平1917年已离开广州，1926年9月回到广州是当广东省立第一女子师范学校的训育主任兼舍监，住在学校，该校位于现在越秀区的大石街③，离高第街很远，离逢源路和恩宁路更远。住校期间，许广平整天忙得一塌糊涂，向鲁迅慨叹“无一时是我自己的时间”④，如何能与遥远的逢源路或恩宁路“邻居”交际，并认识“邻居”的部下叶少泉？而且，请恕孤陋寡闻，许广平和蔡廷锴有什么交往，亦未曾听说。林先生对此也没有提供有关证据。其实广州有两个甚至更多个叫“叶少泉”的人并非不可能。我们知道刘前度就有两个，研究

① “【转载01】Luigi的博客：旧城改造的‘再绅士化’困境”，http://www.douban.com/note/261674989/，2013年2月6日发表。按：这篇博文说蔡廷锴住的是逢源路，不是林曼叔说的恩宁路。其实，这两路都很长，即使许广平也住在同一条路，没有门牌号码，便冒冒然称两人为邻居，还有交往，恐怕只是凭空想象。

② 广州越秀区地方志办公室编：《广州高等街许氏家族》，广州：广东人民出版社，1992年，第75页；许广平致鲁迅信（1926.91.2.），载《鲁迅景宋通信集》，长沙：湖南人民出版社，1984年，第115页 。

③ 见鲁迅致许广平的明信片（1926.9.13.），载《〈两地书〉真迹（原信 手稿）》，上海：上海古籍出版社1996，原信部份，第160页。

④ 许广平致鲁迅信（1926.9.18.），载《鲁迅景宋通信集》，第122页。此信原来还有许广平的授课时间表，并详列许广平校内职务，见《〈两地书〉真迹（原信 手稿）》，原信部份，第159页。

者就专门写了文章辨正。①

《质疑》支持刘随说，最实在的证据是香港《立报》1939 年 10 月 29 日副刊《言林》编者《关于鲁迅在香港的演讲》中引述黄之栋的澄清信。此信之前未有鲁迅研究者引述过，兹引述如下：

十九日本栏的鲁迅先生逝世纪念特刊，袁水拍君在《香港纪念鲁迅先生》一文中，曾提及当年鲁迅先生在本港的演讲词各报都未曾刊出，二十二日现象晚报载有吴理《致立报袁水拍君》一函，指出当年鲁迅先生在港演讲凡两次，各报都发表过，而且涉及当时笔记者黄之栋君之错误。日昨接黄君来函，对这问题有所声明。按关于笔记是否有误问题本与言林无涉，但借这机会可以改正袁水拍君所说演讲词未曾登载的错误，特为披露如下：

言林编辑大鉴：关于现象晚报刊出之《致立报袁水拍君》一函，内有提及弟名，特将该时实在情形奉告。一九二七年鲁迅先生到港演讲，系当时青年会总干事曹炎申博士及香港大学教授黄新彦博士所请求。鲁迅先生时寄寓青年会中，弟与刘前度先生对两次演讲都有笔记，登诸翌日之华侨日报（刘先生现为香港汉中教员），及鲁迅先生抵广州，各刊物（指广州方面的）多有论及笔记中错误，但弟十年来未提出声辩，因即有错误，责非刘先生及弟所敢担负，因弟与刘先生当时实不谙国语，系由转译笔记，当时两次演讲，约皆有五百人在座，且亦多不谙国语者，特将该时经过奉告，即代向袁水拍君声明。（下略）

黄之栋手上 十月廿五日

① 见钦鸿、吴建《两个“刘前度”——马华作家刘前度与为鲁迅演讲作记录的刘前度之辨析》，《华文文学》，2011：6，第 48—51 页。

黄之栋这封信说得很委婉，主旨其实是为他删改鲁迅讲演稿一事辩解，推诿为可能是转译造成的“错误”。此信骤看似乎是支持刘随说的有力证据，但一比较我们已经知道的刘随和黄新彦的说法，却露出更多矛盾和难题。首先，黄之栋只说他和刘随做了记录，没有说“出面接待”，可见刘随所言不能尽信。另外，此信若对照一下黄新彦六十年代对陈君葆的忆述，会很有意思。

陈君葆在1961年11月3日日记中，记下了关于黄新彦邀请鲁迅的谈话（已见上文，从略）。[①] 我们知道黄新彦听了鲁迅的演讲，而且认识苏秋宝，并知道苏秋宝到广州邀请鲁迅来港一事。从谈话可以看出，黄新彦与黄之栋并不相熟。虽然谈话背景不清楚，但一开头就说黄之栋，好像就是针对黄之栋的澄清信而发的。如果确是针对黄之栋的信，黄新彦的意思大概是，鲁迅是他和苏秋宝到广州邀请鲁迅的，与曹炎申无关，黄之栋是在吹牛。实际上这位曹炎申连刘随都没有提，是否邀请人，非常可疑。刘随没有提曹，表明他不知道黄之栋这封信。比较了刘随、黄之栋和黄新彦三人的说法，多少显出刘随和黄之栋对邀请和安排鲁迅来港一事的过程和人物，其实不大了了，大抵道听途说，想当然矣。

关于那位曹炎申博士，他是基督教青年会中人，当过香港基督教青年会总干事（1926？—1933），上海浦光中学校长（1933—1937？，浦光中学前身也是青年会中学），广州基督教青年会总干事（1947—1948）。他也当过广州青年会中学校长，但年份不详，不过不会早于鲁迅访港，因1922—1927年1月的校长为李应林，从李应林1926—1927年兼任青年会总干事的例子来看，则曹炎申当校长

① 《陈君葆日记全集》第4卷，香港：商务印书馆，2004年，第612页。

也可能是当总干事的时候。① 因此，曹炎申当时是在香港工作，黄之栋所谓青年会总干事，应是指香港青年会总干事。从作为广州青年会总干事的李应林积极参与“五卅”运动并支持省港大罢工的情况推想，香港青年会大约也持相同的反帝爱国立场，而曹炎申显然就是赵今声所说的“也是个爱国者”但记不得姓名的那位青年会总干事。② 这倒跟赵说接得上。

为了将许广平所说的基督徒跟叶少泉分开，林先生还推断《鲁迅日记》中的“申君”即青年会总干事曹炎申，他才是许广平所指的基督徒。且不说“申君”并未在鲁迅赴港前的日记中“再三”出现，“申君”这种称谓中的“申”，尤其是对并不相熟的人来说，一般是指姓，如果是曹炎申，一般应称曹君。这是常识。《鲁迅日记》也是这样用的③，当初称叶少泉就是“叶君”，不是“泉君”。还有，鲁迅在日记是这样记的：“叶少泉、苏秋宝、申君及许广平同行”，一起从广州到香港。如果这位“申君”是曹炎申，那么曹就是从香港专程到广州接鲁迅到香港来了。但鲁迅的记述主次轻重明显。曹炎申博士亲自从香港到广州来接鲁迅，鲁迅既然答允邀请，在日记中竟轻轻称之为“君”，连名字都不记得，恐怕于理不合。况且这位“申君”如果真的是从香港专程来接鲁迅，鲁迅一到香港反而立即从鲁迅日记中消失，未免离奇。他的消失与叶少泉在《鲁迅日记》中反复出现，形成鲜明的对比。要说明“申君”是曹炎申，是鲁迅赴港演讲的邀请人或关键人物，并以此否定叶少泉对鲁迅访港有任何关联或作

① 关于曹炎申及李应林，参考中文百科在线：“广州基督教青年会”（http://www.zwbk.org/MyLemmaShow.aspx? lid=271818），最新编辑：2012/12/5；百度百科：浦光中学（http://baike.baidu.com/view/582178.htm）；李孟标：《香港培正创校史》，载《培正同学通讯》，第168期（2008?），第3页；谢琼孙：《李应林校长与岭大》，载《珠江艺苑（广州文史资料专辑）》。广州：广东人民出版社，1985年，第33-43页。

② 赵今声致李伟江信（1995.8.8.及1995.8.29.），载《鲁迅粤港时期史实考述》，第221、223页。

③ 《鲁迅日记》这样的中例子比比皆是，例如“王君”、“甘君”、“叶君”（叶少泉）、“乐君”、“冯君”、“成君”等等，载《鲁迅全集》，北京：人民文学出版社2005，第14、34、37、42、43页。

用，恐怕还需要些更确切的证据。

现在支持黄新彦邀请说的人虽然又增添一人，但人多并不等于事实和真相。这个多数人的说法存在一个致命的弱点，就是都排除了叶少泉，而鲁迅日记又偏偏只提叶少泉，没有提黄新彦和曹炎申，而且清楚记下是叶少泉与苏秋宝到访，是叶少泉和苏秋宝陪同他到香港。这是否定黄新彦说的最关键证据，也是赵说得到支持的关键。否定不了叶少泉，也就否定不了赵说，也就推翻不了李伟江支持赵说的推论。

为了否定赵说，《质疑》还指出赵说的一些错误，然而，偏偏就是这些错误，反而证明虽然有不少错误的赵今声的说法并非无中生有。例如，《质疑》指出，赵今声说《大光报》没有陈仲章，只有陈卓章，但《大光报》确有“仲章”，现在更有白纸黑字的证据：(一)《大光报》随报附送的周刊《大光日曜》第一期(1926.2.28.)编者亦镜的《缘起》，说明“仲章”是编辑；(二)《大光报》另一随报附送的《大光图画附刊》第12期《中山先生诞日纪念号》(1926.11.15.)[①]上有“仲章”的文章。其实在20世纪50年代《鲁迅全集》注释过程中，已调查知道《鲁迅日记》中的陈仲章是《大光报》编辑。[②] 赵今声记错的可能性很高，又或者陈卓章以笔名为名，并非没有可能。《华侨日报》的报导和刘随的记录就都用“周鲁迅”，所以以笔名为名，似乎在当时香港是常见的做法。即使是赵记错，其实问题都不大，因为不管《大光报》当时的总编辑是叫陈卓章或陈仲章，赵今声和李伟江其实都没有把这两个不同的名字当成两个不同的人。重要的是，这位也许是赵今声记错真名为卓章的陈仲章，的确是《大光报》的

---

① 《大光日曜》第1至第55期现藏香港中文大学。《大光图画附刊》第12期《中山先生诞日纪念号》现藏香港大学。香港大学孔安国纪念图书馆在20世纪80年代初收购吴灞陵整批藏书，吴有志于写香港报业史，所以他的藏书包括很多香港报纸创刊号和特刊，《中山先生诞日纪念号》即在其中。参考黄仲鸣《杨国雄的报业研究》，香港《文汇报》(2013.5.21.)；杨国雄：《香港身世文字本拼图》，香港：香港各界文化促进会，2009年。

② 《鲁迅粤港时期史实考述》，第206页。

总编。

还有更重要的。查亦镜（即张亦镜）原是《大光报》的总编[①]，因创办《大光日曜》周刊，辞去日报总编之职，“职务为仲章君担负，另聘一外记者代负余撰著日报论评之责任”[②]。聊聊两句交待的背景，与赵今声所述陈卓章即陈仲章向《大光报》董事长张牧师推荐他当“社外编辑”，“撰写社论”一事基本吻合。[③] 现在我们还从亦镜处知道那位赵今声忘记了名字的张牧师，就是《大光报》创办人之一、因对新中国革命事业“常赐援手”而受过周恩来赞誉的张祝龄。[④] 这又跟赵说接得上。

还有更精彩的。据赵今声说，陈卓章即陈仲章于 1927 年 5 月因与经理意见不合而离开《大光报》。笔者在翻查《华侨日报》时发现一条新闻，提及《大光报》在“四一二”后被当时广州当局因言论违碍而查禁，后来才服从有关条例。[⑤]笔者认为这一变化与陈卓章即陈仲章因意见不合而离开，明显有一定联系，也可以说明赵今声所说陈卓章即陈仲章对他支持孙中山“三大政策”的欣赏，并非是编造出来的。但这只是间接的推论。现在有了这份《中山先生诞日纪念号》，便有了白纸黑字的证据。

就在《中山先生诞日纪念号》上，登载了“仲章”《孙中山诞生的重大意义》，旗帜鲜明地支持孙中山反对阶级压迫的“联合农工的大政策”，支持孙中山在国际上“联合一切被压迫的弱小民族”反对国际压迫势力同时还登载了“金声”的《我对于孙中山先生的认识》，反对“近来有一班所谓国家主义者”把孙中山的民族主义解释

① 《编者言》，《大光日曜》第 40 期（1926.11.28.）。

② 亦镜：《缘起》，《大光日曜》第 1 期（1926.2.28.）。

③ 赵今声致李伟江信（1995.8.8.），载《鲁迅粤港时期史实考述》，第 220 页。

④ 《编者言》，《大光日曜》第 40 期（1926.11.28.）。关于张祝龄生平及周恩来的信，见考浩然《太平天国后人张祝龄牧师》，连载香港《基督教周报》第 2057 期（2012.9.9.）至 2057 期（2012.11.18.）。该周报网站：http://www.christianweekly.net/index.html。对照《鲁迅粤港史实考述》，第 222 页。

⑤ 《华侨日报》1927 年 4 月 28 日。

为狭隘的民族主义，指出孙中山的“民族主义是含有世界性的”，明显在当时国民党左右两派的意识形态矛盾斗争中，站在左派的立场反对右派。既然我们认为“仲章”即陈仲章，则这位“金声”显然就是赵金声即赵今声。1927年以前的《大光报》目前已经找不到了。但这份随报附送副刊上的两篇文章，却证实了赵今声所说，陈卓章或陈仲章支持孙中山的“三大政策”，而赵为《大光报》写评论，而他所述自己投稿支持孙中山新政策并因而与《大光报》结缘，受陈卓章或陈仲章赏析一事，再延伸到赵帮助叶少泉邀请鲁迅来港获《大光报》支持，其可信程度也就大大提高了。虽然，赵忘记了《大光报》确有“仲章”并跟他同时发表过文章，虽然，他还居然忘记了，正是他的文章遭到新闻检查：文中括号注明“被检去一段”！《质疑》提供的反驳证据，在一些事情上指出了赵今声的错误，却正好在一些更重要的事情上，提供了支持赵今声的更多佐据，证明他所言不虚。

回忆难免出错。赵说有很多错，黄之栋短短的辩解何尝没错？黄之栋只发了《无声的中国》，很可能按新闻检查要求进行删改，然后还署上自己的名字，刘随《老调子已经唱完》干脆就没发。刘随的说法即使添加了黄之栋的澄清，很多事情和人物仍然连接不上，疑团反而倍增，而《质疑》提供否定赵今声的线索，却成了赵说的佐证，补充了赵说的失记，使赵说更趋完整，更令人觉得可靠。如果研究者对赵今声的突然出现感到突兀可疑，则这些材料的出现也许说明了一个问题，就是我们对香港历史资料保存得太少，掌握得太少了。

叶少泉和赵今声，一位是当时国民党基层工作人员，另一位是刚毕业的大学生，都是名不见经传的小人物。他们有感于香港的政治和文化压迫，以他们改变现状的热诚，打动了鲁迅到香港来打破沉闷的政治氛围。但在一些人的眼里，堂堂新文学大家鲁迅，这些小人物如何能够请得动？必须是博士、教授才配得上邀请之列。刘随明知鲁迅下榻青年会，却摆脱不了鲁迅是住在大学教授和文化名人经常出入的胜斯酒店的印象，这印象本身很能说明问题。叶少泉和赵今声这些无名小辈在这些人眼里大概是很难存在的，即使真的主持了大会，他们也是可以被视而不见的。然而，我们讨论的却是鲁迅。就是这个鲁迅，与新文化运动领袖胡适虽然相识，却一直保持距离，从不攀附；也没有去结交拉拢留洋大教授陈西滢，反而为无权无勇的闹事学生跟他打笔仗；对于上司厦门大学校长林文庆（LIM Boon Keng），更斗胆在会议上摆出零钱争取发言权，令他难堪。[①] 博士、教授等等头衔看来并非得到鲁迅青睐的必要条件。也正是这个鲁迅，为围绕在《莽原》周围的没有名气的文艺青年呕心沥血，后来又不遗余力帮助和推介受压迫的未成名左翼作家。韦素园、柔石（赵平复）、冯雪峰等等这些当时的小人物，都因为他们的热诚执着，赢得鲁迅的欣赏和支持。那些受鲁迅支持帮助的众多小人物中，叶少泉大概也可以算得上一个。当然，从严格意义上讲，以上也只是推论，虽然无从确证，却是笔者根据鲁迅待人处世的态度，以及偶尔涉足“上流社会”及官场的见闻所做的推论，并非纯粹“大胆假设”。不管怎样，增添了黄之栋的澄清信，其实只增添了黄新彦邀请说的破绽。

对于黄新彦，到此应该而且有必要补充一下。首先是更正。笔者因找不到有关香港《中华民报》的资料，怀疑刘随所谓黄新彦当该报主编一事，现经杨国雄先生指出，香港确有一份《中华民报》，只办了约一年，黄新彦确是该报主编[②]，刘随所言属实。担任过一份短命报纸的主编，对黄新彦来说大概不算什么。就目前所知，黄

① 罗常培：《从厦门解放引起的感想》（1949）及编者详细的注释，载《鲁迅生平史料汇编》，第 4 辑，天津：天津人民出版社，1983 年，第 50—56 页。

② 见杨国雄《集教育家、名报人和作家于一身的黄冷观》，（香港）《文学研究》第 8 期（2008 年 12 月），第 124 页。《中华民报》创刊于 1926 年 1 月，存在了约一年时间。据杨先生称，他的根据是已故吴灞陵的剪报文章。鲁迅在港期间，该报未知是否还在印行。

新彦曾是中国化学会理事、全国政协委员、香港华人革新会创会主席，等等，在香港和在国内已有一定声望和地位，其实无须争邀请鲁迅这个可以“炫耀”的“资本”。何况认识他的人都认为他处事比较低调，争功也不符他的为人。刘蜀永因为刘随提他为邀请者而加以责难，其实也有点不合情理。文章是刘随写的，何以黄新彦要因此受责？实在冤枉。但为什么黄新彦不出来说明呢？一直是我们无法解释的疑团。读了黄之栋的澄清信和《质疑》的推论，笔者终于茅塞顿开，悟到黄新彦沉默和“撒谎”的可能原因。

黄新彦虽是个化学家，但他喜好中国文化，因此出席聆听了鲁迅的两场讲演。由于他是博士和教授（广义的），一些势利人便想当然地背后把他说成是鲁迅来港的邀请者。黄新彦本无意接受这份荣誉，但被一些人背地里推上神台，即使他听到这些传言想澄清，也辩白无门。就我们所知，他其实也从来没写过文章谈及此事，从没有争过这个“资本”。如果笔者的推测属实，则黄新彦的沉默以及他跟陈君葆的谈话就能够理解了。黄新彦应该是认识苏秋宝的。当时香港大学的化学课程设在文学院①，而苏秋宝并非纯粹的文科学生，他后来进了黄浦军校，很可能跟黄新彦学过化学，所以黄新彦对事情经过也略知一二。在好友陈君葆翻出旧闻以示的情况下，他自然无法回避，但否认又说不清楚，反正也只是闲谈，索性顺水推舟，谈了自己所知苏秋宝拜访邀请鲁迅的情况，以显示黄之栋的“大炮”，焦点其实是品评黄之栋其人，并非为了吹嘘自己。不料好友间私下的闲谈被记录下来，而陈君葆日记后来又竟然能够出版，这段资料又竟然被鲁迅研究者挖了出来，成了他“撒谎”的“罪证”，这，又有谁能始料得及呢？当然，这只是一种推测。但肯定略知真情的黄新彦被迫“撒谎”，将叶少泉换上自己，不正好说明鲁迅日记所记

---

① David Barker, “The Faculty of Science,” in Brian Harrison (ed.), University of Hong Kong The First 50 Years 1911—1961, Hong Kong: Hong Kong University Press (1962), pp. 136—137。

叶少泉和苏秋宝的那次拜访，正是为了邀请鲁迅到香港，而李伟江对此的推论是正确的么？黄新彦本人的说法尚且反过来证明叶少泉邀请鲁迅的事实，我们还有什么理由去相信刘随、黄之栋这些旁人想当然的回忆？

还有，笔者奇怪香港《文汇报》1981 年 9 月发表刘随回忆文章时，为何没有跟进采访黄新彦。查陈君葆日记，原来黄新彦在 1981 年 2 月突然昏倒半身不遂，不能言语，到翌年 6 月仍未康复。[①] 虽然如此，《文汇报》及《大公报》没有趁机介绍一下黄新彦，还是令人不解。刘随的文章应该是当时《文汇报》总编之一的曾敏之老师经手编发的，编者按大概也是出自他手笔，可惜他已去世，无法回答我们的问题了。

① 《陈君葆日记全集》，第 7 卷，第 527、599 页。

附录六

关于黄新彦：一位被卷进中国现代文学史的化学家

黄新彦(WONG San-yin, 1893—1985)①并非作家,而是位知名的化学家。他虽然对中国文化有兴趣和修养,但香港文坛和文学史恐怕很难有他的一席之位。然而,由于他被卷入"谁邀请鲁迅赴港演讲"一事②,却成了中国现代文学史上一个需要考证的人物。

据香港报章一篇题为《新亚药厂厂长黄新彦博士》的采访记③,黄新彦父亲是个旅美老华侨,6岁随父回国。黄新彦的父亲因不识字为憾,使黄新彦熟读四书五经。8岁能诗。④ 12岁考入师范附中。1911年广州"3·29"起义,他带领一班年龄相仿的孩童参加,起义失败后得石室圣心大教堂神父掩护,才幸免于难。辛亥革命后,他一度在都督府军政部做事,后只身到香港,在街上偶遇姑父,正替一位美国女士招募赴美学生,经姑父鼓励,虽不识英文,毅然赴美,时为民国元年,年15岁。7年后,黄新彦获芝加哥大学生物化学与病理学硕士学位。1919—1924年任北平协和医院生物化学部教授,其间参加"五四"运动。1924年再赴美,在哥伦比亚大学研究部工作,

---

① 按黄新彦去世时92岁推算,见中国化学会通讯《中国化学会发起人、香港知名人士黄新彦逝世》,《化学通报》1985年第9期第61页。若按民国元年15岁推算,则黄新彦生年是1896年去世时为89岁。

② 有关的不同意见,见林曼叔《鲁迅赴香港演讲经过的几点质疑》,《月刊》2015:9,第22—31页;张钊贻:《谁邀请鲁迅赴港讲演? 新材料的发现与问题的再辨正》,《中山大学学报》2015:1,第1—12页;张钊贻:《赵今声邀请鲁迅访港一说的佐证——回应林曼叔先生的质疑并分析黄之栋的辩解》,《中山大学学报》2016:3,第58—63页。

③ 按采访当时黄新彦51岁及民国元年为15岁推算,以及剪报附带的其他新闻,文章是登在1947年春的一份香港报纸,属该报《厂商人物志》专栏。这份剪报为陈君葆生前所藏,承谢荣滚先生将剪报发给姚德怀先生,又承姚先生转发给作者,特此致谢。

④ 黄新彦20世纪40年代发表过一些旧诗(《社会公论》1947年第2卷第5期,第21页;第3卷第1期,第25页),也写过歌颂大跃进的旧诗(谢荣滚编:《陈君葆文集》,香港:三联书店,2008年,第267页)。

获博士学位①，其间还创办一家用化学原料制造酱油的工厂。一年后回国，无心政事②，在香港大学任教，并参加《中华民报》工作。他在港大所教科目包括生物化学、生理学、药理学、有机化学，还教学生演戏。

黄新彦在港大主要教授理科科目，但当时化学及其他理科课程是设在文学院。③ 港大任教期间，黄新彦参加了港大师生组织的中文学会，1931 年戴季陶和蔡元培应邀到香港大学讲演，黄新彦即出现在合影中，④其间又曾在赖祭熙等创办的学海书楼做专题讲座《中国对世界新文化之贡献》。⑤

据采访记，黄新彦 1931 年冬离开港大，赴南京中央大学任化学工程系主任，半年后返广州。1932 年 8 月中国化学会成立，据该会的历史考证，黄新彦参与发起该会成立，并获推举参与起草宣言和简章，又当选为该会候补理事，第 3、第 4 两届理事。⑥ 据说，当时主理广东的陈济棠很重视海外回来的人才，"以 2000 元大洋聘请研究军事化学的香港大学教授黄新彦"。⑦ 前引《化学通报》中所谓"抗战期间，曾组织会员研制成功某种炸药，以求为抗日救国贡献力量"，大概即发生在这段时期。

---

① 黄新彦博士论文为 "Micro methods for the determination of proteins and sugars in biological mixtures" (1924)，见 *Theses and Dissertations by Chinese Students in America* (New York: China Institute in America, 1927), p. 24.

② 据周奕引英国秘密档案，黄新彦"据说与 1925 年担任国民政府的苏联顾问鲍罗廷有联系"(《香港左派斗争史》，第 66 页)，则不知港英当局根据的是什么情报。

③ 港大当时尚未设理学院，见 David Barker, "The Faculty of Science," in Brian Harrison (ed.), *University of Hong Kong The First 50 Years* 1911—1961 (Hong Kong: Hong Kong University Press, 1962), pp. 136—137。

④ 见单周尧主编《香港大学中文学院历史图集》，香港：香港大学中文学院，无出版日期，第 28—31 页。

⑤ 见学海书楼"关于我们"的简介，http://ypsilver.yp.com.hk/ypdiy/IndexMain.aspx? &lang=ch&cid=7011。关于学海书楼如何弘扬国粹，见骆伟：《弘扬国粹 坚持不懈——香港学海书楼开展国学讲座历程、内容和特点》，《图书馆论坛》，第 26 卷第 7 期(2007.12.)，第 220—225 页。

⑥ 参考胡亚东主编《中国化学会会史》(http://www.chemsoc.org.cn/journals/Bu/? jid=4)；中国化学会网站"历届化学会理事(http://www.chemsoc.org.cn/nlr/? hid=153)。

⑦ 章慕荣：《"南天王"陈济棠兴衰记》，《文史精华》2008:5，第 40—46 页。

据采访记，广州沦陷前两天(即1938年10月19日)，黄新彦逃回香港。《化学通报》称黄新彦于1938年开设新亚药厂，可能性有点可疑。1941年皖南事变，香港四百余知名人士发表《关于呼吁停止内战》通电，黄新彦亦署名其中。按通电的注释及中国化学会历史的介绍，仍称黄新彦为港大教授。① 但他逃回香港后是否在港大任职，尚待确定。这一通电估计是宋庆龄保卫中国同盟(China Defence League)所发起。同年圣诞节香港沦陷，黄新彦受日军监视，在卫生化验部工作。曾在港英政府任医务总监的司徒永觉(Selwyn Selwyn-Clarke, 1893-1976)，为保护集中营的香港居民及英国战俘，继续出任医务总监。黄新彦称他的工作跟司徒永觉有"联系"。值得一提的是，司徒永觉的太太(Hilda Alice Selwyn-Clarke, 1899 - 1967)是保卫中国同盟的积极支持者。② 据采访记，黄新彦在香港重光后开设新亚药厂，任厂长，时间上比较可信。

1949年5月黄新彦当选香港华人革新协会("华革")创会主席，继任第2届主席，③又任广东省政协第一届委员，④历任第二至五届全国政协委员。⑤ 他也当过一间倾向进步的青年职业进修学院南方学院的校董，该学院后遭港英政府取消注册。⑥ 他本人亦因"华革"的事情被港英政府列入黑名单。不过，黄新彦后来已明显淡出"华革"，与陈君葆在"华革"的积极活动成鲜明对比。

---

① 原载(延安)《新中华报》(1941年3月30日)，见 http://115.28.85.62/yc/n4a/txt_one.tom? d_id=db_201434173152zhangl 。按：陈君葆也有署名，但作为保卫中国同盟干部的他，在日记中并未提及"皖南事变"及有关通电。《中国化学会会史缩编》，《化学通讯(中国化学会成立80周年纪念专刊)》第2期(2012年4月13日)，第55页。

② 参考百度百科"司徒永觉"条：http://baike.baidu.com/view/824758.htm；及 Wikipedia：https://en.wikipedia.org/wiki/Hilda_Selwyn-Clarke。

③ 蔡渭衡：《华革创会历程》，原载《香港华人革新协会六十周年钻禧纪念特刊》(2009)，及华革会历任主席团及顾问团，见华革会网站：http://www.hkcra.com/web/files.php? id=2090；http://www.hkcra.com/web/subpage.php? mid=19。

④ 据广东人民政府地方志办公室主办"广东省情网"提供之"附录一：广东省政协历届委员会委员名单"：http://www.gd-info.gov.cn/books/201/5144.html。黄新彦属"特邀人士"类别。

⑤ 第2届委员资格为1957年2月17日全国政协第34次会议增补；第3—5届(1959—1983)均属特邀人士类别。详见 http://www.wikiwand.com/zh-mo/中国人民政治协商会议。

⑥ 周奕：《香港左派斗争史》，香港：利文出版社，2002年，第65—68、106页。

20 世纪 50 年代，黄新彦应该已经不在港大任教。查前引的英国解密报告，按周奕估计大概完成于 1950 年 5 月，其中已称黄新彦为“前香港大学药剂系讲师”，可见黄新彦已离开港大。但查港大药剂系（Department of Pharmacy）到 1952 年才成立，且四年后即办不下去，[①]这里可能是指医学院中的药剂系。1952 年 4 月 30 日黄新彦以辩方证人出席《大公报》被控煽动一案，身份是“新亚药厂厂长，曾任香港大学化学教授”，及“中国化学会香港分会理事长”。[②]这是法庭上的身份认证，应该是可靠的材料。值得注意的是，朝鲜战争爆发后，中国遭受国际禁运，黄新彦以他政协委员的身份，他的新亚药厂有没有为中国打破药物禁运方面起过作用，似乎是个很有意义的研究课题。

20 世纪 60 年代，黄新彦挂名为办公室设在《大公报》报社大楼内的英文杂志《东方地平线》（*Eastern Horizon*）社长或发行人（publisher）。《东方地平线》创刊于 1960 年 7 月，1981 年 9 月停刊。

作为全国政协委员，黄新彦在 20 世纪七八十年代的活动虽然具体不详，但从陈君葆日记中可以看出，他对中国现代化问题以及香港回归问题都很关心并提意见。[③] 但自 1981 年 2 月突然昏倒半身不遂，几近一年仍未康复，[④]恐怕已不能像过往一样活跃了。

对于黄新彦，以上是笔者目前所掌握的材料，零碎断续，只能拼凑出一个并不清晰的轮廓。不揣浅陋整理出来，仅冀抛砖引玉而已。

2016 年 10 月

---

① David Barker, “The Faculty of Science,” in Brian Harrison (ed.), *University of Hong Kong The First 50 Years 1911—1961*, p. 139.

② 《大公报案听审记》，香港：联友出版社，无编者及出版日期，第 103 页。

③ 《陈君葆日记全集》，香港：商务印书馆（2004），第 7 卷，第 432、454—456、484 页。

④ 《陈君葆日记全集》，第 7 卷，第 527、599 页。

“鲁迅在广东”研究八十年

一

自1927年钟敬文编的《鲁迅在广东》出版以来，“鲁迅在广东”（包括香港）的研究已经有八十年的历史了。有关的研究综述，先后有1980年陈漱渝、张铁荣的《关于鲁迅广州时期的研究》①，及李伟江在1993年的一次详细而系统的述评②。据统计，“鲁迅在广东”的研究专书已有8本③，有关文章和资料已达五六百篇，此后自然又有进展，尤其是关于鲁迅在香港讲演方面，有很大的突破。由于1993年以前的研究已有介绍，本文虽然也要交代，但尽量从简，重点放在以后的发展和突破（为阅读方便，文中提到的书刊，已见江海编的《鲁迅在广州研究资料篇目（1926.11—1980.12）》④，则出处和出版详细资料均从略）。但由于条件所限，肯定会有遗漏，还请专

① 《南开学报》（哲社版）1980：1。后易题《鲁迅广州时期研究状况述评》，见陈漱渝《鲁迅史实新探》（增订本），长沙：湖南人民出版社，1980年。

② 《“鲁迅在广东”研究的回顾与前瞻》，《广东鲁迅研究》1993：4（11月20日）；定稿收入《世纪之交的民族魂》，广州：广东人民出版社，1996年。

③ 李伟江（亦即江海）的统计为七本，有误。查所列《鲁迅在广东的战斗》只在杂志连载，不算专书，另外又漏了两本：张竞编著的《广州鲁迅故居》（文物出版社1982年5月初版，广东科技出版社1997年4月修订再版）和广东鲁迅研究小组编的《论鲁迅在广州》（1980）。

④ 载《生平史料》第4辑，天津：天津人民出版社，1983年，第463—493页。

家谅察指正。

一

1927 年鲁迅到广州前后掀起“鲁迅热”，据统计，当时有关鲁迅在广州的文章（包括报道）超过 70 篇，其中不乏有见地的论文及珍贵的原始材料。同时还开始了“鲁迅在广东”的研究，第一本专集、钟敬文编的《鲁迅在广东》的出版就是“鲁迅在广东”研究开始的标志。这本书收文章 12 篇，附录鲁迅讲演 4 篇。其中较重要的是景宋的《鲁迅先生往那些地方躲》、一声的《第三样世界的创造——我们所应当欢迎的鲁迅》、坚如的《欢迎了鲁迅以后——广州青年的同学（尤其是中大的）负起文艺的使命来》。第一篇是鲁迅授意许广平回答宋云彬等广州青年诘问的，当中保留一些鲁迅对广州看法的原话；第二篇是刘一声受中共广州地委委托，首次对鲁迅的杂文作出崇高评价，甚至认为其贡献超过了小说；第三篇是毕磊代表广东学委会，对广州青年学生寄予深切的期望，文中保留不少鲁迅在欢迎会讲话的意见。书中所收鲁迅四次讲演的记录，有两篇后来都收进鲁迅的全集。鲁迅虽曾对此书不满，但应是出于误解。此书至少在保存史料方面功不可没。

此后，有关“鲁迅在广东”的文章直至鲁迅逝世前不久才见一篇，即老秀的《鲁迅的轮廓画》，记述作者当年在广州与鲁迅的对话。鲁迅逝世后出现少数涉及鲁迅在广州的回忆文章，如清水的《我忆念到鲁迅先生》，从学生的角度回忆了鲁迅到中山大学前后的情景及欢迎会上的实况；黎锦明的《两次访钟楼》，记述了当年大钟楼的布局和鲁迅初到广州的观感；许寿裳的《广州同住》，提供了鲁迅在广州的思想、言行、起居等方面的第一手材料。抗战期间，尸一（梁式）的《可记的旧事》（1942），回忆了他跟鲁迅交往以及各方拉拢鲁迅的情况。另外,林辰的《鲁迅在中山大学——鲁迅生涯之分期的研究》(1944),是第一篇有分量的研究文章。

1956年中国隆重纪念鲁迅逝世二十周年,其间“鲁迅在广东”研究受到很大的重视,先后建立广州鲁迅纪念馆和中山大学鲁迅纪念室。同年陆续出现一批回忆及论文,把研究引向深入。包括韩托夫的《一个共产党员眼中的鲁迅先生》、何春才的《鲁迅在广州的生活点滴》及宋云彬的《回忆鲁迅在广州》。其中韩托夫的回忆首次提出鲁迅在广东与共产党的亲密关系。值得注意的研究文章有陈则光的《鲁迅先生在广州》。另有伍木(徐彬如)的《办好更多的革命纪念馆 为建设社会主义而服务》和许广平的《厦门和广州》,谈及鲁迅与中共广东区委书记陈延年在区委会秘密会见,是“鲁迅在广东”研究中的引人注目的突破。曾敏之的《鲁迅在广州的日子》也在这年出版,此书写得亲切感人,有一定影响(惜有史实小错,后因作者在“反右”时蒙冤,未能修订再版)。

1960年左右,上海电影局及天马电影制片厂为拍摄电影《鲁迅》,成立了《鲁迅》电影文学剧本创作组。在四五月间,该组资料人员多次访问了中共当时在广州跟鲁迅联系的人物和知情者徐文雅(彬如)、韩财元(托夫)、罗西(欧阳山)等人,查阅了当年出版的一些报刊,掌握了一批当年广州的派系斗争以及鲁迅与共产党关系的珍贵材料,后由沈鹏年整理成长文《鲁迅在广州时期的若干史实》(1961)。这篇文章标志着“鲁迅在广东”的新阶段,即有组织地研究鲁迅在广东与共产党的亲密关系。然而,事隔多年的回忆难免不够准确,再加上整理者为了迎合当时的风气,不惜夸大鲁迅与朱家骅的对立,编造毕磊等烈士牺牲的悲壮场面,使文章的可靠性受人质疑。就在同一时间,有沈鹏飞的《忆鲁迅先生在中大二三事》和以群的《鲁迅在广州》,都是有价值的文章。

“文革”期间,一方面出现“石一歌”的《鲁迅在广州》(1973)和《伟大的飞跃》(1975)等文,袭用沈鹏年的材料,以当时的意识形态歪曲鲁迅。另一方面，不少研究者和研究单位开始抢救和挖掘史料。1975年，中山大学中文系在注释《而已集》期间①，发现了鲁迅的佚文《庆祝沪宁克复的那一边》，这是鲁迅研究史上的一件大事，尤其是文中转述了列宁的话，一方面似乎证明了鲁迅思想向共产主义转变，另一方面也似乎体现了鲁迅符合当时"继续革命"的深刻思想，引起了鲁迅思想发展的热烈讨论，但"文革"后便很少人提了。广州鲁迅纪念馆扎扎实实做了大量的调查访问工作，抢救并整理了一批第一手材料和史料。同年11月，毛泽东批示出版鲁迅著作。在广东省委宣传部直接领导下，广东鲁迅研究小组于1976年5月14日成立，组织力量进行"鲁迅在广东"的研究。中山大学中文系也在同年编成《鲁迅在广州（资料专辑）》，首次披露大批原始资料。翌年山东师院聊城分院中文系、图书馆也编了《鲁迅在广州》（1977），史料方面采用了中山大学编的专辑。同年发表的其他重要的文章还有许广平的遗稿《回忆鲁迅在广州的时候》、徐彬如的《回忆鲁迅一九二七年在广州的情况》，以及翰若（许涤新）的《鲁迅战斗在广州》（1976）。

"文革"结束后，中国学术研究异常活跃，而鲁迅研究成果也很突出。其中许杰的《回忆我和鲁迅先生的一次见面》（1979）尤引人注意，文章忆述鲁迅对《唐宋传奇集·序例》末尾"时大夜弥天……"四句的解释，是"有意刺高长虹的！"纠正了"文革"期间对这句话的曲解。卞立强及李芒（李连庆）把增田涉的《鲁迅传》及山上正义的《谈鲁迅》、《鲁迅的死和广州的回忆》译成中文（《鲁迅研究资料》第2辑，1977年11月），校正了梁成、范泉等人的误译，纠正了长期以来的讹传，以为"共产党是火车头……"这句话出自鲁迅。李伟江根据新译文查考各种史料，进一步论证这段话实出自戴季

① 有关当时注释《而已集》的情况，可参考吴宏聪《心香一瓣 聊寄哀思——悼念饶鸿竞同志》，《鲁迅世界》2000：1/2（3月），第43页；张竞：《悼念饶鸿竞和李伟江两教授》，《鲁迅世界》2001：1（2月），第59—60页。

陶。后又经鲍罗廷研究者丁言模《“共产党是火车头……”的补正》(《鲁迅研究月刊》1993 年第 3 期)指出,“火车头”的比喻实出自鲍罗廷,于是李伟江在 1996 年再做补充,对鲍罗廷的比喻被戴季陶借用、引申和发挥再进一步挖掘(全文三节见《广东鲁迅研究》1996 年第 3/4 期合刊)。鲁迅为什么辞职离开中山大学,也成当时讨论的热点。陈漱渝提出鲁迅辞职的另一个主要原因是顾颉刚的到来(《鲁迅为什么辞去在中山大学的职务?》,1980),以纠正过往只强调清党的说法。李伟江在《鲁迅与中山大学》中提出商榷,同时首次依据顾颉刚的日记和书信,披露了顾颉刚是诬蔑鲁迅《中国小说史略》抄袭日人著作的始作俑者,并论证鲁迅辞职的确切日期应是 4 月 29 日。① 此后不断还有文章探讨鲁迅脱离中山大学的问题。②鲁迅脱离中山大学与顾颉刚的关系也是个热点。③ 这段时期,李伟江另有几篇史实考证的文章,其中《鲁迅与毕磊》(1980)颇受注意。

1978 年中山大学中文系成立了鲁迅研究室(1982 年改为现代文学研究室),与广州鲁迅纪念馆和广东鲁迅研究小组互相支持合作,成为广东鲁迅研究工作的“中枢”。1977—1982 年间, 广东鲁迅研究小组先后举行几次学术研讨会,编印了六本集子,公开了一些广州鲁迅纪念馆调查访问材料和史料,如何思源、黄巽和何春才的访谈回忆材料,后来又发表在《鲁迅研究资料》第 3 辑(1979)。其中《鲁迅思想发展问题讨论集》(1977 年 10 月?)、《论鲁迅在广州》(1980 年 1 月)两本集子,内容自然注重“鲁迅在广东”的研究,特别是几篇关于鲁迅与广州文学发展的文章,如欧阳山的《南中国文学

---

① 初刊广东鲁迅研究小组编:《诚挚的纪念》(1980.1.),下半篇载《鲁迅研究》第 8 辑(1983.5.)。按:顾颉刚诬蔑鲁迅抄袭最早见的记述,是 1949 年有关刘文典《关于鲁迅》讲演的报道及反响,见《论著汇编》,Ⅳ: 846—868。

② 如张硕成等的《鲁迅脱离中山大学原因探辩》(《中山大学学报》社科版,1982:3);胡水清、田子渝:《鲁迅坚辞广州中山大学教职的原因新探》,《社科信息》第 12 期(1989)。

③ 先有黄艾仁的《鲁迅与顾颉刚一场“官司”的实质及其前后》(《鲁迅研究》第 9 辑,1985),好几年后还有李运抟《鲁迅辞职由于顾颉刚?》(《广东鲁迅研究》1999:3);辛晓征:《国民性的缔造者——鲁迅》,武汉:湖北教育出版社,1999 年,第 203—211 页。

会及其它》、林楚君(长兴)的《鲁迅热切关怀文艺青年——记鲁迅与“南中国文学会”青年的一次会见》、冯慕韩的《往事杂忆——鲁迅先生与广州新文学运动(片断)》等,尤其引起广东鲁迅研究者的注意。后来有陈颂声、邓国伟《鲁迅与广东新文学运动的历史评价》试图作出总结(《中山大学学报》社哲版 1990 年第 1 期)。

值得一提的是,1980 年发表了陈漱渝、张铁荣的《关于鲁迅广州时期的研究》,反映了“鲁迅在广东”研究的独特性和重要性。1981 年香港《文汇报》登载刘随《鲁迅赴港演讲琐记》,首次披露鲁迅香港演讲的一些情况,引起广泛注意。对于刘随的回忆,留待后面再详细讨论。

专著方面,这段时期出版了张竞的《鲁迅在广州》(1977),作者长期在广州鲁迅纪念馆工作,接触众多当事人和知情者,积累了丰富的书面和口述资料,尤其注意采用 1956 年以后的新材料,其中有些并未公开。另一本是李伟江、饶鸿竞、吴宏聪编写的《鲁迅在广州》,编入《鲁迅生平史料汇编》第 4 辑(1983),是 1976 年《鲁迅在广州》的改编本,着重收集原始材料,对回忆和调查材料的选择相当严格,迄今仍是最完备的“鲁迅在广东”的资料集。主编者曾有增订,终因经费缺乏而未能出版。钟敬文《关于鲁迅的论考与回想》(陕西人民出版社,1982)一书亦值得注意,内收作者 1977—1978 年有关鲁迅在广州史实的通信三封及文章一篇,提供了很有价值的史料。

1986 年 8 月广东鲁迅研究学会成立,它与广东鲁迅研究小组、广州鲁迅纪念馆于 1987 年下半年共同创办了《广东鲁迅研究》(2000 年改名《鲁迅世界》)季刊,发表了不少“鲁迅在广东”的史料和论文①,如陈则光、张竞的访问录,姜力、卫公的资料钞,邓国伟的

① 参考邵伯周《南国迷人的风景——〈广东鲁迅研究〉50 期述评》,《鲁迅世界》2000:4(11 月),第 60—62 页。

《广州时期鲁迅的情感经历与行动趋向》,朱正红的《试论鲁迅广州时期杂文对国民传统文化心态的剖析》等。在经费困迫的情况下,学会还出版了两本论文集:《我们心目中的鲁迅》(花城出版社 1998 年 3 月)和《在巨人的光照下》(中山大学出版社 1991 年 3 月),收入广东鲁研会会员几年来的部分研究成果,当中也有关于"鲁迅在广东"的,如陈则光的《论鲁迅世界观的转变》,廖子东的《试论鲁迅在广州期间的思想特征》,吴颖、吴二持的《〈铸剑〉新论》,韦工的《关于〈国际劳动问题〉的内容、译者及小引》等。此外,郑心伶的《鲁迅学论稿》,收入《"月亮"的魅力——鲁迅来广州缘由析》及《鲁迅在广州的某些思想矛盾》等三篇;林贤治出版了三部文学传记《人间鲁迅》,关于鲁迅在广东时期也设有专章《梦与醒》,都从较新的角度去审视鲁迅这段历史。

鲁迅在广东做了多场讲演,其经过和内容一直都为研究鲁迅史料的学者所重视。关于《魏晋风度及文章与药及酒之关系》演讲的情况,欧阳山在《光明的探索》作了介绍(《人民文学》1979 年第 2 期),后又有欧阳济《回忆鲁迅在广州市立师范学校讲〈魏晋风度及文章与药及酒之关系〉》(《鲁迅研究资料》第 15 辑,1986)。1989 年有熊巢生《熊雄是怎样邀请鲁迅到黄埔军校讲演的?》讲述了其邀请过程及有关人士(《鲁迅研究动态》1989 年第 12 期)。

1991 年,香港的王宏志写成《鲁迅在广州——〈鲁迅与中共〉之一章》,详述鲁迅在广州与中共的各种联系及其对鲁迅影响的可能性,并论及鲁迅去广州及离开广州的原因等问题。文章强调国共错综复杂的关系,分析力求谨慎客观。此文原刊处不详,后收入作者在台湾出版的《文学与政治之间——鲁迅 · 新月 · 文学史》一书(台北:东大图书公司, 1994)。

1993 年李伟江发表《"鲁迅在广东"研究的回顾与前瞻》一文,几乎网罗了所有有关的重要著作,但文章似乎偏重广东的成果,侧重生平史料,分析研究方面着墨不多。在回顾部分,李伟江把 1993

年以前的"鲁迅在广东"研究划分为六个阶段：勃兴期(1927)，沉寂期(1928—1949)，恢复期(1950—1960)；迂回期(1961—1976)，1977—1984年的繁荣期，1985—1995的冷落期。这样的分期颇能反映研究的发展历史，但也有一些地方似乎可以斟酌，例如，"恢复期"是否确切，"繁荣期"似乎在1974年开始便打下基础(按陈漱渝等的文章)，至于"冷落期"则言重了，况且接着有重大进展，等等。

在"后冷落时期"，除了本文将在第二节详细介绍的进展和突破，有关文章据不完全统计，也至少有三十来篇，有一些很值得一读。鲍国华的《关于〈魏晋风度及文章与药及酒之关系〉的几则笔记》(《鲁迅研究月刊》2004年第12期)是一篇很扎实而且有深度的文章，文中探讨了鲁迅与刘师培的学术关系，并认为"明于礼义而陋知人心"是理解鲁迅这篇文章的关键，这个见解很值得再深入探讨和进一步发挥。文章原有汇校记，惜为编者所略。黄修己的《"鲁迅在广东"研究的新课题》(《广东鲁迅研究》1994年第1/2期)，提出从鲁迅"国民性"研究和文化批评的角度探讨岭南文化，既有研究，又有实践，的确是个新颖的课题；丁言模的《鲍罗廷夫妇与鲁迅、许广平》(《上海鲁迅研究》第6辑，1995)，提供了一些有趣的历史材料。

1997年适逢香港回归，也是鲁迅赴粤到港七十周年，出现了一些谈鲁迅与香港的文章。① 广东举办了一系列活动，但有关文章则只见一篇(应向东的《鲁迅广州时期的思想政治态度》，《广东鲁迅研究》1997年第2期)。此外关于鲁迅在广东的传记，写得比较翔实的有辛晓征《国民性的缔造者——鲁迅》(1999)，另外还有两篇，一为卜立德(David E. Pollard)《转变中的鲁迅：厦门与广州》(《鲁迅

① 笔者所见的有李效钦《鲁迅与香港》(1996年10月15日《北京日报》)、谢德铣《鲁迅先生在香港的两次演讲》(《绍兴鲁迅研究》第18期，1997年？出版)和张竞的《在香港寻访鲁迅的踪迹》(《人民日报》1997年3月25日)及《鲁迅与香港》(《羊城晚报》1997年4月3日)等，肯定会有遗漏。

研究月刊》2003年第3期),另一篇是王世家整理发表林辰写于上世纪40年代的遗稿《鲁迅传》,其中第8章为《在钟楼上》(《鲁迅研究月刊》2004年第7期)。林辰的传记虽然写得比较早,但作者对史料的驾驭,细而不繁,文笔又老练畅达,至今仍是传记写作方面值得学习的楷模。

李伟江"回顾"之后"鲁迅在广东"研究最突出的成果,是有关鲁迅在香港讲演的史实的挖掘和考订。笔者躬逢其盛,兹将其间曲折的过程记述如下。

二

由于1949年后国内跟香港两地隔阂,加上史料的缺乏,鲁迅到香港讲演的研究长期没有进展,直到1981年才出现新的材料。20世纪80年代,广东鲁迅研究小组伍肃女士与刘随取得联系,特约他写回忆鲁迅在香港讲演的文章《鲁迅赴港演讲琐记》,于1981年9月26日在香港《文汇报》发表。[①] 人们当时认为他以接待工作者的身份,提供了极为难得的史料,所以对这篇文章很重视,但在专家眼里却产生丛丛疑团。例如,刘文说是香港大学教师兼《中华民报》总编辑黄新彦博士以基督教青年会名义邀请鲁迅赴港,并无鲁迅本人记述的根据及必要的旁证。刘文说鲁迅下榻胜斯酒店,也与鲁迅日记不符。

1993年,庆祝香港大学建校80周年的《一枝一叶总关情》文集出版,内收赵今声的《八十八岁自述》,首次简单提及他以《大光报》名义邀请鲁迅赴港讲演。文集主编刘蜀永后来发现刘随《鲁迅赴港演讲琐记》一文,跟赵今声的说法大相径庭。刘蜀永于是通过书信

---

① 原载1981年9月26日香港《文汇报》,见卢玮銮编著《香港文学散步》,香港:商务印书馆,1991年,第25—28页。

访谈，写成《赵今声教授谈鲁迅访港经过》，对赵原来的《自述》作了补充，先刊于《香港文学》月刊，后载于《鲁迅研究月刊》。① 但刘蜀永的文章仍嫌简略。马蹄疾立即顺藤摸瓜，从赵今声处了解到陪同鲁迅到香港的叶少泉和苏秋宝的生平，草成文章发表，填补了《鲁迅全集》注释的一处空白。②

李伟江早在刘随的《琐记》发表后，便多方设法与刘联系，向刘提出种种疑问，均遭婉拒，加深了他对刘随说法的怀疑。赵今声的文章发表后，李伟江通过马蹄疾与赵取得联系，于 1995 年先后四次向赵今声提出种种问题，得到的答复大体合理，对鲁迅赴港演讲的经过和情况有更进一步的了解，于是开始起草《鲁迅赴港演讲始末考》一文，可惜只初步完成前五节便因癌症病逝。

就在李伟江病重期间，在香港长期从事中国现代文学研究的卢玮銮、黄继持、郑树森等编辑出版了《早期香港新文学资料选(1927—1941)》(天地图书，1998)，其中专门有“鲁迅来港及其影响”的部分，收录了《华侨日报》有关的资料，最难得的是，他们还发现了刘随及黄之栋记录的《无声的中国》，使这篇湮没了逾七十年的资料重见天日。值得注意的是，这些资料反映了鲁迅应邀到香港讲演的背景和影响，还披露了鲁迅《无声的中国》的讲演促成了《华侨日报》一个副刊开始接受白话稿件，使“五四”新文化运动正式登上香港的舞台。陈漱渝和他的研究生林敏洁从中挖掘出鲁迅致林文庆的一封佚信，并对收录佚信的文章及其作者做了一些初步的分析和探讨。③ 但对这些资料的整体分析，只见在香港的孙立川做过④，似乎没有引起鲁研界的重视。

---

① 原载《香港文学》第 106 期(1993 年 10 月 1 日)，转载于《月刊》1993:11，第 38—39 页。

② 《关于叶少泉和苏秋宝》，《广东鲁迅研究》1994:3。

③ 见林敏洁《向金钱世界挑战——喜读新发现的鲁迅致林文庆信》，《月刊》1999:10，第 4—6 页。

④ 《历史的断片:“鲁迅与香港”的三个考察》，写于 1999 年，收入其《西还集》，天地图书，2001 年。

李伟江逝世后,其后人和学生根据遗稿将《鲁迅赴港演讲始末考》整理出全篇,2001 年连载于广东《鲁迅世界》。①《鲁迅赴港演讲始末考》的前五节主要是辩证邀请者、陪同者及过程的事实,而后几节则涉及鲁迅此行有没有遭干涉、讲稿有没有遭删禁等问题,后半部分原只有提纲,并无定稿。由于整理者对这些问题没有研究,后半部分完全是根据赵今声的复信补成,而赵今声对鲁迅讲演受到干涉、讲稿遭删禁这些一直得到公认的事实,基本上是否定的。也许由于条件所限,赵今声对这些问题的挑战当时并未得到应有的回应。不过,这篇文章却引起鲁迅演讲研究专家朱金顺的注意,写成《〈无声的中国〉演讲词蠡测》一文,援引新发现《华侨日报》登载的《无声的中国》记录稿,对李伟江的文章有所补正。②

2002 年,笔者偶然发现收在《鲁迅手稿全集》中的《老调子已经唱完》其实是刘随当时的原始记录稿,跟《鲁迅全集》的版本差距非常大。大喜过外之余,匆匆整理发表(这是做学问的大忌),并对文本源流做了一些猜测。这篇《老调子还没有唱完——追溯〈老调子已经唱完〉的文本源流》的文章③,除整理出一件史料,还体现出《老调子已经唱完》一文并非讲演记录审订而成,而几乎是鲁迅重写的一篇文章。这一发现也动摇了李伟江多年坚持《读书与革命》应收入《全集》的论点:鲁迅曾对《读书与革命》稍作修订。④ 然而,通过《老调子已经唱完》两个文本的比较可以看出,鲁迅对自己只是稍加修订的讲演记录显然是并不满意的。不过,《老调子还没有唱完》对讲稿的文本源流所作的猜测,其中关于许广平抄件的推断是

---

① 《鲁迅世界》2001:3(九月),第 21—31 页;2001:4(十二月),第 47—53 页。署名"卫工"。

② 《鲁迅世界》2002:2(五月),第 55—56 页。朱金顺另外还有一篇关于鲁迅在香港讲演《一件史实的辨证》,《月刊》2002:9,第 48—49 页。

③ 《鲁迅世界》2002:3(七月),第 39—45 页。

④ 见李伟江《关于〈读书与革命〉的几个问题》,载《纪念与研究》第 8 辑(1986),第 24—34 页。另参考钟敬文《对〈读书与革命〉的处理问题》,载《关于鲁迅的论考与回想》,第 191—193 页。

错误的，已由朱金顺为文指正。[①] 这篇文章还引来王世家对《老调子已经唱完》的文本做出更详尽的分析、考据和梳理，基本上解决了源流的问题。[②]

2004 年，中山大学中文系决定出版李伟江的遗稿《鲁迅粤港时期史实考述》，笔者参与整理修订，发现《鲁迅赴港演讲始末考》中的问题不少。从李伟江的藏书及读书痕迹，他至少应该对赵今声关于香港没有新闻检查制度的说法，是持怀疑态度的。但限于时间和条件，只能做些小修改。

2005 年底，笔者积累了一些资料，尤其是发现了就收在《鲁迅全集》的《行路难》一文，草成《鲁迅与香港新闻检查》，在香港一个国际研讨会上宣读，会后又到香港档案馆及中央图书馆，查出 1925 年港英政府颁令对中文报刊进行检查的公告，彻底纠正赵今声的误记。这篇文章在 2006 年发表后[③]，笔者意犹未尽，写成《鲁迅在香港讲演遭删禁新探》，通过详细分析，指出鲁迅讲稿肯定受到审查，《无声的中国》肯定遭删节，《老调子已经唱完》则可能是《华侨日报》编辑鉴于《无声的中国》的遭遇而"自我审查"，不敢刊登。至于赵今声否定港英当局干涉鲁迅来港，理由并不充分，而捣乱之说更恐怕是臆测。文章几经增修，已开始在 2008 年春季号《上海鲁迅研究》刊出 。

2007 年鲁迅赴粤到港 80 周年，广东和全国都会有很多活动和文章，"鲁迅在广东"的研究的第九本专书、李伟江的《鲁迅粤港时期史实考述》也在这一年出版。此书约二十万字，分四部分：鲁迅与中山大学、鲁迅与广东报刊、鲁迅的演讲、鲁迅在广东活动考订，是作者几十年考订"鲁迅在广东"史实的成果。此书出版虽然实际上

① 《鲁迅世界》2002：4（十月），第 53—54 页。

② 《月刊》2003：3，第 41—49 页。

③ 载《东亚现代中文文学国际学报：东亚文化与中文文学》第 2 期香港号（2006），第 298—309 页。

计划早两年出版，但能够拖到鲁迅赴粤到港80周年出版，相信作者反而会因此而感到高兴的吧。

结束语

从1927年钟敬文编《鲁迅在广东》的出版，1956年一批回忆录的发表，1975年《庆祝沪宁克复的那一边》的发现，1983年《鲁迅在广州》资料专辑的出版，1987年《广东鲁迅研究》的创办，到1993年赵令声鲁迅赴港讲演的回忆的发表及其以后的反响，都体现了“鲁迅在广东”研究纵向深入的发展，而这些进展，跟“鲁迅研究在广东”的横向扩大蓬勃发展是分不开的。2000年《广东鲁迅研究》改名《鲁迅世界》，其意义其实很堪玩味。张梦阳在《中国鲁迅学史上的南国景观》中对广东鲁迅研究发展有很高的评价，的确是有目共睹。“鲁迅在广东”的研究虽然也没有落后，但发展似乎还可以更大。例如，如何理解和评价鲁迅的《庆祝沪宁克复的那一边》，现在应该有新的观点和更深入的看法，可以成为新的讨论热点。陈漱渝和张铁荣在《述评》中，曾对20世纪50年代的研究没能对当时新出现的史料“立即顺藤摸瓜深入发掘”，表示惋惜。这对有志于“鲁迅在广东”的研究者来说，也是很值得谨记的。

2007年1月27日初稿

海阔天空，以尼采始终

——记广东鲁迅研究专家李育中老师

李育中老师也算是我的老师之一，虽然我没有上过他的课。

1981年是鲁迅一百周年诞辰，广州地区鲁迅研究者举办了一个颇具规模的研讨会。当时我是暨南大学中文系的学生，李惠贞老师了解我的研究兴趣，向研讨会推荐了我的论文，居然被接受了。那是我第一篇研究鲁迅的论文，也是我第一次参加学术研讨会。那次研讨会应该是当时岭南最重要的学术活动之一，广东学界最有名的鲁迅研究专家都出席了会议。年轻人中除了我这个本科生，还有当时在广州市社会科学研究所的于幼军。我就是在这次研讨会上认识李育中老师的。

李老师在会上提交的论文是《鲁迅与尼采关系探究》。李老师以他特有的广博丰富的知识，对鲁迅和尼采的联系提出了独特的看法。他的文章不但在鲁迅和尼采的问题上突破当时主流的“误解”说法，而且直接引述尼采著作，指出尼采并非纳粹思想先驱，实际上为尼采“平反”，比周国平还要早。当时，我也正在思考鲁迅和尼采的问题，打算以此为毕业论文的题目，所以便特地向他请教。

我第一次上他家拜访好像是在傍晚。从暨大骑车到华南师范学院（当时还不是大学），穿过幽暗的校园，问了几次路，终于找到李老师的独立小平房。李老师非常健谈，读的书很多，知道的典故更不少，每次拜访都有如上课听故事，满载而归。可惜都没有记录下来。

李老师对我研究的题目很支持，记得他借给我两本很难得的书，一是上世纪30年代商务出版的梵澄译尼采《朝霞》，另一本是生田长江的《尼采研究》。后者是李老师在旧书摊捡到的，出版于大正年间，其实对鲁迅研究没什么用，而我们当时的日文知识也都很有限。不过，能够借到这两本稀有罕见的珍本，对一个本科生来说，自然是件天大的事。后来听说，李老师一般是不借书给别人的，对我是例外，自然更受宠若惊。

之后我便经常拜访李老师，即使毕业后回到香港，后来到了澳洲，每次回穗，也总要去拜望他一下。但拜访过一两次后，我们其实就再没有怎么谈鲁迅与尼采。可能他要说的话都已经在论文上写了。以后每次见面，我们谈的范围都非常广，更确切地说，是他海阔天空地侃侃而谈，而我则是他的忠实听众，但自然偶然也回答他的问题，例如谈到港台的知识界名人，我就向他介绍了李敖。我知道他一定会对李敖这个“怪人”感兴趣。李老师果然也就成了国内介绍李敖的第一人。

我们其实是属于两种完全不同类型的人。李老师博闻强记，思想敏锐，读书又多又快，不单知识面广，而且对人和世事也接触很多，是属于博大的、“横向”类型的人物。而我，则谨小慎微，绝不敢以还在世的人物为研究对象的死板学究。三十年来，只盯着“鲁迅与尼采”的问题，一本接一本，越陷越深，迄今仍无法跳出自掘的深渊。为了方便说明，也为了好听，不妨把自己说成是属于“纵向”类型的人罢。我时常想，李老师既擅翻译，又能创作，交游广阔，才气横溢，年轻时一定是个很受欢迎的人物。可惜我无法从师母处小心求证。我只见过师母一面，好像还是侧背面，当时她身体已经不好，后来更一直卧病在床，不便会客。

在文章和专著中，我多次指出李老师在“尼采在中国”和“鲁迅与尼采”研究的历史地位：他是中国新时期“平反”尼采的第一人，是从“平反”尼采的基础上探讨鲁迅与尼采关系的第一人。但所有这些，只是李老师学术文化贡献的一小部分，甚至只是其中的一小“点”。李老师早年在港澳文坛就有一席更大的地位，还应该包括早期华南的新闻出版界。在新时期他也推介过西方现代主义文学。新近才知道他上世纪40年代还写过《缅甸远征记》的报告文学，他对抗战这段史实了解有多深，等等。总之，他涉猎的面很广。由于历史的偶然，也可能是必然，一个“纵向”与一个“横向”的人相遇，“纵向”者尽管能就一小“点”看出“横向”者的重大贡献，但“纵”者之所见，恐怕难免有“坐井观天”“管中窥豹”之讥。

最后几次拜访李老师的印象特别深刻。其中一次，海阔天空一轮之后，他提议大家一起午饭，并坚持要吃牛排。我觉得很奇怪。当时他其实已经没有多少牙齿，只见他切开牛排，一块又一块费劲地咀嚼着，真替他着急，但他显然享用着其中每一丝的滋味。我是绝对不碰国内餐馆做的牛排的。他也没有能够咽下那些牛肉，只是嚼出肉汁，留下渣子。为什么吃牛排？一直是个谜。但我现在似乎有点醒悟。我猜，也许李老师是在回忆年轻时活跃奔腾的往事。

李老师从不跟我谈自己过去的事情。我也从来不问。只有一次，也是午餐，在石牌一间茶餐厅中。记不得是什么话题引起，李老师谈到他从前跟那时大部分追求进步的年轻人一样，达到了崇高的目标，但由于战乱和秘密状态等原因，后来却无人能够为他证明。说到这里，他把目光移到别处。我还清楚记得他的语气和神情。我很能理解他的遗憾，但说实话，我已搞不清这对他究竟是件好事还是坏事。

毕业离穗后，我研究“鲁迅与尼采”的东西一直都有寄给李老师。也许是这个原因，他也乐于把他掌握的有关信息跟我分享。有一次，他问我想不想见一下张震欧。张震欧是第一位写“鲁迅与尼采”专文的作者，文章登在广东一份鲜为人知的刊物《黄花岗》上。那是上世纪30年代的事情，想不到他人还在广州。可惜我当时是匆匆路过广州，没法安排，错过了一个历史性的机会。今年一月拜访李老师，才知道张震欧是他的好朋友，已从执信中学退休，年前去世。李老师还滔滔不绝地跟我谈缪朗山（缪灵珠），一位他在澳门认识的奇人，新中国成立后去了人民大学任教，其中恐怕得力于李老师的推荐。缪朗山精通德文，在新时期翻译过尼采《悲剧的诞生》。对于这位奇人，李老师想写一本（?）评传。

在大谈张震欧和缪朗山的时候，李老师其实已卧床不起，住在子女家中，须人护理。但他声音之清朗，思路之畅达，完全不像一个年龄过百，要人照料的垂暮老人。可惜，无情的现实是，我们已不能像以前那样，海阔天空，谈上几个小时。他已经承受不了我们到访的“刺激”和兴奋。但这次跟以往不同，我们拍下了他畅谈张震欧和缪朗山小小的片断。但这也不过只是他知识海洋中小小一点中的小小一点。

从鲁迅尼采开始，以张震欧和缪朗山结束，似乎给我跟李老师的交往画上一个几近完整的句号。不知道他的“缪朗山评传”能否整理出版，让他广博的冰山再露出其中小小的一角。

澳洲鲁迅研究概观*

题 解

要介绍澳洲鲁迅研究,说起来容易,做起来其实也很难。首先,怎样才算澳洲的鲁迅研究呢?是专指在澳洲出身的学者做的研究吗?然而,杜博尼(Bonnie S. Mcdougall)虽然在悉尼大学获博士学位,1958 年在北京大学学习过,先后在挪威奥斯陆大学及英国爱丁堡大学教书,其间曾在北京外文出版社工作,21 世纪初在香港中文大学和城市大学,2012 年本文修订时在悉尼大学当客座教授。她的鲁迅研究著作大都是取得博士学位后发表的②,似乎不好算澳洲的研究。况且,大部分现在在澳洲发表过研究鲁迅著作的学者,其实都不是澳洲出身的,更不能以"出身"定义。那么,在澳洲生活、

* 本文原与张梦阳连署,原题为《澳洲鲁迅研究一瞥》,《月刊》2009:2,第 45—51 页。2016 年 10 月,陈顺妍及张钊贻等编《鲁迅与澳洲》文集在澳洲出版,补充了不少资料。本文即按《鲁迅与澳洲》有关文章进行增补。

② 杜博尼有关鲁迅的主要著作为:*Love Letters and Privacy in Modern China: The Intimate Lives of Lu Xun and Xu Guangping*, Oxford:Oxford University Press (2002);她还翻译了《两地书》原信,*Letters Between Two. Correspondence Between Lu Xun and Xu Guangping*, Beijing:Foreign Languages Press(2000),另还有几篇论文。

工作的学者可以了吧？应该如此，徐士文（Raymond S. W. Hsu）到了悉尼大学之后，虽然仍有志于鲁迅研究，但他的《鲁迅文体研究：词汇与习惯用法》（*The Style of Lu Hsün：Vocabulary and Usage*）却是在去澳洲前在香港大学任教期间出版的①，似乎又不该算。还有，澳洲学者在澳洲以外地区发表的著作当然要算，但非澳洲学者在澳洲发表的著作算不算呢？似乎应该不算，但有时我们并不一定会知道作者是否在澳洲。总之，学术无国界，文化全球化，若有人要求我们提出一个"澳洲鲁迅研究"的清晰定义，肯定要把我们难住，写不下去了。不过我们也不想作茧自缚。所以本文只撷取一些澳洲的有关情况、在澳洲的研究者及其著作，所选的都是我们比较熟悉的，或者觉得重要的，凡未出版的硕士、博士论文，以及其他媒体可能涉及鲁迅的作品，因缺乏全面调查，暂不叙录，总之并不求彻底完全，故称概观。

背景及活动

澳洲正式开始研究中国文学比较晚，是20世纪50年代的事情，现代文学研究起步当然更晚，鲁迅研究就更不用说了。追溯起来，起步的地点是悉尼大学。悉尼大学过去曾有中国研究的部门，也许由于政府的"白澳政策"而不受重视，也没有什么建树和影响。1956年悉尼大学从剑桥大学聘请了戴维斯教授（A. R. Davis）来重建"东方研究系"（Department of Oriental Studies），开始汉语教学与汉学研究并举。戴维斯是研究陶渊明的，他主要是学日语，翻译陶渊明的诗也主要是从日语转译。但时移世易，他带的博士生开始转向现代文学，其中包括杜博尼和陈顺妍（Mabel Lee）。杜博尼后来

① Hong Kong：University of Hong Kong Press (1979). 这本书是徐士文1972年剑桥大学博士论文修改而成的。

去了英国,陈顺妍则留校任教。陈顺妍是澳洲本土华裔学生得到文科博士学位的第一人,在当时华人圈子里面是件大事。她带了不少研究生,大抵是研究现当代中国文学的。[①] 1970 年李克曼(Pierre Ryckmans)应聘澳洲国立大学,20 世纪七八十年代徐士文应聘悉尼大学,也加强了澳洲中国现代文学和鲁迅研究的队伍。

1981 年鲁迅一百周年诞辰,澳洲几乎所有主要大学都举办了活动,其中规模最大的是澳洲国立大学的研讨会。这个研讨会由该校远东历史系主办,由著名东南亚华侨史专家王赓武(WANG Gungwu)组织,与会者来自澳洲各个大学,出席人数六十多人,会议举行了两天,专题报告九场,题目是《鲁迅与国学》《鲁迅与章炳麟》《鲁迅与瞿秋白》《鲁迅与周作人》《鲁迅与胡风》《鲁迅与尼采》《鲁迅对诗歌形式的运用》《鲁迅在华南》和《中华人民共和国对鲁迅的宣传》。研讨会后原计划出版论文集,后竟不了了之。只见柳存仁(LIV Ts'un-yan)《鲁迅与国学》[②]、陈顺妍《对抉心自噬的尸体的安慰:鲁迅对诗歌形式的运用》[③]和戴凯利(David Kelly)的《鲁迅与尼采》修改后在学报上发表 ,但戴凯利将题目改成《尼采在中国》,已不是专讲鲁迅 。

如果从学院鲁迅研究发展的角度看,澳洲在 20 世纪 50 年代开始,便形成了悉尼大学和澳洲国立大学的鲁迅研究"双城记"。悉尼大学在陈顺妍和她的学生努力下,虽然旗帜鲜明,但总有点给人孤军奋斗的感觉;澳洲国立大学虽然没有人专门研究鲁迅,或有意识去指导学生研究鲁迅,但几位在各自领域都是重量级的学者,经

① 参考 Liu Weiping, *Drifting Clouds Between China and Australia*, Sydney: Wild Peony (2002)。刘渭平曾当过国民政府驻澳洲副领事,是戴维斯当时开创东方研究系的唯一助手,此书是他的回忆录。

② "Lu Xun and Classical Studies", *Papers on Far Eastern History* 26 (September 1982), pp. 119—144.

③ "Solace For the Corpse With Its Heat Gouged Out: Lu Xun's Use of the Poetic Form", *Papers on Far Eastern History* 26 (September 1982), pp. 145—174.

过鲁迅诞生百年研讨会的活动,都留下重要的鲁迅研究论文。尤其是李克曼,他平时教学引起学生对鲁迅的兴趣。“在他的中国文学和现代汉语课上,常常引用鲁迅一个词儿或一句话来说明他的意思。到了后来,同学和我都很熟识鲁迅的许多评论。”①所谓“润物细无声”,影响更是非常深远。

人物与著作

澳洲最早发表研究鲁迅文章的学者,应是陈顺妍。陈顺妍于1966年以论文《晚清重商运动》获博士学位,毕业后留校任教,曾任该校亚洲研究学院院长,也是澳洲中国研究学会创会主席。她也是《澳洲东方会学报》以及多套丛书的编辑。她在1973年发表第一篇关于鲁迅的论文:《沿着鲁迅的脚印:现代中国作家白先勇》。② 她最重要的一篇则是1981年的《创造性自我的自戕:鲁迅的个案》③,深入细致地探讨了鲁迅停止小说及散文诗创作而转向文化批判的杂文的原因,后来译文收在乐黛云编的《国外鲁迅研究论文集》④,题目却改成《论鲁迅小说创作的中断》,不是很准确。陈顺妍还有几篇论文:《对抉心自噬的尸体的安慰:鲁迅对诗歌形式的运用》探讨鲁迅的旧诗,指出鲁迅实际上很珍视自己的诗作,鲁迅为人生和革命而牺牲了自己的文学创作,而他的诗则是遭到压抑的创作冲动

---

① Gloria Davis, “Two or Three Things I Learned from Lu Xun,” in Mabel Lee et al (eds), Lu Xun and Australia, Melbourne: Australian Scholarly Publishing, 2006, p. 48.

② “In Lu Hsün ' s Footsteps: Pai Hsien-yung, A Modern Chinese Writer”, *Journal of the Oriental Society of Australia*, IX, 1—2 (1972—1993), pp. 74—83.

③ “Suicide of the Creative Self: the Case of Lu Hsün”, A. R. Davis & A. D. Stefanowska (eds), *Austrina: Essays in Commemoration of the 25th Anniversary of the Founding of the Oriental Society of Australia*, Sydney: Oriental Society of Australia (1982), pp. 140—167.

④ 北京:北京大学出版社,1981年,第383—417页。

的私底下的宣泄;《从庄子到尼采:论鲁迅的个人主义》①,是她比较系统地探讨鲁迅与尼采的文章,利用了西方比较庄子和尼采的研究成果,指出庄子对鲁迅与尼采的契合可能起到的作用。她对鲁迅尼采的问题一直很感兴趣,戴凯利和张钊贻都是她的学生。她近年还写了两篇文章:《论尼采与中国现代文学》及《查拉图斯特拉的"塑像":五四文学与尼采和鲁迅的利用》②,对鲁迅尼采有新的探讨。此外,《五四:中国知识分子拿来主义的象征》③也可以算在内。

另一位较早发表关于鲁迅文章的是李克曼。李克曼是比利时人,笔名塞门·雷思(Simon Leys),初读法律及考古,多次到过中国,后到台湾学中国文学艺术,60年代曾在香港中文大学艺术系任教。1970年到澳洲国立大学教中国文学,后应聘悉尼大学中国研究系系主任(1987—1993)。李克曼在港期间,适逢"反英抗暴"(不少人称之为香港"文革"),当时电台"名嘴"林彬遇害事件,就发生在他家门口。他又接触到不少逃避"文革"偷渡到香港的人,知道很多小人物的小故事,并写成几本书,对"文革"作出尖锐的讽刺和批评。1975年他用法语翻译了鲁迅的《野草》④,在导言中赞赏鲁迅的独立人格,指出鲁迅内心世界被矛盾、怀疑与绝望所折磨;并对中国政坛反反复复,却依然塑造出一个永远正确的鲁迅形象,尤其是"文

① "From Chuangtzu to Nietzsche: On the Individualism of Lu Hsün", *Journal of the Oriental Society of Australia*, XVII (1985), pp. 21—38.

② "On Nietzsche and Modern Chinese Literature: From Lu Xun (1881—1936) to Gao Xingjian (b. 1940)", *Literature and Aesthetics: The Journal of the Sydney Society of Literature and Aesthetics* (November 2002): 23—43; "Zarathustra's 'Statue': May Fourth Literature and the Appropriation of Nietzsche and Lu Xun", in David Brook and Brian Kiernan (eds), *Running Wild: Essays, Fictions and Memoirs Presented to Michael Wilding*, Sydney & New Delhi: Sydney Association for Studies in Society & Culture Series (2004), pp. 129—143.

③ "May Fourth: Symbol of Bring-it-here-ism for Chinese Intellectuals", *Papers on Far Eastern History*, 41 (Canberra, 1990), pp. 77—96.

④ *La Mauvaise Herbe*, Paris: Union Générale d'Editions (1975)。《导言》后来由 Steve Cox 译成英文,收入 Simon Leys, *Broken Images: Essays on Chinese Culture and politics*, London: Allison & Busby (1979), pp. 9—33。

革”中的光辉形象,加以无情的讽刺和抨击。李克曼的导言立即引来法国鲁迅研究专家米歇尔·露阿(Michelle Loi)的反驳,露阿为此专门写了一本小册子《保卫鲁迅》①,因范围已超出澳洲,此处从略。

李克曼很喜欢鲁迅的作品,经常在文章中信手拈来,连他翻译的《论语》也不忘引述鲁迅的话。他还有一篇《阿Q是否还好好地活着?》,其中最末一句非常精彩,兹翻译如下:“对于完全不知道中国的西方读者来说,认识阿Q会发现一个很有价值但一直以来为黄祸论者以及红色中国的信徒所遮蔽的事实,这个事实就是,中国人也是人,或者换个说法,大家都是中国人!”②然而,“文革”结束,拨乱反正,并没有改变李克曼对一切政府举办的鲁迅纪念活动的深恶痛绝。③ 他还有一篇《鲁迅:冰下之火》④。不过,到了20世纪90年代,澳洲大学进行企业改革,按市场规律自负盈亏,李克曼对改革提出批评,并提前退休,体现出一位传统人文主义者的立场,但他有没有就此继续从鲁迅著作中得到启示和灵感呢?那就不得而知了。

除了陈顺妍和李克曼,还有已故徐士文和詹纳尔(W. J. F. Jenner)出过关于鲁迅的书。徐士文原毕业于西南联大,后到伦敦大学教书,并得博士学位,他的博士论文《鲁迅文体研究:词汇与习惯用法》,用统计方法分析鲁迅作品的词汇和句子结构,以探讨鲁迅的文体。据说,按照这个方法得出的结果,能够显示为什么人们觉得唐弢的文章很像鲁迅,而且能够指出《儿时》不是鲁迅的作品。可惜笔者不懂统计学,目前无法解释清楚。另一位詹纳尔曾在澳洲国立大学担任过中国中心主任,翻译过很多书,包括《西游记》和《鲁

---

① *Pour Luxun (Lou Sin) Réponse à Pierre Ryckmans (Simon Leys)*, Lausanne: Alfred Eibel. Éditeur (1975).

② “Is Ah Q Still Alive and Well?”, *Broken Images*, pp. 34—37.

③ Simon Leys, “The Mosquito's Speech: In Memory of Lu Xun”, *Far Eastern Ecnomic Review* (11 December 1981), p. 40.

④ “Fire Under the Ice: Lu Xun,” Burning Forest, pp. 100-107.

迅诗选》。[①]《鲁迅诗选》不仅翻译旧诗，也包括一些歌谣如《公民科歌》，比较特别。詹纳尔后因抗议校方不重视中文教学而辞职回英国。

论文方面，王赓武有一篇很值得注意。他在 1981 年鲁迅一百周年诞辰的学术研讨会上做了《鲁迅在华南》的报告之后，意犹未尽，写了一篇《鲁迅、林文庆和儒家》[②]，探讨鲁迅与林文庆（Lim Boon Keng）不合的原因。王赓武是华侨史专家，对陈嘉庚和林文庆的理念思维很熟悉。文章指出，林文庆固然尊孔，与鲁迅意见相左，但林文庆也赞成鲁迅的一些观点。就以鲁迅在厦大纪念周上关于"少读中国书，做好事之徒"的讲演为例，虽然前半部"少读中国书"发表时遭林文庆删去，但林文庆显然完全同意鲁迅关于陈嘉庚是"好事之徒"的说法。文章还指出，林文庆固然沉迷儒家，但有关鲁迅在厦门的研究往往忽略了一个很重要的事实：林文庆正积极建立工程学院及医学院，文科也包括了很多外语课程。相形之下，如要批评他主持下的厦大的不足，恰恰是对国学重视不够（当然鲁迅和林文庆关于国学的理念是互相冲突的）。总之，林文庆是个经过西方科学洗礼的现代学者，跟鲁迅一样，本质上也是现代人，但由于种种原因，两人无法沟通交流。这篇文章的价值在于纠正对林文庆片面的理解和批评，其中关于海外华人学者与国内知识分子之间隔阂的探讨，仍很值得深思。

柳存仁 1981 年为鲁迅一百周年诞辰研讨会写的《鲁迅与国学》，是一篇很见功力的论文，用了丰富的事例说明鲁迅对国学有很深的造诣，认为鲁迅国学著作虽然不及刘师培和王国维多，却是中

---

① *Lu Xun Selected Poems*, Beijing: Foreign Language Press (1982).

② "Lu Xun, Lim Boon Keng and Confucianism", *Papers on Far Eastern History*, 39 (Mar 1989), pp. 75—91.

国 20 世纪最好的国学学者之一。① 由于柳存仁是中国古典小说的研究专家,他指导研究生时自然引入鲁迅《中国小说史略》及他的其他成果,也产生了一定的影响。② 原麦戈里大学后转到墨尔本大学中文系当系主任的大卫·何姆斯(David Holms),早期也写过一篇文章《1936—1949 年间的鲁迅:塑造中国高尔基的过程》。③ 何姆斯是研究延安时期文艺的,以后再没有写关于鲁迅的文章。

最后介绍黄乐嫣(Gloria Davies)、张钊贻和寇志明,他们到澳洲或在澳洲出道相对晚一点。黄乐嫣于 1982 年毕业于澳洲国立大学,1989 年在墨尔本大学得博士学位,有关中国的研究兴趣主要是现代文化思想活动,现任教西澳莫纳石大学(Monash University)。黄乐嫣于 1991 年在《中国文学:文章、论文、书评》第十三期发表一篇《阿 Q 具争议的现代性》④,文章通过"革命文学"论战涉及阿 Q "大团圆"结局所包含的现代性所提出引起争议的问题,提出为什么许多"五四"时期的阿 Q 读者争相提出解决问题的原因。文章认为,《阿 Q 正传》是 20 世纪中国人寻求现代身份认同的真实故事。阿 Q 最后醒悟到跟群众陌生疏离,引起读者的焦虑,但鲁迅没有提供答案,迫使钱杏邨他们从中寻求"革命意识"的发展。黄乐嫣 2007 年又出版专著《担忧中国:中国批判探索的语言》⑤,书中多处涉及鲁迅,其中包括鲁迅与当代中国知识分子的思想文化探寻和论争(第 211—221 页)。2013 年黄乐嫣由哈佛大学出版社出了一本

---

① "Lu Xun and Classical Studies," Papers on Far Eastern History, 26(September 1982), pp. 119—144.

② 参考 Anne McLaren, "Lu Xun: The Art of Catching a Ghost," in Mabel Lee et al(eds), Lu Xun and Australia, pp. 131—142。

③ "Lu Xun in the Period of 1936—1949: The Making of a Chinese Gorki," in Leo Lee (ed.), *Lu Xun and His Legacy*, University of Berkeley Press, 1985, pp. 153—179.

④ "The Problematic Modernity of Ah Q", *Chinese Literature: Essays, Articles, Reviews*, 13 (1991), pp. 57—76. 这篇文章已有中文摘译,格罗里亚·戴维斯:《阿 Q 问题的现代性》,程启华译,《月刊》1996:8,第 44—50 页。

⑤ *Worrying about China: The Language of Chinese Critical Inquiry*, Cambridge, Mass.: Harvard University Press, (2007).

鲁迅研究专著《鲁迅的革命：写于暴力的时代》。①

张钊贻毕业于广州暨南大学中文系，1986 年到悉尼大学读研究生，翌年开始专攻“鲁迅与尼采”，1994 年得博士学位，1995 年在昆士兰大学任教。张钊贻读研究生期间发表过几篇有关鲁迅的文章，除一篇讨论鲁迅并非主张“全盘西化”及一篇分析《伤逝》与鲁迅和许广平爱情有关，其余三篇后来都修订为博士论文的组成部分。② 毕业后还发表两篇关于鲁迅与尼采的论文。③ 1995 年任聘到昆士兰大学后，张钊贻便着手修订他的博士论文，书稿改名《鲁迅：中国“温和”的尼采》，得到韦普曼教授（Dorothea Wippermann）大力推荐收入彼得·朗旗下的“法兰克福中国研究丛书”。由于丛书主编张丛通（译音）突然去世，丛书改组，张钊贻于是接受出版社建议独立出书，于 2001 年出版。。这本书有几处比较引人注意，一是鲁迅所接受的“温和”尼采的形成和传播，二鲁迅既现代又反现代的问题。对于他的研究经历，有兴趣的读者可参考张梦阳的《澳洲“鲁迅迷”》及张钊贻自己的《沉迷鲁迅尼采二十年》及《我与鲁迅的旅

---

① *Lu Xun's Revolution: Writing in the Time of Violence*, Cambridge, Mass.: Harvard University Press, (2013).

② Chiu-yee Cheung, "Lu Hsün and Nietzsche: Influence and Affinity After 1927," *The Journal of the Oriental Society of Australia*, XVIII/XIX (1986—1987), pp. 3—25; Chiu—yee Cheung, "Beyond East and West: Lu Xun's Apparent 'Iconoclasm' and His Understanding of the Problem of Chinese Traditional Culture," *The Journal of the Oriental Society of Australia*, XX/XXI (1988—89), pp. 1—20; Chiu-yee Cheung, "Literature Against Politics: the Political Affinity of Lu Xun and Nietzsche," in M. Gálik (ed.), *Chinese Literature and European Context*, Veda, Bratislava (1994), pp. 83—92; Chiu-yee Cheung, "The Love of a Decadent 'Superman': A Re—Reading of Lu Xun's 'Regret for the Past'," *The Journal of the Oriental Society of Australia*, 30 (1999), pp. 27—46.

③ Chiu-yee Cheung, "Tracing the 'Gentle' Nietzsche in Early Lu Xun," in *Autumn Flood: Essays in Honour of Mariaán Gálik*, Bern: Peter Lang (1998), pp. 571—88. Chiu-yee Cheung, "The Nietzsche of Chinese Lu Xun Scholars: A Zigzag Road of the Reception of the 'Gentle' Nietzsche", in *Sino-German Relations since* 1800: *Multidisciplinary Explorations*, Frankfurt am Main: Peter Lang (2000), pp. 167—185.

途》。[①] 本书一些章节曾以中文发表[②],后接受陈平原教授邀请和建议,以中文大幅增订改写,除补充鲁迅生平思想研究的新成果,还为免无谓的争议,把原来删掉的影响研究探讨及尼采的政治社会解读,增补回去,2011 年由北京大学出版社出版。张钊贻 2009 年到 2013 年去了新加坡南洋理工大学任教,2013 年底回到澳洲的大学。

寇志明(Jon Eugene von Kowallis)在美国贝克莱大学获博士学位,现任教新南威尔斯大学。他关于鲁迅的主要著作是《抒情的鲁迅:鲁迅古典诗歌研究》[③],里面有一些很独特的见解,例如解释"寄意寒星荃不察"的"荃"为"我朝"的掌权者(第 106 页)。其他文章很多,大部分已译成中文登在《鲁迅研究月刊》[④],本文从略。关于他研究鲁迅的心路历程,可参考他的《学习鲁迅四十年》,还有一篇更详尽的《与鲁迅一起从美国到澳洲》。[⑤] 他还有一篇《鲁迅与恐怖主义:阅读摩罗及其后的报复与暴力》[⑥],不知何故,未见中译,而里面有不少很有意思的提法,值得在这里介绍一下。一,作者认为,从《摩罗诗力说》给拜伦的结论,体现了鲁迅即使不是在实践上,也至

---

① 见《中华读书报》(2004 年 2 月 11 日)和《读书》2002:7,第 136—144 页;"My Journey with Lu Xun," in Mabel Lee et al(eds), Lu Xun and Australia, pp. 20—27。

② 《鲁迅与尼采"反现代性"的契合》,《二十一世纪》1992:6,第 91—96 页;《月刊》,1996:6 转载;《鲁迅早期尼采考》,《学人》第 9 辑(1996 年 4 月),第 259—293 页;《月刊》,1997:6 转载。

③ *The Lyrical Lu Xun: A Study of His Classical-Style Verse*, Honolulu: University of Hawai´i Press (1996).

④ 《鲁迅:"译"与"释"》,黄乔生译,《月刊》2002:1;《鲁迅与果戈里》,黄乔生译,《月刊》2002:7;《鲁迅与进化论》,黄乔生译,《月刊》2002:11;《节日之于鲁迅:"'小'传统"与民国时代国民新自我认同的文化事业》,《月刊》2003:11;《鲁迅旧体诗注视和英译略述》,华芬译,《月刊》2004:4;《书评一篇》,黄乔生译,《月刊》2004:7;《关于鲁迅研究的英译》,《月刊》2005:8;《鲁迅"正"传:一个更性感的故事——读卜立德〈鲁迅正传〉》,甘棠译,《月刊》2005:12;《〈鲁迅 :中国"温和"的尼采〉感言》,甘棠译,《月刊》2006:2;《纪念美国鲁迅研究专家威廉·莱尔 》,《月刊》2006:7。

⑤ 寇志明:《学习鲁迅四十年》,《上研》,2007 年春,第 66—81 页;"From America to Australia with Lu Xun," in Mabel Lee et al(eds), Lu Xun and Australia, pp. 103—117。

⑥ "Lu Xun and Terrorism: A Reading of Revenge and Violence in Mara and Beyond", in Peter Zarrow (ed.), *Creating Chinese Modernity. Knowledge and Everyday Life*, 1900—1940, New York: Peter Lang (2006), pp. 83—97. 这篇文章是 2003 年写成。

少在精神上跟“文革”提出必须“继续革命”的“造反派”是非常接近的(第 90 页);二,作者从《摩罗诗力说》引述了一系列关于报复与战斗的论说之后,指出“《摩罗诗力说》包含了鲁迅早期作品中一些最激烈的形象,也有一些是最可怕的。我们可以得出这样的结论,鲁迅不是真正恐怖主义的支持者,但他认识到作为反抗以及民族解放的工具的效用。他虽然期求斗争的和平解决,但他也认识到要求被压迫者和被剥削者仅仅依赖和平手段的抗争,而将暴力归为国家的专利,会对弱者非常不利,并使东西方的不平衡永远持续下去,而最终会导致更大暴力的循环”。(第 97 页)这个结论相信没有人会有异议。但在“一个也不宽恕”与“相逢一见泯恩仇”这两种截然不同的抉择之间,鲁迅在什么条件和情况下作出取舍,作者应该提出自己的看法。还有,报复与暴力是否就是“恐怖主义”呢?暴力的反抗是否就是“恐怖主义”呢?由于文中没有解释作者心目中的“真正”“恐怖主义”究竟是什么意思,它的结论就只好见仁见智了。

推广、交流与合作

中国和澳洲的鲁迅研究者,肯定有不少的接触和交流,但合作则似乎很少。徐士文生前曾与张钊贻计划合作编译一套鲁迅研究资料,这个项目很大,两个人肯定做不了,考虑扩大合作,终因无法弄到经费而作罢。那是 20 世纪 90 年代的事,条件和要求都比 21 世纪宽松得多,而且还不是很功利主义。

2003 年笔者两人通过昆士兰大学的交流合作计划,并取得澳洲中国文化更新中心的赞助,进行了第一次中国和澳洲之间的鲁迅研究合作——“鲁迅研究在澳洲”。本文就是这项合作的成果之一,但这只是两人之间的短期合作。不过,张梦阳在澳洲访问研究期间,分别在悉尼和布里斯本做了两场报告,其中一场主要对象是华人作家。两场报告的华人听众都不少，反应也很热烈。近二十年来，澳洲华人数量有较大的增长，其中不少人具有颇深的文学修养和相当的文化水平，可谓卧虎藏龙。他们形成一个个小团体、小圈子，经常有聚会活动。张梦阳访问澳洲之后，张钊贻开始受邀请到一个文化聚会中讲鲁迅作品，2006 年已讲演两次，聚会的负责人还热情邀请继续讲下去，一共讲了四场，后来都以短文的形式在《昆士兰华商周报》上登载。① 可见鲁迅在澳洲华人圈内还有“市场”，颇令人感到意外。

寇志明数年前曾有一个很大的鲁迅研究合作项目，也曾邀请张钊贻参与，拟申请澳洲国家研究委员会的基金，这是澳洲人文学科最大的研究基金，为期至少可以三年，金额足以支付合作者“工资”，但并未成功。原因不难理解，纯粹的鲁迅研究对澳洲有什么关系（好处）呢？这是功利主义挂帅的今天必定要回答的棘手问题。幸而，据争取到经费者的经验谈，申请一次不行，可以原封不动再来几次，有时不知怎的就会批了，真好像是中彩票。此言是否确实，笔者无从查证。随着中国国际地位的提高，对中国研究的不断深入，鲁迅这个虽然并无即时功利结果的研究题目，对了解中国现当代文化思想有不可估量的价值，相信最终会得到澳洲研究者及机构的认识。但愿寇志明或后来的有心人能坚持不懈，中得头奖，则中澳国际鲁迅研究合作将会出现新局面。然而，全球经济不景气，大学企业化、自负盈亏的压力增加，科研经费削减，张梦阳与张钊贻的合作，恐怕是钻了历史的空子。这个题目的合作大概已成绝唱。虽然如此，对于“鲁迅研究在澳洲”或者“鲁迅在澳洲的研究”，陈顺妍和张钊贻一直都没有放弃举办学术纪念活动的想法。

---

① 《鲁迅与中国现代化——鲁迅乱弹之一》，《昆士兰华商周报》第 328 期（2007.2.23.）；《鲁迅与中国现代化——鲁迅乱弹之二》，《昆士兰华商周报》第 329 期（2007.3.9.）；《鲁迅与全盘西化——鲁迅乱弹之三》，《昆士兰华商周报》第 330 期（2007.3.23.）；《鲁迅与儒家——鲁迅乱弹之四》，《昆士兰华商周报》第 331 期（2007.4.6.）。

《鲁迅与澳洲》的出版

2016年鲁迅逝世80周年，已退休的陈顺妍想趁机会出版一本纪念文集，征求了澳洲对鲁迅有兴趣的学者、作家和艺术家的意见，反应异常热烈。张钊贻大力支持此计划，并成为主编之一。编委还有苏·威尔斯（Sue Wiles），是具体把书稿编校成付印稿的重要人物。文集最后定名为《鲁迅与澳洲》（*Lu Xun and Australia*），征稿对象比较宽松，作者只要是在澳洲出身，或在澳洲工作及生活了一段相当的时间的学者、作家和艺术家，即使现在人不在澳洲，都在邀请之列；征稿内容也很有弹性，可以是个人研究的回顾，或与鲁迅作品接触的经过和感受，或反思自己阅读鲁迅的经验，或对鲁迅观感的变化，也可以是鲁迅研究的一个题目，等等。

文集总共收到22篇文章，几乎囊括了目前澳洲所有研究鲁迅的学者，计有寇致铭的《与鲁迅一起从美国到澳洲》；张钊贻的《我的鲁迅旅途》；墨尔本大学马兰安（Anne E. McLaren）的《鲁迅：捉鬼的艺术》；莫纳什大学黄乐嫣的《从鲁迅学到的二三事》；杜博妮的《鲁迅周游世界：从北京、奥斯陆、悉尼到麻省剑桥》；陈顺妍的《鲁迅：抗拒思想典范》；复旦大学郜元宝的《暂别鲁迅》；也是复旦吴中杰的《回到真实的鲁迅》。前四篇都有研究者个人经历的回顾，杜博妮的一篇是谈《娜拉走后怎样》所牵涉易卜生《玩偶之家》的翻译和评论问题，问题不只是在中国，而是跨越了几大洲好几个国家。陈顺妍自己的一篇是自己阅读鲁迅的心得。郜元宝和吴中杰两篇，内容大抵都在中国发表过，此处从略。

其他领域的一些学者，也有乐意趁这个机会写一篇结合自己研究而又跟鲁迅有关的文章，计有：阿德雷德大学布莱恩·卡斯特罗（Brian Castro）的《理性人日记：一份超自然的记录》、刚从曼谷假定大学退休的史提芬·康伦（Stephen Conlon）的《七十年代在悉尼读鲁迅:早已料到的回忆》、西交利物浦大学(苏州校区)大卫·古德曼(David S. G. Goodman)的《鲁迅在悉尼:希望是不能说没有的》、悉尼大学陶步思(Bruce G. Doar)的《作为变换身份认同的本土性:鲁迅早期作品中的绍兴》、西悉尼大学盖尔·钟斯(Gail Jones)的《鲁迅的四个梦》、北京大学戴凯利(David Kelly)的《公平的交换:与鲁迅门徒徐梵澄接触的日子》、澳洲国立大学潘维真(Jane Weizhen Pan)的《缠着我的那个鲁迅》、新西兰维多利亚大学王一燕的《鲁迅与中国艺术实践:概念转变与政治目的》、麦夸里大学钱彦的《鲁迅有目的性的翻译》、上海国际商业经济大学欧阳昱翻译的《鲁迅的四篇散文诗》等。大家从题目就可以看到,这里面有专题研究,有历史回顾和人物回忆,也有“创作”和翻译。如果你想了解假如鲁迅来过澳洲,并作演讲,当时澳洲华人会是怎样的反应,你一定要读一读古德曼的故事;假如你想知道“狂人”处在当代的文化环境会怎样,你一定要读一读卡斯特罗的日记。鲁迅对澳洲看来真是影响不小。

此外的文章还有:诗人西贝(Helen Jia)的《鲁迅和他的妻子朱安》;在悉尼的画家、艺术家沈嘉蔚的《鲁迅是我们之一》、王兰的《鲁迅对我的意义》和郭健的《鲁迅的照妖镜》等。这几位诗人和艺术家都来自中国,回顾了不同阶段在中国的鲁迅形象变迁,以及自己对鲁迅理解的变化。看来,“假如鲁迅还活着”的讨论,使很多人改变了对鲁迅的看法。

结束语

澳洲因地理文化位置特殊,接近亚洲却属英语世界,各方面都相对有点偏远而非主流,但也自成一国。可能就是这个原因,澳洲学界对鲁迅的兴趣,很大程度上依赖鲁迅在中国的地位和影响(这里也包含“冷战”的因素)。中国改革开放之后,国际中国研究也有很大的变化,研究范围和题目更倾向于中国当代现实问题,对鲁迅的研究大抵就靠个别有兴趣学者继续坚持。不过,在陈顺妍的支持和推动下,鲁迅和尼采的研究也算一度成为澳洲鲁迅研究的亮点,总算在“澳洲鲁迅研究史”上可以记下有自己特色的一笔。后来《鲁迅在澳洲》的出版,更令人振奋。至于能否鼓其余勇,再接再厉,大家似乎还可以拭目以待。

德国鲁迅研究见闻点滴

缘 起

2003年,笔者乘参加会议之便,分别在维也纳和波恩拜访了维也纳大学的魏格琳(Susanne WelgelinSchwiedrzik)和波恩大学的鲁迅研究专家顾彬(Wolfgang Kubin)教授,也跟魏格琳的高足、称得上是德国鲁迅研究新秀的克里斯蒂安·乌尔(Christian Uhl,自起中文名字邬可贤)见了面。在波恩期间,蒙顾彬教授热情帮助,还慷慨让我查阅和利用他的私人藏书,看到不少"鲁迅研究在德国"的珍贵材料,很值得向国内同行介绍。可惜回到澳洲后,适逢敝校"企业改革""院系调整",叫人晕头转向,再加上一些其他研究项目急需进行,这些材料和有关的访谈纪录便不得不先压下来,就这样一压便是三年。

关于"鲁迅研究在德国",最早系统地介绍的有鲁兹·毕格(Lutz Bieg)《德语世界中的鲁迅》一文。① 在中国,先后有张杰《民

① "Lu Xun im deutschen Sprachraum", in *Aus dem Garten der Wildnes: Studien zu Lu Xun* (1881—1936), herausgegeben von Wolfgang Kubin, Bonn: Bouvier Verlag, (1989), pp. 177—184.

主德国和联邦德国的鲁迅著作的翻译和研究》和曹卫东的《德语世界的鲁迅研究》。曹卫东的文章在鲁兹·毕格介绍的基础上，补充了一些新材料。① 对于他们已经介绍过的情况，尤其是鲁迅著作的翻译，本文大体从略，着重介绍这次维也纳和波恩之行搜集到而未被人提及的材料，对于他们介绍得较简略的，也尽量补充。因仅限于见闻，不是全面系统的介绍，而且原来就不算太多的材料又再经过精选，所以本文题目定为"见闻点滴"。

一

首先要补充的是王澄如女士的《鲁迅：生平和作品及其对中国革命的贡献》（*Lu Hsün. Sein Leben und sein Werk. Ein Beitrag zur chinesischen Revolution*）。此书是她在波恩大学艾利希·史密特教授（Erich Schmidt）指导下完成的博士论文，1940年在柏林印成。② 按书内作者附有汉字的简介，王澄如生于1909年6月7日，是当时贵州省一个市长或区长（Bürgermeister）王厚安的女儿，高中毕业后到广州中山大学念教育和国学（Sinologie），1932年毕业。1933—1934年间，在上海任国民党妇女部书记。1936年到德国学习，在柏林的大学上过教育、哲学和新闻学的课，后到科隆和波恩学习，1939年获博士学位。

王澄如这篇论文的分量非常单薄，仅67页，里面引用材料主要是李何林编《鲁迅论》（1930）和黎炎光编《转变后的鲁迅》（1931），

① 张杰的文章载《月刊》，1988：5，第42—47页，后改题《德国的鲁迅著作翻译与研究》，收入《鲁迅：域外的接近与接受》，福州：福建教育出版社，2001年，第326—336页；曹卫东文载《月刊》1992：6，第33—37页；后经修订补充，收入《中国文学在德国》，广州：花城出版社，2002年，第151—161页。

② 按：此书若按现在标准，似非正式出版，因并无出版社版权页，内封只说是柏林帝国印刷厂承印，属"柏林外国高校通讯"（Mitteilungen der Auslands-Hochschule zu Berlin）的一部，意思不太清楚。

不是很多,她甚至可能没有看到鲁迅的全部著作。论文后面也没有参考书目,跟现在论文的体例、格式和要求差别很大。当然,中国现代文学研究在30年代的德国,恐怕连起步都谈不上,加上两地隔阂,交通不便,资料的缺乏是能够理解的。我们毕竟也不能以信息全球化的今天,去苛求连飞机都还不普遍的当时。还有,19世纪开始德国有所谓教授资格评核(Habilitation),拿到博士学位后,还需要再独立写一篇论文,类似现在的博士后,通过答辩,才能取得相当于副教授职称的"编外教授"(Privatdozent),可以在大学任教。20世纪后期不少欧洲国家仍沿袭这种制度。王澄如的学位大概是一般的博士学位,所以要求不是很严格。

《鲁迅:生平和作品及其对中国革命的贡献》顾名思义,就是介绍鲁迅的生平和作品,及其对中国革命的贡献。由于王澄如是在"四一二"事变后一年(?)入中山大学,而30年代又当过上海国民党妇女部书记,所以笔者特别注意她论鲁迅在广州的部分。她说,当时"共产主义在广州真的在血海中给窒息了。国民党的疑心已经延伸到一些遥不可及和无害的事情",例如,吸吸俄国烟也变得"危险"了。(国民党)"很自然地由于敌对那方而产生更大的疑心,跟原来亲密的朋友再也没有交换意见了。""鲁迅对那些措施和事件非常恼怒,离开了中山大学……"后来有人邀请鲁迅讲演,"鲁迅若不讲,人们就会怀疑他",所以鲁迅讲了《魏晋风度及文章与药及酒之关系》,"想转移敌人对他的注意,令他们相信他只是从事中国古典文学的研究,鲁迅毕竟达到了目的"。①

王澄如对她所谓的"中国革命"并没有做详细解释,不过她在结论中说:鲁迅"在广东还希望能够以个人为革命战斗,在上海他便认为参加革命团体是恰当的,甚至承担领导的责任"。"鲁迅是真正具有使命的革命者,不是个宗派主义者,也不是个体弱多病的理

① 第13—14页。

想主义者或空想者。”[①]她的观点是鲜明的，我们至少可以这样说，王澄如是赞赏鲁迅的，并肯定了鲁迅对代表正义和进步的中国革命作出了贡献。

二

第二本值得介绍和补充的是1979年出版的《鲁迅·同时代人》(*Lu Xun. Zeitgenosse*)。此书原是配合一个来自中国的鲁迅展览而编的，所以图文并茂。编者是埃格伯特·巴克(Egbert Baqué)和海因兹·施普莱兹(Heinz Spreitz)，由莱布尼兹文化交流学会在柏林出版。[②] 虽然是配合鲁迅展览，但这不是一本简单的展览场刊。《鲁迅·同时代人》包括当时在美国史丹福大学任教的威廉·莱尔(William A. Lyell)教授撰写的鲁迅生平简介、鲁迅一些作品的德译以及展览提供的一些材料，诸如内山完造、史沫特来、斯诺等的回忆。除此之外，还有德国一些鲁迅作品译者谈鲁迅的作品、欧洲一些作家对鲁迅作品的评论以及一些回忆录。尤其是最后一部分，引起笔者很大的兴趣。这里主要要介绍两篇文章，第一篇是王安娜(Anna Wang)的《回忆鲁迅》，另一篇是皮埃尔·沃尔姆(Pierre Vorms)的《鲁迅与法兰斯·麦绥莱勒》。[③]

王安娜在她的回忆文章中说，她是在1936年秋鲁迅病重的时候“遇到”(begenete)鲁迅的，并到过鲁迅家拜访。她还引述鲁迅的话：“我开始写小说，目的是为了描述生活，改变生活。因此，我的主题跟生活和我们病态社会的风俗习惯紧密地联系在一起。我想告

① 第63—64页。

② Egbert Baqué u. Heinz Spreitz, *Lu Xun. Zeitgenosse*, Berlin: Leibniz－Gesellschaft für kuturellen Austausch, 1979. Seite 221.

③ Anna Wang, “Erinnerung an Lu Xun”; Pierre Vorms, “Lu Xun und Frans Masereel”, *Lu Xun. Zeitgenosse*, pp. 204—207、212—213.

诉人们我们时代的病苦,以引起疗治;我想通过我文字的力量去改造社会。"王安娜则告诉鲁迅,她曾把鲁迅的一些短篇小说翻译成德文,并开始注意到作为鲁迅文学创作重要组成部分的杂文。

这位王安娜是谁?1936年10月的《鲁迅日记》,并无王女士或夫妇到访的记载。当然,鲁迅可能病重漏记,但其他鲁迅同时代人的回忆,似乎也没有提到这位把鲁迅小说译成德文的女士(她的翻译应该没有出版,因为前面提到鲁兹·毕格的文章就没有提到她)。据《鲁迅·同时代人》介绍,王安娜是历史学家,当时住在西德的Geesthacht,应该就是大家熟悉的王炳南前任德国夫人安娜利泽·马田斯(Annelisse Martens),即当过宋庆龄秘书的那位王安娜。安娜利泽·马田斯在柏林大学读历史与语言,1931年得博士学位,称得上历史学家。她1936年2月随王炳南离开德国,1936年9月到上海。她1955年回德国后一直从事中德友好工作。至于她1936年什么时候"遇到"鲁迅呢?可能是10月8日鲁迅参观中华全国木刻第二回流动展览会的时候,那天奥地利人魏璐诗(Ruth F. Weiss)也去参观,并与鲁迅倾谈,又合照了一张照片,可能当时在上海一些说德语的女士相约一起去看展览,而王安娜是其中一位。王安娜拜访鲁迅一事,亦见于她在1964年出版的回忆录《我为毛泽东战斗——一个德国妇女在中国革命的经历》,内容与这篇文章不尽相同。王安娜在回忆录中说是十月初拜访鲁迅①,可能就是在展览会上认识鲁迅后登门拜访。

皮埃尔·沃尔姆是法国人,他这篇用德文发表的文章也主要是关于鲁迅与法国。对于沃尔姆,熟悉中国现代木刻运动历史的专家大概不会陌生,他就是在法国展出"革命的中国的新艺术"的比利埃—皮埃尔·沃尔姆画廊(Galerie Billiet-Pierre Vorms)②的主持人,

---

① Anna Wang, Ich Kämpfte für Mao. Eine deutsche Frau erlebt die chinesische Revolution, Hamburg: Christian Wegner Verlag(1964), pp. 68—70.

② Vorms 有文章译成"沃姆斯",查法语"s"多不发音,故这里从叶君健的译法。

1958 年到中国访问时，还特地把一份展览的说明书赠送给中国，这份说明书现藏鲁迅博物馆。① 沃尔姆这篇《鲁迅与法兰斯·麦绥莱勒》，跟他在 1981 年为巴黎《中国木刻五十年展览》目录写的文章，内容大体相同②但详略有异。文中回忆了举办"革命的中国的新艺术"展览的经过，以及他所知关于麦绥莱勒跟中国艺术交流的一些事情。

据沃尔姆回忆，1934 年初，当时他主持那个画廊已经有十年左右，跟他有长期合作关系的"革命文艺家协会"（Association des Ecrivains et Artistes Revolutionaires，简称 A.E.A.R.）的书记拜访了他，告诉他很快就有一批中国革命艺术家的作品运来，并问他能否为这些作品举办展览。他立即表示同意。稍后，这位书记还陪同"革命文艺家协会"的主席、《人道报》的主编保罗·瓦扬—古久烈（Paul Vaillant-Couturier）一起到访，并带来了大约一打没装框、只是简单地卷起来的油画、一些素描、一幅大挂画、很多画卷，还有八十五幅版画，主要是木刻。就这样，沃尔姆和革命文艺家协会一起办了"革命的中国之新艺术"展览。沃尔姆自然也谈了展览会的说明书。说明书序言的作者安德烈·维奥利（Andrée Viollis）是位女作家、女记者。③

沃尔姆过去举办过麦绥莱勒作品的展览。当他第一次看到这些从中国来的木刻，觉得在主题和技巧上，跟麦绥莱勒的木刻非常相像，令人惊讶。沃尔姆立即告诉了麦绥莱勒关于这些中国木刻。麦绥莱勒看到这些版画跟自己的作品那么相像，既惊又喜，同时也无法解释。二十四年之后的 1958 年，麦绥莱勒在比利时—中国协

① 见马蹄疾、李允经编《鲁迅与新兴木刻运动》，北京：人民美术出版社，1985 年，第 292—296 页。

② 有薇君译，载《世界美术》1981:3（9 月 15 日），第 2—7 页。另可参考赵家璧《麦绥莱勒的木刻连环画故事到中国》，载《文坛故旧录——编辑忆旧续集》，北京：生活·读书·新知三联书店，1991 年，第 473—483 页。

③ 序言见《资料》7（1980.12.），第 156—158 页。

会的安排下,由中国人民对外文化交流协会组织在北京、上海、武汉举办作品巡回展览,而沃尔姆也应邀到中国为这些作品做介绍。沃尔姆从一些画家和版画家处知道鲁迅早在1933年就出版了麦绥莱勒的《一个人的受难》,并写了序言。当麦绥莱勒到达北京,沃尔姆立即告诉他这个惊人的发现,而麦绥莱勒也从口袋拿出一本小书:1933年在上海出版的《一个人的受难》的中文版。原来一位中国艺术家到机场迎接他时,把这本书送给了他。沃尔姆和麦绥莱勒终于明白了30年代的中国木刻为什么会跟他的作品那么相像!沃尔姆后来到上海时,特意到了上海鲁迅纪念馆,并在上海鲁迅纪念馆的协助下收集了一些鲁迅和那次"革命的中国之新艺术"展览的资料。

沃尔姆在文章结束时说,他不知道"革命的中国之新艺术"展品的下落,也不知道这些展品有没有在莫斯科展出,并质疑它们当时在法西斯统治下的柏林展出的可能性。不幸的是,他有关的剪报和资料都没有保存下来。

还有,那位牵针引线的法国《观察》杂志记者意达·特勒娅(Ida Treat,"谭丽德"应是她取的中文名字),据沃尔姆说,谭丽德其实是位美国记者。查谭丽德出生于美国伊利诺伊州的Joliet,在西部保护区大学(Western Reserve University)读书,后到法国,获巴黎大学文学博士学位,1913年返西部保护区大学教法语七年,20年代回法国从事写作并当记者,30年代当法国《观察》杂志记者,在欧洲、中国和南太平洋地区到处游历,所写通讯在美国《纽约客》等多家报章杂志上发表。她1948—1954年间在纽约瓦撒尔大学(Vassar College)当英文系教授,教写作课。谭丽德是个马克思主义者,创作上薄有名气,至今仍有小说流传。沃尔姆在1958年说谭丽德是瓦扬—古久烈第一任妻子①,但文中只称她是瓦扬—古久烈的女友

① 见沃尔姆1958年12月27日给北京鲁迅博物馆的信,《资料》7(1980),第167页。

(可“硬译”为“私人朋友”),可能是因为他们后来已经离异。根据一些资料,谭丽德跟瓦扬—古久烈早在上世纪20年代初便已出双入对,成为法国著名思想家、神学家德夏当(Teilhard de Chardin)的老朋友。两人应当是1933年一起到中国的(瓦扬—古久烈1933年8月到上海参加“世界反帝反战大同盟远东会议”),并可能一起拜访过鲁迅①,但谭丽德很快便于1935年9月嫁给了一个法国(?)作家贝格勒(André Bergeret),以后一直用夫姓。瓦撒尔大学藏有谭丽德关于中国的文稿和手迹,未知其中有没有她跟鲁迅见面的记录,有心者还可以继续追踪。②

本文原是介绍德国鲁迅研究的情况,结果引出法国的材料,接着又扯到美国,真是始料不及。但鲁迅与世界的联系,由此亦可见一斑。

2006年3月30日初稿

2007年3月13日增补修订

---

① 参考荣太之《鲁迅筹备的中国左翼美术家作品在巴黎的展出》,《资料》7,第152页。

② 资料来源:美国瓦撒尔大学档案及特藏部有关谭丽德档案的简介;美国乔治城大学特藏部 Lucil Swan 档案简介; Mary and Ellen Lukas, *Teilhard*, *A Biography* London: Collins (1977), pp. 81, 233。

附录七

邬可贤《谁是竹内好的鲁迅?》简介

邬可贤的《谁是竹内好的鲁迅? 走近一个日本汉学丰碑的尝试》(*Wer war Takeuchi Yoshimis Lu Xun? Ein Annäherungsversuch an ein Monument der japanischen Sinologie*)是他在海德堡大学的博士论文。邬可贤曾留学日本(1991—1993),也在中国待过(1996),2003年获博士学位。先后任教海德堡大学(2002—2003)、荷兰莱顿大学(2006—2010),现为比利时根特大学教授。

邬可贤的《谁是竹内好的鲁迅?》于2003年获日德文化交流的"日德奖"(JaDe-Preis),并收入日本社会与文化研究丛书,在慕尼黑正式出版。①

《谁是竹内好的鲁迅?》是本很扎实的著作,全书连导论共五章五百多页。导论讨论竹内好处女作《鲁迅》的当代意义和影响,第一章是《论鲁迅的矛盾,或他作为诗人的没落之悲剧》(*Vom Widerspruch Lu Xuns oder: Die Traödie seines Untergangs als Dichter*),主要讨论鲁迅与尼采,亦可理解为文学艺术与社会政治的关系,第二章为《"大东亚战争"与竹内好的"证言"》(*Der "Großostasiatische Krieg" und Takeuchis "Testament"*),主要讨论二战时期竹内好的思想,包括他鲁迅研究当时的意义,第三章为《谁是竹内好的鲁迅?》(*Wer war Tekeuchi Yoshimis Lu Xun?*),主要讨论竹内好鲁迅的文学和政治的意义,及其与西田几多郎哲学的关系。最后一章《"竹内鲁迅"的两面:总结陈词》(*Die Zwei Gesichter des "Takeuchi-Lu Xun: Ein Shclußplädoyer*),则是非常简短的结论。

在国内,竹内好的鲁迅研究已受到研究者应有的重视,但似乎

① *Wer war Takeuchi Yoshimis Lu Xun?*, München: Iudidium Verlag (2003).

总是避开其中的尼采因素。① 从上述全书结构的介绍可以看出，邬可贤恰恰抓住了尼采这个关键。从尼采文化与国家对抗的反现代性的“反政治”，到鲁迅文艺与政治的歧途，再到竹内好的鲁迅，其“温和”尼采承传脉络清晰，可谓“温和”尼采在东亚传播的又一章。

邬可贤博士论文的选题，除了他本人的语文修养，以及受一位访问海德堡大学的日本学者的启发之外，还跟他的导师有关。他的导师是苏珊·魏格琳(Susanne WeigelinSchwiedrzik)教授，上世纪70年代便到过中国留学，90年代当过海德堡大学汉学研究的主任(Institutsdirektorin am Sinologischen Seminar)，并担任过相当于大学副校长的职位(Prorektorin)。魏格琳的研究兴趣非常广泛，研究领域包括中国现当代文学和史学史，也出版过关于鲁迅的论文②，算得上是德语世界研究过鲁迅的学者。魏格琳虽然有点“毛派”背景，但对尼采、鲁迅的问题很有兴趣，发表过《鲁迅与希望原理：鲁迅对赫胥黎及尼采理论的接受》③，探讨了作为希望原理的鲁迅的进化论和尼采的理论，还有一篇比较《野草》与《查拉图斯特拉如是说》的文章，直到2003年才正式出版，可惜未见。④ 邬可贤研究竹内好的鲁迅并抓住鲁迅与尼采的联系，自有其师承的关系。

① 例如薛毅、孙晓忠编《鲁迅与竹内好》，上海：上海书店，2008年。

② 她的“Lu Xun und Lü Buwei：Versuch einer Interpretation der Kurzgeschichte ‘Ein weißer Schimmer’”(in *Bochumer Jahrbuch zur Ostasienforschung* 1988, pp. 153—162)，有中译，见《月刊》，1996：2，第32—37页。

③ “Lu Xun und das Prinzip Hoffnung—Eine Untersuchung seiner Rezeption der Theorien von Huxley und Nietzsches”, *Bochumer Jahrbuch zur Ostasienforschung*, 3 (1980), pp. 414—431.

④ “Das Leben im Schein als Ziel：Lu Xuns *Wilde Gräser* und Nietzsches *Also sprach Zarathustra*”, in Pohl, Karl-Heinz und Dorothea Wippermann (eds.), *Brücken zwischen Kulturen. Commemorative publication for Chiao Wei's 75th anniversary*. Münster：LIT, Hamburg, 2003, pp. 459—477.

作者简介

张钊贻(Cheung, Chiu-yee),澳籍华人。暨南大学中文系毕业,悉尼大学博士,曾任教澳洲昆士兰大学(1995—2009)、南洋理工大学中文系(2009—2013)。现为昆士兰大学客座研究副教授,南京大学中国新文学研究中心客座研究员。主要研究鲁迅、鲁迅与尼采、鲁迅传统、尼采在中国。近年亦研究1925—1951年间香港中文报纸的新闻检查。主要编著有 *Lu Xun:The Chinese"Gentle" Nietzsche* (2001); 增订中文版:《鲁迅:中国"温和"的尼采》,北京大学出版社(2011);(辑注) *Nietzsche in China: An Annotated Bibliography* (1992);(主编)《尼采与华文文学论文集》(2013);(合编): *Lu Xun and Australia* (2016);(合作编订)李伟江:《鲁迅粤港时期史实考述》(2007)。